JN307197

シャングリ・ラ 上

池上永一

角川文庫
15366

シャングリ・ラ　上

上巻
contents

第一章　城主の帰還

都心にスコール警報が発令された。

突如、上空に現れた雨雲は日差しを遮り、首都をものの十分で覆ってしまった。間もなく始まる豪雨の絨毯《じゅうたん》爆撃に向けて、黒い空が一気に地上に降りてくる。新宿区に発令された警報と同時に地下鉄が運行を中止し、乗客は地上に緊急脱出する。歩行者は速やかに最寄りのビルへと避難しなければならない。新宿駅東口は逆流する人の流れで濁っていた。その間も湿度は容赦なく上りつめていく。

最初の雨粒が地上で砕けた。

逃げ遅れた男が傘を捨てて走る。

無情にもシャッターは下りていく。

熱帯性のスコールが雨である瞬間は最初だけだ。狙いを定めた後に続く第二波は、分厚い雨雲ごと落ちてきた。足を取られた男は、身動きできず地面にひれ伏すしかなかった。肺が雨の匂いで満たされて溺《おぼ》れてしまいそうだった。服の上から肌を抉《えぐ》る火傷《やけど》の痛みにも似た集中豪雨は、次々と逃げ遅れた人を降伏させていく。たちまち道路は氾濫《はんらん》する河川の姿へと変わった。濁流に飲み込まれた男は地下鉄の入り口に消えた。新宿はネオンの光も見えない瀑布《ばくふ》の中だ。

東京は半世紀に亘《わた》って襲い続ける熱帯性のスコールを前に為《な》す術《すべ》もなかった。スコールのたびに都市機能は麻痺《まひ》し、道路は冠水した。一千万の民は警報が鳴ると戦時下にも似た緊張に晒《さら》された。濁流となった雨は、路上のあらゆる文明の産物を攫《さら》い、甚大な被害をもたらした。都市のヒートアイランドが東京を熱帯の街へと変えてしまった。平均気温は毎年のように上昇し、冬場でも摂氏二十度を切ることがなくなった。以来、治水は東京の最大の都市問題となった。しかしどんなに手を尽くしても、下水道の処理能力は充分とは言えず、一時的に地下鉄構内に雨水を溜《た》めることが有効な手だてとなった。この経験から学んだこと、それは地上は危険だということだ。民はより安全な都市を切望した。

この異常気象は東京だけではない。ヒートアイランド以上に地球の温暖化が加速していた。ついに国連はかつて京都議定書で取り交わされたCO_2の削減幅を大幅に上回る議決を強行採決した。

それは新たな経済の始まりだった。古い時代がマネーの利息で動いていたのとは異なり、新しい時代は炭素の量に一喜一憂する。

二酸化炭素を大量に排出する先進諸国の産業製品の全てに、炭素税が課せられたのだ。その税率は排出する炭素と吸収する炭素の比率によって随時変動する。排出する二酸化炭素を大量に吸収する森林は、温暖化を阻止するのと同時に税金の削減ともなる。今や二酸化炭素の排出を抑えることと都市のヒートアイランドを阻止することは同義となった。

政府が執った国家プロジェクトは、東京の平均気温を五度下げるというものだった。屋上緑化だけでは温暖化とヒートアイランドを充分に防げないことがわかったとき、東京都は都心の一部を放棄した。そこに天然のダムとなるような巨大な森を造成し、都市機能を別の場所に移そうという計画だ。

今から五十年前、東京都は山手線の中心部に新たな都市を建設することにした。このプロジェクトが開始されて以来、東京の気温は徐々に下がり続けている。だが、依然としてスコールの脅威は去らなかった。

いつからかこんな言葉が交わされた。

「この漂える國《くに》を修め造り固め成せ！」

やがて東京の中心部に異様な構造物が出現した。失われた土地の代わりとなる人工地盤が上空から巨大な影を落とす。その影はまるで東京に襲来したＵＦＯのようだ。

これは建設に着手してから、五十年経つというのに、未《いま》だ完成しない空中積層都市の姿だった。

新しい東京は一層が六百五十万平方メートルにもなる人工地盤の上にある。今まで地上にあった街をそのまま移転することで都市機能を維持しようというのだ。民は地上が雨で氾濫しても全く影響がない空中に活路を求めた。

これは一種のコロニーだ。宇宙時代の開闢《かいびゃく》に夢見たスペースコロニー計画を、地上で、それも都心で実施しているのだ。人工地盤を十三層重ねたとき東京再生は完了する。そのとき東京は世界最大の森林都市となるだろう。東京が冬らしい冬を迎えられるようになるまで、建設はひとときも休まることはない。

夕方のスコールが一時的に収まった。すると赤らんだ雲の隙間から、竜巻にも似た空中都市の姿が現れる。これが現在急ピッチで建設中の新たな街だ。

間近で見ると、肉眼では構造物の一部しか捉《とら》えられない。目の前にある巨大な壁は切り立った崖《がけ》のようで、側に立つとまるで地上が渓谷の底に思えた。これが人工地盤を支える十三本の支柱のひとつだと理解するには、構造物の質量を感じられなくなるほど遠方から眺めてみるしかない。そのときですら霞《かすみ》の中で捉えるのだから、真の大きさを知ることなど誰もが諦《あきら》めている。この構造物はその大きさゆえに、独特の気流を生み出し、いつも頂上に傘のような雲を被《かぶ》っていた。

地上を森林へと還《かえ》し、首都機能の集積度を高める。移転は新しい人工地盤ができるごとに速やかに進められた。現在、第七層への移住が可能となっていた。

自然災害すらものともしない威風堂々たる佇《たたず》まいは、天と地を結ぶ巨大な柱のようだ。人はこの巨大な空中都市を『アトラス』と呼んだ。

今やスコールに脅《おび》えるのはアトラスに移住できない貧しい人々だけだ。新宿駅東口地区は間もなく放棄され、スコールで男が流された歌舞伎町も森へと変わることが内閣で決定されていた。今年のエルニーニョのせいで気温が目標値を下回らないのと、炭素税の引き上げによるためだ。今や炭素税の削減にどの国も頭を痛めている。

雨あがりの地上の洪水の中を、大型のＳＵＶ車が水を掻《か》き分けながら走っていた。

「よお、國子《くにこ》お帰りなさーい」

車内でクラッカーを鳴らすと中にいた誰もが弾《はじ》けたようにはしゃいだ。

「まだよ、まだ。せっかくのクラッカーを無駄づかいするんじゃないの。國子を迎える前になくなっちゃ意味がないでしょ」

ハンドルを切るのは喉仏《のどぼとけ》の目立つ女だった。朝からめかしこんで、気合いは充分だった。

「東京もすっかり変わっちゃって、あの子驚くわよ。この辺りは二年前まで街だったのに、すっかり森ね。あの子の好きだったお好み焼き屋は潰《つぶ》れちゃったわ」

「あそこでお祝いするつもりだったのに。二年でこれだ」

車窓から見えるのは、鬱蒼《うっそう》とした森だった。この地区はかつて中野坂上と呼ばれていたエリアだ。新宿副都心の後背地で中小の雑居ビルがひしめいていた。ここはもっともヒートアイランドが深刻だった地域でもある。そこが二年前、放棄されてしまった。

「ここが森になった分、アトラスは一段高くなったのよねえ」

振り返ると自分たちがどこを走っているのかわからなくなるほど、景観の変化が著しい。昔は緑地越しに新宿を捉えるときは明治神宮か新宿御苑からだった。しかし今は中野坂上の森から超高層ビルを眺めている。超高層ビルというのも古い言い方だ。新宿副都心の奥には、遥《はる》かに巨大なアトラスの踝《くるぶし》が見えるのだ。アトラスはずっと奥にあるのに、手前の超高層ビル群が小さく見える。遠くのものが手前に見える、なんとも不思議な景色だった。

アトラスはバックミラーの視界を塞《ふさ》いだ。雨上がりの澄んだ空気のせいで、いつもは見えない奥の支柱が微《かす》かに映っていた。じきにまた雨で見えなくなる一瞬だけの光景だ。フロントガラスにまた雨粒が落ちてきた。

「あそこでお店を出すのがあたしの夢なのよ。東京一のニューハーフパブを作って、最高のレビューを観せてやるわよ。第三層が狙い目だけど、なかなかくじに当たらなーい」

「モモコさんだけが歳を取っちゃう」

「失礼ね。オカマは歳を取らないのよ。永遠の二十八歳なんだから」

モモコはかつて東京一のニューハーフパブと呼ばれた「熱帯魚」の経営者だった。「熱帯魚」のショーを観るために開店前から長蛇の列ができた。しかしそれは六本木の森がまだ街だった頃の話だ。十五年前のある日、突然六本木は街ごと放棄され、名店「熱帯魚」は森の中に埋もれてしまった。店が閉まったあの日から、モモコの心は歳を取らなくなった。もう一度ステージのライトを浴びる日まで、モモコは夢を見続けることにした。いつかアトラスにニューハーフパブ「熱帯魚」を再興する。そして上空二千百メートルの高みから東京を見下ろして復活を宣言してやるのだ。

アトラスへの移住には二つの方法がある。ひとつは建設費となっている『アトラス国債』を買うことだが、これが高額で都心に一戸建ての住宅を買うような途方もない金額だった。しかもアトラス国債は建設費の高騰で値上がりする一方だ。

庶民に許されたのはもうひとつの方法だ。それは毎年行われるくじによるものだった。これもまた地道に宝くじを買った方がいいくらいの確率だったが、モモコは今年もくじに縋《すが》った。当選発表は来週である。

「國子が言ったのよ。あたしとミーコのどっちかがアトラスに入れるって。ミーコはどうしようもないデブでブスだから、とてもお店を任せられないでしょ。やっぱり『熱帯魚』のトップっていったらあたしじゃない。つまりくじに当たるのはこのモモコ様ってことよ。いつ入れるのか聞こうとしたら國子があんなことに……」

「國子がそう言ったのなら、そうだろうな」

助手席で頬杖《ほおづえ》をついていた男が呟《つぶや》いた。

「でしょう？　國子の言うことは絶対に当たるもの」

モモコは國子を自慢の娘のように言う。

「あんなに綺麗《きれい》なのになんで女なのかしら。オカマだったら絶対スターになれたのに。神様って意地悪ね。あたしだけが綺麗だなんて。きっとあたしの来世は絶対にブスになりそうな気がするわ。だから今生《こんじょう》を生き抜いてやるのよ！」

モモコがアクセルを踏むとエンジン音が高鳴った。

車内にいたセーラー服の娘はさっきから車の振動が気になって仕方がない。

「ところでモモコさん、この車うるさくない？」

「あったりまえでしょ。これでもリッター六キロメートルのガソリン車なのよ。環境に優しい車でこの水浸しの道を走ってられる？　パワー不足でたちまち大往生だわ。あたしはあたしの道を行く。エゴ・カーで！」

「炭素税の塊みたいなガソリン車に乗るなんて信じられない。普通の車三台は買えるのよ。こんな無駄づかいしてるからお店の開店資金が貯まらないのよ。せめてハイブリッドにしたら」

「だってあたしが男と女のハイブリッドなんだもーん」

モモコが茶目っ気たっぷりに笑うと口元の小じわが目立った。

「今あるお金を持って地方でお店を開いた方が早いんじゃない？」

「うるさいわね。都落ちだけは絶対にしないのよ。オカマが荒んだら目も当てられないわよ。國子が帰ってきたら相談しなきゃ。今年もくじを買ったんだから。そもそも友香、あんたが――」

助手席の男の手がモモコの口を塞いだ。髭面《ひげづら》の男は目で言うなと叱った。獣の鼓動のようなエンジン音が室内に籠《こ》もる。車に打ちつける雨が勢いを増していた。助手席の男は目の前を忙《せわ》しなく動くワイパーに苛立《いらだ》っていた。どんなに速く雨をかいても、豪雨で視界を確保できない。車は自動的にGPSと前方の赤外線センサーに運転を切り替えて走行していた。

「おいモモコ。まだ雨が降っているけど大丈夫なのか？」

「平気よ。あたしと約束したのよ。雨があがったら戻るって。國子がそう言ってならなかったことあった？」

「國子がそう言ったのなら、そうだろうな……」

黒い雨雲は空に横たわって動く気配はなかった。

スコールは郊外にも及んでいた。地面に落ちる雨は水滴の形をみせるほどに弱まっていたが、依然として雨足は速かった。

郊外の片隅に陰鬱《いんうつ》なコンクリートの壁が連なる区画がある。唯一の出入口は重い鋼鉄の扉だった。ここは関東女子少年院だ。

分厚いゲートの内側に罪を贖《あがな》ったばかりの少女がいた。最後の手続きは指導員との別れだ。少女は来たときと同じセーラー服を着ていた。

濁った雨の中で指導員が傘を差しだした。

「國子くん。君は充分に反省し、責任を果たした。もうここに戻るんじゃないよ」

少女は唇を嚙《か》みしめ、傘を拒んだ。この雨に打たれているのが心地好かった。そういえばここに入るときも土砂降りの雨の日だった。

「傘は思い出になるからいらないわ。それに、もうすぐあがるもの」

そう言って少女は都心方面を眺めた。雨の向こうに黒い影が見える。アトラスのシルエットが随分変わっていた。ここに入ったときはまだ第八層が完成したばかりだったのに、もう第九層の布石を作るクレーンが何本も立っている。少女はあのクレーンのせいで風の音が変わったのだと思った。

指導員が少女の肩を叩《たた》いた。男の手は少女の肩をすっぽりと収めてしまった。

「出るときはみんな君のように目を丸くするものさ。アトラスがまた大きくなっているってね。去年まで塀に隠れて内側からは見えなかったのに、ついに頭を出した。時は着実に過ぎている……」

少女はくすっと笑った。

「あたしは知ってたわ。夜になるとアトラスが風で鳴くのよ。だんだん音が太くなっていくもの。アトラスがこう言ったの。そろそろ出ておいで、みんなが退屈しているよって。だから出ることにしたの」

「君らしい言葉だ」

そう言いながら指導員は背中に寒いものを感じた。職員なら誰でも彼女の罪状を不審に思っていた。國子の罪は催涙ガスを学校に撒《ま》いたテロ行為だ。しかし院内での國子の素行を見る限り無差別テロを起こした少女だとはとても思えなかった。それは供述調書を一読してもわかる。

鑑別所でも、少年審判でも、彼女は冷静に事件を語った。調書は見事なまでに彼女の理性で語られていた。まるで最低限の手続きで少年院に送られるように計算しつくした内容だった。まず彼女は動機から述べたのだ。今から思えばその時点で疑うべきだった。

國子は催涙ガスを投げた動機を「男にふられてむしゃくしゃした」と述べた。自棄《やけ》を起こした娘が合計三十個もの催涙ガスを煙突効果を考慮して配置するだろうか。もし、彼女に腕のいい人権派の弁護士がついていたら審議をやり直させて、真相を解明したはずだ。しかし彼女は敢《あ》えて疲れ果てた国選弁護人を立てた。

國子には圧倒的な理性の力と信念が備わっている。國子の態度は善悪を超越していた。やがて指導員たちは院内の彼女を恐れるようになった。自分たちは所詮《しょせん》、彼女の意のままに操られる駒にすぎないのではないかと疑うようになった。

——この二年は私たちこそ試されていた。

指導員は國子との生活を振り返る。日誌に書かれた國子の記録には定期的に独房行きが記されていた。二年間で合計八回。なぜか決まって春分、夏至、秋分、冬至の日だ。まるで計算しつくしたような独房行きだった。そのために國子はわざと窓ガラスを割ったと確信していた。敢えて孤独になりたかったのだろう。独房の中での國子は反省しているというよりも、瞑想《めいそう》しているとしか思えなかった。座禅を組んで食事を摂らずに瞑想する國子の姿は、修行僧さながらだった。

この華奢《きゃしゃ》な体のどこにあれだけの理性と信念が宿っているのか不思議でならない。誰かが犯した罪を代わりに償うなんて普通の少女がすることだろうか。

男はうすうすわかっていた。彼女が女子少年院に来た真意は瞑想するのに都合がいいからに違いない。「解脱《げだつ》したから出るのよ」彼女はそんなことを事も無げに言いそうな雰囲気だった。こんな少女はこの施設が始まって以来のことだ。

ただ理性が強いだけなら、ひとりの少女にここまで脅《おび》えることはなかっただろう。彼女は理性が強いばかりでなく、鋭敏な感覚も備えていた。新しい少女が女子少年院に入る前日には必ず、彼女が院内で根回しをしていたからだ。新参者はよく暴れる。國子はそんな女を恭順させるのが恐ろしいほど上手《うま》いのだ。

雑居房に入れられた新入りの少女は必ず脅えている。それは刃向かうことで自己を守る野生動物の姿だ。普通なら取っ組み合いの喧嘩《けんか》になって階層が決定されるものだが、國子が来ると違った。國子は相手の眉間《みけん》をとんとんと指で軽く叩くだけなのだ。すると脅えていた少女の目は穏やかさを取り戻し、國子に警戒心を解く。それはまるで猛獣使いの技を見ている気分だった。心理技官ですら手こずる粗暴な女でも、國子の技の前では赤子同然だった。

國子は院内の秩序が乱れるのをひどく嫌い、静寂を求めた。國子は二年で院内を女子修道院のような厳粛な空間に変えてしまった。

少年院に入るのも彼女の意志ならば、出るときも彼女の意志だ。二年前、友人に見送られるとき、

「雨があがったら戻るわ」

と一言だけ残してここに来た。あの自信満々の顔は自分が太陽だと信じ切っていた。男は國子と接するとき、無意識にへりくだっていたように思う。そんな二年が今日終わる。

ローファーの靴を脱いだ國子は、所持品の袋に入れた。

「娑婆《しゃば》はまず素足で踏まないとね。自分がどこに立っているのかわからなくなっちゃう」

そう言って、水溜《た》まりの感触に足の指を慣れさせた。

指導員は最後にひとつだけ聞いておきたかった。

「國子くん、本当は学校に催涙ガスなんか投げなかったんじゃないのか？」

國子は濡《ぬ》れた前髪の隙間から鋭く目を光らせた。

「本当のことを知りたかったら、もっと早くに聞けばよかったのに。今更知ったところで何の意味があるというの？　それに――」

雨が貫くように体を流れていく。國子は心地好さそうに空を見上げた。

「今も雨がどんどん記憶を洗い流しているのよ。もう二年前の過去は流れてしまったわ。まだ覚えている昨日のことを聞いて」

「じゃあ、君は後悔していないのか。テロで少年院に入ったんだぞ」

男は焦って早口になる。國子は所持品の袋を漁《あさ》った。

「そうね。人生にハクをつけるためには良かったんじゃないかしら」

そして袋からエスティ・ローダーの口紅を探し当てた。キャップを取ると二年前の春の新色が現れた。仲間のモモコが誕生日にプレゼントしてくれたものだ。

國子が鏡を使わずに口紅を厚塗りにする。すると幼さを残した頰が強調された。その顔で男は國子がまだ真っ白なままだと確信した。やはり冤罪《えんざい》だった。

國子は唇を舐《な》めてそっと指導員の耳元で囁《ささや》いた。

「刑期を終えたから出るんじゃないわ。口紅を塗りたくなったから出るだけよ。勘違いしないでちょうだい」

男は恐ろしさのあまりいつもの毅然《きぜん》とした態度を取れなかった。指導員という立場がなかったら恭《うやうや》しく頭《こうべ》を垂れていたかもしれない。その方が彼にはずっと楽だった。

國子は扉の中央で仁王立ちになった。

「ゲートを開けて。外はもう晴れてるわ」

扉がゆっくりと開く。すると分厚い鋼鉄の隙間から眩《まぶ》しい夕焼けが差し込んできた。正面で迎えてくれたのは神々しいほどの夕陽だ。真っ赤に燃えた太陽が最後の光を惜しみながら國子に浴びせる。陰鬱《いんうつ》だった壁も、黒い扉も、そして國子の表情も、全てが赤い光の中に溶けていく。それに合わせて心地好い風が院内に吹いてきた。

「まさか。こんなことが……」

男は傘を落とした。塀の内側はまだ雨が降っているというのに、外は鏡のように静かな水溜まりの世界だった。男は異なる二つの世界の境にいるとしか思えなかった。

クラクションの音が聞こえる。水飛沫《しぶき》をあげてやってきたのは大型のSUV車だった。車が完全に停止する前にドアが開く。飛び出してきたのは國子の仲間たちだ。國子と同じ学校の制服を着たお下げ髪の少女が、遠目でもはっきりとわかる涙で迎えてくれた。

指導員はそっと背中を押してやった。

「君はついに心を開いてくれなかったね」

國子は制服の校章を外すと男に渡した。

「これあげる。先生だけよ、あたしを欲望の対象として見なかったのは。理性の強い人は好き。あなたは覚えておく価値があるわ」

そして國子は遠くに霞《かす》んで見える新しい街を指した。

「ねえ先生、アトラスを見て。同じ形の日は一日もないわ。あたしはあの変化する先端が好き。毎日変わるのよ。これからはそんな日だけを見て生きていくわ」

そう言うと國子は振り向かずに仲間の元へ駆けていった。國子はクラッカーの吹雪の中で祝福を受ける。

「國子おかえりなさーい。やっぱりあんたすごいわ。着いたと同時に雨がやんだもの」

空に聳《そび》えるアトラスの先端は雲を突き抜けていた。男はやっとわかった。國子のスケールの大きさはあのアトラスに似ているのだ。近くにいると必ず知覚が揺るがされる。國子のような桁《けた》外れの人間は遠くにいて初めて捉《とら》えられる存在なのかもしれない。そして今、國子は少年院を去った。明日から思い出に変わる毎日が、國子をより鮮明な姿にしてくれるだろう。

　指導員は校章を握りしめて重たいゲートを閉じた。

　そして誰もいないのを確認すると、塀の内側から國子に恭しく頭を垂れた。

國子を迎えた車内はこの二年間の空白を埋めるための言葉で溢《あふ》れていた。アトラスが形を変えたのと同じくらい、外の世界は変化していた。全員が國子に今までの話を一気に喋《しゃべ》るものだから、時間がばらばらだった。先月の話が出たかと思えば、去年の話に変わる。意味がわからなかったが、國子は笑顔で相槌《あいづち》を打った。突然、

「おだまり！　國子がパニックになっちゃうでしょ！」

と一喝したのはモモコだ。単に割って入りたかっただけだ。モモコは誰も口を挿《はさ》めないマシンガントークでまくし立てた。

「まあ本当に綺麗《きれい》になっちゃって。あたしも女子少年院に入っておけばよかったわ。やっぱり規則正しい生活がお肌にはいいってことよね。あら、エスティ・ローダーはまた新色が出たばっかりなのよ。そんな昔の口紅つけちゃダメ。武彦《たけひこ》、あたしのポシェットに口紅入っているから取って」

「モモコさん相変わらず元気で安心したわ。もっと歳くっているかと心配して損した」

タオルで髪を拭《ふ》いた國子が笑みを零《こぼ》す。気の置けない友人たちの会話は二年の空白をたった十分で埋めてしまった。窓を開けると、草いきれの匂いが鼻をつく。都心に近づいている証拠だった。モモコたちが幼かった頃は郊外に向かうときに嗅《か》いだ匂いだったのに、今ではすっかり逆だった。

隣に座っていた友香がずっと國子の手を握っていた。

「ごめん國子、あたしのせいで……」

「誰かクラッカー鳴らして。あたしの出所を歓迎しない子がここにいるわよ」

國子が声を張り上げると、友香が顔を覆って泣いた。

「だって、あたしだけが助かって、國子は少年院に入って退学だなんて……」

「いいのよ。気にしないで。あたし名門校って窮屈だったし、ガッコ出てもネンショー出てもフリーターになる運命だったんだから同じよ。それに、なんちゃって女子高生をやってみたかったところなの」

國子がおどけると車内が爆笑に包まれた。

「ねえ、女子少年院ってどんなとこだった？　姐御《あねご》とかに虐《いじ》められなかった？　やっぱり女同士でマワしたりするの？」

モモコがバックミラー越しにウインクする。國子はタオルを頭にかけて十字を切った。

「静かなとこよ。修道服を着ない祈りの場。まるでシスターみたいな二年間だったわ。脛《すね》に傷を持つ原罪持ちばっかりだから、赦《ゆる》しを請うにはうってつけ。反省すればするだけ神に近づけるのよ」

「まあ、あたしシスターって憧《あこが》れてたのよねえ。なんか清純派って感じじゃない？　オカマはどうしてもケバくなっちゃうけど、男が本当に好きなのは清純派なの。これでも男やってた頃もあるから本当よ。でもオカマはみんな男だった頃を忘れてしまうの。だから反動で女のアイテムみんなくっつけて、下品な女になってしまいがち。でも心はみんなピュアだから楚々《そそ》とした女になりたいのよ。だからシスターは究極の理想ね。修道服って喉仏《のどぼとけ》が隠れるからオカマの戦闘服にはちょうどいいのよ。知ってた？」

車内のみんながまるで踏み絵を踏まされているような気分になった。なぜかモモコが語るとこの世の全てのものが性の道具になってしまう。車内の仲間たちは、どうかこの話が神の耳に入りませんように、と必死で祈っていた。

「いいなあん。あたしもシスターのカッコするなら女子少年院に入ってもいいわん」

「でもモモコさんは無理。どう頑張っても本物の刑務所にしか入れないから。それも男のいるムサイ場所」

「あら、だったらハーレムじゃない。女王様に相応《ふさわ》しい場所よね」

この圧倒的な自己肯定力がモモコの強さだ。地獄に堕《お》ちたらマゾになって快楽に溺《おぼ》れてやるわ、と閻魔《えんま》大王に食ってかかる勢いがある。

しかしモモコは初めからこうだったわけではない。いつも髪を下ろしているのは、耳を見せたくないからだ。かつて男になりきろうとして、柔道に明け暮れた苦闘の時代が耳の形に残っていた。名選手と誉れ高かったのに、モモコはあの頃のことを否定する。強くなりたかったのは、心を抑え込むためだった。

男だったあの頃、どんなに強くなっても、相手を投げ飛ばしても、心はいつも叫んでいた。心が壊れると知ったとき、モモコは黒帯を捨てガーターベルトを着けた。それからは人生を取り戻すために走るだけだった。まるで高速道路を逆走するようなスリリングな人生がモモコを迎えてくれた。

國子にとってモモコは母のような存在だ。幼い頃からモモコは側にいた。そしていろんな話を聞かせてくれた。それは地続きのお伽話《とぎ》のようだった。今は鬱蒼《うっそう》と茂る六本木の森に昔「熱帯魚」という東京一幻想的なお店があって、そこは男も女もない自由な空間だったと語ってくれた。そこではただあるがままに美を堪能《たんのう》するだけでよかったこと。その店は國子が生まれる前までは本当に賑《にぎ》やかな街にあったこと。そして森の中に還《かえ》ったこと。モモコは身ぐるみ剝《は》がされて森を追い出された乙女だった。

「そうそう國子、あたし今年のくじに応募することにしたの。今度こそ当たるかしら？」

モモコは声を上ずらせた。かつてアトラス建設のせいで店を失った当人だというのに、彼女がなぜアトラスに執着するのか、誰もが不思議に思う。

しかし國子は感じるままに答えた。

「そうね。来週、うちの町からアトラスに移住できる人が出るわ。モモコさんがアトラスに行きたいならきっとそうかも……」

それを聞いたモモコはできるだけ甲高い声で嬌声《きょうせい》をあげた。しかし何か物足りないので、すぐに野太い声で「よっしゃあ！」と気合いを入れ直した。

アトラスに憧れる人なんて、國子のいる新大久保の町ではモモコとミーコくらいのものだった。新大久保は森林化に反対する反政府運動の拠点だったからだ。二年前、國子がまだ高校一年生だったとき、町は政府軍との抗争で多数の死者を出した。その新大久保は町を守るためのバリケードの中にある。

「なんでそんなにアトラスに住みたがるんだ。人間は地上で生きるのが幸せなんだ。森なんかに土地を奪われてたまるか」

助手席の武彦は二十年間反政府運動に携わっている。彼もまた森に住処《すみか》を奪われた男だった。彼は政府の性急なやり方に武力で立ち向かう組織『メタル・エイジ』の参謀だ。武彦はこのままだと東京は青木ヶ原樹海になってしまうと危惧《きぐ》する。急速な森林化は却《かえ》って環境を激変させ、結局人間が一番困ることになるというのだ。

当初、植林されたのはブナやミズナラなどの温帯林だったのに、実際に繁殖しているのは亜熱帯性植物のシダ類や椰子《やし》だ。ときどき森の奥からハチドリが飛んでくる。恐らく森の中心部はジャングルになっているに違いなかった。未《いま》だ東京が経験したことのない特異な生態系ができつつあるのだ。

「政府の連中は森がどんなことになっているのか知ろうともしない。高みから一面の緑を眺めて満足しているだけだ。あいつらの頭の中には炭素税の削減しかないんだ」

先進国の中でも炭素税の税率を急速に下げているのは日本だけだ。他の諸国は日本のような性急なやり方をしようとしても、世論の反発にあってなかなか実行できない。

武彦たちは警鐘を鳴らし続けた。森林化の速度が性急すぎる。ドイツはかつて数百年もかけてバルトを植林した。それと同じ面積を、半世紀で為《な》し遂げる計画に、そもそも無理があるという。既にその歪《ゆが》みが現れていた。

「この十年で熱帯性の疫病が七種類も見つかったんだぞ。一千万の人間に感染してみろ、たちまち東京は死の街だ。これ以上森を増やすのは危険すぎる」

　去年の夏、絶滅したと思われていたマラリアが東京で発見された。マラリア蚊を媒介とする熱病だ。この疫病で二十五人の同志の命が奪われた。

そのことを聞かされて國子の顔に緊張が走った。

「予想よりも早く密林化が進んでいるってことね。やっぱり池袋の森がマラリアの温床になっているのよ。来週にも潜ってみるわ。ワクチンは足りてる？」

「全然。だいたいWHO熱帯部門が持っているワクチンだけでも充分とは言えない。最低でも百万人分のワクチンの準備が東京には必要だ」

　彼女が不在の間に地上の街は病魔に蝕《むしば》まれていた。モモコはあの夏の悪夢を克明に語った。スコールの水溜《た》まりがマラリア蚊を繁殖させ、人口密集地を襲ったのだ。地上は未曾《みぞ》有《う》の恐怖に突き落とされた。

「もうあんな恐いのは勘弁よ。だからアトラスに行きたいのよ。あの高さまではマラリア蚊も飛んでこないでしょ。疫病の心配をしているのは地上の人間だけ。政府だってアトラスにあるんだもの。くじに当たってみんなで移住しましょ。当籤《とうせん》者の家族は含まれるんだから。嫌だけど武彦と結婚してあげてもいいのよ」

「男と結婚できるか！　おまえなんかひとりでアトラスに行ってしまえ」

「ふん。政府軍もゲリラも所詮《しょせん》、人殺しよ。マラリアよりタチが悪いわ」

「そもそもあんな危険な森を造ったのは政府だ。炭素税なんか気にするな。昔の東京の方がまだ暑いだけで良かった。おまえだって昔の六本木の薄暗い街が良かったと思っているだろう」

モモコは黙って運転していた。森に店を奪われたとき、もう泣かないと決めた。その気丈な横顔には強い意志があった。

國子は武彦を制止した。

「武彦、言い過ぎよ。モモコさんは元気なのが一番よ。昔みたいに疲れた顔しているより、夢を持っている今の方があたしは好きだわ。あたし今でもはっきり覚えているわ」

國子はモモコが初めて自分の町にやってきた日を思い出した。

建設中のアトラスが十三本の巨大な脚を見せ始めていた頃だ。木更津から見ても視界を塞《ふさ》ぐほどのとてつもないスケールは、関東中の人々の度肝を抜いた。最初は誰もが人工地盤の大地に住めるものと信じていた。いくつもの街が森に還り、地上にあった同じ街が人工地盤の上にできつつあった。もうスコールに脅《おび》えなくてもよい。新しい大地は雲の上だ。その未来に誰もが熱狂した。

だが、アトラスは持たざる者に厳しかった。炭素税が引き上げられるにつれ、貧困層と富裕層との格差は広がるばかりだ。それどころかアトラスは持っていた財産さえ奪ってしまうことがわかってきた。森から追い出された民は束の間の安息を求めて新大久保に寄りついた。町中に『新大久保はコンクリートのままで』というプラカードが掲げられていた。その数は店の看板よりも多かった。

　そんなある日、森に追われたモモコがやってきた。かつて豪華だったはずのステージ衣装はいくつもスパンコールが落ちて、まるで歯のない老人みたいな格好だった。流浪の最中に暴力に見舞われたに違いない。ドレスは引きちぎられて短くなっていた。モモコは町に入った途端、路上だというのにすっかり安心して座り込んでしまった。

　たちまち武装した男たちがモモコを囲んだ。

「待って。敵じゃないわ！」

　國子はマンションのベランダから声を張り上げた。幼い國子は鉄兜《てつかぶと》を被《かぶ》った老婆に抱かれていた。この地区の取りまとめ役の媼《おうな》・凪子《なぎこ》だ。彼女は最近、跡取りとなる養女を貰《もら》った。それが國子だ。國子は幼いながらに鋭い感覚を持っていた。町に来た人間を敵か味方か瞬時に判別できるのだ。國子の能力がこの地区に秩序をもたらした。寄せ集めの反政府ゲリラにつきもののスパイや内部抗争の心配がなくなったのだ。

　國子は赤い着物を着せられていた。國子はモモコの前に立つと、化粧の崩れた眉間《みけん》をとんとんと叩《たた》いた。それでモモコは今までの緊張を全て解いて、その場で眠りについてしまった。以来、モモコは國子の養育係となった。世話好きなモモコは國子を自分の子どものように大切に育てた。

　モモコはいつも見張り櫓《やぐら》の屋上で國子を膝《ひざ》に乗せていた。そしてアトラスが明かりを灯《とも》すまで、夢を聞かせるのだ。アトラスの明かりは神々しく見えた。

「いつかあたしもあの街に行くのよ。どんどん高くなれば、いずれあたし達にも移住が認められるわ。今は我慢しなきゃね」

地上を森に還した憎き象徴のアトラスのことをうっとりと語るのは彼女だけだ。だけど國子はそんなモモコを見るのが好きだった。國子は尋ねた。

「モモコさんは政府軍が好きなの？」

「あたしは武器で人を脅すやり方が嫌いなの。政府軍もメタル・エイジも大っ嫌い。でも國子は好きよ。だから武器を取らないで」

「うん、あたしも武器を持たない。だってあたしは大きくなったらスチュワーデスになるんだもん」

幼い頃はそんな約束ばかりしていた気がする。しかし國子は成長するにつれメタル・エイジの人間とばかり付き合うようになった。いずれ國子は武器を取り反政府運動に参加する。それがモモコの心を痛めた。

そしてその嫌な予感は的中した。

モモコは國子が少年院に送られる日、泣き叫んでいた。

ちょうど二年前のスコールの日、政府軍が國子のいた女子校を占拠した。表向きは学校に催涙ガスを投げ込んだ不審者の制圧だったが、真の狙いは凪子の跡取りと目される國子の拉致《らち》監禁だった。國子はこの事態をとっくに予想していたので、この日学校を早退した。テレビ中継で見る学校は催涙ガスを窓から立ち昇らせていた。テロリストに擬装した政府軍がやったのだ。そして國子がいないことがわかると、親友の友香が逮捕された。

この交渉で國子の身柄が引き渡されることになった。無差別テロの容疑者として。

國子を人質に取られた反政府ゲリラはこの二年間、目立った活動をしていない。それどころか政府軍の人間が町に潜り込んでいる可能性もあるのだ。中枢が麻痺《まひ》したメタル・エイジは武装解除せざるをえなかった。

その間に森林の包囲網は着実に展開されていった。メタル・エイジと連動する中野坂上地区が解体され森に変えられたことで、組織は弱体化させられた。政府の狙いは森林化を阻む勢力に休んでもらいたかったのだ。

もちろん政府軍と徹底交戦することだってできたかもしれない。法を犯したのは政府軍の方だったのだから。司法の場で事の真相を暴露すれば行きすぎた弾圧だったと政府が非難を浴びるのは目に見えていた。しかし國子は自らの意志で人質になった。

理由はただひとつ。幼い頃から耳に入ってくるある種の声と対話するためだ。そのためには雑音の多いこの町を一旦《いったん》出ることが必要だった。テロリストの容疑は未成年で二年。この間に声とコンタクトを取らなければならない。蘊蓄《うんちく》坊主のいる寺に籠《こ》もるより、モノ扱いされる少年院の方がずっとプライバシーがある。

声といってもそれは一種の音のように聞こえるだけだった。しかしその音に意味があるような気がしてならない。声が自分に何かを伝えようとしている。

凪子もそのことは知っていた。

「目覚めの季節が訪れたのじゃ」

――と言ったきり口を噤《つぐ》んでしまった。國子を手放せば闇が広がることを知っていた凪子だが、運命は早く知っておいた方がよいと判断した。國子に今必要なのは、武器の扱いを覚えることではなく、瞑想《めいそう》による覚醒《かくせい》だった。

國子はモモコにこう言い聞かせた。

「絶対に控訴しないで。あたしは大丈夫。雨があがったら戻るわ」

後見人の凪子は國子が町を去ったと同時に武力闘争を停止した。そしてメタル・エイジは牙《きば》を折られた武装グループに成り下がった。

國子はその間、声との対話を試みた。静かになるためなら独房にも入った。そして声がどこからやってくるのかがわかった。声はアトラスから聞こえてくるのだ。夜になれば、それはもっとはっきりした。風を受けたアトラスが独特の低周波を放つ。その音の中に声らしきものが聞こえるのだ。

凪子はこう言っていた。

「声のする場所へ行ってみるがいい。そこがおまえの居場所だ」と。

しかしアトラスは國子たちにとって忌まわしき存在だ。あれのせいで何百万の人間が難民のような生活を強いられている。故郷がある人はまだいい。土地を追われ仕事を失ってそれでも東京にしかいられない人たちが、どんな思いでアトラスを見つめているのか國子には痛いほどわかる。だから初めのうちは錯覚だろうと何度も打ち消そうとした。だが國子の思いとは裏腹に心の中は確信に満ちていた。アトラスが國子を呼んでいる。

都心に近づくにつれ、アトラスは視界を塞ぎ始めていた。アトラスの第七層は重力を軽減するために一回り小ぶりの人工地盤が敷かれ、鼓のような形になる。それがちょうど巨人の腰のくびれに見えた。

「モモコさん。もし、あたしがくじに応募したらどうする？」

國子が目を伏せて呟《つぶや》いた。

「また冗談ばっかり。國子がアトラスに行くなんてありえないわ。それこそメタル・エイジは完全にお終《しま》いよ。あたしは別にそれでもいいけど。どうしたの？　まさか少年院で洗脳されたわけじゃないよね？」

「國子に洗脳は効かない。こいつの意志の強さは鋼鉄並みだ」

國子をメタル・エイジの次期総統だと疑わない武彦は憮然《ぶぜん》とした。二年間おとなしく活動を控えていたのは、國子に害が及ぶことを避けるためだ。国民を弾圧するためなら何だってやる政府だ。秘密警察を少年院に潜入させ國子を暗殺するかもしれなかった。武闘派の武彦が二年もおとなしくするなんて相当の苦渋だっただろう。そのことは國子自身がよくわかっていた。

「冗談よ。ちょっと驚かせたかっただけ……。だってモモコさんがアトラスに行ったら寂しくなるもの……」

モモコは涙ぐんでいた。

「國子待っててね。お店を開いたら絶対にあんたをスカウトしにくるから」

「あたしは女よ！　なんでニューハーフにならなきゃなんないの」

「ちょっとインチキだけど國子なら話題になるわ。そうだわ。國子を妊娠できるニューハーフってことにしましょう。処女懐胎した聖母の姿でステージに立つの」

「おまえは見世物小屋を作るつもりか」

あまりのおぞましさに武彦が怒鳴った。國子の養育係だから大目に見てやっているのだ。國子を利用しようとするなら誰であれ、武彦は許さない。

「鉄兜を被るよりマシだと思うわ。あんたこそ國子を女だと思ってないじゃない。國子は口紅をする歳になったのよ。さあ國子どっちか選んで。鉄兜と春の新色、身につけたいのはどっち！」

「國子はゲバルト・ローザだ。オカマの国になんか行かないさ」

武彦は選ぶほどの選択肢かと自信満々だ。しかし國子は武彦の目を見るのを一瞬躊躇《ためら》った。國子の目はフロントガラス越しに見えるアトラスを捉《とら》えていた。

「國子？」と心配そうに聞いたのは二人同時だった。國子がとてつもなく寂しそうな目をしていたからだ。二年の歳月が見えない隙間を生んでいた。

「なんでもないわ。ちょっとお腹がすいちゃって。ネンショーのメシの不味《まず》さっていったらねえ、シスターでも泣くほどなの。そうだ。中野坂上のお好み焼き屋に行こうよ。出所したら、あそこでカロリーなんか気にしないで食べようと思ってたの。あたしはエビとイカがいいな。あれ。みんなどうしたの？」

　モモコは黙ってハンドルを切る。今走っているところがその店のあった場所なのだ。森はどこまでも深く、海のような静けさに満たされていた。

　これから夜の帳《とばり》が降りて森の闇と混ざるに従い、またアトラスは鳴くだろう。今夜はどんな声を聞かせてくれるのだろうか。まるで懐かしい子守歌のような声でアトラスは鳴く。國子は自分の未来に初めて不安を覚えた。

　國子はさっきから背後が気になって仕方がない。

「ねえ、もしかしてあたし達、尾《つ》けられてない？」

　振り返ろうとする友香の頭を押さえた。尾行には注意していたつもりの武彦が身を強張《こわば》らせる。モモコに幹線道路を使わないように指示しておいた。

「秘密警察か。まさか！　後部カメラとセンサーが十分以上同じ車が尾いてきたら自動的に警報を鳴らすようになっている。まだ警報は鳴ってない」

「そんな機械当てにならないわ」

　國子は助手席に身を乗り出した。

　武彦はダッシュボードに設置されたモニター画面を食い入るように見ている。少年院からの走行経路の記録が出た。今まで後ろにいた車は全部で十九台。白い車が尾いたのは環七運河を過ぎてすぐだ。ちょうど二分前のことだ。

　ときに國子の直感はハイテク装置を凌《しの》ぐ。

「國子、尾けられているかもしれないと思ったのは？」

「二分前からよ」

國子の後ろには白い車が車間距離を保って走っていた。國子はてきぱきと指示を下した。

「モモコさん、あの車を前に出すように減速して。よし、一緒にスピードを落とした。じゃあ次の角を左に曲がって。もう一回左。ビンゴ！　撒《ま》いて！」

モモコはアクセルを思いっきり踏んだ。

「ガソリン車のパワーを見せてやるわよ！」

黒い排ガスを撒き散らした車は、猛烈な加速で後続車を振り切った。わざわざ時代遅れのガソリン車を使うのにはわけがある。悪路をものともしない四輪駆動車のパワーは森の中を走るのに最適だったからだ。森は危険だが味方にすれば身を守る盾にもなる。まるでイソギンチャクに隠れるクマノミのように、モモコの車は中野坂上の森の中に突進していった。

新大久保の町は堅牢《けんろう》なバリケードの中にある。町の中にダムができたような巨大な壁は、無数の銃弾の痕《あと》で傷つきながらも住民を守っていた。このバリケードの中に二十万の民が肩を寄せ合って暮らしている。

町は一見すると産業廃棄物処理場のように見えた。急激に増えた人口を受け入れるために、建物が歪《いびつ》に肥大化したせいだ。少しでも人が入れる空間があれば、たちまちビルに蟻塚のような瘤《こぶ》ができる。かつての職安通りを跨《また》ぐように幾つもの橋がかけられ、橋と橋の間に人工地盤が敷かれた。この上に不法建築物を隙間なく建てたら今のような外観になってしまった。しかしこの形も仮の姿にすぎない。四方八方に突き出た鉄筋はすぐに床になり、壁になり、また鉄筋を突き出す。この建物は人の鼓動の数だけ蠢《うごめ》いた。

住民はこの建物を『ドゥオモ』と呼ぶ。この大食漢の胃の中みたいな町を何故そう呼ぶのか、夜になればわかる。昼間のドゥオモは、ただ喧《やかま》しく獰猛《どうもう》で苛立《いらだ》っているだけだが、明かりの灯《とも》る夜になれば、突き出た八本の煙突がゴシック建築の尖塔《せんとう》のようで、ロマンチックなシルエットを浮かび上がらせるからだ。

「國子が帰ってくるのよお」

大玉のような女が転がるように通路を駆ける。目に染みる汗の匂いで彼女の周りだけ黄ばんで映る気がする。野太い声とハイヒールの靴音がガタガタとパンチメタルの床を揺さぶる。彼女がモモコの相棒のミーコだ。ミーコは女装した相撲取りを思わせた。

六本木の森を追われて野良のニューハーフをしているうちに、ミーコは取り返しのつかないデブになってしまった。ミーコの腹に食い込んだ鈴はかつて栄華を極めた店でトップダンサーだった証《あかし》だ。エンジェルフィッシュのレリーフを施した鈴はモモコとミーコが過去を共にした唯一の絆《きずな》だった。

「やだわ。國子が出所するまでに二十キロ痩《や》せるって誓ったのにい」

脂肪の間で詰まった音で鳴る鈴を指で弾《はじ》いた。二年のダイエットは少しも身を刻んでくれず、むしろハイヒールの踵《かかと》を折るほどミーコを肥らせた。

「ほら、みんな出迎えなさい。國子に失礼じゃないのお。あれ？　この先に降りる階段があったはずだけど、行き止まりだわ。また迷ったのかしら？」

通路で筑前煮をこさえていた老婆が苦笑いした。

「その階段は先月壊してしまったよ。新しい煙突を作る竪穴《たてあな》にするんだってさ」

煙突はアトラスが上に伸びた数だけ作られることになっている。炭素を削減することに躍起になっている政府に、炭素を放出する煙突で抵抗を示すのだ。第九層の建築に着手したアトラスに合わせて、ドゥオモもまた九本目の煙突を伸ばすことになった。

筑前煮の味見をした老婆が天井を指さす。

「ミーコや、三階上の避難梯子《はしご》をお使い。それが下への一番の近道さ」

もはやこの地区は立体迷路よりも複雑だ。一階上に行きたいのに、直通する階段がないのは当たり前で、階段の上は行き止まりなんてザラだった。好き勝手に増築したせいで、誰もドゥオモの全体を把握する者がいない。みんな自分の使う通路しか覚えていないので、迷っている人間は新参者だとわかった。慣れた人間なら犬をつれて歩く。犬の嗅覚《きゅうかく》と縄張りに頼るのだ。

ミーコの側を男たちが追い抜いていく。それぞれ抱えられぬほどの薪《まき》を携えていた。男たちは口にはしなかったけれど、目でこう囁《ささや》いていた。

「今日は盛大に燃やすぞ」と。

広場はすでに押すな押すなの人だかりだった。赤子を抱えた女たちが先頭に割り込もうと肩で人を掻《か》き分ける。女たちが口々に叫ぶ。

「お願い。この子に國子様をお見せしたいの。通してください」

「國子様に抱いてもらいたいの。もう二歳になるのよ」

建物から溢《あふ》れ出た群衆は、正面ゲートに立ち塞《ふさ》がる巨大な跳ね橋が開くのを今か今かと待ちかまえている。扉を兼ねたアルミニウムの橋は、このバラック地区の中で一際エレガントだ。外から見ると、まさかこの美しい跳ね橋の向こうに、産業廃棄物でできた城があるなんて想像すらしないだろう。この橋は超高層ビルのカーテンウォールを剝《は》がして外装したものだった。老人たちならこれがかつてどこにあったカーテンウォールなのか、誇らしげに教えてくれる。むかしむかしのことだと言って。

——この橋はあの鉄条網で覆われた西新宿から盗んできたものさ。住友三角ビルが裸なのは儂《わし》らの仕業。どうだい綺麗《きれい》な橋だろう。昔、西新宿で儂の父さんが働いていたなんて、信じられるかい？

この跳ね橋には開拓者たちの夢が詰まっている。炭素税に喘《あえ》ぎ、森に住処《すみか》を追われ、それでも生きていく最後の砦《とりで》に旧世界の繁栄のシンボルを取り入れた。空が灰色で、アスファルトが土を覆い、ディーゼル車が排ガスを撒き散らす、懐かしい東京を残したかった。しかしロマンなんて言ってられない現実がすぐに彼らを襲った。難民を受け入れるたびに町は膨れあがり、景観なんて悠長なことを考えている暇がなくなってしまったからだ。だからこの跳ね橋はみんなの思いが詰まっている。いつか東京を森から取り戻したとき、この跳ね橋を渡ってかつて住んでいた土地に帰る。それまで束の間の窮屈だと信じて。

しかしそんな思いを抱いていた最初の世代は、もう死にゆく歳にさしかかっていた。今ではドゥオモを原風景にする世代が多数派だ。そして生まれたときには既にアトラスは天に向かって伸びていた。

ミーコはやっと建物から脱出した。方向音痴は女の証と普段は開き直っているが、既に広場にミーコを受け入れる隙間はなく、野太い声で癇癪《かんしゃく》を起こすしかなかった。

「ちょっと、あたしをこんな隅に置いてタダで済むと思ったら大間違いよ！　これでもショージャヘッドラインだったんだから！」

そんなミーコに冷たい言葉が飛ぶ。

「うるせえぞデブ。食わせてもらってるだけありがたいと思え」

メタル・エイジの男たちはミーコをからかって憂さ晴らしするのが常だ。

「ニューハーフはね、夢を与えるのが仕事なの。武器で人を殺すくらいなら男に戻った方がマシよ。この腰につけた鈴に終生誓願したのよ。永遠の処女だって」

「童貞の間違いだろ？」

ミーコが樽《たる》のような腰をくねらせた。

「童貞は十三歳のときにロマンスグレーのおじさまに捧《ささ》げちゃったあん」

「おい、このデブを煮出して石鹸《せっけん》でも作れ」

またミーコが金切り声をあげる。泣き出すとミーコは二時間は止まらなかった。汗みたいな涙をだらだら垂らしながら、迫るように泣かれるのはうんざりだった。ヘルメットを被《かぶ》った背の高い男が仲裁に入った。

「國子様のお帰りだ。お湿りはよくない」

「くそっ、デブ。命拾いしたな」

泣きやんだミーコはふんとそっぽを向いた。モモコと國子がいなければ、こんな下水道みたいな建物なんてすぐにでも出て行きたいくらいだった。しかし以前のように渋谷の森で生活するのは死と隣り合わせだ。森にはゲリラよりも恐ろしい怪物がいると噂された。そいつを目にした者は生きて帰れないという。目黒の森を鳥が雲のように覆っている。その下には餌となる死骸《しがい》があるという。鳥の雲を見たらすぐに逃げろとミーコは森の仲間たちから教わっていた。

「あら、炉に火を入れたのね。雲がいっぱい出てくるなんてステキい」

建物の中央に聳《そび》え立つ巨大な煙突の列柱が目覚めた。薪がくべられた煙突が次々と息を吹き返す。この二年、休んでいた煙突は叩《たた》き起こされて、大きな欠伸《あくび》をしたように微《かす》かな煙を吐いた。それから雄叫《おたけ》びの黒煙を噴きあげると後はノンストップで活動する。黒く染まった青空に、広場の民衆が熱狂で沸き返った。

炉に薪を投げ込む男たちの顔が子どものようにはしゃいだ。

「國子様のお帰りだ。どんどん炭素を出せ。温室効果の膜を空に張れ。政府に一泡噴かせば、こいつ一機で十分に対処できる。」

ぞ。テロリストたちに目を付けられないように気をつけてな」


てやろうぜ。メタル・エイジは不滅だってな」

政府軍の目を盗んで十日間、渋谷の森を伐採してきた薪の量は半端じゃない。この薪が燃え尽きるまで不眠不休で稼働させるのだ。アトラスにいる澄ました連中の目を染みらせるほどに。これだけ巨大な煙突から噴きあげる熱源を見落とす国連の炭素監視衛星ではない。すぐに排出された炭素を日本政府に通告し、輸出品に課税してくるだろう。明日の炭素指数は急騰《きゅうとう》するはずだ。男たちは明日のニュースを想像するだけで、疲れなんて吹き飛んでしまった。

見張り櫓《やぐら》の男から檄《げき》が飛ぶ。

「國子様の車が見えたぞ。もっと煙を出せ」

男たちの熱気に合わせて薪を運ぶベルトコンベアもスピードをあげた。

モモコの車が土煙をあげてドゥオモに近づいた。煙突の先端が視界に入るとモモコの顔にやっと笑みが戻った。

「さあ國子、着いたわよ」

「モモコよくやったぞ」

武彦がモモコの肩に手を乗せる。途端、まるで吊《つ》っていた糸が切れたかのように、モモコの身体がハンドルに崩れた。尾行はあったが、無事に國子を入城させる使命を全うしたのだ。振り返ると、二年ぶりのドゥオモに國子は無邪気にはしゃいでいた。

「モモコさん、サンルーフを開けて」

この地区が放つ匂いを最初に嗅《か》ぎたかった國子は、サンルーフから上半身を出した。風が運んでくる匂いは錆《さび》と機械オイルとエスニックな香辛料が混じった懐かしい香りだ。

「武彦、ヘルメットと鶴嘴《つるはし》を！」

手渡された鉄兜《てつかぶと》は年季が入って赤く錆びていた。ぶかぶかのヘルメットは國子の視界を半分に遮った。鶴嘴は炭素時代を復興させる王者の杖《つえ》だ。武彦はモモコに得意そうに胸を張った。するとまたサンルーフから声がかかった。

「モモコさん、エスティ・ローダーの春の新色を！」

國子はコンパクトを開いて念入りに口紅を塗った。鉄兜の錆とエスティ・ローダーの新色はよくマッチしていた。

助手席の背に足をかけ、サンルーフから立ち上がるとセーラー服を風に翻《ひるがえ》す。國子は細い腕で巨大な鶴嘴を掲げた。そして今度は入るための扉をもう一度開ける。

「扉を開けて！　あたしは戻ったわよ」

巨大なアルミニウムの橋から光が漏れる。その隙間から洪水のような歓声が溢れ、橋を押し倒す。新宿住友ビルの外観をした橋が空から落ちてくる。何度見ても身を竦《すく》ませる光景だ。まるでビルの爆破現場の真下にいて、今にもぺしゃんこに潰《つぶ》されてしまうような恐怖を覚えてしまう。モモコは反射的に車をバックさせた。

「この感じ懐かしいわね。ドゥオモはこうでなくちゃ」

國子は血の気が引くような感覚とは裏腹に、突き上げてくる喜びに声をあげた。

橋が外界を隔てていた堀を跨《また》ぐ前に、國子の目は広場に飛び込んでいた。二年前と同じあの雑多な雰囲気だ。ドゥオモの匂いも色も音も、人の声も我先にと國子に抱きついてくる。たちまち神経が輻輳《ふくそう》して頭を混乱させるのだが、それすらも心地好い。國子はあえて無防備に身体を弛緩《しかん》させ、記憶に血を巡らせようとした。一秒でも早くこの世界に染まってしまいたかった。

ドゥオモの広場は数万の鼓動で埋め尽くされ、城主の帰還を高鳴りで歓迎していた。

「國子様、お帰りなさい」

無数の言葉が空中でぶつかりあって塊になりそうだ。國子は鶴嘴を頭上に突き上げて、歓声に応《こた》えた。これからはこの騒がしさが日常になるのだ。ドゥオモとは名ばかりの俗世で反政府活動に明け暮れる。

凱旋《がいせん》パレードの熱狂の中で、國子は覚えている場所を確認していた。ドゥオモはすぐに形を変える。二年前日当たりの良かったテラスは潰れ、建物の真ん中に埋没していた。

「あら、あのブリッジいつから物干し台に変わったの？」

國子が空中回廊になった橋を指す。昔の線路の鉄橋をそのままビルとビルの間にくっつけただけの安普請な橋だった。それが今では誰かの服が干される物干し台になっていた。見れば小さな服でいっぱいだ。

「あれは見張り櫓だったんだが、もう使わなくなった。どうする？　元に戻すか」

武彦の声は去勢されたように小さかった。森はすぐそこまで迫っているというのに、もう見張り櫓で夜警することもなくなっていた。

しかし國子は気にしなかった。

「そのままにしてあげて。ドゥオモが生まれ故郷になる子が増えたのはいいことよ。好きになってほしいの。見張り櫓ひとつくらいくれてやりなさい」

見上げた空は一面の黒煙だ。こんな黒い空を見るのは久し振りで、してやったりの気持ちになる。古老たちが懐かしそうな遠い目で空を見上げ、孫たちに語りかけた。

「これが私たちの思い出の東京の空なんだよ」と。

八本の煙突は最大稼働で黒煙を噴きあげる。敢えてフィルターをつけず不完全燃焼を起こしやすい構造にした。その方が煤煙《ばいえん》が出るからだ。

煙突を見上げた國子が武彦に聞く。

「どれくらいCO²を排出するつもりなの？」

「百時間で六十トンてところだな。池袋と練馬の仲間たちも今日は國子のために祝ってくれるというから、百トンは堅いかな。こういう人為的な炭素排出は焼き畑よりもペナルティ率が高いからな」

「上出来よ。アトラスの連中には適度な緊張を与えなきゃ。こうでもしないと地上に目を向けないもの」

「しっかり見てろよ、国連のイカロス３号」

衛星周回軌道がどこにあるのか地上からは見えないけれど、頼みの綱は電子の目だ。日本が驚異的な速度で炭素削減を達成しているので、国際社会から嫉《ねた》まれているのだ。実際、百万人規模の難民を生み出してまで森林化を推し進めている都市は東京くらいのものだ。

國子は心配そうに空を眺めた。

「炉の出力を上げすぎよ。煙突を三本止めないと炭素指数が上がっちゃう」

「何言ってんだ。おまえの祝いじゃないか。みんなが盛大に迎えてやってんだから、そんな顔するな」

「炭素指数の変動は〇・一五ポイント未満に抑えられるんでしょうね」

「ちゃんと計算してるさ。百時間燃やすくらいじゃ炭素税はあがらない」

「CO_2排出量と炭素指数は正比例しないのよ。マーケットの気分で変わるんだから」

今や炭素市場は世界経済の要《かなめ》だ。市場は実質炭素と経済炭素に分けられる。温室効果を発生させる大気中の炭素を実質炭素と呼ぶ。当初これを各国に削減させるだけだったが、思った以上に目標値を下回らなかった。第三世界は高関税を恐れず工業化を推し進めた。課税されたペナルティには安い人件費で対抗し、依然として競争力を維持したからだ。

そこで経済炭素という概念が生まれた。経済炭素は旧時代の利息にあたる。各国に課せられた実質炭素削減値を分割削減する場合、利息分の経済炭素が発生する。実質炭素の削減に時間をかければかけるほど、経済炭素の量も増える。市場で変動するのはこの経済炭素だ。

「またアトラス国債が値上がりしなきゃいいけど……」

モモコは悲しそうに黒煙を見上げていた。そしてくじのことを思い出して、夢はまだ涸《か》れたわけではないと唇を嚙《か》んだ。

　車を降りるや、國子は群衆に囲まれた。赤子を抱いてくれと四方八方から子どもが差し出される。國子は泣いている赤子の眉間《みけん》を指先でとんとんと軽く叩《たた》いていく。すると口の中に蟬でも入れていたかのように泣いていた赤子が次々と泣きやんだ。國子はそっと言葉を投げた。

「この子たちに幸多き未来を」

　浄化された空気が辺りを包んでいく。目の奥までも冴《さ》え渡る意識に、誰もが心地好く身を預けた。周囲の人間はこれが國子の力だとわかっている。だが國子は自分が発した空気に戸惑うばかりだ。

「モモコさん。今、変な風が吹かなかった?」

　モモコはにっこり笑って肩を竦めただけだった。その時だ。モモコは群衆の奥に黄色く汚濁した空気を見つけた。「國子、見てはいけない。穢《けが》れるわ」と鉄兜の鍔《つば》を下ろす。香水と混ざった汗の匂いは國子の鼻をつき、すぐに誰か教えてくれた。國子は前に飛び出した。

「ミーコさん、会いたかったわ」

　ミーコの体は汗と涙でぐっしょり濡《ぬ》れていた。ミーコが熊のように喉《のど》を鳴らして國子を抱き締めると、國子の体は脂肪の塊に飲み込まれてしまった。

「國子、國子……。あたしずっといじめられてたのよお。ご飯も三食しか与えられなかったのよお。餓死寸前だったんだからあ」

國子はミーコの肉布団に圧死しかけていた。鉄兜が隙間を作ってくれなければ、窒息していたところだ。だけど國子はミーコがいつもぎゅっと抱きしめてくれるこの力が大好きだった。普通の男はここまで強く抱きしめてくれないだろう。心許《こころもと》ない背中すら包まれるこの抱擁が國子の揺りかごだった。ミーコは腹の上で國子を転がした。

「やだ、國子また痩《や》せたんじゃないの？　おっぱい全然大きくなってないじゃないのお。あたしの半分あげるわ。女のことならオカマに相談するのが一番よ」

グサッと胸に突き刺さった。これでも二年前よりはマシな胸になったと思っていたのに。Bカップと自分に言い聞かせてきた自尊心が崩れ去った。さらにモモコが追い討ちをかける。

「ミーコのバカ。この子の胸のことは言わないの。これ以上大きくならないんだから」

それで國子の胸はさらに抉《えぐ》れた。オカマどもに胸のことを心配された上に、見捨てられるなんて女として悲しすぎる。「大きくならないんだ……」と呟《つぶや》いた國子の声は震えていた。

「さあ國子、凪子様へのご挨拶《あいさつ》がまだよ。先週からずっと落ち着かないでいらっしゃったんだから」

モモコに手を引かれた國子がドゥオモに入る。辺りはすっかり日が落ちて、ドゥオモが聖なる夜の顔を見せていた。

御簾《みす》の奥で対面した瓜子がどういう表情だったのか、國子は覚えていない。ただ「吉《よ》き瞑想《めいそう》だったか」と聞かれただけだった。國子は返事をするのを躊躇《ためら》ったが、それが答えになっていたと気づいたのは、瓜子との謁見を終えた後だった。瓜子はかつて自分が被《かぶ》って指揮を執っていた鉄兜《てつかぶと》を國子に譲った。

瓜子は言った。

「今日からおまえがドゥオモの主《あるじ》じゃ。千人の兵隊と二十万人の住民の命を預かれ。生かすも殺すもおまえの心ひとつじゃ」

跪《ひざまず》く國子に女官が錆《さ》びついた鉄兜を戴せた。銃弾のかすり傷を装飾にした鉄兜は瓜子の歴史だった。メタル・エイジが新大久保で結成されて三十年になる。その間、ドゥオモは着実に繁栄したが、アトラスもまた空に勢力を伸ばし、そして森も深くなった。

國子は鉄兜の重みを感じながら頭《こうべ》を垂れた。これは二年前の約束だ。ドゥオモに戻ればこういう運命しかないのは承知していた。しかし鉄兜を戴冠《たいかん》したとき、なぜか切なくなるほどに悲しかった。きっとこの気持ちすら瓜子の手の内なのかもしれない。國子はできるだけ無感情に努めた。

「お婆さまの鉄兜に誓って、必ずあたしがアトラスを落としてみせます」

「それにはアトラスをよく知ることじゃ。敵は途方もなく強大じゃ」

謁見を終えると、國子は見張り櫓《やぐら》に登った。予想通り、またモモコが物憂げな顔をしていた。アトラスの夜景を見つめていた。突き破られた雲がアトラスの光を孕《はら》んで、大地を照らしていた。アトラスの明かりは満月よりも明るい。そのせいでどんなに空気が澄んでいても星が見えることはない。

國子に気づいたモモコはベンチの端に座り直した。

「メタル・エイジを継いだんでしょ？」

「ごめん……」

「スチュワーデスになるんじゃなかったの？」

「それは来世の夢にしとく」

「いいのよ。子どもの頃の約束を忘れて人は大人になるんだから。夢見る時代が終わったのよ。夢から覚められないのはこのあたし。心の中はずっと踊り続けているもの……」

耳の中まで痺《しび》れるくらい暑い夜だった。夜は森の吐息で噎《む》せかえりそうだ。

「モモコさん、あたしが武器を持ったの怒ってる？」

「怒っても武器を捨てないでしょ。何となくこの日が来ると思ってたわ。怒らないのは現実を受け入れてないからよ。きっとこれは悪夢だわ。目が覚めたら私の國子は、お洒落《しやれ》と恋愛にしか興味のない女の子でありますように」

國子は何も言わずにモモコとアトラスの夜景を眺めた。綺麗《きれい》ねと同時に呟く。

「あんなに大きいのにどうして住めない人がたくさんいるの。政府は約束を守るべきだわ」

当初、人工地盤と町は等価交換のはずだった。アトラス計画は都民全員が移住するものだった。しかし実際にアトラスに用意されたのは三百五十万人分のスペースだった。一千万人の土地を奪って造る価値があったのだろうか。アトラスの人々は地上に残された人間の苦しみを知らなすぎる。一度地上に降りてきて、集中豪雨がどんなものなのか体験してほしかった。今や政府はアトラス中心の政策しか執らない。反政府活動は地上に人がいるということを示す有効な手だてだ。

「あたし、モモコさんがアトラスに行ったら闘えなくなっちゃうかも……」

モモコは國子の肩を抱き寄せて笑った。

「大丈夫よ。あたしは逃げ足が速いのよ。國子がアトラスを攻める前の晩にはメガシャフトを伝って地上に降りるから」

「どうやってわかるの？　あたしたちは反政府ゲリラよ。宣戦布告なんて紳士的なことしないのよ」

モモコはお伽話《とぎ》を聞かせる母親のように國子を膝枕《ひざまくら》した。甘い匂いと思い出がいっぱいの柔らかい膝だった。こんな暑い夜、モモコの膝は白桃のような香りがする。そのことをモモコは知っているのだろうか。

「ニューハーフにはね、神様から与えられた不思議な力があるの。大好きな人に迷惑をかける前にそっと消えるの。あたし、それだけは得意なんだから……」

モモコは恋に関してはとても臆病《おくびょう》だ。男性と仲良くなりかけると態度が硬くなる。それが自分の子育てに影響を与えないためだと國子は知っていた。愛情を自分にだけ注ぐためにモモコは独身を貫いた。そういうモモコをずっと見てきた國子は何度も胸を詰まらせた。

「もしアトラスを攻めるときはあたしに遠慮しちゃダメよ。國子はメタル・エイジの総統なんだから。情で判断を誤ると部下を百人死なせることになるわよ」

「お願いモモコさん、ずっとあたしの側にいて。あたしが守ってあげるから、アトラスには行かないで。ドゥオモでお店を開けばいいじゃない。あたしは城主よ。南の一番新しい棟をモモコさんにあげるから」

泣きそうになった國子にモモコがまたニューハーフの秘密を教えてくれた。

「大丈夫、ニューハーフはね、神様から貧乏くじを引かされた人間なの。だから、くじ運が悪いのよ」

点呼で起こされるかと身構えた朝は、まだ皆が寝静まっていた。ドゥオモの中を剝《む》き出しに張り巡らされた配管がゴボゴボと音をたてて鼾《いびき》をかいている。朝のまどろみの中で確認した自分の部屋は二年前のままだった。クリーニングのタグをつけたセーラー服が簞笥《たんす》にかけられていた。裁縫好きのモモコが細身の國子にあわせて胸元と背中にダーツを入れてくれたセーラー服だ。「これで少しは胸が大きく見えるわよ」と笑いあった日のことを思い出した。跳ね橋を駆けて学校に通っていた二年前は少しも色褪《あ》せずに今朝と繫《つな》がっていた。

「そっか。学校はもうないんだった……」

今日から國子がドゥオモの女城主だ。子ども時代の思い出は捨てなければならない。この町を守ること、政府を倒すことが人生の全てだ。若き総統が学校に未練を残しているなんて、カッコがつかない。

突然、警報のベルが鳴って感傷を切り裂いた。鉄兜を抱えて反射的に通路に飛び出す自分がいる。何をすべきなのか体は忘れていなかった。

「武彦、戦闘準備。指示するまでは威嚇《いかく》をしないで。非戦闘員は職安通りのシェルターへ」

頭で考えるよりも早く指示を下す。政府軍が新大久保地区を囲んだのだ。通路は人が入り乱れ、ミーコが壊れたサイレンのように叫びながら逃げていく。メタル・エイジは久し振りに目を覚ました。

通路で合流した武彦が状況を説明してくれた。彼はどこか潑剌《はつらつ》としているように見えた。

「ははは。炭素の亡者《もうじゃ》たちが髪を搔《か》きむしってやって来たぞ。今すぐ煙突から出る煙を止めろと言ってきた。ニュースを見ろ。炭素市場は大騒ぎだ」

武彦が携帯電話の画面を見せる。炭素監視衛星イカロスは東京に現れた熱源を拾い、速やかに排出されたCO_2を日本政府に通告してきた。輸出品に高関税のペナルティを加算して。炭素為替市場では日本が投げ売りだった。

國子は炭素指数を気にしていた。

「マーケットの反応が過剰だわ。一日で〇・三八ポイントも上昇している。炭素税は……

……」

武彦は指を鳴らした。政府は税率を三パーセントアップすると発表した。

「やったぞ。記録更新だ。炭素税二十一パーセントはドイツ並みだ」

國子はすかさず怒鳴った。

「だから言ったでしょう。炭素指数はCO_2排出量と直接関係しないって。〇・一五ポイント未満にしないとこっちの身が危なくなるのよ。メタル・エイジの最大の味方は世論だということを忘れないで！」

アトラスでのうのうと暮らしている人々への不満が、メタル・エイジの最大の支援だ。快適な暮らしを享受している天空の者と、集中豪雨と疫病に脅《おび》える地上の者が同じ額の炭素税を支払う。この不平等が闘争の源なのだ。

武彦はしゅんとうなだれた。政府軍に両親を殺された恨みが彼のエネルギーだ。そのために青春の全てを反政府活動に捧《ささ》げた。武彦が若々しく見えるのは、活力が漲《みなぎ》っているせいではなく、もしかしたら未熟な青さを若さと錯覚しているだけなのかもしれない。四十前の男なのに、独り身なのも頷《うなず》けた。彼の気持ちは十八歳のときのままだ。

「マーケットを甘くみたこっちのミスよ。〇・三八ポイントは行きすぎだわ」

武彦は駆けつけた部下を配置させるのに手一杯で、國子の言葉を聞いていなかった。

テレビを見終わってスイッチを切ると、待ち受け画面に國子の写真が現れた。ドキッと小さな胸が鳴る。撮られた覚えのない写真だった。

武彦は写真を見られたことも知らずきびきびとした口調で部下に指示を出している。

「昨日の祝いが近所迷惑だったみたいだ。東京は狭いからな。國子のキャンドルサービスを受け取ってくれないなんて、心も狭い連中だ」

國子は携帯電話を折り畳んで武彦のポケットに返した。

「二年の間に政府軍も随分強硬姿勢に変わったのね」

政府は炭素為替市場の急騰がよほど気に入らなかったらしい。普通、この程度の抵抗で囲まれることはない。内戦の方が遥《はる》かに国際的信用を落とすからだ。

「政府軍とは誰が交渉しているの？」

「凪子様だ。一歩も退かないでおられる」

「お婆さまも相変わらずね。バリケードは保《も》ちそう？」

「あいつらが作ったものだ。そう簡単には壊れないだろう」

実はこの地区をバリケードで囲ったのは政府だ。彼らのやり方は簡単だった。まず町に戦車を投入し、住民を追い出す。そして戻って来られないように鉄条網で封鎖する。その後、植林を行うのだ。更地にして森を造っていたのは最初のうちで、炭素削減の狂気に駆られるうちに解体に手間のかかる建物は残され、屋上を盛り土し、適当な苗を植え付ける手っ取り早い方法を採った。別に地上を自然に還《かえ》すのが一義的な目的ではない。森林が一番コストをかけずにCO_2を削減してくれるから、植林するだけなのだ。かつて副都心と呼ばれた地区の森が凸凹《でこぼこ》して見えるのはビルの形のせいだ。

新大久保地区は三十年前の第一次森林戦争の激戦地だ。町を取り返そうとした住民たちが政府軍と徹底抗戦した。勝手を知った町で自由に闘ったのはゲリラたちだ。焼き肉屋のおばさんがロケットランチャーでヘリを落としてすぐに逃げる。戦車が回頭する頃には人影は消える。自転車に乗った主婦が職安通りに飛び出して手榴弾《しゅりゅうだん》をキャタピラに嚙《か》ませ、すぐに路地に隠れる。政府軍は神出鬼没のゲリラたちに翻弄《ほんろう》され本来の戦力を発揮できなかった。市街戦ではハイテク戦は意味をなさなかった。

　そこで政府軍はゲリラがこれ以上侵入してこないように、新大久保地区に堅牢《けんろう》なバリケードを張り巡らせた。ドゥオモを守るダムの堰《せき》のような分厚いコンクリートの壁はかつて、政府軍を守っていた。しかしそれでも下水道を使ってゲリラは侵入した。やがて疲弊した政府軍は撤退し、住民たちは町を取り戻した。今ではドゥオモの地下シェルターになった職安通りはその当時の記憶を抱いて眠っている。メタル・エイジは職安通りで生まれたのだ。

　武彦は窓からバリケードの外を眺めた。堀の向こうは森から這《は》い出てきたカブト虫みたいな戦車が列をなしている。小振りで砲身の短い戦車は森の中を走行するタイプだった。

「なんだもっと来てるかと思ったんだが……」

「三十輛《りょう》の戦車を前にすごい自信ね、武彦。奴らが来ると人が死ぬってことを忘れないで」

國子が鉄橋に干された小さな服を指した。あれを着る子がひとりいなくなるのが戦争なのだ。昨日だっこした子のものなのかもしれない。凪子は犠牲を恐れない女だ。ひとり二人の戦死者は英雄にして士気を上げる材料にしてしまう。凪子は死体を見すぎたせいで、どこかおかしいところがあった。國子はそんな戦い方が嫌だった。

政府軍が威嚇の射撃をした。ドゥオモのどこかに当たり、爆発音が配管を走る。顔を強《こわ》張《ば》らせた國子は悲鳴の残響が混じっていないか耳を澄ます。幸い誰かが爆発に巻き込まれたような気配はなかった。ドゥオモから反撃のロケット弾が飛ぶ。凪子はいつものように徹底抗戦するつもりらしい。

突然、國子の脳裏にとてつもない惨劇のイメージが現れた。

「なにこれ！」

悪寒に身を凍らせた。ドゥオモが政府軍の反撃で壊滅的なダメージを受けた映像だった。棟の北半分が根こそぎ削り落とされ、瓦礫《がれき》の山となっている。政府軍は本気でドゥオモを落とすつもりだ。國子は目の底が熱く燃えるのを感じた。耳が塞《ふさ》がって鼓動だけが聞こえる。体が熱くなった國子はもう何も考えられなかった。

國子は声を張り上げた。

「攻撃中止。あたしが表に出る。炉と司令所を繋いで」

すぐに武彦が天井からケーブルを引きずり出して、凪子と回線を結んだ。

「お婆さま聞こえる？　あたしに指揮を執らせて。今闘うと大変なことになるわ。政府軍の司令官とかわって」

一番近い見張り櫓《やぐら》に立った國子は、息を飲んだ。眼下は一触即発の戦闘態勢だ。國子は臆《おく》することなく櫓の前に踏み出る。突風がプリーツスカートを翻す。

辺りをゆっくりと見渡した國子は、鶴嘴《つるはし》を頭上に構えた。

「聞けアトラスの軍隊よ。私はメタル・エイジの総統、北条國子だ。炉は最低限の発電をするために動かした。電力を蓄え次第運転を止める。この黒煙はけっして政府を刺激するものではない。新宿方面に展開した戦車部隊を撤退させろ。代わりにこちらは炉を一発止める。一号炉運転停止！」

ドゥオモの八つの煙突を背負った國子がさっと手を上げる。國子の号令にあわせて煙突のひとつが黒煙を吐くのをやめた。それを確認した政府軍の戦車が森の中に後退した。國子は巧みに交渉して次々と政府軍を後退させていく。黒煙を吐き出す煙突は残り三本だ。國子は戦車三輛を防壁の厚い目白方面に残した。側で見ていた武彦が大した交渉術だと舌を巻いた。

國子はスピーカーで拡声されているのを意識して、ゆっくりとした口調で告げる。

「次のイカロスの周回までには全ての炉を停止する。私の言葉に偽りはないか、政府軍はそれまで監視すればよい。こちらは戦闘を行う意志はない」

鉄兜《てつかぶと》が風に鳴る。政府軍からの返答がくる。

『次のイカロスの周回は七時間二十分後である』

これで戦闘は避けられた。息を飲んだ國子は鉄兜を脱ぎ、櫓から降りた。

武彦が不満そうな顔を浮かべた。

「なぜ全部撤退させなかった。おまえの初陣だぞ。勝利で飾らなければ……」

そう言いかけて武彦は背筋を凍らせた。國子の目が異様に鋭いのだ。後頭部まで貫くような視線に武彦は後ずさった。

「バカね。ああやって最低限の数だけ残してあげないと、向こうだって立つ瀬がないでしょ。初陣に戦死者を出さなかった。立派な勝利だわ」

そう言って肩で大きな息を吐いた。遅れてさっきの緊張が甦《よみがえ》る。胸を破りそうな鼓動に初めて気がついた。自分が何をしたのか何を喋《しゃべ》ったのか、五分も経っていないのに、記憶は遠い過去のように薄まっていた。鶴嘴に体重をかけた國子はぺたりと通路にしゃがんだ。

武彦が慌てて駆け寄る。

「緊張しているようには見えなかったぞ。おい國子、大丈夫か」

國子は放心して上手《うま》く返事もできない状態だ。今度は國子の目に力がない。一瞬のうちに生命力を使い果たしてしまったような虚脱感だ。

國子を探していたモモコがきゃあきゃあ叫びながら走ってきた。

「武彦、よくも大切な國子をあんな危ない場所に立たせたわね。この子が狙撃《そげき》されたらどうすんの！」

モモコは武彦の胸ぐらを摑《つか》むと素早く懐に滑り込み、一本背負いで軽く投げ飛ばした。相手の体重を瞬時に奪い取る華麗な一本背負いがモモコの得意技だ。渦のように相手に巻き付くと武彦の体は半回転していた。突然視界をひっくり返された武彦は為《な》す術《すべ》もない。モモコがキュートなお尻《しり》をポンと跳ね上げれば武彦は通路の彼方だ。技の切れがよすぎて武彦の滞空時間がスローモーションのように長く感じられる。武彦が床に叩《たた》きつけられる前にモモコは身繕いをする余裕だ。

武彦が無様に通路に捨てられると、モモコは女に戻って武彦にキイキイ罵声《ばせい》を浴びせた。

「あんたなんかキライ。キライ。キライ。戦争するなら玉なんかない方がいいのよ！」

モモコは國子に怪我がないか丁寧に体を触って、ようやく大粒の涙を零《こぼ》した。

「國子、お願い。もうあんな危ないことはしないで。あなたは女の子なのよ。きれいな服を着たい年頃の娘なのよ」

「モモコさん……いつここへ？」

モモコの化粧が涙ですっかり崩れた頃、國子は正気を取り戻した。どうしてモモコは泣いているのだろう。また武彦が差別的な言葉でモモコのハートを傷つけたのだろうか。それよりも自分はどれくらい放心していたのだろうか。そうだ政府軍がドゥオモを撃ったんだった、と思い出した。窓から見えるドゥオモの北棟は無傷だ。すると政府軍は何もせず撤退したということなのか。國子はまだ状況がよくわかっていなかった。

まるで憑《つ》き物が落ちたかのように戸惑う國子は、泣いているモモコを見て反射的に抱きしめた。

「大丈夫よモモコさん。あたしの側にいれば何も心配ないわ」

「違うのよ國子。あんたが一番心配なのよ。武彦の玩具《おもちゃ》になって、いいように操られるのを見るのが耐えられないの。やっぱり一緒にアトラスに行きましょう」

起きあがった武彦は、自分よりも小柄なモモコに投げ飛ばされたのが信じられない様子だった。

「オカマに負けるなんて……。モモコ、俺に何をした？」

モモコは指鉄砲をバーンと撃って、小悪魔のポーズを決めた。

「いつもオカマをバカにしたお仕置きよ」

警報は解除された。

政府軍はまだ監視を続けていたが、平穏なものだ。ドゥオモの中にまた無数の鼓動が宿る。総統が政府軍を追い払ったのだ、という熱狂のせいでドゥオモ全体が振動していた。しかし國子はまだ嫌な予感を拭《ぬぐ》えない。初めて立った司令所で勝手のつかない國子はいちいち歩き回っていた。

「北棟の住民を戻さないで。接続する通路とブリッジを全部封鎖して」

「どうしてだ。あそこが一番堅牢なのに。総統がピリピリしすぎるのはよくない。警報を解除したなら、戻すべきだ」

武彦はドゥオモ全域の警戒度を下げた。メタル・エイジだけのドゥオモではない。住民を好き勝手に振り回すイメージを持たれたくなかった。

「だったら炉を全部停止して。二号炉、三号炉、七号炉、運転停止」

「ダメだ。イカロス周回ギリギリまで動かせ。まるで政府軍に屈したみたいじゃないか」

國子の後を追うモモコがヒステリーを起こす。

「こら武彦、國子の命令を聞きなさい。あんた部下なのよ。言うこと聞かないとまた投げ飛ばすわよ」

「オカマは司令所に来るな。養育係だから大目に見てやってんだぞ」

「養育係は卒業して、今度は國子のボディガードになることにしたの。それらしい服を来週までに用意して。サイズは9号よ。可愛くなかったらまた投げ飛ばすわよ」

「さっきは油断しただけだ」

國子は政府軍の戦車部隊を監視した画面ばかり覗《のぞ》いている。彼らに目立った動きはない。しかし國子の中の緊張はまた高まっていく。根拠はないが警報を再び出すしかない。そう思ったときだ。ドゥオモが今まで聞いたことのない音で揺れた。まるで直下型地震のような横揺れだ。司令所が騒然となる。

「國子様、政府軍が撃ってきました」

銃弾の雨がドゥオモに打ちつけられる。どこにこれだけの戦力を配備していたのだろうか。一個大隊が動いたとしか思えない火力だ。オレンジ色の火花は空を埋め尽くし、一本の火炎になった。マグマの噴火が横殴りで叩きつけてきたかのような破壊力だ。間断ない攻撃は、ドゥオモの城壁を一気に削っていく。あまりの騒音にお互いの声が聞こえない。

「どこから撃ってくるの？」

メインスクリーンの電源が落ちた。床を這《は》う無数のケーブルに足を取られ、暗闇の司令所はパニック状態だ。國子は手元のモニターで生きているカメラを探してスイッチを切り替える。切り替わったカメラの映像に愕然《がくぜん》とした。政府軍は池袋方面から攻撃している。銃弾は蔦《つた》の絡まったサンシャイン60の山麓《さんろく》から飛んでくる。あそこはメタル・エイジのお膝元《ひざもと》だ。政府軍の動きがあればすぐに連絡が飛んでくるはずなのに、三十分前の定時連絡では何の情報もなかった。

「池袋は何をしているの。反撃しなさい」

すぐにサンシャイン60から反撃の火花が散った。蔦に覆われて断崖《だんがい》絶壁の山となった中腹から無数のロケット弾が飛ぶ。しかし政府軍の射撃は衰えなかった。池袋からの応戦には目もくれず、引き続きドゥオモだけを攻撃してくる。

「國子様、七号煙突が倒れます」

倒れるというより、消し飛んだと言うべきだ。崩れ落ちる煙突にも銃弾が容赦なく浴びせられ、地面に落ちるまでに全てが瓦礫《がれき》に変わっていた。そこで映像が切れた。炭素指数を跳ね上げただけで、これだけの報復を受けるなんて初めてのことだ。さっきの交渉は一体何だったのだ。國子の怒りは沸点に達していた。見せかけの戦車で油断させて、不意打ちをかけるなんて許せない。まるでドゥオモを実弾射撃演習の的にしているかのようだ。

このままだとドゥオモはあと十分で落ちる。

「総員退避。司令所を放棄して全員職安通りへ！」

國子の叫びが幾重にもこだまする。

攻撃はピタリと止まった。

夕方のスコールの後のように空は晴れ上がっていた。

國子たちは狐に抓《つま》まれたように、ポカンと立ちつくすだけだった。まだ体が揺れているような錯覚がする。目玉だけをキョロキョロ動かして、来る第二波を待った。しかし政府軍は攻撃してくる様子がない。

どれだけ時間が経ったのだろう。ぶら下がっていた天井の配管が崩れ落ちる音で、皆が正気に戻った。池袋の司令所から連絡が入って、やっと持ち場につけた。

『こちらメタル・エイジ池袋。ドゥオモ応答せよ。総統は無事か。政府軍は撤退した模様。繰り返す。政府軍は撤退した模様』

國子はマイクに向かって怒鳴った。

「デタラメを言わないで。あれだけの攻撃は第十高射特科大隊でないとできないわ。旧首都高を使って展開したはずよ。サンシャイン前インターは二十年前にこちらが掌握したはず。なぜ見落としたの？」

『旧首都高に異常はありませんでした。今、攻撃現場と思われる場所から異常無しと報告がありました』

「こちらの被害は甚大よ。今度そんなふざけた報告したら許さないわよ」

話にならないと通信を切った。犯人探しよりもドゥオモの被害を確認するのが先だ。攻撃が止んだというのにドゥオモの崩壊はまだ続いていた。増築を繰り返したせいでドゥオモの構造は脆弱《ぜいじゃく》だ。一本の梁《はり》が落ちるだけで連鎖崩壊を起こす。鉄の骨を次々と落としたドゥオモは重心を失いかけていた。ドゥオモには新しい柱が必要だ。

「九号煙突にする予定の竪穴に高強度コンクリートを流し込みなさい。それで崩壊は収まるはずよ」

「ダメだ。あそこには煙突を作る」

「うるさい。総統のあたしの決定よ。従わなければ処分するわ」

武彦は癇癪《かんしゃく》を起こして司令所を後にした。側にいたモモコが、國子は間違っていないと肩を支える。國子の小さな肩が微《かす》かに震えていた。

外に出た瞬間、國子は失神しそうになった。ドゥオモの煙突が三本根こそぎなくなっている。生き残っている煙突も虫食いのように穴が空いて、鉄筋が剝《む》き出しになっていた。北棟は壁を全て失い、作り直した方が早い状態だ。犠牲者の数は、まだ把握できていない。物干し台になった鉄橋は崩れ落ち、小さな服は燃え尽きた。

初陣でこれだけの死者を出した総統はいない。帰還で熱狂した報いがこれだ。

「どうしてあたしの鉄兜《てつかぶと》を貫いてくれなかったの……」

誰もが國子が無事でよかったと安堵《あんど》する。非難の冷たい眼差《まなざ》しこそほしかったのに。昨日抱いた赤子の母親が茫然《ぼうぜん》と立ち尽くしていた。國子が声をかけると「國子様に抱いてもらえて幸せでした」と女は力無く呟《つぶや》いた。國子はごめんなさいの言葉を飲んだ。せめて現実から目を背けないでいよう。どれだけ破壊されたのか、どれだけ命を失ったのか、全部この目で見届けよう。それで頭がおかしくなったら、総統の資格がないと追放されるだけだ。自分がどれだけの器なのか試してやるつもりだった。

凪子に頼りたくなかった國子はてきぱきと指示を出す。

「司令所に怪我人を運んで。あたしは城壁が補修ですむか見に行く。モモコさん一緒に来て」

外から城壁を眺めて、再び啞然《あぜん》とした。指もかけられないほど真っ平らだった城壁が、石灰岩で造った壁のように穴だらけだ。補修なんて無理だ。これも一から作り上げた方が早い。足元に散らばった瓦礫で城壁に近づけなかった。城壁はまるでロッククライミングの岩場に変わっていた。

空にまたスコールの雨雲が渦巻き始めた。城壁を見上げたモモコが呟く。

「すごい彫刻を施したものね。政府軍に芸術家がいるのかしら。ダイダロスでも現れなきゃここまで見事に彫れないでしょうね」

「ダイダロスね……」

神の名を呟いたモモコの気持ちもわかる。あまりにも不思議な攻撃だった。どういう絡《から》繰《く》りを使えば、一大隊の装備をこちらに気づかれずに配備し瞬時に撤退できるのだろう。

破壊力は第十高射特科大隊でも機動力は神さながらだ。國子は現地を調べないことには気が収まらなかった。

「池袋の森を調べあげてやる」

鉄兜に大粒の雨が落ち、耳鳴りのようなスコールが國子の体を削った。

第二章　WAKE UP MEDUSA.

東京の森は集中豪雨に敏感だ。スコール警報が鳴るよりも早く、六本木の森がざわめき出す。雨を予知して一斉に飛び立ったのは、セキセイインコの大群だ。極彩色の羽根を都心に撒《ま》き散らし、上空へと羽ばたく。空を覆う鳥の雲が雨雲よりも先に地上に影を落とし、遅れて地上にスコール警報が発令される。間一髪で上昇気流を捉《とら》えたインコの大群が、空へと吸い上げられていく。目指すは天空にある大地だ。

「窓を閉めて」

アトラスの第三層に到達したインコの大群が新六本木の街を覆う。一面を漂う鳥の雲に住民たちは途方に暮れるばかりだ。インコの大群が二つの六本木を自由に往復するようになって二十年になる。アトラス内でインコは鳥よりもたちの悪い害鳥だ。

「下からはいつも災いばかり来る」

落ちるインコのフンに顔を顰《しか》めた住民らがフン避《よ》けの傘をさす。集中豪雨とは無縁の世界に無数の傘が開いた。インコたちが羽根を休めるまで傘が閉じることはない。

人工地盤の上に建設された新しい街は、どこにいても地平線が目に入る。アトラスには外壁がない。風によるモンロー効果を抑えると同時に採光を確保するためだ。先が断崖で行き止まりだとわかっていても、吹きつける風が天空の大地を実際よりもずっと大きく感じさせた。

この高さになると四季が訪れる。今は街路樹のハナミズキが満開だが、十一月になれば銀杏《いちょう》並木が黄葉する。もっとも東京らしい顔を持つのが第三層だ。

高層マンションのベランダに一羽のインコが降り立った。親しそうに鳴いてカーテンの奥を呼ぶ。

「ペルディックス、帰ってきたのね」

窓を開けた少女が笑みを零《こぼ》す。かつて窓に当たって傷ついたインコを介抱しているうちに懐いてしまったのだ。それからというものペルディックスは少女が寂しくしていると、不意に現れるようになった。

「あたしの誕生日を知っていたなんてお利口ね」

部屋にはたくさんのプレゼントが積み上げられていた。しかし、どれもリボンが解《ほど》かれないままだ。プレゼントはある。花束もある。ケーキもある。なのにとても静かな誕生日だ。「香凜《かりん》ちゃんおめでとう」と書かれたカードは添えられているが、そう言ってくれる人は誰もいなかった。

両親は所謂《いわゆる》カーボニストと呼ばれるニューマネーだ。経済炭素の遣《や》り取りで成功した。姉たちもまた両親と同じく、炭素に関わる新しい産業に従事している。今や工業の要はカーボンナノチューブ製造だ。

　空中炭素固定技術を確立した日本は世界最大の炭素削減国となった。これが日本経済に二重の恩恵をもたらした。空中炭素固定技術はCO_2を削減するのと同時にグラファイトのペレットを生み出す。家族は木炭にしか見えないグラファイトのペレットを「黒いダイヤモンド」と呼んだ。

　このペレットから鋼鉄よりも遥《はる》かに軽くて丈夫なカーボンナノチューブが生まれる。アトラスのような巨大建築を可能にしたのは、新素材があってのことだ。アトラスは見た目よりもずっと軽く造られている。新素材の強みはこれだけではない。炭素製品は何よりも無税だった。粗鋼に代わる日本最大の輸出品だ。

「今日はみんなでお祝いするはずだったのに。パパをびっくりさせるニュースもあったんだから。地上の人間は野蛮だから嫌いよ」

　とても楽しみにしていた日だったのに、香凜は両親の悲鳴で目覚めた。炭素市場が急騰したニュースで、十回目の誕生日は吹き飛んでしまった。地上のゲリラたちがCO_2を排出したせいだとニュースは伝えていた。そのとき放送された映像を香凜ははっきりと覚えている。ゲリラの総統は鶴嘴《つるはし》を掲げたセーラー服の少女だというのだ。彼女の細い腕と巨大な鶴嘴が異様に映った。参謀と思われる男が挑発的な言葉を投げつけた。

『國子のキャンドルサービスを受け取ってくれないなんて、心の狭い連中だ』

　下界の野蛮人どもはあのセーラー服の娘の祝いをするために、CO_2を撒き散らしたようだ。テレビは政府軍がアジトを半壊させた様子を伝えた。それで香凜は幾らか気分がマシになった。

「あの子があたしの誕生日を滅茶苦茶《めちゃ》にしたんだわ。猿山の雌のくせに何が総統よ。地上の人間なんてみんな洪水で流されてしまえばいいのよ」

香凜がアトラスを降りたのは二回だけだ。一度は海外旅行で成田へ向かうリニアの車窓越しに、二度目は小学校の体験学習のときだ。初めて降りた地上は蒸し暑くて、水浸しで、汚くて、とても人が住める場所だとは思えなかった。いっそ乾燥した砂漠の方がまだ我慢できた。見るもの触るもの、すべてが湿気でヌルヌルしていた。香凜はあまりに劣悪な環境に絶句した。

「あたしこんな所に生まれなくてよかった……」

地上に降りた子どもたちは想像を絶する未開の地を目の当たりにして泣き出してしまった。親から「地上に堕《お》とす」と叱られるとアトラスの子ならどんな子でも泣きやむ。カーボニストたちは地上の人間を落伍者《らくご》と呼んだ。アトラスに入植した人たちはいち早く炭素経済を学び、それを新しい産業にした日本経済の立役者だ。

カーボニストは言う。政府は機会の平等を与えた。勤勉な人間にはアトラスを、努力を怠った人間には相応の場を用意した、と。

彼らでさえ無一文になれば、地上に堕ちてしまう恐怖と闘っている。アトラス政府は民に優先権というランクを与えた。AからGまでの階級は、納税額によって決定される。アトラスに入れるのはＥランクからだ。香凜の父は政府と近いこともあって、特権的なＣランクだ。ランクが下がればアトラスから出るしかない。そのためにアトラスの人間は必死に働いた。

快適な生活を享受したければ、変動する炭素世界から一時も目を離してはならない。眠らない新しい経済は人を苛立《いらだ》たせた。それはアトラスの子どもたちも同じだ。地域体験学習とは、子どものうちに地獄を見せつけ、怠慢による恐怖を植え付けることだった。香凜はそんなアトラスの子のひとりだ。

「あそこに堕ちるのだけは嫌よ。雲の下は地獄だわ。人の血を吸う虫がいっぱいいるのよ」

体験学習を思い出すたびに香凜は腕が痒《かゆ》くなる。腕を蚊に食われ、蕁麻疹《じんましん》のように腫《は》れあがった記憶が蘇《よみがえ》るのだ。以前、学校のカリキュラムを調べて愕然《がくぜん》とした。修学旅行は六本木の森で野営するというではないか。香凜はこれが嫌で学校を通信制に変えた。とっと単位を取得して、アトラスでの快適な暮らしを確保するためだ。

「地上にいる人はみんなお馬鹿さんね。石器時代みたいな暮らしをしたくなければ、頭を使うしかないのに。ね、ペルディックス」

肩に乗せたセキセイインコに語りかける。ペルディックスは「オバカサンネ」と覚えたての言葉で相槌《あいづち》を打った。香凜はプレゼントの山を軽く跨《また》いだ。

「大学院を卒業したこと知ったらパパもママも驚くだろうなあ」

パソコンの画面をクリックするとハーバード大学ラドクリフ・カレッジのサイトが現れた。香凜は通信教育でMBAを取得した。初めは地上に堕ちたくない恐怖に駆られて勉強したのだが、炭素経済の仕組みを知るにつれ、あることに気づいた。香凜はもっと金儲《もう》けができる方法を発見したのだ。その論文で経営学修士を取得した。

先週、マーシャル諸島のひとつに『石田ファイナンス』という金融リース会社を登記した。地球温暖化で水没の危機にあるマーシャル諸島は堤防がなければ水没するゼロメートル国家だ。もっとも被害が大きいゆえに、炭素税が無税である。このタックスヘイヴンの恩恵を使って、これからちょっとしたゲームを行う。

チャットを開くと仲間たちが［Happy birthday, Karin］と祝ってくれた。ハーバードで知り合い、香凜のビジネスモデルに賛同してくれた世界中の若きカーボニストたちだ。

パソコンに向かった香凜の指先が軽やかにキーボードを弾《はじ》く。誕生日に会社を創立しなければ、おめでとうの言葉はなかったかもしれない。会ったこともない仲間たちからの祝いでも香凜は嬉《うれ》しかった。キャンディボックスに手を入れて、返事を待った。最初に返答したのはシンガポールのチャンだ。二十五歳のチャンは香凜の良き相談相手だ。

生日快楽《シャンリーユークワイラー》！

スイス炭素銀行連盟十五行は「石田ファイナンス」に三百億ドルの融資を約束してくれた。今後とも継続的なお付き合いをとのこと。あのスイス銀行が俺たちに飛びついた！　太棒了《タイパンラ》！

張

予想以上の手応《てごた》えに香凜は「やったあ！」と机の前で嬌声《きょうせい》をあげる。浮かれている側から、次々と朗報が飛び込んでくる。投資会社を鈴なりで連れてきたのはフランクフルトのクラリス・ルッツだ。彼女はよく「私の甘い声にかかれば男なんてイチコロ」と述べるが、その肉声を知らない。カーボニストは電子と同じ速度で思考するイメージを与えたがる。そのせいで映像回線は使わないのが暗黙のルールだ。香凜にはその方が都合がよかった。優秀であれば子どもだからと軽く扱われずに済む。香凜の論文にいち早く飛びついたのはクラリスだった。彼女が次々と有志を募ってくれなければ、こんなに早く会社を立ち上げられなかっただろう。

クラリスはEUの名だたる投資会社の名を連ねた。

Herzlichen Glückwunsch zum Geburtstag!

あなたが提案した二十年間で〇・五五パーセントの炭素税控除がフェロモンだったみたいね。投資総額は来週までに百億ユーロになりそう。私ももっと甘い声で頑張ってみるわ。Schön!

Klaris

クラリスはカーボニストにしては奔放な性格だ。最高経営責任者である香凛はクラリスに振り回されないように毅然《きぜん》とした態度を取るように努めた。残る仲間はあとひとりだ。

「炭素負債引受銀行と炭素資産引受銀行はどうなの？ニューヨークのタルシャン見てるでしょ。起きなさい。居眠りのアルメニア系アメリカ人なんて聞いたことないわよ」

会議は東京時間で行われると知っているのに、この男は一体何を考えているのだろう。「石田ファイナンス」創立最初の会議に遅刻とはいい度胸だ。彼もクラリスがスカウトしてきた。ニューヨークの金融を牛耳るアルメニアン・シンジケートが無ければこの事業は成立しないと諭《さと》されての起用だ。それを知ってか、タルシャンはいつも静観したように遅れてくる。後から入ったくせに、ボス面するのが気に入らなかった。チャンとクラリスもそれぞれの国からタルシャンを急《せ》かした。やがて無愛想な返事がディスプレイに現れた。彼だけが誕生日を祝う言葉もなしだ。


特別目的会社の名前は決まったのか？　　　タルシャン

香凛が四人の頭文字を取って『L.T.C.I.』と名づけたことを告げた。香凛がマーシャル諸島に設立した「石田ファイナンス」は東京の「L.T.C.I.」と連動するシステムの要だ。

タルシャンは「旧時代に潰《つぶ》れたイギリスの金融会社みたいだ」と告げた。タルシャンは用心深い男で、滅多なことで素性を明かさない。チャンやクラリスが若いから、きっとタルシャンも若いのだろうと勝手に推測しているだけだ。ラドクリフ・カレッジの同級生といってもネットのゼミの仲間でお互いの顔を見たことはない。だから時々タルシャンの言葉にどきっとする。こんなとき彼は父よりもずっと年上なのではないかと思わされた。

そんな疑念にかられているとも知らず、タルシャンはニューヨークの炭素負債引受銀行と炭素資産引受銀行からの融資を約束してくれた。これで香凜の作った経済炭素循環モデルは完成した。

「システムを立ち上げるよ。パスワードを入力して」

香凜がマーシャル諸島にあるシステムにアクセスする。チャンもクラリスもタルシャンも同時にパスワードを入力した。

WAKE UP MEDUSA.

堤防の檻《おり》に囲まれた南太平洋の小さな島の中で獰猛《どうもう》な蛇が目覚めた。経済炭素予測システム『メデューサ』は、地球上の全ての経済炭素を把握する電子の蛇だ。世界中の炭素市場を睨《にら》み、変動を予測する。

産声《うぶごえ》をあげたばかりのメデューサは、最初の獲物を見つけてきた。

メデューサは国連のシステムに忍び込み、来月の経済炭素負担を予測した。表示されたリストは国連から炭素債務国と認定されている第三世界の国々だ。この中からもっとも利益率の高い地域がターゲットとなる。メルカトル図法で表示された世界地図の画面から東南アジアがクローズアップされた。

「チャン、最初の交渉国はマレーシアのジョホール工業地帯よ。お隣りだからあなたが交渉しなさい」

ディスプレイの向こうで狂喜に沸くチャンの声を聞いた気がした。クラリスがそろそろ届くはずよ、と告げる。玄関のチャイムが鳴った。届いたのは二〇二〇年物のドン・ペリニヨンだ。同時に［Prosit!］の文字が躍る。色っぽいクラリスらしい演出だった。香凜は両手に抱えたシャンパンの瓶の重みだけでめでたい気分だ。

香凜は仲間に告げた。

「あたしに任せて。投資会社も、銀行も、債務国も、どこも損をしないわ。新しいビジネスモデルで、カーボニストの覇者《はしゃ》になるのよ!」

東京、シンガポール、フランクフルト、ニューヨーク。これから二十四時間、四つの都市の仲間たちで経済炭素を動かすのだ。

通信を終えてディスプレイを閉じる。背面はお気に入りのキャラクターシールが隙間無く貼られていた。今日は香凜にとって誕生日以上の特別な日だ。会社を軌道に乗せたら、両親を仕事から解放してやれる。地上に堕《お》ちる恐怖なんて感じさせないくらい金を稼いでみせる自信はある。来年の誕生日はきっと家族揃って祝えるだろう。希望が見えてきているのに、どうしてこんなに寂しいのか香凜にはわからなかった。

ニュースで見た鶴嘴《つるはし》を構えた少女のことを思い出すと、胸がむかむかした。

「落ち零《こぼ》れのくせに、祝ってもらうなんて生意気よ」

彼女が着ていた制服は確かミッション系の名門女子校のものだと思い出した。気になって学校のコンピュータに潜入した。

「あの子、北条國子って名乗ったわね」

國子の個人情報が記されたページに辿《たど》り着く。暗号くらいメデューサの機能の一部を使えば簡単に読み解ける。

「聖ルーク女子校。北条國子のリストは……。在学中にテロで逮捕され本学を除籍。関東女子少年院へ送致。さすが山猿。本物のワルね」

面白かったので、少年院のコンピュータにもアクセスした。あの山猿が少年院でどんな素行だったのか興味があった。しかしどこを探しても國子の経歴は記載されていなかった。未成年のテロリストなんて少年院でも珍しいはずだ。香凜はより深くアクセスして警視庁のデータに触れた。そこに國子の情報はあった。香凜は目を疑った。そこにはこう記されていた。

『機密・逮捕抹消』

付随する國子の情報に、香凜は啞然《あぜん》とした。國子のアトラス優先権はAAAだ。こんなランクは見たことがない。

「トリプルAですって?」

ブザーが鳴る。ハッキングの逆探知が始まったのだ。香凜は即座に回線を遮断した。メデューサの設置場所がどこなのか知られては困る。なんとかクラリスのいるフランクフルトで追跡を逃れた。

「あの子はいったい何者なの?」

山猿だと思っていたのに、ランクが自分よりも高いなんて信じられない。このビジネスで巨万の富を築いても香凜のランクはBだ。これが民間人の最高ランクだ。Aなんて閣僚級だ。彼女の素性を調べなければ。

その日は何時間待っても両親は帰って来なかった。家政婦も料理を作って帰ってしまった。熱々だったシチューは固く冷え、まるで自分の心のようだ。

食事を温め直し、ケーキをテーブルの中央に置いた。静まりかえった部屋を見渡す。ついプレゼントの山を足で崩した。ひとつ抱えて窓からポイと捨てる。落ちたテディベアが切なそうに香凜を見つめていた。ペルディックスが「オバカサンネ」と笑った。香凜は鼻を真っ赤にして涙が零れるのを止めた。

「おめでとうって言って、ペルディックス。オ・メ・デ・ト・ウ……」

香凜はケーキに十本の蠟燭《ろうそく》を立てた。そして小さな声で、

「ハッピーバースディ、香凜」

と呟《つぶや》き、蠟燭を吹き消した。


雨があがったドゥオモに復興の槌《つち》の音が鳴る。晴れ間から覗《のぞ》くアトラスは、半壊したドゥオモを悠然と見下ろしていた。旧時代の廃材でできたドゥオモは、見かけ以上に重い。バランスを考えて補強しないと、増築に耐えられなくなる。廃材は放棄された街の至る所から搬出できるが、鉄骨なんて時代遅れもいいところだ。

「炭素材ならもっと強くて大きな空間を作れるのにね」

モモコはジロリと睨まれることを承知の上で禁句を口にした。驚いたことに國子が「その通りね」と呟いた。

「何を言うんだ國子。総統になって新しいことをやりたがるのはわかるが、炭素材なんて大胆すぎるぞ」

「あたしは二十万人の人が安全に暮らせるなら炭素材でも構わないわ。いつ崩れるかわからない鉄鋼よりマシかもしれないって思っただけよ」

武彦が言い返そうとする。その寸前に國子はジロリと睨んだ。

「ドゥオモの二次崩壊で十七人が死んだのよ」

そして包帯を巻いた腕を見せつけた。それで武彦は黙った。

先日の葬儀のときの國子を誰もが忘れることはないだろう。

広場で死んだ仲間たちを荼毘《だび》に付した。家族を失い、愛する者をなくした者の啜《すす》り泣きが広場を埋め尽くした。ドゥオモの傷もまだ癒《い》えない。明日なんていらないくらいの絶望の日だった。それが國子の胸を痛めた。

祭壇で國子は叫んだ。

「栄光の仲間たちよ！」

國子は広場の湿りを吹き飛ばした。掲げたナイフを天に突き刺す。國子はドゥオモの住民の目の前でざっくりと腕を切ってみせた。

壇上で國子はこう弔辞を述べた。

「私の血が弔いである。おまえたちの魂を私は傷にして、生きている限り覚えておこう。安らかに眠るがいい」

腕から滴《したた》る血が祭壇を染めた。その光景を見たモモコは失神してしまった。葬儀が終わった後、國子に包帯を巻きながら「こんな傷すぐに消えるわよ」と何度も何度も繰り返した。細い腕を斜めに走る傷が手首をポトリと落としてしまいそうで、モモコはきつく何重にも包帯を巻いた。

しかしあの弔辞で國子のカリスマ性は高まった。新しい総統は身を挺《てい》して住民を守ると印象づけたのだ。

「國子様、池袋行きのトロッコが出ます。お急ぎください」

地下鉄13号線の排水は完了した。営業が再開されるのは早くて明日だ。その間に、ディーゼルエンジンをつけたトロッコで池袋に向かうのが一番安全で速い方法だった。ただし、到着した後が険しい。

地上の東京は陽炎《かげろう》が立つほどの暑さだ。なのに國子たちは防護服を身に纏《まと》わなければならない。マラリア蚊が繁殖しているかもしれない地帯への侵入は危険と隣り合わせだ。武彦はDDTの入ったタンクを背負う。万が一のためのアテブリン内服薬も常備してある。

「森にいられるのは九十分が限度よ。十一時のアトラスの食に入るまでに撤退する。いいわね」

お互いに目で頷《うなず》いた。地上はアトラスのせいで一日のうちに二度夜を迎える。アトラスの影が日時計の針のようになって、東京を半周する。アトラスの食に入ると森は完全に闇に覆われ、身動きが取れなくなってしまう。

アトラスの影は今、渋谷の森を覆っている。二時間もするとやがて池袋の森が食に入る。

「もしはぐれたら、すぐにトロッコに戻る。いいわね」

國子が携帯電話をモモコに渡した。アンテナのない森の中では役に立たない。

「ちょっと國子、それは持たない約束でしょ」

國子が携えたのは巨大なブーメランだ。炭素材で出来たブーメランはアトラスの建材と同じものだ。こんな危ないものを、とモモコはカンカンだった。

「腕を怪我してるのに、ブーメランは危険よ。お願いだから武器はサブマシンガンにしてちょうだい。護身には、これで充分でしょ」

ブーメランを取りあげて、代わりにイスラエル製の自動小銃を渡す。國子は渋々マシンガンを受け入れた。ブーメランはモモコと一緒のときに連携して使う約束だったからだ。

「あたしマシンガンは得意じゃないんだけどな……」

「総統は悠然と構えているものでしょ。あんたが表に出すぎたら武彦の立場がなくなっちゃう。たまには立ててやったら？　男なんだし、勃《た》たなかったら可哀想」

「俺はいつでも役に立ってるぞ。いてて」

　モモコに腕を後ろに回された武彦が悲鳴をあげる。戦いにも優雅さを求めるモモコは、相手と組み合う隙さえ与えない。捜索部隊にモモコは志願しなかった。今日は彼女の特別な日だからだ。

「あたしもついて行きたかったのに、ごめんね。森に行くのは明日にしない？」

「トロッコが使えなくなるからダメよ。安心してモモコさん、無茶はしないから」

　國子は酸素ボンベの圧力をチェックした。森にダイブするのは海と同じくらい危険なことだった。

「気をつけるのよ。ここでずっと待ってるからね」

　かつて放浪した経験のあるモモコは森の怖さを知っている。森とはいっても自然とはほど遠い異様な生態系なのだ。建物の鉄を抱いた森ではコンパスは役に立たない。ましてや空も見えない。足下は泥濘《ぬかるみ》だ。國子の防護服の背中のジッパーをあげながらモモコは道中の無事を祈願した。

國子たちが支度を終えると、ミーコも防護服を着て現れた。

「ミーコ、あんたは足手まといよ。デブは子どもの側に立って日陰におなり」

「いやねえ姉さん。これダイエットスーツになるんじゃないかと思って」

はち切れんばかりにパンパンに膨らんだ防護服のミーコはバルーンを思わせた。メタル・エイジの男たちがミーコの姿に圧倒されて後ずさる。あの防護服の中にだらだらと滴る殺人アポクリン臭が貯蔵されているのだ。ミーコがジッパーを下ろそうとした途端、男たちが一斉に怒鳴った。

「防護服を脱ぐんじゃない。國子様に毒ガスを撒《ま》き散らしたら殺すぞ」

「ひどーい。乙女になんてこと言うのぉ。永遠の処女なのにぃ」

ミーコはわあと泣いてドゥオモに駆けていく。いつもならモモコが庇《かば》うところなのに、今日の彼女は朝からそわそわして落ち着かない。今日は待ちに待ったアトラスくじの当籤《とうせん》発表日だ。

「モモコさんのボディガードも今日で終わりかもね」

國子が悪戯《いたずら》っぽくウインクした。モモコは何も言わずに俯《うつむ》いてしまった。腰につけた鈴が虚《むな》しく返事をする。國子の耳に「ごめんね」と鳴っているように聞こえた。

明治通りに空けた竪穴《たてあな》からトロッコを滑り込ませる。構内は下水の臭いで満ちていた。まだ排水音が微《かす》かに響いていた。暗闇の中で線路だけが池袋への道のりを告げる。

「エンジン始動。発進して」

お互いの顔も判別できない闇の中で國子の声が響く。ディーゼルエンジンの振動がトロッコを揺さぶる。鼻をつく悪臭の構内をトロッコが一気に走り抜ける。一直線の道のりなのに恐怖を覚えた。闇を照らすライトの明かりは頼りなく、地の果てに墜《お》ちていくように思えた。

「國子様、身を乗り出しては危険です」

トロッコの先に立った國子は、静かに呼吸を整えた。地下鉄の構内は瞑想《めいそう》空間に似ていた。雑念を振り払うスピードに乗って、真っ直ぐに意識の闇を駆け抜ける。答えがどこにもないという不安を抱いたら、闇に飲み込まれてしまう。出口は先にあると信じて見えない前だけを向く。やがて孤独の心地好さが訪れる。自分はちっぽけで何も持たない種にすぎない。けれどそれはやがて発芽する力を内包したエネルギーの塊だ。國子が瞑想を終える頃には、トロッコは減速していた。

「國子様、間もなく池袋です」

初めて森に潜る同志が小刻みに震えていた。國子は男の手を握った。

「大丈夫よ。震えるのはマトモな証拠よ。慣れて震えなくなった人が森に呑《の》まれるんだから」

池袋は政府が闇雲に森林化した最初の副都心だ。遺伝子改良したガジュマルの苗は通常の十倍の速度で生長した。この樹がアスファルトを覆《くつがえ》し、ビルのコンクリートを握り潰《つぶ》した。気根は水を求め、地下鉄駅構内にまで達している。業務で使えるフロアはごく僅《わず》かしか残されていなかった。お慈悲で営業するのに、差し支えない程度だ。

到着した池袋は水浸しの鍾乳洞《しょうにゅうどう》さながらだった。天井から下りた気根が鍾乳石のオブジェに映る。めぼしい資材は略奪され、壁も天井も剝《む》き出しだった。僅かに漏れる明かりの下で繁殖しているのは地衣類だ。

「壊れたドゥオモよりひどい」

池袋が初めての仲間は、悲惨な駅構内に啞然《あぜん》とした。ムカデが這《は》う壁に身を竦《すく》ませて前を行く武彦を見る。武彦はサブマシンガンの銃身でムカデを搔《か》き分けていた。

國子は酸素濃度を計った。呼吸すれば三十分で意識障害が起きる濃度だ。この森は驚異的な量のCO_2を吸収し、高濃度の酸素を吐き出す。遺伝子改良で葉緑素の機能を強化してあるのだ。

「この程度で驚いちゃダメよ。上はもっと凄《すご》いんだから。原爆が落ちた後よりも悲惨なのよ」

男がまさかと気色《けしき》ばむ。仲間たちから森は遠目から見た印象とは全然違った顔をしているから気をつけろ、とさんざん言われたことを思い出した。

「新しいケーブルを引かなきゃ。いずれ森に切られるわね」

五年前に敷設した有線ケーブルがもう蔦《つた》に搦《から》め取られていた。かつてここが人でごった返《やかま》したターミナル駅だったという痕跡《こんせき》はどこにも見あたらなかった。今では地衣類と根が喧しく絡まり合う洞窟《どうくつ》だ。

懐中電灯の明かりは気根に遮られ、構内に木漏れ日のような明かりを灯《とも》す。男は土嚢《どのう》が敷かれた箇所を見つけた。壁を覆う苔《こけ》を剝がすとシャッターが現れた。青いペンキの上に微かに「SEIBU」と書かれた文字が読みとれた。開けようとする男を國子が制した。

「開けちゃダメ。水が溜《た》まって沼の底になってるのよ。この辺りは元々排水が悪かった地区だから雨で沼になったの。まともに歩けるのは地下ぐらいよ」

國子たちは通路を覆う蔓《つる》を鉈《なた》で切り落としながら進む。三越のシャッターから先はメタル・エイジが造ったトンネルに切り替わる。雑居ビルの地下をくり抜いた簡単なトンネルだった。サンシャイン60通りの道のりは雑踏にも似た蔦と根と虫を避けながら進む。トンネルはハッチで閉められていた。万が一水が入ってきたときのためだ。ハッチに行き当たるたびに、脂汗が流れた。

國子がハッチをハンマーで叩《たた》き、浸水していないか確認する。三つのうち一つは音が詰まっていた。國子がマーカーで使用禁止の×印をつける。残る二つのハッチはまだ生きていた。

「大丈夫みたい。右を開けて」

防護服の中は湿度と緊張の汗で溺《おぼ》れそうだ。慣れない男は懐中電灯をぐるぐる回した。

「こら、キョロキョロするな。焦るとエアが切れるぞ」

武彦が怒鳴る。暗いトンネルを歩くたびに虫が潰れる嫌な音がした。ここは森なんて場所じゃない、と男は酸素マスクを押さえた。

トロッコを降りて十分もしないというのに、この圧迫感はなんだろう。頭上が沼地になっているとは、男にはどうしても信じられない。滴り落ちる水が沼の水圧のせいだと気づいたとき、男は自分がとんでもない場所に潜入したのだと初めて気づいた。天井が崩れたり、壁が水圧に耐えられなくなったら、たちまちトンネルは配水管となるだろう。泥に押し流され壁にぶつけられ、下水の汚物のように体は流されていく。ポタリと滴《しずく》が防護服の隙間に入り込んだ。その途端、男は絶叫した。

「武彦、鎮静剤を。発狂したわ」

「まったく世話のやける坊やだ」

防護服の上から注射をうつ。崩れた男を抱えて三人がトロッコまで後退する。前方で滝の音がした。東急ハンズの地下階段に水が流れ落ちる音だ。もうすぐ出口だ。最後のハッチが開いた。


ドゥオモの見張り櫓《やぐら》でモモコが頰杖《ほおづえ》をついて池袋の森を眺めていた。復旧のためのクレーンが幾つも設置されて、見晴らしがすっかり悪くなってしまった。どうせ工事が終わっても建築中のビルのような建物が完成するのだから、意味のない修理だとモモコは思う。政府軍がいつまたドゥオモを攻撃するかもしれない。モモコはこんなきりのない戦いで人生を終えるなんて嫌だった。第一、華がない。

「今年の秋のファッションはブーツなのよ。地上で履いたら水虫になっちゃう。でも履きたいわあ」

武彦に用意してもらったボディガードの服はまんざらでもなかった。あの野暮な男にしては珍しく、アトラスの最新のファッションの服を届けてくれた。赤いレザーのパンツは蒸し暑くてかなわないが、お洒落《しゃれ》とは我慢だと普段から國子に言い聞かせていた手前、モモコは無理して穿《は》いていた。

「もし当籤《とうせん》したらどうしよう……」

ふとアトラスを眺めた。あそこに行けば四季があると聞く。モモコは暑さとは無縁の都市生活を想像しながら毎晩眠りについた。テレビや雑誌でアトラスの街並みは全て覚えた。明日アトラスに住んでも迷わない自信はある。お店の名前も、ブティックも、レストランも、十年住んだ人よりも自由に使えるだろう。そして新六本木の街に「熱帯魚」を開店させる。お金持ちのカーボニストを相手に毎晩、目も眩《くら》むばかりのレビューで魅せるのだ。

「國子を残して行くなんて、ボディガードは失格ね」

当籤結果はテレビとメールで発表されることになっている。昨晩に荷造りは終えていた。スーツケース五つ分に荷物を減らしたモモコは、できるだけ思い出を残して旅立ちたかった。しかし待てど暮らせど、着信は入らない。電波が届かないのかしら、と見張り櫓で位置を変えてみる。アトラスから発信される電波を誰よりも先に受信したくて、ここにいるのだ。

「國子はドゥオモの女城主になった。あたしはアトラスへ行く。あたしがドゥオモに流れ着いてもう十五年になるのね。小さかった國子はもうすぐ十八歳、あたしはまだ二十八歳……」

國子の成長が唯一の楽しみで、気を紛らわせていたが、そんな時代も先週終わった。モモコが蝶《ちょう》よ花よと育てた甲斐《かい》あって國子は見た目は可愛くなったが、中身はアマゾネス顔負けの女ゲリラだ。どこで育て方を間違えたのだろう、とモモコは胸が痛くなった。

「護身術を教えたのがいけなかったのかしら？」

國子は一通りの武術をモモコから教わった。力がない分、スピードと技の切れを重視した特訓を受けた。結果、國子は空間を大きく使う戦い方を習得した。空中を自由に跳ねる國子の戦い方は肝を冷やすアクロバットだ。國子が得意なのはブーメラン術だが、モモコはこれを禁止した。あまりにも凄惨《せいさん》な戦い方だからだ。モモコが同行するときだけ、ブーメランの所持を許した。

モモコが没収したブーメランが柵《さく》に立てかけられている。ブレードを研《と》がれたブーメランは飛ぶ剣だ。このブーメランで何度もモモコたちは助けられたが、それは同じ数だけ敵を切ったということだ。

「こんな危ないのは捨てましょ」

モモコがブンとブーメランを上空に放つ。鷹《たか》のように翼を広げたブーメランは雲の多い空をゆったりと舞う。森に埋もれた東京を見下ろして遊覧飛行を満喫するかのようだ。突然、ブーメランの帰巣本能が蘇《よみがえ》る。上空でカーブを描いた黒いブレードがモモコを睨《にら》んだ。

風を切ったブレードが回転速度をあげて見張り櫓を襲う。モモコは寸前で刃を躱《かわ》した。ブーメランは見張り櫓の半分を斜めに切り落としてドゥオモの壁に突き刺さった。

「きゃあ。きゃあ。きゃあ」

バランスを失った見張り櫓に摑《つか》まったモモコが叫ぶ。このブーメランを扱うのはモモコですら手を焼く。だが國子は鷹匠のように自由にこれを使いこなす。

「ブーメランはアトラスに持っていくわ。こんな危ないものは使わせない」

自動小銃を持たせたのは正解だった。池袋の森がいくら危険とはいえ、過剰武装だ。國子たちがトロッコで移動しているなんて政府軍も想像していないだろう。神出鬼没と呼ばれるメタル・エイジは東京の地下を知り尽くしていた。

「やだ。電池が切れちゃった」

モモコの携帯電話が充電を促して途絶えた。

突然、下で「きゃあああ」と雄叫《おたけ》びが聞こえた。見ると半裸になったミーコが垂れたおっぱいを揺さぶりながら広場に飛び出した。遠くから見ても暑苦しい姿だ。あそこまで落ちぶれたニューハーフをモモコは知らない。

「またいじめられたのかしら？」

ミーコはしきりにモモコがどこにいるのか尋ねる。きっとあそこさ、と指さした男の視線がモモコと重なった。ミーコが大声でモモコを呼ぶ。

「モモコ姉さーん。テレビでアトラスくじの当籤が発表されたわよお」

最後のハッチを開けた先は、また闇だった。空を覆い尽くす木々がまだ地下にいる気分にさせる。樹木の梢《こずえ》から微《かす》かにサンシャイン60の影が見えた。振り返ると地表の道路は冠水して沼になっていた。ガソリン車が大量に沈むこの沼がマラリアの温床だ。

緑の壁となっているのは、池袋駅東口だ。昔はまだ建物が見えて遺跡のようだったと武彦は覚えている。しかし今はどこにも文明の気配はない。かと言って自然とも言えない。熊と虎とライオンを同じ檻《おり》に放ったら、こんな凄惨な光景になるのかもしれない。

それでも森は生命を宿す。鳥や動物の鳴き声が四方からこだまする。熱帯の外来種が繁殖していた。在来種の生態系はとっくに絶滅してしまった。目の前はタフな奴だけが生き残るサバイバルの世界だ。

去年この沼からマラリア蚊が大量発生した。今年もその猛威が東京を襲うだろう。今のうちにできる限り駆除しなければならない。

武彦は沼にＤＤＴを散布した。沼の水はダイオキシンで汚染されている。迂闊《うかつ》に足を踏み入れれば有機化合物が体内に入ってしまう。

「一時しのぎに過ぎないが、何もしないよりマシだろう」

強力な有機リン系の殺虫剤を使うのは諸刃《もろは》の剣だ。下手をすると人体に影響が出る。しかし森の侵食力を少しでも抑止するためには、仕方がなかった。武彦たちは環境を保全する気は毛頭ない。森を枯れさせるために、旧世界で禁止された薬剤に頼った。

「ダイオキシン被害が出る前に森を消せればいいのだが」

一面を覆うプランクトンで沼は赤く染まっていた。腐食性湖沼に見られる富栄養状態だ。酸素マスクが無ければ腐臭が脳天を貫いただろう。國子は森の生命力に息を飲んだ。

「二年前と少しも景色が変わらないわね。森が耐性を持ったのかもしれない。DDTはもう効かないわ。散布はやめましょう」

「くそ。危険を承知で踏み切った手だったのに。なんて森だ」

上空まで伸びた森はとてつもない圧迫感を与える。樹の重みで傾いたビルがいつ地上に崩れるかわからない。森は崩れたビルすら新たな足場に変えていくだろう。國子の目に森は継ぎ接《は》ぎの景色に映った。樹が共食いをしているような野蛮な光景だ。戦争でもこんな景色を作り出すのは不可能だ。巨大な森が街を食べている。ここは森の臓腑《ぞうふ》だ。自分たちがまるで巨大なハエトリソウに摑まった惨めな虫のように思えた。

「確か攻撃はこの辺りからだったはず。薬莢《やっきょう》を探しなさい。それで使った武器と部隊がわかるはずよ」

ペアになって一斉に散った。トーチカと化したサンシャイン60から駆けつけた援軍と合流して、攻撃現場と思われる箇所を隈無《くまな》く捜索した。國子は護衛の男と共に捜索範囲を広げた。地面がボコンと凹《へこ》んだ。多分車の屋根を踏んだのだろう。足下が緑だからといって、今立っている場所が地面である保証はどこにもない。目線の高さに朽ちた信号機を見つけた。

「この辺りはスクラップ車が積み上げられているようね。掘れば鉄とアルミニウムが採れるわ。鉱山だから覚えておいて」

　炭素材が主流といえども、鉄の需要はある。磁性を自由に操るフェライトはリニアの中心技術だ。それに比重の高い金属は弾丸を作るのにもってこいだ。ドゥオモの主力工業品は森から採掘する。

「今、何か光った？」

　國子が森の切れ目を指す。そこは森が口を開けて雑居ビルをまさに飲み込もうとしている現場だった。森は上下から挟み込むように街を飲み込む。アスファルトの道路を突き破る竹。電柱を傾けるジャカランダの樹。ここまで侵食を許せばお手上げだ。間もなくこの地区は森の胃袋に入る。住民なんていないはずだった。かと言ってメタル・エイジのアジトではない。

「難民キャンプができたの？」

「いいえ。把握しておりません」

　キャンプにしては生活感が希薄だ。絶えず物資を運ぶトラックの影もない。鉄の採掘権はメタル・エイジのものだ。盗まれてはたまらない。

「國子様、池袋といえども我々の与《あずか》り知らぬ地区があります。お近づきにならぬよう」

　それでも國子の足取りは止まらなかった。敵の気配はしない。誰かいてもひとりだ。また何かが光った。ビルの隙間からだ。國子は急ぎ足になる。

細い雑居ビルの隙間に腰の曲がった老婆がいた。小さな酸素マスクをつけた老婆は地面から生えてくる芽を鎌で取り除いていた。老婆は防護服に身を包んだ國子を見るなり、鎌を突きつけた。

「あんた政府の人間か？　私、絶対出ていかない」

老婆の言葉に訛《なまり》がある。アジア系の外国人だろうと國子は推察した。腰は曲がっても老婆の面構えはしっかりしている。國子は一歩近づいた。

「あたしは政府の人間ではないわ」

老婆の緊張を解くつもりだったのに、鎌を収めてくれなかった。

「でもあんたは日本人だ。私のビルを奪った日本人だ」

老婆は趙《ちょう》と名乗った。国を離れ異国で生きる中国人だ。趙は人生の全てを懸けて築いた財産を、日本政府に奪われたことが許せないと言った。アトラスにいる外国人は外資系企業や大使館のエリートたちだ。街で商売を営んでいた外国人のほとんどは国へ帰るか、地方へ移り住むしかなかった。だが、それができた外国人も一握りのお金持ちだけだ。多くは難民よりも悲惨な運命が待っていた。

老婆はどうしてもこのビルを捨てることができないようだ。今日もこうして少しでも森からビルを守るために除草しているのだ。見れば隣のビルにはもう根が這《は》っているというのに、趙のビルだけが森の牙《きば》を免れていた。ほとんどの雑居ビルは看板も窓も蔦《つた》に覆われて何をしていたのかわからないのに、趙のビルだけが朗らかに彼女の人生を語っていた。

「二階にあったカラオケ屋は儲《もう》かったの？」

國子が見上げると趙はやっと鎌を収めてくれた。

「まあまあだったね。前いたヤクザのサラ金よりマシさね。追いだすのは大変だったんだよ。主人と息子がヤクザと喧嘩《けんか》になったときは本当、恐かったねえ」

「ご主人と息子さんは今――？」

趙は一瞬黙って、小さな声で呟《つぶや》いた。

「政府軍の戦車に吹き飛ばされたよ。ゲリラと間違えられてね。何もしちゃいなかったのに……。日本人は戦争ばかりするよ。仲間同士で殺し合ってればいいのに、なんで関係のない私たちまで……」

國子は自分の素性が明かせなかった。泣き崩れた趙は両手で抱えられるほど小さかった。ドゥオモは外国人も受け入れる。そのことを知らないのだろうか。

「趙さん、こんな所にいては危ないわ。ドゥオモに行きましょう。華僑《かきょう》の人たちがたくさんいるのよ。残念だけどビルは諦《あきら》めて。みんな同じように辛《つら》い思いをしたのよ。趙さんだけじゃないわ」

「軍隊にビルを奪われても、森にだけは渡さないよ。私が生きている限り、葉っぱ一枚触れさせない」

そう言って趙はまた草を刈るのだった。國子はやりきれない思いを残して趙のビルを後にした。

再び捜索に戻った國子は旧首都高の側で妙な樹を見つけた。橋脚に蔦が絡まっているのだろうか、下からだとよくわからない。幹から錆《さ》びついた鉄筋が突き出していた。サンプル箱を開いて樹の一部を削り取ろうとした。

「傷跡がある。誰かが先に採取したんだ」

よく見るとゴムの樹から樹液を採取するような切り傷が無数についている。試しにナイフで切ると、白濁した樹液が噴き出した。

「國子様、この樹がどうかいたしましたか？」

「多分、遺伝子改良した植物だわ。コンクリートを養分にしている種類なのかもしれない。また生態系が変わるかも……」

男が不審そうにサンプル箱を覗《のぞ》く。その時だ。銃弾が男の頭を掠《かす》めた。

「敵がいる。伏せて」

國子はビルの中に仲間を隠す。サブマシンガンを構えると、酸素マスクを外した。硝煙の微《かす》かな匂いが南からする。またマスクをつけて飛び出す。追い込むのは國子の十八番《おはこ》だ。一発撃って、反撃される。それで相手がどこにいるか予測するのだ。森で目を使うのは素人だ。鬱蒼《うっそう》と茂る枝葉で五メートル先も見えない。ゲリラは匂いで相手の位置を捉《とら》える。相手の匂いを一度覚えると國子は目を瞑《つむ》っても近づけた。敵はひとり。男だ。

國子は樹のない池袋の街を把握していた。敵は雑居ビルの窓からフロアを下りながら撃っていた。

「武彦、そこから六時の方向に一発撃って。五秒ごとに一発ずつよ」

敵は囮《おとり》にした銃声に反応した。國子は目標を記憶して一気に駆けた。

「國子様、おやめください。危険です」

制する声が届く前に國子は視界から消えた。どこに行ったのかと辺りを見渡して度肝を抜かれた。國子は蔦を取って宙を駆けていくではないか。

「あなたはそこにいて」

という声を残して國子はビルからビルへと飛び移る。見ていて肝を冷やすような光景だった。まるで空中ブランコだ。

國子は森の中を海のように自由に泳ぐ。振り子になった体は走るよりも速く移動できた。ビルの谷間を飛び越し、空中で別の蔦を摑《つか》む。すぐに足首に絡ませて、サブマシンガンを構える。振り切れていく加速の感覚は落下にも似ていた。頭に血が昇って意識が途切れそうになる。蔦を手放し、ひらりと宙で身を一回転させた。その間に飛び移る先を見極めるのだ。

「國子様、無茶です！」

端から見ても無謀だった。あの速度では対岸に渡れない。かと言って摑まるものもない。沼の上は開けていた。このままだと國子はマラリアの沼に落ちてしまう。防護服は泥よけ程度の耐水性しかない。男は顔を覆った。

天地をゆっくりと見渡した國子は、自分の位置を確認する。護衛の男のいた窓が下に見えた。ゆっくりと体を半時計回りに持ち上げると、今度は森の天井が視界に入った。光を求めて共食いする苛立《いらだ》った空だ。上空で放物線を描きながら、正面を向く。一瞬、無重力の世界が訪れた。國子はこの感覚が好きだ。いつまでもこうしていたいのにすぐに横隔膜が内臓で圧迫される。体が目よりも先に落下の弧を描いたことを教えてくれた。

「次の足場を探さなきゃ」

國子は両手を傘のように開いて減速した。先に掴まるものがなかったので、奥にあった樹をマシンガンで撃つ。倒れた樹が空中に足場を作ってくれた。枝をロイター板にして、また蔦を掴む。國子は着実に目標との距離を縮めていった。電線の上に飛び移ると後は真っ直ぐに走るだけだった。

「あの方に護衛なんていらない」

人間離れした技を前に男はぺたりと腰を落とす。國子が速すぎて援護できなかった。足止めしたフロアで銃撃戦は行われていた。陸軍の迷彩服を着た男が、武彦の銃に応戦している。銃弾の数を数えていた國子は男の残りの銃弾があと二発だとわかっていた。マガジンを換装する間が勝負だ。最後の一発が響いたとき、國子は男のいた窓を蹴破《けやぶ》った。すかさずナイフを取り出して、弾を込めようとしていた男の酸素マスクに突き刺す。

「動かないで。抵抗したらチューブを切り落とす」

背後から首を絞めて、男の武装を解除した。迷彩服の男が隙をついて腰を落とす。國子は躊躇《ためら》わずホースを切る。呼吸を奪われた男はパニック状態だ。

「この森の中で正気でいられるのは短いわよ。予備のボンベが欲しかったらあたしの質問に答えなさい。あなたの所属と階級は？」

男は沼の腐臭で噎《むせ》びながら陸軍の第十高射特科大隊の草薙《くさなぎ》少佐だと名乗った。それを聞いた國子は逆上した。

「この人殺し。仲間をあれだけ殺しておいて生きて帰れると思わないで」

マシンガンで男の足下を撃つ。

「違うんだ。俺たちじゃない。第十高射特科大隊は愛知の駐屯地《ちゅうとんち》だ。俺はおかしいと思って調べにきただけだ」

「命乞いならもっとマシなことを言うのね。政府軍の仕業に決まってるでしょ」

「違う。俺たちじゃない。大隊を動かすのにどれだけの時間がかかると思ってるんだ。おまえ達ゲリラを相手にするほど高射特科大隊は落ちぶれちゃいない。俺たちだと言うなら証拠を出せ。薬莢《やっきょう》ひとつ落ちてないはずだ」

草薙も國子と同じものを探して森に潜った。しかしどこにも高射砲を設《しつら》えた跡がない。あの攻撃をテレビで視て驚いたのは駐屯地にいた特科大隊だ。あれだけの火力を持つ勢力が東京にあるなんて信じられなかった。あれと戦えば特科大隊といえども苦戦を強いられる。それで草薙は軍から調査を命じられてやってきたのだ。調査して三日経つが何の痕跡《こんせき》も見つけられなかった。

國子はマシンガンを収めた。何か証拠が見つかったら武彦たちから連絡があるはずだったのに、まだ入らない。

「信用しないけど、嘘だとも決まってないわ」

國子は予備の酸素ボンベを投げた。酸素中毒になって相手の意識が朦朧《もうろう》としては尋問もできなくなる。

草薙は簡易ボンベを口に当てて必死で呼吸を整えた。胸で息をする姿はどこか子どもっぽかった。ゴーグルで表情が見えないが、メタル・エイジだと新米隊員くらいの若い兵士なのではないだろうか。武彦ですら顎《あご》で使う國子には全然恐くなかった。

なめられていると知ってか、草薙は精一杯虚勢を張った。

「おまえ、まだ子どもだろう。女のくせにゲリラになるなんて、親は泣いてるぞ。東京に炭素を撒《ま》き散らすなんて、捕まったら少年院だ」

國子は悪戯《いたずら》っぽくウインクした。

「これでも先週出所したばかりよ。可愛いから前科者には見えないでしょ。あんただって給料貰《もら》って難民をいじめるなんて親は泣いてるわ」

草薙はついに怒鳴った。

「俺の親はなあ、おまえたちゲリラに殺されたんだ。戦争するなら非戦闘員がいない場所でやれ。民間人を楯《たて》にして戦うなんて卑怯《ひきょう》だ」

それは凪子の戦い方だった。圧倒的戦力差を前に生き残るにはそれしかなかったと聞く。

國子はメタル・エイジの負の歴史も受け継いだ。その上で今の自分の地位がある。國子はカッとなる。

「民間人を巻き添えにしたのは政府軍も同じでしょう！　ゲリラと外国人の区別もつかない戦い方をしているのはそっちよ。お蔭《かげ》で大迷惑よ」

趙の気持ちを代弁したはずなのに「日本人は戦争ばかりするよ」と耳元で怒鳴られた気分がした。思わず構えていた自動小銃をおろした。

――これは私たちの国の問題なのに。

黙っていると草薙は畳みかける。

「森を守るのが俺たちの役目だ。おまえたちゲリラは破壊しかしない。このまま気温があがると東京は水没するんだぞ。他にどんな方法がある？　森が気温を下げ、炭素を削減する。個人が土地を所有する時代は終わった。おまえたちは時代遅れの野蛮人だ。だから人を殺すんだ」

また銃を構えて草薙の眉間《みけん》に照準を合わせた。

「最初に仕掛けてきたのはそっちでしょう。森と人工地盤は等価交換が約束のはず。戦車で街を追い出して難民を生む政策だなんて聞いてないわ。約束を守らないから注意しただけよ。人工地盤を渡せば戦争は終わるわ」

「政府軍にだってアトラスに入れない奴らがいっぱいいるんだ。入りたければ順序よく並べよ。おまえの好きなコンサートみたいに」

「じゃあ整理券百万枚ちょうだい」

國子が手を差し出す。

「口が達者な奴だ。上官は手を焼いてるぞ」

「メタル・エイジの総統は徳の高い人よ。尊敬しているわ」

草薙は酸素マスクの中で思わず噴きだした。彼の嘲笑《ちょうしょう》に國子はカチンときた。

「何がおかしいのよ。リーダーは美人に限るって言っただけよ」

外で武彦の信号弾があがった。撤収の合図だ。

間もなく森はアトラスの食に入る。

迫る影に鳥たちも反応した。一斉に次の森へと飛び立つ風が吹いた。

「捕虜にしたいところだけど、今回は見逃してあげる。改悛《かいしゅん》したらいつでもメタル・エイジへいらっしゃい。見習いから鍛え直してあげるわ」

そう言うと國子はバックフリップで窓から飛び出した。驚いた草薙が身を乗り出す。國子は蔦《つた》を使って軽々とビルを飛び越えていくところだった。その光景に草薙は呆《あき》れた。

「美邦《みくに》様とは大違いだ」

草薙は床に落ちたサンプル箱を拾った。

アトラスの影は瞬く間に池袋の森を覆った。食に入ったのを見届けた草薙が仲間に連絡を取った。

『サンプルは無事だ。受け渡しは、一一〇六時。東急ハンズの滝の前で』

トロッコが地上に出たのと同時に、皆がマスクを外した。外の空気をたっぷりと肺に取り込み、肩で大きく息を吐く。報告できるほどめぼしい成果はなかったが、無事に帰れたのが一番だ。

「なぜ捕虜にしなかった？　公開処刑にしてやったのに」

「いいの。雑魚《ざこ》だから逃がしてやったのよ」

國子はバレッタを外して、風に髪を泳がせた。

「は。軽く言うじゃないか。特科の少佐なら大物だ」

「こっちも弾切れだったのよ」

逃がした理由がいちいち変わるのも武彦は気に入らなかった。帰りのトロッコで武彦はどんな男だったのか尋ねてばかりだ。瞑想《めいそう》を邪魔されて國子も苛立《いらだ》っていた。

「唾《つば》つけといたから、今度連れてくるわよ！」

「唾？　おまえたち一体何したんだ。ぐえっ」

鳩尾《みぞおち》に肘鉄《ひじてつ》を食らわされた武彦が悶絶《もんぜつ》する。國子もなぜ自分が逃がしたのか理由を知りたかった。モモコなら多分答えてくれると思った。明治通りで迎えの仲間たちと合流した。

「モモコさんがいない」

約束したのにモモコの姿はなかった。

どうしたのだろうか。ドゥオモがいつになく騒がしい。住民たちが口々に何かを囁《ささや》き合っている。ひとりに発した噂はすぐに百の声になって、同じ場所に戻ってくる。生まれたばかりの噂はドゥオモを何重にも巡り、すぐに國子の耳にも入った。

「アトラスくじの当籤《とうせん》者が出たぞーっ」

國子に衝撃が走った。

「モモコさん、当たったんだ！」

どうしてこういう予感は当たらないのだろうと國子は思う。トロッコに乗るとき、モモコをもっとよく見ておけばよかった。武彦たちもくじのことを聞いて騒然となった。

「政府が欺瞞《ぎまん》でやっているくじじゃなかったのか。俺たちみたいな最低ランクは一生縁がないと思っていたぞ。で、モモコはどこだ？」

露店で味噌《みそ》を売っていたおばさんが「メソメソ泣いてるよ」と告げた。アトラスに当籤した者は、速やかに入植手続きを取らねばならない。保留すると次の候補者に権利が移ってしまう。

「ブーツも買ってやればよかったな」

武彦は革のパンツを買うとき、一通り流行を調べた。初めて見た女性誌は頭がチカチカするくらいたくさんの服や化粧品で溢《あふ》れていた。そのときモモコによく似た女性がブーツを履いていた。結局ボディガードらしくないので買わなかった品だ。パンツとジャケットを渡したとき、モモコは今まで見せたことがない笑顔ではしゃいだ。「あんたにしてはセンスあるわ」と厭《いや》みを言われたが、ちょっと嬉《うれ》しかった。

武彦が気になるのは國子だ。モモコがいなくなったらさぞ落胆するだろう。國子はモモコの部屋をノックした。泣きそうなのを堪《こら》えて精一杯の笑顔でドアを開けた。

「モモコさん、おめでとう！」

スーツケースで四方を囲んだ中でモモコは泣いていた。物持ちのモモコの部屋は衣装部屋と化していた。いつの日かアトラスで再興する「熱帯魚」の衣装を、まだ見ぬニューハーフたちの分まで縫っていた。昨晩の荷造りは國子も手伝った。残す衣装は全部國子にやると言ったが、こんなケバケバしいドレスは一着もいらなかった。

國子はついにこの日が来たと覚悟した。

「ねえ、お祝いをしましょう。泣くなんておかしいよ。モモコさんの夢が叶《かな》ったんだよ。これで、お店を開けるじゃない」

モモコがやっと顔を上げてくれた。マスカラが落ちて頬は真っ黒だった。

「違うのよお。違うのよお。当たったのはあたしじゃないのよお」

「じゃあ誰が当たったの？　くじに応募した人なんてモモコさんくらいよ」

モモコはスーツケースを蹴飛《けと》ばした。

「当たったのはあのデブよ！」

ミーコは当籤した喜びでルンルンだ。

「かんぱーい♡　かんぱーい♡」

そう言って歯でシャンパンのコルクを抜く。噴きだしたシャンパンを浴びる様はカバの行水だった。酒で酔ったミーコの腋《わき》のアポクリン腺が活発になり空気を黄色く染めた。ガスマスクを着けたモモコはご立腹だった。

「なんでこんなダメなオカマに！」

「ニューハーフってくじ運が良かったんだあ」

と國子も驚く。当籤確率は百万分の一と言われるアトラスくじの当籤者が身内から出るなんて想像していなかった。

「ミーコ、あたしに権利を譲りなさい。同じオカマだからバレないわよ」

「だーめ。いくら姉さんでもこれだけは聞けないの。住基ネットの番号で応募したんだから。当籤したのは熊谷徹雄《くまがいてつお》こと、クリーミー・ミーコよ」

「もういや。なんで今まで美を保っていたのかわからなくなったわ。このだらしないデブが当籤で、きれいなあたしがスカなの。もうニューハーフ辞める」

「ニューハーフって辞められるんだあ」

モモコはまた部屋に戻ってオイオイ泣くのだった。

しかしモモコが拗《す》ねていたのは一晩だけだ。すぐにアトラス入植手続きをしなければならないのに、ミーコはだらだら汗を流してビールを飲むだけの能なしだった。モモコは代理で入植手続きをすませた。

次の健康診断はさすがに代理とはいかない。低血圧のミーコを起こして指定の病院まで連れていったのもモモコだ。ミーコは帰りの車の中でいっぱい採血されたと言って泣いた。

それを聞いた國子が首を傾げた。

「なんで採血するのかなあ。アトラスのセキュリティに関係あるのかしら」

「まさか。考えすぎよ」

入管は地上の民がアトラスと直に触れる場だ。國子は興味津々でモモコと同行した。施設は当籤した人たちでいっぱいだった。どの人の顔も新天地への希望で明るい。モモコは羨《うらや》ましそうにその表情を眺めた。そしてまるで自分がアトラスに当籤したみたいに、ガイドブックを開いてうっとりした。

「あら。北崎倫子《きたざきのりこ》記念館がアトラスにオープンしたんですって」

「誰それ？」

「世代のギャップってイヤねえ。北崎倫子っていったら往年の大女優じゃない。不朽の名作『アルカディア』の主演女優よ。部屋に映画があったわ。今夜一緒に観ましょう。倫子さんの英語での毒舌は絶品よ」

「映画かあ。二年ぶりだなあ」

明後日が出発だというのに、ミーコは荷造りすらしていない。これもモモコが全部することになった。荷物は化粧まわしくらいだと思っていたが、ミーコも相当な物持ちだ。安い化粧品やら、バケツに入った脱毛クリームやら、全部持って行くと言ってきかない。これで一晩喧嘩《けんか》した。ミーコは年代物の大八車を持っていた。これに荷物を積むと言う。

ミーコが入植するのは第三層・新六本木だ。それでモモコは晴れ晴れとした気持ちになった。神様は國子の側にいろと自分に言ったと理解した。夢はミーコに託し、ボディガードとして國子を守る。それが運命なのだ。

「もう、くじに応募しないわ」

モモコはこの日、赤いレザーで身を固めた。

旅立ちの朝は生憎《あいにく》の曇り空だった。

ミーコは念入りに化粧をしていた。かつての服は全部着られなかったので、モモコが徹夜でアッパッパーを縫ってくれた。

「元気で暮らすのよミーコ。アトラスに行っても忘れないでね」

モモコは涙でミーコの姿がよく見えなかった。

「ありがとうモモコ姉さん。あたしきっとアトラスの人に好かれるオカマになるね。痩《や》せたらメール送るね」

「優しくされたかったらね、いつでもニコニコすることよ。ミーコは人好きするから大丈夫。ほら、笑って」

ミーコは汗をかきながらにっこり笑った。泣き虫でいつもいじめられていたミーコがこんな笑顔を見せるなんて誰も知らなかった。

國子が手作りのお守りを渡した。フェルトに綿をいっぱい詰めたミーコの縫いぐるみだ。

ちょっとだけモモコに手伝ってもらって明け方やっと完成した品だった。

「ミーコさん、あたしがいなかった二年間は充分に守ってあげられなかったわ。メタル・エイジの連中のしたことはどうか忘れて」

ミーコはそんなことはもう関係なかった。

「あたし武彦たち大好きよ。みんな優しかったわよ。だから思い出は全部持っていくの。武彦ありがとうね」

武彦は感極まったのか、鉄兜《てつかぶと》を目深に被《かぶ》ったまま僅《わず》かに頷《うなず》いた。役立たずのデブだと罵《ののし》ったのは彼らだ。アトラスまで送ってやると申し出たのはせめてもの罪滅ぼしだった。だけどミーコはドゥオモに来たときと同じように、ひとりで歩いて行くと言った。

「そうだ、これを持っておいき」

モモコが渡したカードはずっと貯めていた開店資金だった。モモコがドゥオモで服を縫ってコツコツ貯めたお金だ。

「アトラスはお金がなきゃ生きていけない場所よ。着いたらすぐに新しい服と靴を買うのよ。そして小さなお店を開いてね」

ミーコはさすがに遠慮したが、モモコは無理に三段腹の間に押し込んだ。涙を拭《ふ》いたモモコはにっこり笑った。

「あなたはあたしの希望よ。幸せになってね」

國子が合図するとドゥオモの跳ね橋が開いた。ドゥオモの民は歌でミーコを送ってやった。ミーコの大好きな『天城越え』がドゥオモに幾重にもこだまする。ミーコは歌を口ずさみながら何度も何度も振り返った。ミーコは大八車に荷物とたくさんの思い出を載せて、ドゥオモを去った。

霧のような雨が降り、ミーコの後ろ姿はすぐに見えなくなった。


アトラスの食が都心をゆっくりと飲み込む。太陽を遮る巨大な影が伸びてくると、辺りは急に気温が下がる。熱帯と化した東京に束の間の涼が訪れる。その引き替えに東京は一日のうちに二度、夜を迎えることになった。

午前十一時、ひっそりと静まった池袋にアトラスの影が忍び寄る。サンシャイン60の影を塗り潰《つぶ》し、やがてビルすら闇に食われていった。食の間、生きている地上の街に明かりが灯《とも》る。僅か二十分間の夜だ。

メタル・エイジ池袋がドゥオモに定時連絡を出す。見張りの男が旧首都高のインターチェンジを通過する物体を見つけた。速やかに暗視カメラが現場を映し出す。モニター画面を覗《のぞ》いた男は目を疑った。

『車輌《しゃりょう》の種類を報告せよ。一般車輌か？　政府軍か？』

見張りの男は「あー」と口を濁すだけだ。彼は自分が何を見ているのか、それを何と言って報告すればいいのか、まだわかっていない。急《せ》かす声が更に理解を混乱させた。男は政府軍でないと判断して、

「異常なしです」

と告げた。しかしインターチェンジを降りていくのは一般車輛でもない。物体は極めてゆっくりと進んでいく。暗視カメラの感度は良好だった。物体があまりにも鮮明に見えるせいで、頭が混乱しているのだ。男は見張りに自信がある。見張りには機械にはできない判断が要求される。男は一般車輛に政府軍の関係者が乗り込んでいても、勘で政府軍の車輛と見分けることができた。なのに、あれを何と報告すればいいのかわからない。男は食い入るように画面を見続けた。早く目を慣らしてしまい、正体が何なのか自分自身が一番知りたかった。物体が画面から消えたとき、ようやく男は正体がわかった。

「あれは牛車《ぎっしゃ》だ！」

アトラスの食の中をゆっくりと牛車が通り過ぎていく。漆塗《うるしぬ》りされた車は、アトラスの影の中でも艶《あで》やかに映る。渓流のように水が流れるサンシャイン前インターを、黒い牛が一歩、また一歩と車を引く。そのたびに人の背丈ほどもある木の車輪が水車のように水をかく。牛車は笠着《かさぎ》を被ったむしのたれぎぬ姿の女と衣冠束帯の男たちを従えていた。着飾られた牛を引くのは稚児《ちご》たちだ。

後列の従者が笙《しょう》と笛を吹く。平安絵巻さながらの行列が旧首都高速を降りようとしていた。従者の着る引上仕立の奴袴《ぬばかま》は水を吸って重くなっていた。黒く染まった足袋《たび》がじゃぶじゃぶと音を立てる。

従者が輿《こし》に声をかける。

「美邦様、お加減は如何でしょうか？」

声がしないので稚児たちも心配で振り返った。従者が前簾《まえすだれ》を開けようとする。途端、笠を被った小袿《こうちぎ》衣装の女がその手を払いのけた。

「無礼者。食の中とはいえ、昼であるぞ。美邦様は昼がお嫌いだ」

叱声《しっせい》を受けて従者は水溜《た》まりの中で土下座する。しかし笠着を被った女の怒りは収まらなかった。懐から取り出した扇子で、従者を打ち据えた。

「この、この、この！」

「お許しくださいませ。前簾は二重だし、紫外線防止加工もされているので、大丈夫かと思いました」

すると輿の中から細い声がした。

「小夜子《さよこ》。取り乱すでない。妾《わらわ》は大丈夫じゃ」

「しかし美邦様、この男は以前も同じことをしました。高架に吊《つる》してやらねば私の気が済みません」

「もうよい。食から外れてしまう。急ぐのじゃ」

扇子を収めた女が行けと顎《あご》で指示を出す。稚児たちが赤い手綱を引いてまた、ゆっくりゆっくりと牛車を進めた。

「それにしても地上は臭いのお。妾は息が詰まりそうじゃ」

「美邦様、もう少しのご辛抱でございます」

牛車が白昼に晒《さら》されることは決してなかった。アトラスの影と共に移動していたからだ。牛車は昼の闇に現れる。

小夜子は笠着越しにアトラスばかり気にしていた。牛車の足が速くても遅くてもいけない。アトラスの影がゆっくりと東京を半周するのに合わせて牛車を進めなければ、日差しを浴びてしまうことになる。

「避難する巣鴨は森が小さいというのに、こんな昼間に美邦様を呼び寄せるなんて。美邦様、ご辛抱なさいませ。この小夜子がお側におります」

「わかっておる。妾も小夜子がいれば安心じゃ」

対向車が近づいてきた。ヘッドライトが牛車を照らす。反射的に従者たちが束帯からマシンガンを抜いた。二列にフォーメーションを組んだ従者が車のフロントガラスをめがけて一斉に射撃する。タイヤを打ち抜かれた車はガードレールにぶつかって止まった。それでも射撃は収まらない。小夜子が手をあげると、射撃はやんだ。車は煙をあげて蜂の巣になっていた。

「生存者がいるか調べろ。ゲリラの車だったら爆破しろ」

従者たちが車を囲む。雅《みやび》な姿なのに動きは機敏だ。すぐにバーナーでポリカーボネイトの窓を焼き、視界を覆っていたエアバッグを引き裂いた。中にいた乗員はみんな血を流して倒れていた。

「油断するな、メタル・エイジの車かもしれない」

幸い運転手の男には息があった。血塗《ちまみ》れの男を揺さぶって身分を問う。脳震盪《のうしんとう》で首がぐらつく中、運転手がICカードを見せる。情報を読み取った従者が小夜子に報告する。

「政府の者でした。内務省の一等書記官です」

小夜子がふんと笑った。特権階級だからと言って、のこのこ封鎖された道に現れた奴が悪いのだ。牛車が現れている間は一般車輌も政府の車輌も走らないように交通規制されている。この運転手は自分の権力を過信して近道したに違いない。同乗していたのは、派手な格好をした女たちだ。どうせアトラスに連れて行ってやると大見得を切って乗せたホステスたちだろう。小夜子は血を吐いて倒れている女たちに扇子を投げつけた。

「美邦様の御前で気を失うなんて無礼者め。頭を高くするからこうなる。難民の女のくせによくも美邦様の前で汚い血など吐くものだ。ドアを開けろ。引きずり降ろして跪《ひざまず》かせる」

しかしドアは歪《ゆが》んでしまっていた。いくら強靭《きょうじん》な炭素材で作られた車といえども、マシンガンの雨を浴びればこうなる。

従者はちょっと困っていた。

「小夜子様、政府の人間を撃ったとなると後々面倒です。美邦様が降りられたと知られてしまいます」

「牛車の前に現れた方が悪い。これは正当防衛だ」

そう言って小夜子は牛車に戻った。牛車の御簾《みす》がそっと開いて、中から白塗りの少女が顔を覗かせた。好奇心旺盛《おうせい》な瞳《ひとみ》はまだ幼く、真っ黒なおかっぱの髪が幼さを際立たせる。美邦は潰れた車に目を爛々《らんらん》と輝かせ、今にもはしゃぎ声で飛び出してきそうだった。

「美邦様、前簾を開けてはなりません」

すぐに開いた前簾を小夜子が閉める。美邦は長物見の窓をそっと開いた。

「事故を見るのは久し振りじゃ。地上はこれだから面白いのお。ところであの潰した車はどうする？　弁償するか？」

小夜子は横転した車を睨《にら》んだ。

「弁償なんて、金持ちのすることでございます。方違《かたたが》えしなかったあの車が悪いのです。方位が悪かったと後で私が申しておきます」

「だが見物であった。褒美を取らせたい」

「まあ、美邦様はなんてお優しいのでしょう。小夜子は心を打たれました」

小夜子は手を叩《たた》いて従者を呼び戻した。着物から端末を取り出すと、男のＩＣカードを挿入した。画面に男のランクが表示される。小夜子が雑魚《ざこ》め、と舌を打った。

「いやだわ。ＣＧＧなんて低いランク見たことないわ。こんな人間と遭遇したなんて美邦様が穢《けが》れてしまいます。やはり日が悪かったのかしら……。稚児たち、すぐに牛車を清めなさい！」

稚児が車輪に塩と酒をかけた。それでも小夜子は気分が悪い。彼女は泥の水溜まりに顔をつけ、伏して詫《わ》びた。

「こんなことなら物祓《はら》いの僧も連れてくるべきでした。私の心得が足りませんでした。どうかお赦《ゆる》しくださいませ」

謝るたびに口の中に苦い泥が入る。プチプチと舌に当たったのはボウフラだった。それを小夜子は奥歯で嚙《か》み潰《つぶ》した。

「苦しうない。日が悪いのは小夜子のせいではない。面をあげい」

泥塗れになった小夜子の顔に、安堵《あんど》の笑みが零《こぼ》れた。

「美邦様はなんて徳のお高い方なのでしょう。小夜子は心底嬉《うれ》しうございます」

そう言って小夜子は泣き、ボロボロと零れる涙で頰についた泥を落とした。またひとり従者がやってきてそっと耳打ちした。

「助手席にいた連れの女が死にました。弾が内臓を貫いたようです」

「寿命じゃな。哀れな」

御簾の奥で側耳を立てていた美邦が呟《つぶや》く。小夜子はまず端末で女たちのカード情報を操作した。

「出血大サービスでEランクまであげてやりましょう。死んだ女は家族をEランクにすれば成仏するでしょう。目が覚めたらアトラス居住権を獲得しているなんて、本当に運のいい子たち。おめでとう。血塗れのシンデレラ」

小夜子はにっこり笑って女たちの首にカードをかけてやった。恐らく肺に肋骨《ろっこつ》が突き刺さったり、内臓が破裂したりしているだろうが、臓器ひとつくらい安いものだ。彼女たちが臓器を全部売ってもEランクになることなんて絶対にないのだ。

次に小夜子は運転手のカードも操作した。

「美邦様のご褒美だからＣＡＡに上げておきましょうか」

運転手のアトラスランクがあがる。これで男は立身出世したことになる。このランクに添うのは内務省の局長級だ。明日には相応の地位に就くことだろう。新しい車を買うもよし、特権で第二層に別荘を買うもよし、難民の女をアトラスに迎えるもよし、金で買えない贅沢《ぜいたく》を味わえることだろう。

従者が早口になる。

「小夜子様、お急ぎください。この辺りは間もなく食が終わります」

アトラスの食がいくら巨大とはいえ、立ち止まれば二十分で終わる闇だ。装束の中で汗が体を伝って流れた。気温がどんどん上昇している。アトラスを振り返ると太陽の気配が感じられた。一行は再び列をなした。

ぺしゃんこに潰れた車を余所目《よそめ》に牛車《ぎっしゃ》はまた食の中を進む。交差点を曲がり、白山通りへと入った。小夜子が従者に警戒を促す。

「この辺りはゲリラが出没する危険地帯だ。今度はマシンガンを使わずに、ロケットランチャーで吹き飛ばせ。いくら美邦様の褒美とはいえ、一日に何人もランクを上げてやるわけにはいかない」

笛を吹いていた従者がロケットランチャーを背負う。彼らは訓練された精鋭部隊だ。いざとなれば装束の中から武器を取り出して美邦を守る。場合によっては牛車の盾となり命を捨てる傭兵《ようへい》たちだった。

白山通りの沿道は野の花が咲き乱れていた。これを明るい日差しの中で美邦に見せてやりたいと小夜子は思う。幼い美邦が野で遊ぶ姿を想像して胸を詰まらせた。

「あら、鳳仙花《ほうせんか》が咲いているわ」

牛車を止めて小夜子が赤い鳳仙花を摘んだ。そして輿《こし》の中の美邦にそっと渡した。

「これは爪紅《つまべに》という花です。花を潰して爪に塗るんですよ。美邦様、お手をおかしくださいませ」

小夜子は鳳仙花を潰して美邦の小さな指ひとつひとつに丁寧に塗っていった。爪が薄いピンク色に染まるたびに美邦は頰を綻《ほころ》ばせた。

「マニキュアのようじゃ。小夜子は気が利く」

「ありがとうございます。そうそう、鳳仙花には歌もあるのですよ」

「聴きたい。歌を歌え」

泥塗れの顔をした小夜子が歌を歌った。小夜子の声はとても涼しい。蒸し暑い中で牛車の周りだけがひんやりとした空気に包まれる。牛も心地好さそうに首を振りながら車を引いた。

天咲《ていんさ》ぐぬ花や

爪先《ちみさち》に染《す》みてぃ
親《うや》ぬ言《ゆ》し事《ぐとぅ》や
肝《ちむ》に染みり

歌を歌っているとき、小夜子は子どもみたいな表情をした。普段は眼力の鋭い女だが、歌うときは娘のように無邪気に振る舞う。従者はそんな小夜子の顔を見てはいけない気がして、素知らぬふりをした。車輪が軽快に水を撥《は》ね除《の》けていく。従者の足取りも心なしか軽かった。

天ぬ群《む》り星《ぶし》や
読《ゆ》みば読まりゆい
親《うや》ぬ言し事や
読みやならん

夜走《は》らす舟《ふに》や
北《にぃ》ぬ方星《ふぁぶし》目当てぃ
我《わん》なちぇる親や
我どぅ目当てぃ

美邦は歌を聴こうと御簾に近づいていた。初めて聴く音階だった。

「異国の歌のようで面白い歌じゃ。意味がわからぬが何と歌ったのじゃ」

「鳳仙花の花は爪先に染めて、親の言うことは心に染めましょう、という歌でございます」

美邦は染まった自分の爪を見た。

「小夜子、親とはどんなものじゃ？」

稚児たちが来たぞと息を止めた。牛車を出せば死人が出るのが常だ。それは従者が人を殺すというだけではない。自分たちも同じくらい危険な道のりなのだ。今までひとりの欠員もなく帰れた試しがない。

小夜子の声は微《かす》かに震えていた。

「親とは……。親とは……」

本当は「存じません」と言いたかった。しかし美邦をただの幼子だと甘くみてはいけない。美邦は嘘を見抜き、罰を与える。それが思いやりによる嘘だとしてもだ。美邦は相手の粗相には無頓着《むとんちゃく》だ。それは自分以外の人間は劣っていると信じているからだ。大抵の人は美邦を前に自分をよく見せようと背伸びする。それゆえに頰紅程度の嘘をつく。それが命取りになる。

――嘘をついてはいけない。

小夜子の背筋に冷たいものが走る。それは以前、小夜子が司法解剖医をしていたときの経験から学んだものだ。

かつて小夜子が勤務していた大学病院に、奇妙な死体が持ち込まれたことがある。変死体を見るのは慣れているはずの小夜子でも、息を飲むグロテスクな死体だった。腐乱死体にだって冷静にメスを入れられる小夜子ですら震えが止まらなかったことを思い出す。

遺体は目玉が内出血で赤く染まり、逆流した内臓が顎《あご》を砕き、臓腑《ぞうふ》を口から吐いていた。初めは毒殺かと疑ったが違う。解剖してみると体の中は達磨《だるま》落としのように脊髄《せきずい》が飛び散っていた。こんな酷《むご》たらしい死に方は見たことがなかった。遺体に外傷らしきものはひとつもない。死ぬまでの間、何時間も苦しみ発狂したことは間違いなかった。

不思議なことにこれだけの変死体なのに警察は介入したがらなかった。ドライな性格の小夜子は、何か裏があると思ってもいちいち首を突っ込まない。警察に『心臓発作』と書けと促されたので、そう記した。その後、次々と同じ死体が運び込まれることになった。

やがてそんな死体にも慣れた頃だ。アトラス政府から召喚を受けた。依頼はある重要な人物の教育係となってほしいとのことだった。

「私はすれっからしの女です。大した人間ではありませんので辞退致します」

そう告げたのに、その日のうちに大学病院から籍を外されてしまった。代わりに得たのがアトラスランクの飛躍だ。小夜子は殺人すら許されるAランクを取得していた。アトラスランクは厳格なシステムだ。一ランクあげるのに、二世代かかるといわれる。こんなに簡単にランクをあげるということは恫喝《どうかつ》に等しい。つまり次に断ったら、国家反逆者のGに落とすぞ、という意味でもある。長いものには巻かれることが信条の小夜子は、素直に従うことにした。政府から要求された条件はたったひとつ。『自殺してはいけない』ということだけだ。小夜子は自殺するような繊細な女ではなかったので、契約書にサインした。何度もボディチェックを受けて通された部屋に美邦はいた。

出会ったばかりの美邦はおませな感じがするごく普通の三歳児だった。美邦のおかっぱ頭は古風で市松人形みたいだった。美邦は単衣《ひとえ》を着た女官たちを従え、薄暗い屋敷で暮らしていた。最初の会話は確かこうだった。美邦が「サヨ。妾《わらわ》は可愛いか？」と聞かれ「大して」と素直に答えた。小夜子は女官たちにその場で思いっきり罵倒《ばとう》されたが、全然平気だった。

その時、女官がこう言って美邦を宥《なだ》めたことを今でもはっきり覚えている。

「美邦様ほどお美しいお子はこの世におりませぬ」

次の日、いつか大学病院で見た死体が出た。あの女官の死体だった。女は髪の毛を全て引き抜き、口から背骨を吐き出して死んでいた。小夜子はこれで政府が自分に声をかけた理由がわかった。厄介な死体を口の固い身内の解剖医に隠密《おんみつ》に処理してほしいためだ。

「心臓発作ね。若いのにお気の毒」

術衣を着た小夜子はサラサラともっともらしい記述をした。

美邦に嘘をついた者は、その晩のうちに必ず悶《もだ》え、苦しみ、死ぬ。どんなに品行方正な女官をつけようが、洗練された教師をつけようが、みんな変死を遂げてしまう。小夜子はこれが嘘と関係があるとすぐにわかった。美邦の前で酒を呷《あお》っても侍従から叱られこそすれ、死ぬことはない。逆に戯れの嘘をついた者は、どんなに美邦を愛していても死んだ。美邦は今年で八歳になるが、生き残っている側近は小夜子だけだ。

——美邦様は小夜子様をお試しになったぞ。

従者らはお互いに目で囁《ささや》き合う。

牛車《ぎっしゃ》の従者たちは素性の怪しい者ばかりだが、美邦に対しては常に正直である。彼らは嘘をついて覚えめでたくしようなどと少しも思わない。美邦に嘘をつくなと言われたことは一度もないのに、直感的にどう振る舞えば良いのか知っていた。この緊張感と引き替えに好きなだけ人を殺せるのだ。従者たちは無類の殺人鬼ばかりだ。

美邦といると誰もが自分の本性と向き合わずにはいられなくなる。小夜子は三十歳を過ぎて自分を知った。本当の自分は差別的で、残酷で、狡猾《こうかつ》で、臆病《おくびょう》なドブ鼠みたいな人間だ。でもそれを知って良かったと思う。本性を剝《む》き出しにして生きる気分は爽快《そうかい》だった。

ただし、いつも死と隣り合わせである。

従者たちには小夜子がどう答えるか見物だった。

「その歌の親というのはどういう者じゃ？　乳母のようなものか？」

小夜子は美邦にどう説明すればいいのかわからずに口籠《くちご》もった。美邦は母を知らない。

ましてや父も。そのことは絶対に口にしてはならないことだと侍従から禁じられていた。

たくさんの女官に囲まれて大事に育てられてきたが、家族の温《ぬく》もりとは異なる環境だ。美邦に寂しい思いをさせないように、小夜子はいつも側にいた。それは家族のことを聞かれないように、意識させないように防いでいたためでもある。小夜子は嘘をつかない代わりに、都合の悪い質問を美邦にさせないように気を遣っていた。

黙っている小夜子に美邦は質問を重ねた。

「親とはどんなものじゃ。答えよ小夜子」

小夜子は着物の襟を摑《つか》んで息を整えた。嘘をつかずに都合の悪い質問に答えるのには慣れている。

「遺伝的な存在でございます」

「医者らしい答えじゃ。小夜子はいつも正直じゃな」

「ありがとうございます」

小夜子はホッと胸を撫《な》で下ろす。また車輪が水をかく。くさくさしていた美邦は脇にいた従者に質問をぶつけた。

「お主はさっき人を殺したが、さぞ胸が悪いじゃろう？」

「はい。……あ、しまった！」

従者の顔が凍りついた。小夜子が衣越しに馬鹿な奴と笑う。人を殺して胸が悪くなる奴なんて従者の中にひとりもいない。油断すると美邦は不意打ちを食らわせる。震えている男の側で小夜子は端末を開き、従者の補充を予約した。

「短いおつきあいだったわね」

青ざめた従者は取り乱した。

「小夜子様お願いです。どうか今すぐここで殺してください。あんな死に方をするのは嫌です」

「あんな死に方ってどんな死に方かしら？」

仲間たちが笑いを押し殺した。

罠《わな》に落ちた男はまさか自分が引っかかるなんて、と信じたくなかった。このパターンを何度も見てきたのに。決して引っかかるまいと肝に銘じていたのに。どうして本心と違うことを言ってしまったのだろう。

小夜子が確認のために告げた。

「契約書にサインしたでしょう。決して自殺をしてはならないって。もし勝手に死んだら家族のアトラスランクは地に堕《お》ちるわよ」

従者は白目を剝いて絶叫した。

美邦が牛車を急《せ》かす。

「地上は騒がしいのお。急ごう」

待ち合わせ場所に政府軍の装甲車があった。装甲車の前には礼服姿の軍人たちがずっと敬礼をしたまま待っていた。

「お待ちしておりました。地上まで降りられるなら我々が護衛いたしましたのに。牛車だけでは危険でございます」

小夜子は意志の強い者をひとりよこせと言ったのに、集まったのは出世欲にかられた軍の高官たちだ。

「美邦様は体調がよろしくありません。どうか挨拶《あいさつ》をお控えください」

小夜子が退けているのに、高官たちは牛車に近づいた。

「この度は美邦様のご尊顔を拝し、恐悦至極にございます」

「苦しうない。長く待ったであろう」

「滅相もございません」

大佐の階級章をつけた男のズボンは雨で濡《ぬ》れていた。今から二時間前の雨だ。稚児たちがそのズボンにくすくすと笑う。こうなることが予想できるから迂闊《うかつ》に人を近づかせたくなかったのだ。小夜子は大佐の肩を叩《たた》いた。

「あなたは二階級特進ね。新靖国神社の英霊になれるわ」

「ありがとうございます」

従者たちも思わず噴き出してしまった。

「サンプルケースを渡しなさい」

装甲車の中から現れたのは草薙だった。小夜子にケースを渡すと敬礼をした。小夜子が踵《きびす》を返そうとしたが、今日の美邦は人と関わりあいたがった。

「採取ご苦労じゃった。難儀されたことじゃろう」

草薙はきびきびとした口調で答えた。

「ゲリラとの交戦がありましたが、無事に帰還いたしました」

「なんと頼もしきもののふであることよ。ゲリラを殺したのか」

「いいえ。捕まりましたが、見逃してもらいました」

稚児がお互いの顔を見合わせる。美邦の素性を知らない者なのに、難なくハードルを越えていくではないか。普通の人間なら五秒でアウトだ。

「お主を捕らえるゲリラならば、さぞかし屈強な漢であったであろう」

「いいえ。私を捕らえたのは年端もいかない子どもでした」

並んでいた礼服の高官たちがゲラゲラと笑った。

草薙は笑われることは恥ずかしくなかった。敵のゲリラがどれほど優秀なのか、政府軍は知らなすぎる。その傾向は高官ほど著しい。最新鋭のテクノロジーに頼りすぎて敵の能力を過小評価している。草薙もそのひとりだった。だが先日、人間離れした戦い方をするゲリラの娘と遭遇して、考えを改めた。

「まこと面白きもののふじゃ。童《わらべ》に負けたことを申すとは」

「油断いたしました」

またゲラゲラと笑われたが、従者たちは息を飲んだ。かつて彼らも美邦と接見したとき、同じように女官たちに笑われた経験があるからだ。

サンプルケースを受け取った牛車が帰り道を急ぐ。小夜子は面白い男を見つけたと思った。あの美邦と五分も話をできる政府軍の男がいるなんて、想像もしていなかった。小夜子は従者のリストの最優先に草薙を指定した。

小夜子は大事そうにサンプルケースを抱えた。彼女が美邦に仕えたもうひとつの使命がアトラスで待っている。

「あとはこの小夜子にお任せくださいませ」

「頼むぞ。妾《わらわ》は暗闇から出たいのじゃ」

牛車は昼間の闇を伝ってアトラスへと戻った。食が終わる頃、本物の闇が訪れる。アトラスは目映《まばゆ》い光を放ち、今度は暗くなった東京を照らした。

第三章　テコノロジーの夜明け

　むっと熱い蒸気にも似た雨だった。水滴に変わる寸前で成長を止められた雨は霧になって漂い、葉に付着すると露になり、人にへばりつくと汗に変わる。灼熱《しゃくねつ》の都市の朝は大気の滞りから始まる。これから気温が上昇するにつれ、霧は雨へと、空気は風へと姿を変える。

　未明の都心に集まった民は、お互いの顔すらよく見えない暗がりの中で、明るい息を弾ませていた。肩がぶつかる混雑も、踏まれる足の痛みも幸運の挨拶のようなものだ。暗闇を飛び交う声に不思議な連帯感が生まれる。

　列をドミノ倒しにしたミーコの「ごめんなさーい」の声が響いた。大八車を進めるたびに車輪に巻き込まれた誰かの絶叫があがる。ミーコは不安と孤独よりも、まだ見ぬ新しい生活への期待で胸がいっぱいだった。当籤者《とうせん》の中にオカマがいれば最高なのに、と思ったが未明の暗さは男も女もなく、ただ興奮だけが暗がりの中で鼓動を打っていた。

　霧の中でだらだら汗を流したミーコの耳に重たい音が響いていた。なんだか獣の鼾《いびき》みたいな音が空から聞こえる。政府に指定された集合場所は霧と暗がりのせいで、ここがどこなのかまだよくわからない。ミーコは振り返ってドゥオモの方を見た。國子やモモコはまだ眠りの中だろうか。抱えてきた思い出が少ない気がする。もっともっとドゥオモで泣いたり笑ったりしておけば、こんなに切なくならなかった気がした。

「あたし、いつもアトラスからみんなの幸せを祈っているからね」

空で鳴っていた獣の鼾がやんだ。やがて朝日が東京に差し込む。寝ぼけ眼《まなこ》のような霧が目覚めて次々と雨粒になる。突如、上昇気流が湧き上がり雨が空へと吸い上げられる。髪の毛を逆立たせたミーコが空を見上げた。目の前は垂直の断崖《だんがい》絶壁だ。

「これがアトラス！」

入管に集まった人々も一様に空を見上げている。さっきまで空で鳴っていた音はアトラスの固有振動によるものだ。あまりにも大きすぎてこの切り立った崖《がけ》がアトラスのどの部分なのかまだ理解できない。左右を見渡しても手がかりとなるものはなく、また空を見上げては途方に暮れるばかりだ。工事中の先端は靄《もや》で見えない。今見ている倍の高さが目の前にあるはずなのに、肉眼が追いつかないのだ。

「まさかこんなに大きいなんて……」

ドゥオモの大きさに慣れていたミーコの認識が根底から覆される光景だった。ドゥオモは文字の多い街だ。看板と広告と落書きで埋め尽くされたドゥオモは五分も散歩すれば、雑誌を一冊読んだ印象がある。それに比べるとアトラスの外観は空白の百科事典だ。この中に東京の中枢が集約されている。だが今のミーコには垂直の眩暈《めまい》だけが唯一の現実感だった。

ミーコの側にいた子どもがホログラムの地図を広げた。地図に現れたアトラスは東京湾の全てと房総半島の半分を従えていた。現実に捉《とら》えられるものなど、この縮尺にはひとつもない。GPSだけが冷静に現在地を示した。

「ここは日比谷線シャフトだよ。でかいなあ」

人々は今まで自分たちが立っていた場所がメガシャフトのひとつであることに気がついて、改めてその巨大な質量に腰を抜かした。アトラスの基部は半世紀以上も前に建設に着手したときのものだ。苔《こけ》に覆われ緩やかに自然と融合したシャフトは木の幹というよりも山を思わせた。

「炭素材はどれなの？」

と聞いたミーコに少年が答える。

「目の前全部さ。アトラスは九十パーセント以上が炭素材でできているんだ。もしアトラスが鉄でできていたら自重で崩れてしまうよ。それよりも前に関東ローム層が地盤沈下を起こしてしまうかもしれない。おばさんはどこに住むの？」

「あたしは第三層の新六本木よ。素敵なお店を開くから遊びに来てね。……大人になってから」

「僕は第五層の新霞ヶ関だ。日比谷線シャフトで二駅だね」

メガシャフトは人工地盤を支える柱と同時に、インフラを兼ねる。内部の空洞は交通機関が占めていた。昔の地下鉄の名を取った高速エレベータが、層を自由に結ぶ。少年の親がよく見ておけと言い聞かせた。

「アトラスを外側から見るのは、今日が最後だよ」

そう言って、少年の頭に毛糸の帽子を被《かぶ》せた。集まった人たちはみんな無理して厚着をしていた。第五層は今まで経験したことのない寒さだと聞いて、急いで編んだ帽子だった。地上との決別の意志のようでもあり、早く新天地とそれが特権階級の証《あかし》のようでもあり、地上との決別の意志のようでもあり、早く新天地と繋《つな》がりたい焦りのようでもある。それはミーコだって同じだった。さっきから恋をしたような胸の疼《うず》きがする。ミーコは自分の胸の中に芽生えた感情が何なのかまだわかっていない。ずっと虐《いじ》められてきたから、優越感という感情を知らなかった。

「たぶん、あたし嬉《うれ》しいんだと思う」

入管で照合をすませたとき、管理官の女性に「おめでとう熊谷さん」と言われた。その言葉に何故かとても泣けて、心の中で何度も反芻《はんすう》した。今日はまだ一度もバカとかブスとかデブとか言われない。そのことがとても不思議な気がした。もしかしたら透明人間になってしまったのかしら、とわざと隣の人の足を踏む。痛いと叫んで睨《にら》まれたとき、ちょっと安心した。次にこれはどっきりカメラじゃないか、という疑念が過《よぎ》る。突然「ウソでした」と意地悪されるのが嫌で早くゲートを潜ってしまいたかった。

十輛《りょう》編成の高速エレベータに乗ったミーコは、ずっと壁際で小さくなっていた。エレベータというよりも、満員電車みたいだと思った。地下鉄の名前がつけられたのも頷《うなず》ける。

メガシャフトの中はトンネルと同じだった。気圧差で耳が痛くなるのを我慢しながら、ミーコは新しい大地を目指す。上へ行くたびに心《つ》なしか体が軽くなっていくような気がした。天井の吊り広告が街への期待を煽《あお》る。アナウンスが「間もなく第三層・新六本木でございます」と告げた。

第三層の扉が開いたとき、ミーコは目を疑った。建物の中にいるはずなのに、外に出た気がした。空気が地上よりも冷たい。これが人工地盤の大地だとわかっていても、大きすぎて納得がいかない。目の前はどこにでもある普通の街だった。頭上は第四層のはずなのに圧迫感がない。青空を模した天井には雲が映し出されていた。これが照明を兼ねているために、地上と同じくらい明るい。

「あたしどこに連れてこられたのかしら」

これが同じ東京だとは思えない。海外旅行のようだ、と思おうとしてすぐに否定した。海外旅行でもここまでの衝撃を与えないだろう。しばらく考えてミーコはやっとわかった。

「タイムマシンだわ」

まるで石器時代から現代に時を駆けた気分だ。ミーコの頭はぐらぐらして、何か正気の軸を探さないと精神がおかしくなりそうだった。ミーコは街の中心部を目指した。飛び込んできたのは、ドゥオモなんて比較にならない文字の氾濫《はんらん》だった。あまりの情報量ですぐにミーコの頭はパンクした。

「街がお喋《しゃべ》りしてるみたい」

どこを見渡しても文字が飛び込んでくる。人の活気もすごいが、街中を覆う文字に圧倒される。これが本当の東京なのだ。ミーコは百科事典の中に紛れ込んだ気分だった。難民出身だと思われないように気をつけても、広告や看板を見るたびに立ち止まって読んでしまう。そのたびに誰かとぶつかった。「気をつけろデブ」と言われたとき、ミーコはやっとここが自分の街になりそうな気がした。今は見るもの全てが新鮮で目移りしてしまうけれど、この情報の氾濫を無視して歩けるようになれば、立派なアトラスの住民だ。

ミーコは大八車を引きながら、読める文字は全部読んで早く飽きてしまうように自分を仕向けた。これから住むマンションを探すのも忘れ、ミーコはいちいち驚いてはきゃあきゃあ叫ぶ。エステの看板を見つけて、

「モモコ姉さん、セルライト除去ですって！」

と振り返る。そこには第三層の冷たい空気しかなかった。ミーコは急に疎外感を覚えた。こんなに賑《にぎ》やかな街なのに、一緒に喜んでくれる人がいないのが寂しかった。

どれくらい新六本木の街を歩いただろうか。オフィス街を挟んだ通りに懐かしい雰囲気の歓楽街があった。ずっと昔、ミーコが一回り小さなデブだった頃、こんな街に勤めていたことを思い出す。夜になればネオンできらびやかになるが、昼間はちょっといかがわしい雰囲気を漂わせている。ミーコは昼間の歓楽街の疲れた顔が好きだ。こんな化粧忘れのような街を歩くと、錆《さ》びついていたステージ魂が蘇《よみがえ》る。

「お店を開くならここがいいなあ」

不動産を物色するように、看板の全てを読んだ。店の名前は様々だが、全体が六本木のイメージを喚起する。どんな内装なのか、料金はいくらなのか、看板を見ればすぐにわかった。しばらく歩いてミーコはぎょっとした。雑居ビルの看板に見覚えのある文字を見つけたのだ。

ニューハーフパブ・熱帯魚

第三層にあるオフィスビルに先日開業したばかりの会社がある。重厚な家具はまだ新品の匂いを放っていた。オフィスのドアには「L.T.C.I.」のロゴが素っ気なくついていた。香凛が興した会社だ。

別にオフィスなんて必要なかった。大事なのはちゃんとやっているというイメージだ。クラリスはホテルのスイート・ルームを年間契約で借り上げた方がいいとアドバイスしたが、どのホテルもイマイチだった。アトラス内のホテルは眺望の良さを提供するために、スイート・ルームを内側に向けて配置する。地上を見せても森しかないし、夜になれば海のような暗さで、イメージが悪いからだ。香凛は地上の森を見せながら契約させたかった。その方が炭素を削減する企業イメージに適《かな》う。それに「L.T.C.I.」は一流ホテルのブランドに頼らずともすぐに成功を収めるのはわかっていた。それも今日中に。

このオフィスビルだって、借りたワンフロアは広すぎる。タルシャンの名義を使ったら不動産屋は一等地のオフィスビルを貸してくれた。彼は好きじゃないが社会的信用があるから都合がいい。

メデューサの端末を中央に置いただけの味気ないオフィスは展望ロビーのように閑散としていた。机を置くのも馬鹿馬鹿しいので欲しかったオレンジ色の自転車を買った。自転車でフロアを走って、遊びにはちょうどいいかもしれないと思った。

「夢は大きく。アトラスの第四層を買い取っちゃおう」

第四層は再開発指定地区だ。金儲《もう》けするだけしたら、第四層を丸ごとディズニーランドにして、そこで暮らすのが香凜の夢だ。そのためにもお金はいる。パテント料なんてケチなものを払うつもりはない。ディズニーもアトラス公社も全部買収するつもりだ。総額は二十兆円くらいだろうか。ビジネスが上手《うま》くいけば問題ない金額だった。

最初の客がやってきたのは午後だった。チャンはマレーシア政府と直接交渉し、首相の特命を受けた使節団をアトラスに送った。訪問者はマレーシアのアビディン外相だ。

もし契約が成立すれば、彼らは「L.T.C.I.」の力なくして生きていられなくなるはずだ。そしてこのオフィスには二度と来ることはないだろう。二度目からはメデューサと相手先のホストコンピュータが自動的に遣《や》り取りする。応接室など最初の信用をつけるための儀礼的な場所に過ぎなかった。

空調の効いた応接室で、深く皺《しわ》を刻んだ老人が窓の外を眺めていた。眼下を覆う森にただただ呆《あき》れている様子だった。

「また森が深くなっていますな。クアラルンプールはようやく森林化の法案が議会にあがったばかりだというのに、東京は森林化を終えようとしている」

流暢《りゅうちょう》な日本語だった。テディベアの縫いぐるみを抱えた香凜が側で笑った。

「炭素経済はスピードが命だよ。多少の犠牲は仕方がないよ。地上を見たことある？　すっごく臭いの。とっても汚いんだよ」

香凜は反射的に腕を掻《か》いた。思い出すたびに蚊の音が頭の中をぐるぐる回る。香凜の目は焦点を失い、息が荒くなってしまう。肩に止まっていたペルディックスが驚いて飛び立った。

アビディンが呆れると言えばこの少女だ。経済炭素削減の特命を帯びて極秘に来日したというのに、訪問した会社には小学生くらいの女の子がいた。初めは手の込んだ冗談だと思ったが、チャンが「社長はとても若いです」と言っていたのを思い出して、踏みとどまった。世界経済を動かしているカーボニストたちは若くして大成する者が多い。同行した政府高官にも十代の者がいる。彼らはすぐに香凜とうち解けて、メデューサの端末で遊び始めた。

香凜は得意気にメデューサを見せた。

「メデューサはとてもお利口なの。このコンピュータもアトラスと同じカーボンナノチューブ技術でできているんだよ。つまりメデューサは炭素世界が生み出した象徴ね。これはその端末だけど、本体はもっと小さいの」

カーボンナノテクノロジーは驚異的な超小型高性能コンピュータを実現した。消費電力が極めて小さいから熱も発生しない。この世界はいかに炭素を味方につけるかが勝負だ。

高官たちはメデューサのことを知りたがった。

「メデューサはどれくらいの大きさなのですか?」

香凜はテーブルに置いてあったお菓子を手に取った。

「このポッキーの箱くらいかなあ」

「本体はどこに置いてあるのですか?」

香凜は「ヒ・ミ・ツ」とウインクした。まさかメデューサが南太平洋の孤島にあるなんて、誰も想像していないだろう。

マレーシア政府高官たちはホログラムで現れる無数の蛇に目を奪われていた。イメージ的な演出なのだが、これが面白い。蛇の頭を指で切っても、カタツムリの目のようにまた頭が生えてくる。

彼らは香凜のビジネスモデルをすぐに理解し、マレーシア経済を救うのはメデューサしかないと目に確信の色を浮かべた。アビディンは誰かが警鐘を鳴らしてくれるかと期待していたのに、彼らはメデューサの虜《とりこ》になった。香凜と高官たちはカーボニストという新時代の仲間意識で結ばれたようだ。アビディンはひとり取り残された気分だ。あとは多勢に無勢だ。自分はペンを持つ存在にすぎない。せめてサインをする前に、旧時代の人間の誇りを保ちたかった。

外相はできるだけじらせて、香凛に癇癪《かんしゃく》を起こさせようとした。アビディンは個人的にこの契約には反対だった。しかし彼の意志とは裏腹に契約してこいと政府から命じられた。香凛から断られるなら好都合だ。もっとも彼に残された抵抗もささやかなものでしかなかった。

「本郷はあの辺りでしたかな」

と呟《つぶや》いて記憶の中にあった東京を重ねた。しかし香凛は興味がなさそうだ。鬱蒼《うっそう》と茂る森に地名や住所なんて意味がないとばかりに欠伸《あくび》を噛《か》んだ。きっと彼女の目にはただの森にしか映っていないのだろう。東京は時間を堆積《たいせき》しない街だと知っていたが、まさかこんなに短期間で森林化してしまうなんて思わなかった。今では香凛よりも外国人の自分が東京の過去をよく知っている。

「五十年前に留学していた東京大学の赤門だけが森の中にありました。なんとも寂しい光景でした。東京は変化が激しすぎますな。思い出がある人間には辛《つら》い場所です」

香凛はくすっと笑う。

「思い出なんて一円の利益にもならないよ。感傷を優先させると国は滅びるのよ。マレーシアが炭素経済に乗り遅れたのはそのせいだね」

「カーボニストらしい言葉ですな。私のような古いタイプの人間はいずれ森の土に還《かえ》るだけでしょう。クアラルンプールが東京のようになるなんて、想像するだけで寒気がします」

「寒気はいいことだよ。地球は暑すぎるもの。森で冷やさなきゃ」

「森といえば聞こえはいいが、経済活動に利用される森はもはや自然とは呼べない。幸い、私が生きている間はクアラルンプールは賑やかな街であることでしょう。世論がきっと森林化法案を阻止してくれると信じています」

「あなたはマレーシア政府の代表でしょ。今の台詞《せりふ》が外交の場なら問題になる発言だよ。もちろんあたしは聞かなかったことにするけど」

香凜はアビディン外相が地上の東京を見て政策の充実に感嘆するかと思っていたのに、あてが外れてしまったのが面白くない。やはりアトラス内部の景観を見せるホテルのスイートト・ルームの方がよかったかもしれないと思った。

「大好きだった東京がこんな不気味な姿になってしまうなんて、あなた達はきっと後悔します。森に歴史と風土を食わせたのですよ」

「東京には元々そんなものはないよ。あるのはスクラップ&ビルドの文化だけ。つまりアトラスは文明というより文化が生み出したものね。極めて東京的な建物だと思うけど」

外相がアトラスのことを少しも認めないのも面白くなかった。たいていの外国人はこの巨大構造物を前に言葉を失ってしまうものだ。そしてこれが削減した炭素の成果だと知って圧倒的な技術格差に無力感を覚える。東京がカーボン・メトロポリスと呼ばれる所以《ゆえん》だ。

ソファーに座り直した外相が溜《た》め息をつく。炭素債務国のマレーシアは、通常の方法では利息すら返せない債務超過だ。工業化を進めれば進めるほど、CO_2が増えていく悪循環に陥っていた。空中炭素固定法は日本の独占技術だ。この技術移転を日本は頑《かたくな》に拒否している。そのせいでマレーシアは旧態依然としたテクノロジーで発展するしかなかった。このままだと経済炭素に国は蝕《むしば》まれてしまう。堪《たま》らずマレーシア政府は香凜たちのビジネスに助けを求めた。

「未《いま》だに信じられません。どの国も経済炭素を削減するのに頭を抱えているのに、こんな簡単な方法でなくせるなんて……。まるで魔法だ」

「そうだよ。魔法」

香凜はこの言葉が気に入った。会社のコピーに使ってみようかしらと思った。そうなると自分は魔法使いだ。悪い気はしなかった。香凜が自転車を箒《ほうき》に見立てて飛んでる真似をすると、和やかな笑いが起きた。しかし外相だけは追笑しなかった。

アビディン外相は、目の前の二枚の契約書を前にしてまだ決意ができていなかった。一通は「石田ファイナンス」もう一通は「L.T.C.I.」のものだ。外相はさっきから一時間近く窓とソファーの間を往復していた。最初の契約者だからと彼の好きにさせていた香凜も、さすがに痺《しび》れてきた。この爺さんは思い出話と文明論と厭世《えんせい》観を繰り返すばかりだ。炭素経済に乗り遅れた人間の典型だ。よくこんな男が外相にまで上り詰めたと香凜は呆れていた。もうパターンはわかった。次はきっと日本批判だろう。

「空中炭素固定技術で世界を席巻《せっけん》していたと思ったら、こんなマヤカシまで生み出すなんて、日本は世界をどうしたいのだ。第三世界を食いものにするつもりか。これは経済をおかしくするぞ」

「私は政府の人間じゃないもん。抗議なら外交ルートを通じて第五層の新霞ヶ関でどうぞ。でもあいつらもカーボニストよ。やっぱりお連れさんと仲良しになると思うけどなあ」

席に着いたマレーシア政府高官たちも痺れを切らしている。現在のマレーシアの炭素指数は尋常ではないレベルにある。高官は今日の炭素市場のレートを外相に示した。それを見たアビディンは絶句した。

「二・四八……。また上がっている……」

香凜はモニター画面を覗《のぞ》いて「お気の毒」と笑った。この数値だと炭素税の方が物の値段よりも高い。単純に千円の物を買うのに二千五百円払わされる計算になる。暴動が起きてもおかしくない指数だ。マレーシア使節団がアトラス入りしたのはまさにこの炭素指数を下げることにある。

ジョホール工業地帯に課せられた経済炭素は、もはや安い人件費だけでは対抗できなくなっていた。国を発展させるために、経済炭素は何としてでも削減しなければならない最大の国策だ。マレーシアに課せられた炭素削減量は一億トン。これを二十年以内に達成しなければならない。その期間に利息の経済炭素が発生する。やはりこの量も一億トン。こうなると何が目的だったのかわからなくなる。実質炭素を削減するためのペナルティだったはずの経済炭素が、今や主要な問題になっている。

「地球温暖化が問題だったはずなのに……」

香凜は交渉の詰めに入った。

「ミスター・アビディン、人間はエコロジーとエコノミーを分けて考えられない動物なんだって知ってるかしら。人間はテクノロジーのフィルターを通してしか自然を捉《とら》えられないの。世界は今、メデューサというテクノロジーを使って自然と経済がひとつになろうとしているのよ」

今日の契約は新しい時代の始まりでもある。［ecology］と［economy］は［technology］で融合する。

香凜はボードにこう書いてみせた。

Teconology

「今日から自然は人間活動に完全に取り込まれる。歴史は今日ひとつの節目を迎えた。長い間、人間は自然との間でジレンマに苦しんでいた。自然を征服しながらも恐れ、畏怖《いふ》し、それでも破壊をやめられない。エコロジーで生きたければ人間は野生動物に戻るしかない。エコノミーだけだと地球はやがて住めなくなる。その葛藤《かっとう》から放たれる記念すべき日に立ち会っているんだよ。そんなシケた顔するなんて変だよ」

香凜はメデューサの端末をテーブルの中央に置いた。ホログラムの蛇が次々と生えてくる。

香凜は新時代の幕開けを宣言した。

「ようこそ、テコノロジー世界へ！」

アビディン外相はとんでもない場所へやってきたのだと気づいた。

「馬鹿な。人間はその力を自然に抑えられてこその存在だ。融合なんてありえない。地球型経済は理念だけのものだ。もしそれが可能ならマレーシアと日本がこんな格差を生じるはずがない。先進国と発展途上国の経済格差は旧時代よりも深刻なんだ。おまえたちの独占技術が世界に不均衡をもたらしたんだぞ。炭素を利益に転じられる立場だからといって弱みにつけ込むな」

香凜は嫌みったらしく「正」の文字の一画を記した。

「はいまた文明批判ね。これで五回目だったかしら。そろそろビジネスの話をしていいかしら」

香凜は立ち上がって窓から東京を見下ろした。そしてアビディンが一番言われたくない弱みを述べることにした。

「今のままだとジョホールは国際的な競争力を失っちゃうよ。CO_2を出したくなければ、工場を閉鎖するしかない。マレーシアが石器時代に戻ってもいいの？」

高官たちも香凜の意見に追随する。

「その通りです外相。今、手を打たないとマレーシアは破産します。このままだと缶詰ひとつ作れない国になってしまいます」

「まさかこんな時代になってしまうとは……」

苦渋の決断を迫られた外相は、自分が最初の契約者であることに抵抗を感じた。これは悪魔の契約だ。この味を覚えればマレーシアは後戻りできなくなる。外相は自分が死んだ後の世界を想像するとそら恐ろしくなった。

ついに同行したマレーシア人たちの堪忍袋の緒が切れた。

「外務大臣。サインを！」

「これは詐欺だ！」

アビディンは握っていたペンを床に弾《はじ》いた。

「ひっどーい。だったら帰れば。人を詐欺師呼ばわりするなんて失礼よ。あなた商法を知らないの？　全然問題ないんだってば」

「そうです外相、これは合法です！」

若い高官が床に落ちたウォーターマンの電子ペンを拾い、外相に持たせた。

「しかし実質的には何も変わりがない。ただの目眩《めくら》ましだ」

「これだから旧時代の人間って嫌いよ。実質炭素と経済炭素は別物だと思わないと、炭素経済は理解できないよ。通常の商取引の範囲内だから心配しないで。チャンったら一体何を説明してきたのかしら。もう一度システムを教えようか？」

香凜は飴玉《あめだま》を頬張りながらスクリーンを操作する。これで三度目の説明だった。カーボニストなら一目でわかる概念なのに、旧時代の人間は良心の呵責《かしやく》が理解を阻んでしまうようだ。どうしてこんなに簡単明瞭《めいりょう》なビジネスを今まで誰も考えつかなかったのか不思議だ。模式図の一番上にはマレーシアが置かれている。それをメデューサが下から睨《にら》んでいる構図だった。

「何度も説明したように、そちらの経済炭素のうち五パーセントは、石田ファイナンスが責任を持って削減するから。ゼロ秒で！」

「ゼロ秒……。私たちの五十年間の努力は一体なんだったのだ」

香凜は口の中で飴玉をごろっと転がした。

「無駄かなあ。残念だけど。マレーシアの明日のために勇気ある一歩を示してよ。きっと国に帰れば英雄になってるよ」

契約書はマレーシアのジョホール工業地帯に課せられた一億トンの経済炭素を「石田ファイナンス」がヘッドリースする内容だ。投資会社が十五パーセントを負担し、炭素銀行が八十五パーセントを融資することが約束されていた。

「言っとくけど、あなたの躊躇《ためら》いのせいでマレーシア国民が貧困に喘《あえ》ぐのを忘れないでね。首相から特命を受けて来たんでしょ。そもそも、あなたたち旧時代の人間が地球をおかしくしたんだから。それを解決するあたしたちの苦労も考えてよ。ね？」

高官たちに目をやると、その通りだと頷《うなず》いた。それで外相は彼らの連帯感の本質がわかった。カーボニストたちは、自分のような旧時代の人間を馬鹿にしているのだ。旧時代の人間を駆逐《くちく》し、彼らが地上を覆う近い将来、国境も言語も文化も超えて、テコノロジーが地球を飲み込む。葉っぱ一枚、虫一匹すらも強制的にテコノロジーに組み込まれるだろう。

アビディン外相は意を決した。

「国の明日のためなら、悪魔に魂を売るのが政治家だ」

外相は震える手で「石田ファイナンス」の書類にサインをした。これをメデューサが認識する。同時に「石田ファイナンス」と「L.T.C.I.」はリース契約を結んだ。一億トンは自動的に「L.T.C.I.」に移行する。ここからが絡繰りだ。さらに「L.T.C.I.」はマレーシア政府に九千五百万トン分の経済炭素をリースバックした。

つまり五百万トン分の経済炭素が帳簿上消えたことになる。それは一年間の利息と同じ額だ。

その内訳は簡単だ。「L.T.C.I.」が負債引受銀行に八十五パーセント、資産引受銀行に十パーセントを返還したことで成り立つ。負債引受銀行は融資した炭素銀行に満額を返すから、銀行は一円も損をしない。投資会社は税金の控除を受ける。香凜たちは五パーセントの仲介手数料を手に入れる。

ヘッドリースとリース契約、そしてリースバック。サインした瞬間にマレーシアの経済炭素は消滅する。こんなに簡単な方法で全員が利益を得られるのだから魔法と言わずして何と言おう。これもマーシャル諸島がタックスヘイヴンであることと、日本が炭素本位制の経済だからこそ成り立つビジネスだ。今やグラファイトは純金よりも価値がある。

メデューサは確認のために国連発表の炭素指数を引っ張ってきた。瞬間的にマレーシアの炭素指数は大幅に下落していた。

「一・〇〇！　無税だ！」

高官たちは拍手と熱狂で沸いた。ビジネスは大成功だ。マレーシアが炭素指数を導入して以来、初めての数値である。香凜も興奮を抑えられなかった。頰を紅潮させて嬌声《きょうせい》をあげる。

「メデューサは革命を起こしました。これがテコノロジーの力です」

しかしアビディン外相は両手で顔を覆っていた。

「私はとんでもない世界の扉を開けてしまった……」

「何が気に入らないのかわかんない。あなたたち旧時代の人間が五十年間かけて〇・一ポイントも下げられなかった指数をゼロ秒で下げたのよ。少しはテコノロジーを信じてくれてもいいんじゃない？」

外相は後悔に嘖《さいな》まれた様子で帰っていった。カーボニストの高官たちは今後メデューサへ継続的にアクセスしたいと告げ、帰り際に蛇のホログラムを撫《な》でて笑った。

「メデューサは救世主だ。マレーシアの名誉国民にしたいくらいです」

「メデューサはコンピュータだよ。勲章なんていらないよ」

と告げたが香凜は内心嬉《うれ》しかった。

再び静まりかえったオフィスは、来る熱狂の嵐を前にしばし休息する。すぐにホログラムの蛇が炎のように猛《たけ》り狂った。新たな契約者が現れたらしい。

先の遣《や》り取りをモニターしていたのは、世界中の炭素債務国だ。クラリスたちがデモンストレーションを見せていたのだ。すぐに「L.T.C.I.」の電話回線はパンクした。どれも直接メデューサへのアクセスを希望するものばかりだ。閑散としたオフィスで自転車を走らせる香凜の声は上ずっていた。

「こんなに簡単にお金儲《もう》けできるのに、何も知らないなんて地上の人たちは本当にお馬鹿さんね」

香凜の肩に乗っていたペルディックスが「オバカサンネ」と繰り返した。

「そうだ。メデューサにご褒美をあげなきゃ」

メデューサはホログラムの無数の蛇の色で感情を表す。赤くなると蛇は獰猛《どうもう》になり、緑色になると休息する。メデューサは香凜に褒美をねだった。端末の画面は文字で埋め尽くされていた。

ママ助けて。ママ助けて。ママ助けて。
ママ助けて。ママ助けて。ママ助けて。
ママ助けて。ママ助けて。ママ助けて。
ママ助けて。ママ助けて。ママ助けて。
ママ助けて。ママ助けて。ママ助けて。

まるできかん坊だ。他の単語もたくさん教えたはずなのに、起動してからこれしか言わない。設定が過敏すぎたのだろうか。システムエンジニアでもあるクラリスに任せたのがいけなかった。クラリスが面白がって香凜をママと教え込んでいたのだ。経済炭素を予測させると無敵のメデューサも、こうなると言うことをきかなくなる。

「はいはい。ママでちゅよー」

キーボードを叩《たた》き、契約成立の対価を支払う。もっともメデューサはコンピュータなので、お金はいらない。メデューサには効率的に作業してもらうために、生存本能と強迫観念がプログラムされている。マーシャル諸島は海抜マイナス三メートルの位置にある。炭素が増えれば地球温暖化で水位が上昇する。メデューサはこれ以上水位があがれば、堤防を越えた海水で水没するという強迫に常に駆られるように設定されている。だから炭素を削減することは、メデューサの生存本能になる。炭素を削減するごとに水位が下がり、メデューサは存続する。さっき五百万トン削減したのだから、仮想空間の水位を下げてやらねばならない。

「海面を一ミリ下げましょうね」

メデューサの蛇がグリーンで表示された。これで炭素と水位の関係がメデューサに認識された。あとは人工知能で学習して勝手に作業してくれる。五分もしないうちに強迫観念がまたメデューサを駆り立てた。すぐに感情はレッドに変わり、新たな経済炭素を探して狩りに出かける。香凜はもう何もしなくていい。これからは自転車のペダル一漕《こ》ぎごとに億単位のお金が転がり込んでくるだろう。

香凜が自転車でオフィスを走っていると、クラリスの浮かれたメールがやってきた。


Super sehr gut!

上出来よカリン。すぐにメデューサの機能の二十パーセントをフランクフルトに回して。依頼がひっきりなしで、こっちの容量じゃ追いつかないの。アフリカとヨーロッパは私が引き受けるから、そっちはアジアとロシアを担当して。私たちって天才ね。マルクスもびっくり!

クラリス

「クラリスったらはりきっちゃって」

香凜は世界地図を睨《にら》む。世界のほとんどの国は未《いま》だ炭素排出型の工業だ。どこの経済炭素を削減してもいいが、今は炭素指数を簡単に操作できる小国との契約を中心にしたい。いずれロシア、アメリカ、そして世界最大の炭素排出国である中国も「L.T.C.I.」の足下に跪《ひざまず》かせてみせる。

「メデューサとならやれる」

香凜は誰もいないオフィスで小さな拳《こぶし》を握り締めた。

「そうだ。イカロスのことを教えてあげなきゃ」

メデューサは地球上のあらゆるコンピュータと融合するように設計されている。小さくても電子の蛇がアクセスすれば、メデューサの僕《しもべ》になる。まるで石にされてしまうかのように。炭素監視衛星は実質炭素を測定する目だ。メデューサと対にしてやれば、予測はもっと正確になるだろう。

「メデューサ、空を見上げなさい」

メデューサがイカロスにハッキングする。融合してしまえば探知もできなくなる。端末に一匹の小さな蛇が現れた。イカロスとの融合は成功だ。

テクノロジーは真の地球型経済だ。人間はもう自然を恐れることなく開発に専念できる。有史以来の人間の葛藤《かっとう》はメデューサというコンピュータの誕生でピリオドを打った。香凛は来るべき幸福な未来を描く。家族と一緒に夕食をとる明日だ。

そういえばペルディックスがいない。またどこかに飛んでいったのだろうか。今日の仕事はこれでお終《しま》いだ。自転車に乗ってアトラスを散歩しようとオフィスビルを出た。香凛は歩道に不思議なものを見つけた。荷物を山積みにした大八車だった。香凛は清掃局にクレームをつけた。

ドゥオモのクレーンは復旧しながら増築を始めていた。ミーコを送り出した後のモモコは物憂げだ。今日も見張り櫓《やぐら》でミーコのことを想っていた。

「あの子、ちゃんとやっていけるのかしら」

アトラスは何も答えてくれない。第三層はどんな街なのだろうか。アトラスへの想いを断ち切ったはずなのに、昨日までの習慣がまだ残っていた。

「またアトラスを見てる」

國子が見張り櫓にやって来た。モモコはちょっと拗《す》ねた。

「國子だって辞めた学校の制服着てるでしょ」

「これは……。習慣が抜けないだけよ。未練なんてない」

「あたしだって同じよ。心はすぐに止められないの。最近気づいたんだけど、心って仮定法でできているのね。もし、いつか、また、って思うから生きていけるんだってつくづく思うの」

「永遠の二十八歳なのに、おばさんみたいなこと言っていいの？」

モモコはこれが歳のせいだとは思いたくなかった。だが國子の瞳《ひとみ》は未来を見つめる力が宿っている。昔は自分もこんな目をしていたのだろうと思った。

「國子はまだ若いから、未来しかないわ。でもね、ある時から人は未来よりも過去の量が増えるの。あたしは自分の力で未来を見ることができない歳になっちゃった。二十八歳はそんな年頃なのよ」

國子はモモコの肩に手を回した。甘えてばかりいたのに、いつの間にか自分がモモコを抱き締められるようになっていた。

「モモコさんはあたしと一緒に夢を見ればいい。あたしの時間に寄り添って。きっと過去は忘れられるから」

「あなたの青春は闘争の日々でしょ。身が保《も》たないわよ」

「闘争を終わらせる。それがあたしの夢よ。手伝ってモモコさん」

モモコは背中にかかる國子の体重を受け止めた。上半身を揺らして國子をあやす。こんな細い体で二十万人の命を背負っている國子が、抱き締めてやりたいほど愛《いと》おしかった。

「仕方ないわねえ。ボディガードは辛《つら》いわ。あたしの大切な総統様はお転婆だものねえ」

「ねえ、聞かせて。『熱帯魚』はどんなお店だったの？　モモコさんの店にいた仲間たちは今はどうしてるの？」

モモコは昔を思い出して笑う。モモコは思い出話をするとき、目元が優しくなる。そんな目をいつも見ていたいのに、モモコは思い出の中でしか見せてくれない。

「みんないい子たちだったのよ。チーママのナナはしっかり者だったわ。アヤヤは泣き虫。ラブちゃんはお母さんが病気でいつも病院から出勤してた孝行息子よ。『熱帯魚』の仲間たちは最高のメンバーだったわ。あんないい子たちと仕事できて、あたしはとても幸せ者よ」

國子はモモコの背中に思いっきり体重を乗せた。

「いいなあ。あたしも会いたいなあ。素敵な人たちなんだろうなあ」

「そりゃあそうよ。みんなあたしが見込んだニューハーフたちだもの。東京中のお店から大枚叩《はた》いて引き抜いた美女なんだから……」

「ミーコさんも？」

「あれは別。道玄坂で野良していたのが不憫《ふびん》でお店に置いてやったの。美を引き立たせる噛《か》ませ犬も必要なのよ。肥りすぎて豚になっちゃったけど」

「ぷ。噛ませ犬……！」

　ミーコには絶対に聞かせられない言葉だけど、可笑《おか》しくて噴きだしてしまった。そんなミーコがいなくなってモモコの心はぽっかり穴が空いてしまったようだ。モモコは「熱帯魚」の盛況を國子に見せてやりたかったと口癖のように呟《つぶや》く。二十八歳だったあの日、モモコは人生の絶頂にあった。

「でも儲《もう》かっていたなら、アトラス入りもできたんじゃないの。六本木の街のほとんどは移転できたんだし」

　本当なら「熱帯魚」は第三層に移転できたはずだった。ビルのオーナーは等価交換で第三層の土地を手に入れていた。しかしモモコの店だけが追いだされてしまった。移転料を振り込まなければならない日、仲間のラブがモモコに泣きついてきたのだ。

　モモコがぼそっと呟く。

「お母さんが手術しなきゃいけないってあの子が言わなければ、今頃あたしはアトラスよ。でも大好きなラブのことを思うと見過ごすなんてできなかった。ええい、手術費ぐらい出してやるわよ、って啖呵《たんか》切っちゃった。それが人生の転落の始まり。でも後悔してないわ。ラブが笑ってくれたんだから」

「あたし、モモコさんのそういうところが好き」

國子はモモコの肩を抱き締めた。モモコは惜しみない女だ。誰よりも自分の夢を強く抱いているのに、現実は後回しにしてしまう。ミーコにあげたお金だってそうだ。貯めるのに、どれだけ頑張ったのか國子は知っている。モモコはもっと欲張りでもいいし、もっと幸せになってもいい。今まで彼女の厚意に甘えてきたのだから、これからはお返しする番だ。

「ねえ、南側のビルを使ってよ。そこでお店を開けばいいじゃない。煙突の側だけど広さは充分よ」

「ダメ。分配は公平にしなきゃ。身内に甘い総統だって國子が後ろ指さされちゃう。あそこは託児所にするって会議で決めたでしょ。あたしはミシンがあればいいわ。そうだ。國子の軍服を作り直しましょ。メタル・エイジの生地ってお洒落《しゃれ》じゃないのよ。もっといい生地で縫ってあげる」

せっかくお返ししたかったのに、モモコと話をするとすぐに貰《もら》う側にされてしまう。もしかしたらモモコは親切にされることを怖がっているのかもしれない。辛いことがたくさんありすぎると人は臆病《おくびょう》になる。國子が人を怖がらないのはモモコのお蔭《かげ》だ。人は人生の中で一定量は褒められなければならないとモモコは言う。そうしないと自信を持って生きていけなくなるというのがモモコの持論だ。その通りだと國子は思う。

モモコは言う。

「ドゥオモの子どもたちを褒めてあげるのが國子の仕事よ。いっぱい褒めてあげて。子どもの成長は早いわ。褒めてあげられる日はすぐに終わってしまうのよ。それからいっぱい苦労すればいい。幸福だった日がきっと闇を照らしてくれる。でしょ?」

「わかった。そうする」

ミーコは今頃どうしているのだろうか。メールひとつよこしてくれない。アトラスはつくづく近くて遠いものだと思う。モモコはまた溜《た》め息をついた。

夜の帳《とばり》が降りる頃、新六本木の街が寝ぼけ眼を擦《こす》って起きる。次々と看板に明かりが灯《とも》り、白粉《おしろい》を叩いたような色香が立つ。この街は地上にあったときも天空にある今も酒と金と喧噪《けんそう》が似合う。ミーコはビルの隙間に隠れていた。

「熱帯魚ってどういうことなの?」

初めは誰かがつけた偶然の一致だと思おうとした。しかし看板のロゴも色も形も、かつてのものと寸分違《たが》わずに同じだ。閉じた店の扉にショーのスケジュールが出ている。その写真の中に見覚えのある人物がいた。ミーコはなぜこんなことが起きているのか、この目で確認したかった。そろそろ出勤時間のはずだ。

「ラブちゃんだ!」

ミーコは絶句した。艶《あで》やかな着物姿でビルに現れたのはかつての仲間のラブだ。厳しい経営者の顔をしているけれど、トレードマークの泣き黒子《ぼくろ》の位置は同じだ。ラブは鏡面仕立てのエレベータのドアの前でセットした髪のチェックをしていた。すると骨格の良い女たちがきゃあきゃあ言いながら店にやって来た。彼女たちはラブの後ろ姿を見た途端、肩を竦《すく》めてしまった。

ラブが振り返る。

「ミミちゃん、レイナちゃん、また遅刻したわね。あたしよりも後に来るなんてタルんでるわよ。今度やったらお給料から引くからね」

「ごめんなさーい」

すっぴんのニューハーフたちが小さくなる。ミーコはますます混乱するばかりだ。あの泣き虫のラブが経営者になっているなんてどういうことだろう。確か十五年前「熱帯魚」が最後の営業を終えたとき、田舎に帰って漁業を継ぐと言っていたはずだ。モモコが店の看板を畳んだとき、最後まで泣いていたラブの姿を覚えている。ラブはモモコにずっと謝っていた。人工地盤に行けなくなったのは自分のせいだと卑屈なくらい詫《わ》びた。そのラブがどうして、アトラスにいるのだろう。しかも「熱帯魚」が移転しているなんて、誰が想像しただろう。ミーコは狐に鼻を抓《つま》まれた気分だった。タイムマシンで未来に連れてこられたかと思ったのに、これでは過去だ。意を決したミーコは着物姿の女に声をかけることにした。

「ラブちゃん、あなたラブちゃんでしょう？」

着物姿の女はぎょっとした顔で固まった。その名前は捨てたはずなのに、どうしてこのデブが知っているのだろう。見覚えのない顔だが、一目で相手は同じオカマだとわかった。ラブは首を傾げた。警戒すればいいのか、それともうち解ければいいのか、まだ判断がつかない。雇ってほしいのかとも思ったが違う。彼女に現役のオーラはなかった。限りなく男性に近い元ニューハーフといったところだ。

「もう忘れちゃったの？　ラブちゃんあたしよ」

とミーコが腰を揺すって鈴を鳴らす。デブの女が腰につけている鈴には見覚えがあった。トップダンサーのミミがつけている鈴と同じものだ。

戸惑っているラブにミーコはステージでのポーズを見せた。「熱帯魚」ではダンサーごとにオリジナルのポーズがあった。噛ませ犬だったミーコのポーズは雲竜型の土俵入りだ。これが何よりの身分証明になった。ラブは記憶の糸を手繰《たぐ》りよせ、捨て去った日々を思い出した。

「……もしかしてミーコ？」

「そうよラブちゃん。クリーミー・ミーコよお！」

ミーコはアトラスに来て初めてここが未来の世界じゃないという確信を摑《つか》んだ。ラブは貫禄たっぷりの中年ママになっていたけれど、オカマ同士の絆《きずな》は忘れない。ミーコはラブに抱きついて腹の脂肪の中に押し込んだ。

しかしラブは手を回してくれなかった。

「なぜ、あんたがアトラスに？　熱海で仲居の仕事を紹介したはずなのに」

「ラブちゃんこそなぜ？　気仙沼で漁師になったはずでしょう？」

ラブが人目を気にして咳《せ》き込む。ミミとレイナを先にエレベータに乗せて、

「ちょっと野暮用ができたわ。すぐに戻るから開店準備しといて」

と言付けた。そしてミーコの腕を引っ張って近くの喫茶店へと誘った。

歓楽街の外れにある喫茶店は夜の女たちで満席だった。常連客と待ち合わせて出勤する光景があちこちで見られる。甘い夜への最初の誘《いざな》いはお喋《しゃべ》りよりも目で交わされる。勝つ女の微笑と負ける男の苦笑が店内で生まれて街に消える。

カフェオレボウルを抱えて一気に飲み干したミーコが切り出した。

「会いたかったわラブちゃん。あれからもう十五年も経ったのね」

ミーコが安心した笑顔を見せたのに、ラブの表情は硬かった。ラブはさっきから辺りを気にした様子で落ち着きがない。ミーコがまた会いたかったと頰を綻《ほころ》ばせるとラブは素っ気なく「そうね」と呟いた。

「お母様は元気？　お病気は治った？　すぐにお見舞いに行ったんだけど、退院されたみたいで入院欄に載っていなかったわ」

「て、転院したのよ。難しい手術だから安心できる場所でしたいでしょ」

「そうかあ。モモコ姉さんからお見舞いの果物を預かっていたから、渡せなくて困っちゃったわ。結局あたしが食べちゃったけど。お母様の手術は上手《うま》くいったかしら」

ラブは「ええ」と告げて震える手でコーヒーに砂糖を入れた。

「あら。ラブちゃんはブラックしか飲まない主義だったんじゃない。クールなオカマはコーヒーの飲み方からって口癖だったじゃない」

ラブが目を合わせてくれないから、ミーコは顔を覗《のぞ》き込んでばかりだ。その視線を避けるかのように、髪を直したラブが早口になる。

「モモコは元気？」

「もちろんよ。このアッパッパーもモモコ姉さんが縫ってくれたのよ。ずっと今まで地上で一緒に暮らしてたの。モモコ姉さんもラブちゃんのことを心配してたのよ。電話しなきゃ」

ミーコが携帯電話のカメラでラブを撮ろうとする。途端、

「やめて。写さないで！」

とラブがきつい声でレンズを塞《ふさ》いだ。息を荒げたラブは、さっきまでの毅然《きぜん》とした態度とは裏腹に涙目になっていた。それがミーコの記憶にあるラブの顔そのもので、他人のそら似かもしれないと抱いていた疑念を完全に拭《ぬぐ》ってくれた。ラブは昔の態度を蘇《よみがえ》らせていた。大袈裟《おおげさ》な涙と上目遣いの眼差《まなざ》しがラブの必殺技だ。

「モモコにはあたしから連絡するわ。ミーコはまだ内緒にしてて。ね？」

これをやられるとミーコのY染色体が反応する。本当の女ならケッと唾棄《だき》する瞬間なのに、ミーコの男心がくすぐられるから不思議だ。ミーコが男性化している証《あかし》なのかもしれない。思えばラブはこうやってよくミーコに頼み事をしていた。店外デートを見られたと

きもこのやり方でモモコに内緒にしてほしいと口止めされた。

ラブはさっきから目の前にいるミーコの存在が信じられなかった。

「なぜミーコがアトラスに。観光で来られる層じゃないのに」

「くじに当たったのよ。あたしもびっくりよ。神様って優しいなあって思う。あたしみたいな取り柄のないオカマにも手を差しのべてくれるんだもの」

ミーコは入管の人のようにラブも「おめでとう」と言ってくれるかと期待したが、彼女は何も言ってくれなかった。お冷やを替えてくれたウェイトレスが良かったわね、と笑みをかけてくれた。

「ラブちゃんこそどうやってアトラスに？」

ラブはコーヒーカップを抱えたまま、まだ一口も飲んでいない。

「こ、国債を買ったの。父の遺産が転がり込んできたから」

「遺産って、ラブちゃんはお父さんの借金を返すために上京したって言ってなかったっけ？　確かモモコ姉さんが肩代わりしてくれたはずよね」

「い、遺産じゃなかったわ。せ、生命保険よ。あたし昔からお金に疎くって。つい間違えちゃうのよ。今でも帳簿のつけ方もわからなくて。ダメね」

「ううん、ラブちゃんが店のママだなんてすごい。あたしがブクブク肥っている間にこんなに立派になるなんて尊敬しちゃうわあ。オカマだって頑張ればラブちゃんみたいに成功するのよねえ」

ミーコはもっと感心したかったのに、ラブはメニューを差し出して遮った。

「ミーコ、カツサンド食べる？　好物だったでしょ。ここはスパゲティも美味《おい》しいのよ。なんでも食べて」

メニューを見ながら迷うミーコの側でラブは次々と注文した。カルボナーラ、カツサンド、ミックスピザ、ビーフカレー、タンシチュー、ホットケーキ、ワッフルが次々とテーブルに並べられる。お腹がすいていたミーコは目の色を変えてがっついた。どれもドゥオモでは食べられなかった味だが彼女の舌は覚えていた。明日は今日と同じくらい楽しいと信じていた若い頃の日々が口の中で蘇る。ミーコは食べながら失われた記憶を取り戻している気がした。

「あたしダイエットしてたのに、ラブちゃんったら意地悪ね」

「ミーコはスリムよ。気にしすぎ」

初めてラブと目を合わせて一緒に笑った。昔は毎日こんな日だった。もう二度とこんな日が来ることがないと諦《あきら》めていた。アトラスはやはり夢を叶《かな》えてくれる場所だとミーコは思う。できれば昔の仲間たち全員でこの場にいたかった。ナナとアヤヤ、そしてモモコがいないのが残念でならない。

「モモコ姉さんが知ったら驚くわ。ラブちゃんがアトラスで『熱帯魚』を開いているなんて。苦労したんでしょう。お店ってお金がかかるものねえ」

ラブは腕時計を気にしてレシートを取った。

「ごめんねミーコ。お店を空けてきたからそろそろ戻らないと。積もる話は後にしましょう。カツサンドもうひとつ頼んでおくわね」

ラブはそう一方的に告げて急ぎ足で喫茶店を後にした。

ミーコは雑居ビルのエレベータの前でラブが仕事を終えるのをずっと待っていたのに、彼女は現れなかった。朝日を浴びた宵の街が眠りにつく。店の女の子たちが家路につく後ろ姿を見送った。疲れも一眠りで吹き飛ばせる若い背中が眩《まぶ》しい。かつてはあんな風にラブと一緒に帰ったものだ。彼女たちは知っているのだろうか。小言を言われながら働ける日は、長く続かないことを。自分にはもう手に入らない日だ。

徹夜で朦朧《もうろう》としたミーコの頭に一羽のセキセイインコが止まった。

「オバカサンネ」

ラブはアトラスですっかり変わってしまったのだろうか。ミーコの重たくなった瞼《まぶた》がジンとなっていた。疲れだと思って眼を擦《こす》ったら、涙がぽろっと零《こぼ》れた。

「ラブちゃん、どうして……？」

もしかしたらラブは自分と会いたくないのかもしれない、とやっと気づいた。十五年の歳月は思い出にならずに溝を深めただけだった。こういう悲しみには慣れている。ミーコはこんなとき頭が悪くて良かったと思う。もし勘が鋭かったら、悲しいだけではすまなかった気がする。

悲しみは中庸の感情だとミーコは知っていた。悲しみは喜びと怒りの狭間《はざま》にある感情だ。

今、必死になって悲しみを堪《こら》えているのは、たぶん怒らないためだ。真実を今更知ってどうなるのだろう。ミーコはできるだけ悲しいままでいようと努めた。そのためには泣くしかない。悲しみに溺《おぼ》れてもっと馬鹿になりたかった。何も気がつかないように。何も感じられないくらい深い悲しみの場所に隠れたい。わかっているのは、この事実をモモコに知らせてはならないということだけだ。

「ラブちゃん、あたし達のことは忘れて幸せになってね」

悲しいだけなら自分ひとりですむことだ、と言い聞かせてミーコは店の前を離れた。モモコにまだ連絡をしていないことを思い出して、ミーコはメールを打った。第三層の一番きれいな街並みと大きな笑顔の写真を添付して。

そういえば置いていた大八車が見つからない。きょろきょろ辺りを見渡すと、ゴミ収集車が目の前を通り過ぎていった。後部の積込口に大八車の車輪がはみ出ていた。ミーコは必死になって車を追いかける。

「ダメ。あたしのドゥオモの思い出を食べないで」

無情にも車は通り過ぎていく。ミーコの思い出などアトラスでは美観を損ねるゴミにすぎないとばかりに。

「雨が降ってくれないかなあ。涙が涸《か》れそうよ」

土砂降りの雨に打たれたい気分なのに、ここでは雨なんて降ってくれない。ミーコは豪雨の音に隠れて思いっきり叫びたかった。自分は何しにアトラスに来たのだろう。昨日の朝は確かにあった嬉《うれ》しさは、悲しみに溺れてもう思い出せない。とぼとぼと歩いて公園のベンチに座った。今ミーコの手元にあるのは、モモコがくれたお金と國子の作ったお守りだけだ。だけど本当に欲しかったのは、モモコの笑顔と國子の抱擁だ。

「あたしこんなところに来なければよかった。ドゥオモに帰りたいよお」

膝《ひざ》を抱えて泣いていると、茂みが音を立てた。中から出てきたのは衣冠束帯姿の男だ。衣装を乱した男は苦しそうに息を荒げていた。

「おじさん大丈夫？」

男の目は焦点が合っていない。ミーコが抱きかかえると白目を剝《む》いて絶叫した。男の体の中からボキボキと何かが割れる音がする。ミーコは男の体が柔らかくなっていくのが恐くて腕の力を緩めた。突然、目の前で男の上顎《うわあご》が吹き飛んで、背骨が口から飛び出した。

「きゃあ。きゃあ。きゃあ」

生臭い匂いがミーコの延髄を殴る。血飛沫《ちしぶき》が頭上から降り注ぐ。ミーコは早く失神してしまいたかったのに、神経がパニック状態でヒューズを飛ばすことを忘れていた。目も鼻も手も未知の体験に戸惑い、ミーコにこれは何なのだと怒鳴りつける。なぜこんな情報を与えるのだと迫られて、理性が追いつめられた。

「もういやあああっ！」

ミーコは悲しみのあわいにいることをやめて、感情のアクセルを踏み込んだ。沸騰した血液が細胞に注がれ、毛細血管を破裂させた。メーターはぐんぐん上がって、目の底が火柱で焼けた。髪の毛を逆立たせたミーコが男に戻った。

「ちっきしょう！　みんな俺を馬鹿にしやがって！　俺が何をしたっていうんだ！　夢見たのがそんなに悪いのかよ！」

たちまちやって来た衣冠束帯の男たちがミーコを囲む。ミーコは突っ張りで男たちを次々と倒していった。

「オカマを馬鹿にしやがって！　すぐに泣くからって面白がるな！」

目の前の男がラブに見えた。袖《そで》を摑《つか》んで張り手で体がくの字になるまで叩《たた》いた。ミーコは真相を包んでいたヴェールを剝《は》ぎ取った。全てわかっていた。

「モモコを騙《だま》すなんて許せないぞ！　何が手術代だ。店の権利を騙し取るなんてそれでも仲間か。貴様のせいで俺たちは十五年も惨めな思いをしたんだ。復讐《ふくしゅう》してやる！」

逃げる男を摑まえて片手で持ち上げた。

「おまえが金に汚いのをみんな我慢してたんだ。転院したなんて笑わせるな。看護師長に確認したんだぞ。知らないふりしてやったのに、モモコがそれでもいいって言ったから我慢してやったのに！」

そしてミーコは男を地面に頭から突き落とした。もうミーコは自分自身が何をしているのかわからなくなっていた。従者を二人摑まえて胸元でプレスした。

「なぜ俺を馬鹿にする。なぜモモコを傷つける。なぜ平然と店を開けるんだ。俺たちの『熱帯魚』を奪うなんて許さないぞ！」

従者たちは荒れ狂うミーコに一歩も近づけない。ミーコに睨《にら》まれると身が竦《すく》んだ。肉食獣のような眼は完全に正気を失っていた。射殺するか、と目で合図して銃を引き抜いた。

「おやめ。あんた達より使えるわ」

指揮を執っていた小夜子が制する。小夜子たちは死の恐怖で逃げ出した従者を追いかけて第三層まで降りてきた。心臓発作で死ぬのだからと言い聞かせて、牢《ろう》に入れようとした隙に逃げられてしまったのだ。美邦に嘘をついたのだから、仕方がない。どんなに逃げても死を取り消すことはできない。だが死体を表に出すと厄介だ。小夜子たちは一晩中男の行方を捜していた。そしてやっと第三層の公園まで追いつめたのに、デブに死の瞬間を見られてしまった。

「あの熊みたいな女を生け捕りにするのよ」

小夜子が着物の袖《ひね》から催涙ガスを取り出した。従者たちは特殊部隊出身の殺しのプロだ。それが赤子同然に捻り潰《つぶ》されていく。小夜子はミーコの戦闘能力に目をつけた。ガスマスクを着用した小夜子は、乱闘の場に催涙ガスを放り投げた。側にいた男が戸惑いを浮かべた。

「良いのですか小夜子様。仲間もいますが」

たちまちガスが公園を覆いミーコも従者もばたばたと倒れていく。一時間は神経が麻痺《まひ》して身動きできないはずだった。

「仲間じゃないわ。負けた奴は地上に堕《お》としてやるもの。よし、収まった。相撲取りだけ捕獲しなさい。残りの役立たずどもは死体と一緒に警察へ引き渡してしまいなさい」

ミーコはやっと失神できたと心のどこかで安堵《あんど》していた。車に担ぎこまれたミーコは第三層から姿を消した。


ドゥオモがアトラスの食に入る頃、広場はトラックで埋め尽くされていた。保管していたグラファイトを売るためだ。今朝の閣議で國子が決めた。資産の三パーセントを今のうちに換金すると言う。高品質のグラファイトは投機目的に使われていた。

「せっかく蓄えていたグラファイトを売るなんて勿体《もったい》ない」

と武彦は渋った。だが國子はもっと売りたいのを閣議で通る範囲に抑えた。國子は炭素市場の動きに敏感だ。いくらメタル・エイジが反政府ゲリラだからといって、活動資金がなければ抵抗運動もできない。資金を確保し、民衆の生活水準をあげるのも総統の仕事だ。

「お金があるからってあぐらをかいていると、痛い目に遭うものよ」

なぜこんなに大量のグラファイトがドゥオモに蓄えられているのか誰も知らない。わかっているのは新経済に移行する過渡期に旧時代の人間たちが土地を売ってグラファイトに替えたらしいということだ。彼らの先見は正しかった。土地は農地改革さながらに収用され、価値を失ったからだ。しかし投資家たちはその後の長期間の抗争までは予想できなかったようだ。今日のドゥオモ経済の基盤を作った投資家たちは、恐らく森林戦争の犠牲になったはずだと國子は推測する。

「彼らが真のカーボニストよ。世界が変わることを予想したもの。あたしは彼らのように生きたいの。新しい価値を見つけられる鋭さで」

國子はこの世に客観的な価値を持つものなんてないと主張する。あるのは何に価値を見《み》出《いだ》すかという人の意志だけだ。國子は資材置き場に無造作に積まれていた純金のインゴットに足を置いた。

「ねえ信じられる？　旧時代はこの純金に価値があったのよ。今ではアルミと同じくらいの値段なのに。ただ比重の重い稀少《きしょう》金属ってだけで人が投資したのよ」

武彦が狂っていると嗤《わら》った。旧時代の人間はものの見方が逆さまな場合があるのを知っていたが、まさか純金にと思うと可笑《おか》しかった。

「重いものは安い。軽いものは高い。これは子どもでもわかる常識だろう」

「じゃあ土地は重いの？　軽いの？」

武彦は國子の言っていることがわからない。土地の価値の話をしたいようだがナンセンスだ。空気ならわかる。軽いから高い。しかし土地は面積で表すものだ。重さなんてない。質量のないものは無価値に決まっていた。戸惑っている武彦をよそに國子が旧時代の話をした。

「あたしたちが生まれる前は、東京は土地に価値を見出していた時代があった。それこそグラファイトのように莫大《ばくだい》なお金を生み出したのよ」

「馬鹿馬鹿しい。足場にお金を出すなんて旧時代の人間は狂っていたという証拠だ。だから地球はおかしくなった」

「狂ってなんかないわ。中世のオランダではチューリップの球根に、イタリアではチーズに投資した。それと同じように東京は土地に投資したの。グラファイトが高いのはこれに価値があるとみんなが思い込んでいるからにすぎないわ。炭素経済に移行する前はグラファイトはせいぜい鉛筆を作るしか役に立たないただの炭だった。活用できる技術がなかったのよ。もしグラファイトに価値がないとわかれば値段は下がるわ。この純金のように」

國子は埃《ほこり》の積もったインゴットの上であぐらをかく。何年も資材置き場で雨ざらしにされていた純金は土色に濁っていた。

「装飾にしか使えない純金がグラファイトより高くなるなんてありえない」

「いいえ。人が純金にまた価値を見出せばありえるわ。先週のマレーシアの炭素指数を見たでしょう。あんな下がり方をしたからこそ、売りたいのよ」

「グラファイト市場はまだあがるってことだぜ。わかってるのか？」

國子はグラファイトの先物取引で売りのタイミングを狙っていた。炭素指数が下がるということは、炭素削減が確実になされているということだ。瞬間的に一・〇〇まで下げたマレーシアは一体どんな絡繰りを使ったのだろう。マレーシア経済は投資が流れ込んで空前の好景気だ。確かに今は買いどきだが、嫌な予感がする。勘は売れと言っていた。

「なんであんなに落ちたんだろう。ジョホールに好材料なんてなかったのに。絶対におかしいわ」

「総統様は経済通だな」

「少年院で経済学を専攻したのよ」

幸い、國子には直感があった。売買のタイミングは勘でわかる。

「でもこんなことをしてたら経済はやがて行き詰まるわ。かつての資本主義のように。そろそろ新しい経済が必要なときよ」

「何を言ってるんだ國子。炭素経済は資本主義よりもずっと洗練されたシステムだ。人類が初めて共有するグローバルスタンダードなんだぞ」

國子はこんなのはグローバルスタンダードではないと言った。

「武彦、経済の本質は何だと思う？」

「金儲《もう》けに決まっているだろう？　政府だろうが、ゲリラだろうが、金がなくては生きていけない」

「そうよ。経済は人間の欲望が源になっている。欲望を捨てた人間はそこらへんの動物と何も変わらなくなるわ。人間は身体を超えた欲望を扱う動物だから経済が生まれたの。経済がなければ文明すらなかったでしょうね。そして文明は常にテクノロジーによって維持されるわ。人間はテクノロジーのフィルターがなければ生身の自然と接することができない動物なのよ」

「おまえと話していると禅問答している気分になる。じゃあ今のままで全然構わないじゃないか」

國子はインゴットの金塊にぼんやりと映る自分の顔を見つめている。

「問題は人間の欲望が地球を超えたということよ。惑星以上の欲望は地球をおかしくするわ。人間は地球を捨てて生きられないんだから」

「じゃあ欲望を捨てればいいじゃないか」

「それじゃあかつての共産主義と一緒よ。腐敗と堕落が社会を停滞させるわ。欲望は生きる力でもあるもの。欲望を上手《うま》く制御できる方法があればいいんだけど……」

國子の思考はいつもここで壁にぶち当たる。ダムのように分厚い壁はちょっとやそっとでは穿《うが》てそうもない。蟻が堤防を崩す逸話があるが、それは希望的な作り話だ。実際にダムを穿った蟻なんて一匹もいないのである。國子には未来の不安を拭《ぬぐ》えなかった。蟻の得意技は有事の際の蓄えだ。

「今のうちにグラファイトを売っておくからね！」

昨夜、アトラスの声を聞こうと瞑想《めいそう》したら、無数の蛇に邪魔されて上手く集中できなかった。雑念が生じているわけではない。ストレートにアトラスを捉《とら》えようとすればするほど、蛇のイメージが出てくる。こんなことは初めてだ。無数の蛇は炭素を食べてどんどん大きくなっていく一方だ。

「ゴルゴンが現れるなんて変だ」

この蛇を見てグラファイトの売りを決めたのだ。閣議の後、秋葉原の炭素ブローカーに連絡を取ったら喜んで応じてくれた。

「目立ちたくないから、護衛はモモコさんだけでいいわ」

「銃を持っていけ。あんな危ない場所に丸腰で行くな」

「でも秋葉原は一応非武装ってことになっているから。それにブーメランを持っていくから大丈夫よ」

「違う。おまえが街を歩いたらたちまち暴漢に襲われるって言ったんだ」

秋葉原は治外法権の地区だ。森林化を巧みに免れ政府でも手をつけられないアジア最大の闇市場が形成されていた。欲望の街、秋葉原で買えないものはひとつもない。お菓子のオマケひとつからスーパーコンピュータまで、武器も銃弾一発から戦闘機まで、ブローカーを通じれば兵隊だって買える。メタル・エイジも政府も非合法のものは秋葉原から調達する。その代わり秋葉原のシンジケートは中立を守っている。たとえ國子たちが商談の最中に政府軍に襲われても傍観するのみだ。

グラファイトを満載にした二十台の大型トラックを引き連れて國子たちは秋葉原に向かった。國子の膝《ひざ》には携帯を許された巨大なブーメランがあった。深い森を車窓にしてハンドルを握るモモコを見る。頬に窶《やつ》れた色があった。

「ミーコさんとまだ連絡が取れないの？」

モモコは大丈夫よ、と自分に言い聞かせるように呟《つぶや》く。電話魔のミーコにしてはおかしい。ドゥオモの中でもミーコは毎日モモコに電話をした。それこそ一緒に食事をしていても「立体電話」と言って目の前のモモコのベルを鳴らすほどの電話中毒だ。そのミーコが一度きりの連絡を最後に音信不通になった。きっと新しい生活に慣れるためにてんてこ舞いなのだろう、とモモコは思おうとした。

「連絡がないのは元気な証拠よ。あたしに声やメールはいらないの。どうしているかは自分の胸に訊《き》けばわかるもの。あの子はきっと立派に生きているわ」

「本当は心配なのに無理しちゃって」

「ねえ國子、覚えておいて。電話がなくても人は心で繋《つな》がるのよ。絆《きずな》には話し中も留守番電話もないわ」

「素敵な関係ね。ちょっと羨《うらや》ましいな」

「あたしは友達に恵まれているのよ」

モモコはそう言うが、國子は知っていた。モモコは人の欠点を好きになれるからこそ素敵な仲間ができるのだ。だから人が集まってくる。もしモモコが損得勘定しかない人間だったら一生かかってもひとりも友達ができなかっただろう。

そういえば先週、親友の友香が携帯のメモリを壊したと言って泣きついてきたことがある。その話をモモコにしてやった。

「あたしね、情報って何だろうって思う。友香ったらチェーンメールで友達を作っていたみたいなの。アドレスだけで二千人分よ。それが一瞬にして吹き飛んだって真っ青になって夜中に叩《たた》き起こされたわ」

友香はさらに小学校からの十年間の画像や音楽やアドレスを記録していた。涙目で壊れた携帯電話を差し出されたとき、まさかデータを復元しろと言っているのでは、と國子は腰が引けた。いくら予知が得意な國子といえども友香のメモリは十ペタバイトある。復元なんて無理だった。しかし友香が困っているのは、データを失ったことではなく、何が大切だったのか思い出せないのが苦しいのだそうだ。

「新時代の病ね。馬鹿みたい」

話を聞きながらモモコは呆《あき》れた。ハンドルを切ったモモコは思い出をデジタルデータに変換するから、心がおかしくなるのだと重ねた。

「でしょう。あたしも信じられなかった。わからなくなる人っているのよねえ。あたしは友達に恵まれないわ」

それで國子は友香の携帯電話を額に当てて、ひとりのアドレスだけを教えた。

「もしかして彼氏？」と國子が冷やかしたら友香はやっと自分の感情に気づいたようだった。

「あたしは友香みたいになりたくないって思った。普通、誰が好きかなんてすぐにわかるよね？」

ダッシュボードの上で足を組んだ國子はゲラゲラと笑う。しかしモモコは諭すような眼《まな》差《ざ》しで國子を見つめた。

「そうでもないのよ。國子はまだ恋を知らないからそう言うのよ」

モモコは國子の膝にファイルを置いた。中に入っていたのは複数の女性のデータだ。どれも見覚えのない女たちだ。それはモモコが武彦のコンピュータから盗んできたファイルだった。

「なにこれ？」

「武彦のお見合い相手」

國子の手元からファイルが落ちた。

「ほらね。わからないものでしょ。冗談よ」

カッとなった國子は早口でまくし立てた。

「ちょっと驚いただけよ。あいつにお見合いなんて似合わないもの。あんな偏屈とお見合いさせられる相手が気の毒よ。罰ゲームじゃあるまいし。もう、モモコさんったら。このファイルは何？」

「メタル・エイジの議事録よ。國子がいない間に通った案件なの。最近あいつらが勝手に動くから気になって調べたのよ」

それは國子も気づいていた。武彦たちは國子も知らない作戦を開始した様子だ。今のところ國子に報告はないがそのうち聞き出してやろうと思っていた。

「この人たちをどうするつもりなのかしら？」

「ハーレムでも開くんじゃない」

國子が汚らわしいとファイルを叩きつけた。

「ドゥオモでそんないかがわしいことしたら絶対に許さない。追放してやる」

「國子はまだ自分を知らないわ。今度みっちり乙女心講座を開かなきゃね」

トラックが地下道に入った。アトラス政府が土地を収用してからわかったことが幾つかある。主要な道路を掘り返したら、東京には使用されていない地下道が縦横無尽に走っていた。これが古い時代のものだと凪子から聞かされた。

「いつ走っても不気味だわ。煉瓦《れんが》が崩れ落ちそう」

ヘッドライトの明かりも充分にトンネルを照らしてくれないほど、深い地下道路だった。

「GHQが作った道路だって、お婆さまが言ってたわ。旧時代のことよ。東京が連合国に占領されていた時期があったんだって。連合国は占領中の七年間にこんなものを作っていたのね。マッカーサーは東京をどうしたかったんだろう」

連合国が去った後、この地下道路はメタル・エイジが発見するまで、百年以上も忘れ去られていた。幻のマッカーサー道路は地下で実現していた。今ではこの道路を使って物資を運ぶのみだ。この道路を走っていると、國子はつくづく東京という街は凌辱《りょうじょく》という言葉が似合うと思う。どの世代の人間もそれぞれ喪失感がある。凪子の祖母は東京大空襲を子どもの頃に体験したという。そのとき東京は火の海になったという。凪子の母は東京オリンピックが街の記憶の喪失だったらしい。そして新しい時代になってもその特徴は変わらない。東京は森林化で風土すら捨ててしまった。

「あたし達だって東京を踏みつけているダニみたいなものかもしれない。森の記憶を持つ子ども達の思い出を消そうとしているもの」

「國子にしては珍しく殊勝ね」

「あたし達が森を破壊して新しく作った東京もまた壊されてしまうかもしれない。次の時代はアトラスの喪失から始まるかもしれないわ」

マッカーサー道路を走る國子は東京の古い傷跡に触れた気分だった。

トラックは地上に出て中央通りに入った。神田川の向こうは治外法権の秋葉原だ。ぼんやり歩いていると背中に値札を貼られてしまう。いつかミーコと訪れたときはミーコのお尻に百グラム三百円の値札がつけられたことがあった。まるで奴隷を連れて歩いているようで國子は眩暈《めまい》を覚えた。

「いつ来てもデタラメな街ね」

そうは言ってもモモコは秋葉原が好きだ。人種も文化も性差も問わない土地柄が水に合っていた。國子は男たちのじめっとした視線を浴びるのが気持ち悪い。秋葉原は発露を失ったリビドーの街だと感じる。不思議なのは、これだけ人が溢れているのに、ばらばらに見えてしまうことだ。共同体の有無だろう、と國子は思う。同じ雑多な街でもドゥオモには風土がある。だからどんな人にも奥行きを感じる。それに比べて秋葉原の人は薄っぺらだ。存在には複数の認識体系が必要だ。人は人と関われば関わるほど存在に厚みを増す。

國子は生臭い息に包まれている気分だ。

「あたしの顔に何かついているのかなあ」

「風俗嬢と間違われたのよ。聖ルーク女子校の制服はイメクラで人気だもの」

「うげ。気持ち悪い。早くグラファイトを売って帰ろう」

武彦が口うるさかった理由がわかった。ここはどこまでも男の街なのだ。

炭素ブローカーの店は表向きはジャンクパーツを売っていた。電子部品を売っているのに、店の中は骨董《こっとう》屋特有の黴《かび》臭さが充満していた。どれもこれも旧世代のテクノロジーのものばかりだ。こんなものを買う人間がいるのが不思議だった。これも男の子の世界故なのだろうか。

合い言葉はモモコが知っている。店主の耳元でモモコが呟《つぶや》く。

「北条國子のスリーサイズは？」

「上から78・54・83」

「胸が小さいのが悩みよ」

店主はにっこり笑って奥に案内してくれた。

國子はどんな合い言葉が交わされたのか聞きたがったが、モモコは教えてくれなかった。多分、モモコの性格からしていやらしい合い言葉なのだろうと思う。合い言葉で主《あるじ》の目が自分に向いたとき、寒気を感じた。この街の人間はみんな性的に倒錯しているような気がする。

応接室で初老の主は終始にこやかだった。グラファイトは値上がり基調だ。三千五百トンの商談は和やかに行われた。主は國子が総統だと知っているのかいないのか、飄々《ひょうひょう》とした感じで摑みどころがない。これが彼の処世術だろうと國子は思う。國子たちが帰った五分後に政府軍とも取引する炭素ブローカーならではの態度だ。

「全部で三千五百トン。純度百パーセントのグラファイトを売りたいの」

「お支払いはどのようにしましょう」

「八割を現金。残りは武器で」

「おまけで口紅もつけてやって」

モモコが口を挿むと主は口紅と小洒落《こじやれ》た青のトートバッグを渡した。國子が欲しかったエスティ・ローダーのプレゼントだ。こういうオマケがあるのも秋葉原ならではの楽しみだ。

突然、爆発音が秋葉原に轟《とどろ》いた。國子たちが表に飛び出すと雑踏が割れて散り散りになっていた。煙のように漂っていた人がいなくなって初めて事態を理解した。中央通りが政府軍の戦車に占領されているではないか。メタル・エイジのトラックが狙われたのだ。

「治外法権なのに、なんてことするの」

政府軍はグラファイトを押さえてメタル・エイジの活動資金を断つつもりだ。そんなことされたらドゥオモは半年で乾上がってしまう。

「情報が漏れていたなんて」

「國子サインしたの？」

「するとこだった」

「てことはグラファイトはまだメタル・エイジのものってことよね」

秋葉原はドゥオモと同じくらい武装しているくせに、炭素シンジケートは静観するつもりだ。國子たちが焦っていても主は少しも態度を変えない。もし政府軍がグラファイトを強奪して店にやってきたら、やはり商談に応じるつもりだからだ。これがサインして権利がシンジケートにあれば、直ちに秋葉原の自警団が応戦するだろう。その気になれば秋葉原の自警団は政府軍の戦車なんて五分でスクラップにするだけの戦力を持っている。

「グラファイトは絶対に渡さない」

「いくわよ國子」

モモコはブーメランを渡して國子と逆方向に飛び出した。

旧総武線の高架に立った國子が辺りを見渡す。戦車がトラックを囲んでいた。國子は身の丈よりも大きなブーメランを頭上に掲げた。風を受けたブーメランが帆のように揺れる。この風なら飛べると確信した國子は一気に駆け出した。やり投げのように助走しながら全身の筋肉を一本に束ねた。自分の体を撓《しな》る弓に見立てて背骨が砕けるぎりぎりまで力を蓄える。ブーメランは國子の手元で既に揚力を得ていた。走りながらブーメランに上半身を持ち上げられた感じがした。

「いっけえ！」

関節がこれ以上耐えられないと痛みを放った瞬間に國子はブーメランを投げた。ブンと鈍い音を立てたブーメランが中央通りを飛んでいく。ビルの看板を貫通し、街路樹を薙《な》ぎ倒して一直線に手前の戦車を襲った。ブーメランのブレードが戦車の砲身を切り落とす。

それでもまだ威力は衰えない。

「右に追い込んだ。モモコさんお願い」

ブーメランはまるで牧羊犬のように、政府軍の兵士たちを追い込む。逃げてきた所を待ち伏せしていたモモコが次々と技をかけていく。モモコは一歩も動いていないのに、あっという間に二十人が処理された。次のブーメランの軌道を予測してまたモモコが走る。政府軍は反撃したいのに、二人の姿をまだ捉《とら》えられなかった。市街戦ならメタル・エイジの方に分がある。火力では圧倒的な差を誇る戦車でも撃てなければただの装甲車だ。國子は相手に反撃の隙を与えないために、ずっと走りっぱなしだ。

破壊力を弱めたブーメランが國子の元に戻ってくる。ブレードを國子に向けたブーメランは身体を真っ二つにする勢いだ。これを受け止めるのは至難の技だ。國子はタイミングを計っていた。

「三、二、一、それっ！」

脚を突き出した國子はダイヤモンドを靴底にしたブーツでブーメランを受け止めた。その瞬間、膝《ひざ》と足首に衝撃が走る。歯を食いしばって堪《こら》えた國子が回し蹴《げ》りのように脚を振り抜いて、またブーメランを放つ。戦車の隊列が乱れた。

「今のうちにトラックは撤退して！」

トラックを援護するようにブーメランが飛んでくる。戦車のキャタピラを粉々に砕き横転させるとバリケードができた。戦車が往生している間に國子がビルの間を跳ねてくる。

倒れた兵士のライフルを奪って、ブーメランに狙いをつけた。ブレードを狙って撃つとブーメランの角度が変わった。國子はライフルをコントローラにして、ラジコンのようにブーメランを操る。炭素材でできたブーメランは秋葉原の街を自由に飛ぶ鷹《たか》だった。

ブーメランを呼び戻してまたブーツの底で受け止めた。衝撃でダイヤモンドが飛沫《しぶき》のように散る。國子は回し蹴りをしながら、次の狙いを定めた。ビルの隙間に戦車の影が見えた。もう一輌《りょう》、外堀通りに隠れている。

「隠れてないで出てこい！」

縦にしたブーメランを路地に投げ込んだ。戦車を真っ二つに裂いて、上空に大きな円を描いたブーメランが不気味な音を立てて獲物を威嚇《いかく》する。

「モモコさん、今度は左よ」

「もう、お転婆なんだから」

ブーメランに追い込まれた所にはモモコが待ち構えている。兵士たちは歯車に掛かったように、モモコに投げられていった。モモコは鼻歌を弾ませながら、優雅に技をかける。國子とモモコは対照的な戦い方だ。國子が肉体を酷使するのに、モモコは踊っているかのようだ。それでもペアになれば、阿吽《あうん》の呼吸で動く。離れていてもお互いの息を感じた。

駐車していた車のボンネットを飛び石にして、ブーメランに追いついた。

「もう一回。飛んでけえ！」

脚を振り抜いた瞬間に体に激痛が走った。もう足首に感覚がない。バランスを崩して尻《しり》餅《もち》をついた時、政府軍の兵士がナイフを翳《かざ》して襲いかかってきた。目はきちんと相手を捉えているのに、体が重くて反応しない。普通ならとっくに相手の背後に回れるはずだった。このままだとナイフが喉元《のどもと》に突き刺さってしまう。

國子の異変を感じたモモコが駆けてくるが間に合わない。

「きゃああ」

國子が叫んだと同時に銃声が鳴った。目を開けると男は頭を撃ち抜かれていた。すぐに銃声のした方向を見る。ビルの屋上に黒いスーツを着た男の影があった。知っている体型ではない。

やってきたモモコが國子を抱えた。

「國子、大丈夫だった？」

「助けられたわ。危なかった」

國子は大きく深呼吸した。あのビルに狙撃《そげき》手がいた、と指をさしたが男の姿は既になかった。

國子が襲われている間にブーメランはまた戦車を仕留めたようだ。潰《つぶ》した戦車は四輌。もう政府軍に組織戦は不可能だ。政府軍が中央通りから撤退する。

動けなくなった戦車に群がったのは工具を携えた解体業者たちだ。ピラニアのように激しく襲いかかると、戦車は三十分で跡形も無くなった。そして部品がすぐに軒先に並ぶ。その商品も飛ぶように売れて店から消えた。秋葉原はさっきまで戦闘があったことも忘れて、また人が溢《あふ》れていた。

國子は汗でびっしょりだ。ブーメランは瀕死《ひんし》の状態で手元に戻ってきた。戦車を切ったブレードはもう使い物にならないほど刃が零《こぼ》れていた。強靭《きょうじん》な炭素材でできていても戦車を切り裂いたらこうなってしまう。ブーメランは消耗品だ。

「また新しいのを作らなきゃ」

ブーツの裏を見ると、ダイヤモンドをまぶした底が欠けていた。このブーツを買ったのも秋葉原だ。十回は衝撃に耐えられるという触れ込みだったのに、実際は四回が限度だ。もっとも十回も受ける前に足首の骨が砕けていただろう。右脚が痺《しび》れて上手《うま》く歩けなかった。

「ブーツも買わなきゃ。すごい出費。小遣いがパアよ！」

商談が成立したら御徒町で化粧品を買おうと思っていたのに、武器に消えるなんて悲しすぎる。モモコにおねだりしたら、ダメと言われた。それもこれも助けてくれない炭素ブローカーのせいだ。

「トートバッグは赤にしてもらう！」

モモコも爪が折れて不機嫌だ。

「保湿クリームもほしいわ！」

カンカンに怒ってまたブローカーのドアを開けた。主《あるじ》は何事もなかったように笑い、また合い言葉を要求する。モモコがどすを利かせた声で尋ねる。

「エンジェル・モモコのスリーサイズは？」

「上から90・60・88」

「ナイスバディは健在よ」

それでモモコの機嫌は直った。

契約をすませた國子は狙撃手のいたビルに向かった。動く相手を撃ち抜くなんて相当な腕の持ち主だ。國子が知る限りメタル・エイジにはいない。屋上には薬莢《やっきょう》が転がっていた。それが恣《し》意《い》的な気がしてならなかった。

「誰かがあたしを守っている」

悠然と構えるアトラスが國子を見下ろしていた。


第三層の歓楽街は今夜も欲望を満たすために目覚める。ニューハーフパブ「熱帯魚」も開店に向けて準備に追われていた。店の目玉はムーランルージュ顔負けのニューハーフ達によるレビューだ。狭い楽屋は衣装で足の踏み場もない。自分たちでメイクも着替えもするのだから、毎晩が戦場だった。

鏡の前でリップグロスを塗ったレイナの唇が噂を紡ぐ。

「ねえ、この前店に来たデブのおばさんがいたでしょう。あの人、ママの知り合いみたいよ。歳を取るとあんなになっちゃうのね」

ミミも小じわが気になりだした頃だ。若い頃は永遠に続くと信じていた美貌《びぼう》も、今ではボツリヌス菌注射で辛うじて美を保つ有り様だ。

「あたしもあのデブ見てたら将来のことが心配になっちゃった」

ニューハーフは人気商売だ。今は浮き世の絶頂にいても明日はどうなるか知れない世界だ。彼女たちにも老いは公平にやってくる。レイナは今のうちに将来の布石を打っておきたかった。

「ねえこの店、ママが騙《だま》し取ったって知ってる？」

「まさか。いくら欲張りなママでもそこまでしないわよ」

レイナは情報通だ。ラブが昔話をするのを嫌がるので、気になって調べたことがある。一代で築いた店とラブは言うが、そんなことはない。昔、地上に同じ名前のお店があったことをレイナは突き止めた。

「ママの言うことを真に受ける馬鹿はいないわ。あんなにお金に汚い人はいないもの。登記を調べたら熱帯魚の権利が譲渡されていたの。絶対におかしいわ」

「じゃあ、前の店にいた人たちは？」

「一文無しになって森を彷徨《さまよ》ってるんじゃない？」

そんなある夜の「熱帯魚」にラブへ召喚状が届いた。初めは脱税しているのがバレたのかと身を強張《こわば》らせたが、招待状は極めて丁寧だった。ラブが招かれたのは第六層にある新迎賓館だ。それを知ったレイナたちも一緒に行きたいとねだった。だがラブは、

「招待されたのはあたしだけよ」

と独り占めにするつもりだ。政府との繋《つな》がりを示せば店のイメージアップにもなる。しかも新迎賓館なんて国賓の中でも最恵国国家元首をもてなすときにしか使われない場所だ。自尊心をくすぐられたラブは招待状が届いてから、ずっと店の客に自慢してばかりだ。

そして当日、最高級の友禅を着たラブが第六層に向かった。アトラス住民といえども、許可がなくては入れない場所だ。ラブはバロック建築の粋を集めた新迎賓館に圧倒された。ベルサイユ宮殿をモチーフにしたと言われた昔の迎賓館よりも遥《はる》かに規模が大きい。もしかしたら本物のベルサイユ以上ではないだろうか。ラブは手元の二十カラットのダイヤモンドを握りしめても動悸《どうき》が収まらなかった。

通された広間には十二単《じゅうにひとえ》を纏《まと》ったふくよかな女性がいた。十二単の女はお付きの女官を従えて威厳たっぷりにラブを迎えた。二千万円もしたラブの友禅なんて十二単の前ではエプロンも同然だった。ラブは慇懃《いんぎん》な挨拶《あいさつ》を繰り返し、顔をあげるのも忘れるくらい畏《かしこ》まっていた。

十二単の女が声をかける。

「ラブちゃん、ずっと待ってたのよ」

ラブはぎょっとした。豪華な十二単を纏っていたのはミーコではないか。いつの間にミーコはこんなに偉くなったのだろう。ミーコ独特の嗜虐《しぎゃく》性をそそる雰囲気はなくなり、自信満々の態度が彼女をより大きくみせた。

「ミーコ……様？」

ラブは抱えていたバッグを落としてしまった。

「そんなに遠慮しないで。あたしたち仲間じゃないの。是非ラブちゃんに紹介したい方がいらっしゃるのよ」

そう言ってミーコは十二単を引きずりながら扉を開けた。ラブはまた絶句した。さっき広間だと思っていた場は控えの間だった。目の前は目映《まばゆ》いシャンデリアが連なる大広間だ。小夜子がこちらへ、とラブを案内する。奥の背の高い椅子には市松人形みたいな女の子が座っていた。

「ラブちゃんに紹介するわね。あたしのご主人様の美邦様です」

ラブは着物の裾《すそ》を払って膝《ひざ》をついた。

「お目にかかれて大変光栄に存じます」

ミーコは嬉《うれ》しそうにラブを紹介した。

「美邦様、彼女は昔働いていた時の同僚なのよ。今では辣腕《らつわん》経営者なの。あたしたちオカマの誇りなのよ」

美邦はひれ伏しているラブに声をかけた。

「お主のことはミーコから聞いておる。孝行息子だそうじゃな。感心じゃ」

ラブはミーコをちらりと見た。

「はい。しかし美邦様にお目にかかれて長年の苦労も報われました」

ミーコがにやりと笑う。後は楽しげに歓談するだけだった。こんなにラブが楽しい人間だとは思わなかった。嘘はひとつで充分なのに、次から次へと嘘をついてくれる。ミーコは「もういいってばあ」と制するのに、ラブは上機嫌で大風呂敷を広げてくれた。やれ「本当はみんなでアトラスに来たかった」やれ「モモコを尊敬している」と法螺《ほら》を吹いてくれた。

小夜子は呆《あき》れて開いた口が塞《ふさ》がらなかった。ラブが帰った後の新迎賓館は大爆笑に包まれていた。

「どうじゃミーコ。気が済んだか？」

「ありがとうございます美邦様。これで過去を全部忘れることができそうです。これからは良きオトコ女官として美邦様にお仕えいたします」

美邦の試練をパスしたミーコは女官に迎えられた。アトラスで生きていく希望も失《う》せてしまったミーコは美邦の側にいることにした。ただひとつ、心残りを整理したいことを条件にして。

「妾《わらわ》はお主が気に入った。ミーコといると心が和む」

数日後、第三層に降りたミーコは廃業した「熱帯魚」の看板を外した。店のドアには忌中の貼り紙があった。

「モモコ姉さん、仇《かたき》を取ったわよ。そして本当にさよなら……」

ミーコはもう振り返らなかった。

第四章　空中地獄

剝《む》き出しの配管が血管のように縦横無尽に張り巡らされたドゥオモは、まだ母胎に繫がれていた頃の胚《はい》の記憶を蘇《よみがえ》らせる。寝返りをうった國子は配管の音を鼓動にして、深く記憶を手繰っていた。言葉も知らなかった時代から、やがて自分の肺で呼吸することも、光さえも知らなかった頃へと記憶は退行していく。意識はやがて丸い温《ぬく》もりへと辿《たど》り着いた。

——なんだろう。この感じ。

自分への問いかけも上手《うま》くできぬまま、咄嗟《とっさ》にシーツを握っていた。國子はできるだけ体を丸めて、勾玉《まがたま》の形でうずくまる。明るい外の世界へ思いを馳《は》せたいのに、羊水から伝わってくるのは重圧と不安と戸惑いだった。

國子は最近になってこれが妊娠中の母の心理だったのでは、と気づいた。國子は母の顔を知らないし、知りたくなった頃にはモモコがいた。モモコの窒息しそうな愛情は、毎日必死になって生きなければ溺《おぼ》れてしまいそうなほどだった。モモコは國子に愛情は無条件に貰《もら》えることを信じ込ませた。ちょっと國子が寂しくなりかけたりでもすれば、モモコは十秒以内に駆けつけた。それがたとえモモコがシャワーを浴びているときであっても、熟睡しているときでさえもだ。もし國子に母親がいたとしても、モモコ以上の愛情を与えたかどうかは疑問だった。モモコの膝を揺りかごに、背中を父にして育った國子に、欠乏感はなかった。

そのせいで両親に焦がれたという思いが國子にはない。出自《しゅつじ》で悩みかける思春期に武器を持ったせいもある。守るものが多すぎて、むしろ孤独は息抜きですらあった。

唯一の母親の手がかりはこうやって胎内の記憶を手繰っているときの感覚だけだ。しかしこの羊水は黒すぎる。陰謀と策略、欲望と自己満足、そして圧倒的な焦りが渦巻いていた。妊婦がかくもおどろおどろしい心理になるものなのだろうか。胚の國子は臍《へそ》の緒が陰謀の糸に感じられた。

「母さんはあたしを何に利用しようとしているの？」

濁った水の中にいるような感覚だった。纏わりつく母の思いに肌を掻《か》きむしりたくなる。國子の内側は希望で溢《あふ》れているのに、皮膚一枚隔てた先は不安の渦だ。臍の緒がアンカーになってくれなかったら、木の葉のように翻弄《ほんろう》されていただろう。再び寝返りをうったとき、四肢の感覚がはっきりとわかった。深海から海面を目指して浮上するように、意識の光が照らし出す。もうすぐ目覚めだ。夢を操る僅《わず》かな一瞬は今しかない。

「そっとよ。そっと。まだあたしになる前の記憶なんだから」

体の感覚は手足にやっと分化したときのものだ。指の感覚なんてまだない。できる動きは転がることと四肢を伸ばすくらいだ。胎児の身体感覚を借りて、介入できる範囲は限られていた。手を無理に動かすと、深い記憶に侵入したのを警告するように延髄がガクガクと震えた。國子は警告を無視して母親とコンタクトを取る。何故、母親がこんなに不安に包まれているのか知りたかった。

國子は「教えて」と臍の緒を引っ張った。すると掌《てのひら》を通じて母の声らしき振動が伝わった。

アトラスの建設を急ぎなさい。この子が生まれるまでに完成させるのよ。

次の瞬間、首を切られたような衝撃で國子は目覚めた。肺がはち切れそうに膨らんで急激に夢から浮上したのだ。思わず喉元《のどもと》に手をやる。ざらっとした吐息に夢の残り香があった。胎児だった自分はこの声を聞いていたのだ。

「アトラスとあたしにどんな関係があるというの？」

あれからアトラスの声をまともに聞いたことがない。無数の蛇に覆われるイメージは日ごとに強くなっていた。初めは蛇に邪魔されているのかと思ったが違う。アトラスの中に蛇がいるのだ。アトラス内部で何が起こっているのか、國子には知る術《すべ》がなかった。

今アトラスを攻めるには武器が足りない。秋葉原の炭素ブローカーが武器を調達するまではおとなしくするしかなかった。この前、秋葉原で買った武器が横田に届くのは早くても来週だ。犠牲を出さずにアトラスを攻略するには、意表をついた作戦がいる。國子は来月パリで行われる環境サミット前日を作戦日に決めた。カレンダーに印《しる》された日は着実に迫っていた。

「これが失敗したら、メタル・エイジはもうアトラスを攻められない。昔の失敗を繰り返すわけにはいかない」

メタル・エイジは過去にアトラスの攻略戦で負けていた。でき上がったばかりの第四層を制圧しようと総攻撃をかけたのは二十年前のことだ。メガシャフトから侵入したメタル・エイジは一時的に第四層を制圧した。アトラス市民を人質にした戦いは二ヶ月も続いた。しかし政府軍は強攻策に出た。第四層の街ごと機械化部隊で破壊したのだ。アトラス市民もメタル・エイジもそこで全滅した。

現在第四層は人の住まないゴーストタウンだ。きらびやかなアトラスの中でこの層だけ明かりが灯《とも》らない。政府は五百人のゲリラを殺すために、三十万人の命を犠牲にした。当時の内閣は解散することで責任を取った。しかしアトラス計画が見直されることはなかった。森林化すること、炭素を削減すること、炭素から新素材を生み出すことは、揺るぎない国家の意志だ。それこそ旧時代の石油に依存した産業構造と同じである。

第四層は再開発計画があがっているが、二十年経った今でも廃墟《はいきょ》のままだ。六百五十万平方メートルの地盤が荒涼とした死の世界のまま放置され続けている。アトラスは新たな人工地盤を作るのに手一杯で、失われた第四層の再開発は後回しにされていた。

「今度制圧するなら政府施設のある新霞ヶ関ね。二十年前の弔いをしてやる」

トルソーに掛かった新しい軍服に袖《そで》を通した。モモコが作ってくれた軍服は炭素繊維を織り込んだ新スーツだ。ジャカード織りの繊維が見る角度によって微妙な模様を見せてくれる。銃弾くらいは軽く弾《はじ》くという。ただし貫通しないだけで、衝撃は吸収しない。

「肩パッド入れてくれるなら、ここにも入れてくれたらいいのに」

鏡の前で横を向いて薄い胸元に舌を打った。もしかしたら夢で見た母の胸もこうだったかもしれない。遺伝だとしたら、母もまたこうやって悩んだのだろうか。そう思うと少しだけ親近感が持てた。母はアトラスを眺めながら未知の不安を抱えていた。産んだ後、どういう願いを自分に託したのか知る由もないが、たとえアトラスが自分の出自に関連があったとしても、今はメタル・エイジの総統として生きていくしかない。後から真相を知ったとしても、それは決して変わらない決意だった。

國子は鏡の前で問う。

「母さん、もしあたしがアトラスを攻めたら泣く？」

映った自分の顔は微《かす》かに戸惑っているように思えた。


ドゥオモに炭素材が持ち込まれたのは、大きなニュースだった。アトラスと同じ建材を導入するのに抵抗を示す向きもあったが、限られた敷地を有効活用するのには、炭素材の堅牢《けんろう》さ以外になかった。ドゥオモの構造計算をやり直すと、次に攻撃があったとき完全に崩壊することがわかったからだ。

「ドゥオモがミニ・アトラスになるなんて！」

と武彦は苦虫を嚙《か》み潰《つぶ》した顔だ。武彦が着ている軍服が炭素繊維だと知ったら、彼は憤死するかもしれない。

「そんな顔しないでよ。炭素材で節約した分、武彦が喜びそうな鉄の塊を買ったんだから」

「なんだそれは？」

「ヘラクレスを買ったの」

と國子がそっと耳打ちしたら、武彦は歓喜の声をあげて拳《こぶし》を突き上げた。そして國子を抱き上げて、

「おまえは男のロマンがわかる奴だ。いやあ國子様は偉大だ。わははは」

と無邪気にはしゃいだ。これで炭素材導入に反対する一番の抵抗勢力が落ちた。すぐに武彦は現物を見に行くと言ってきかない。来週まで待てと言ったら駄々をこねられてしまった。男なんてこんなものかと國子は呆《あき》れる。

やって来たモモコが計算通りだと笑った。

「ね、國子。あたしのアドバイスが効いたでしょ？」

「モモコさんすごい。本当に呆気なく落ちた。口論になるかと思ってたのに」

「男は理屈で攻めちゃダメよ。尖《とが》ったところをくすぐるのがコツなのよ」

「なんか変な意味に聞こえる。朝っぱらから気持ちの悪い話をしないで」

「あら、心の尖った部分って意味よ。國子はせっかちね。でもそっちも当たってるわよ。男がなんで尖ってるかって、ここを引っ張って歩きなさいって神様が女のためにつけてあげたのよ」

「いやああ。気持ち悪い。じゃあモモコさんが武彦引っ張り回してよ」

「武彦で一番尖ってるところなんて鼻くらいよ」

遠くで武彦がくしゃみするのが聞こえたような気がした。

國子が咳払《せきばら》いする。

「モモコさんが言った通り、男には玩具《おもちゃ》を与えるのが一番ね。恐ろしいくらい簡単。これでしばらくはドゥオモの運営に口は出さないでしょう」

「男心はあたしに任せなさい。これでも少年時代があったのよ。こっそりスカート穿《は》いてたけど」

「頼りになるわ。乙女心から男の操作術まで、モモコさんって人間秋葉原みたい。なんでもありって意味だけど」

モモコは得意気に自慢のDカップの胸を張る。

「そのなんでもありのモモコ様が國子に紹介したい人を連れてきたのよ」

モモコの後ろから腰の曲がった老婆が現れた。いつか池袋の森でビルを守っていた趙だ。國子が趙のことをモモコに話したのはいつだっただろう。貰《もら》い泣きして目を真っ赤に腫《は》らしたモモコはさっそく趙をドゥオモに招いた。堅物の趙を落とすのはモモコでも難しかった。だがモモコはかつて隆盛を極めた「熱帯魚」のオーナーだ。東京中の店からナンバーワンをスカウトした腕は伊達《だて》じゃない。モモコは趙に身の上話を聞いてもらい、言葉巧みに自分の相談役になってほしいと懇願した。身寄りのないオカマに頼まれては義理を重んじる中国人の沽券《こけん》に関わる。趙は仕方ないと溜《た》め息をつきながらも笑顔でドゥオモにやって来た。

國子は満面の笑顔で趙に抱きついた。

「趙さんドゥオモへようこそ。ずっと気になってたの」

趙はしばらくの間だからね、と念を押したが嬉《うれ》しそうだ。

「モモコの悩みが解決したらすぐに池袋に帰るよ」

「ええ、そうして。モモコさんは煩悩が多いから少しでも減らしてくれたら助かるわ。その間はメタル・エイジが責任を持って趙さんのビルを除草するって約束する」

「武彦がね」

とモモコが口を挿んだら國子が笑い転げた。もう趙は定住したも同然だ。趙は朝となく夜となくモモコから繰り出されるニューハーフの秘密を聞いて目を回すだろう。モモコがいつもこう言って笑わすのだ。

「ニューハーフの煩悩は男の百八つと女の百八つで合わせて二百十六ある」と。

國子は部下を呼びつけてすぐに趙に部屋を与えた。ドゥオモにはたくさんの外国人もいる。寂しくならないはずだ。今日はいい一日だと鼻歌を弾ませて広場を眺めた。仕入れた炭素材を使えば強度をあげながら柱の数を減らすことができる。その空間にまた新しい家族が宿る。その日のことを想像すると、無性に楽しくなった。

「炭素材を入れようって言ったモモコさんのアイディアは大正解ね。もっと早くにしとけばよかった。趙さんが来た記念に指輪を買っちゃおうかなあ。ねえ、いいでしょうモモコさん」

國子の財布を引き締めているモモコはそんなペテンには引っかからない。國子には浪費癖がある。特に総統になってからは扱う金額が桁《けた》違いになったので、金銭感覚が麻痺《まひ》している節があった。女の子だから身の回りのものにお金を使いたくなるのはわかるが、浪費はいけない。モモコは國子のせこい考えなど最初からお見通しだった。

「炭素材を買ったのは、ドゥオモの補修にだけ使うつもりじゃないんでしょ。この前、ブーメランを潰して泣いてたものね。あれ高いのよね。なのにあんたはキャシャレルの香水を買った。ケサラン・パサランのマニキュアを買った。エルメスのバッグも買った……」

とモモコは指を折り曲げていく。そのたびに國子の顔が青ざめた。きっとこれからどういう金銭感覚をしているのだ、とお説教が始まる。モモコは説教するときは雷親父になった。女みたいにネチネチいびるのではなく、圧倒的な威厳で一喝するから弁解もできない。そんなとき、モモコはかつて体育会系の人間だったことがわかった。怒られるのを想像するだけで國子はどんどん小さくなっていった。

これだからモモコは油断できない。商品後渡しでこっそり注文したのに、いつ見られたのだろう。あのときモモコは免税店の売り子相手に値切り交渉していたはずだ。モモコがもう片方の手を出そうとしたのを見て、すかさず國子が遮った。

「その左手の分はモモコさんへのプレゼントよ。あたしってお裾《すそ》分けしないと気が済まない貧乏性なの」

「じゃあお説教はなしね。エルメスのバッグはあたしのものよ」

「ええ、それひどい。モモコさんケリー持ってるじゃない」

「赤も欲しかったの。國子は本当に優しい子ね。育てたあたしに似たわ」

ぷうと國子は膨れた反面、その言葉は嬉しかった。体は母親似でも、性格は絶対にモモコに似たいと思っていた。綺麗《きれい》で強くて優しくて茶目っ気のあるモモコは國子の憧《あこが》れる理想の女性だ。モモコは怒ると恐いが、基本はどこまでも國子の味方だ。

國子は今のうちだとばかりに謝った。

「ごめんなさい。余った炭素材で新しいブーメランを十個作ろうと思っていました」

「ほらね。そうやって数に頼るから技が磨かれないのよ。あんな力まかせの使い方してたら、そのうち大怪我をするわよ。作るブーメランは一個にしなさい。上手に使えば國子はもっと強くなれるわ。ブーメランはね、こう使うの」

モモコが自分の小型のブーメランを掲げた。破壊力重視の國子のブーメランとは形状は異なるが、同じ炭素材だ。モモコはくるくるっと片足で回転して、ブーメランを放った。ドゥオモの屋根に掲げた広告看板を突き破り軽やかにブーメランが宙を舞う。小さい分だけ速く回転するブーメランは、円盤にしか映らなかった。國子のブーメランが鷹《たか》なら、モモコのはスピード重視の燕《つばめ》だ。あんな風に優雅に投げられないから、國子は力技に頼ることにしたのだ。ヘアピンカーブで復路についたブーメランがモモコの元に戻ってくる。

「いいこと。一回しかやらないから、よく見てるのよ」

モモコは言い聞かせた。空気を切り裂く高い音が近づいてくる。あのスピードだと國子には受け取るタイミングが摑《つか》めない。ふとモモコの靴に目をやる。彼女は底の薄いミュールを履いていた。素材は炭素材でもましてやダイヤモンドでもない。モモコは自分が何を履いているのか忘れてしまったのだろうか。國子はどきっとした。

「モモコさん、逃げて！」

縦になったブーメランがモモコの頭をかち割るように戻ってくる。しかしモモコは微動だにしない。戻ってくるブレードをじっと見つめて呼吸を合わせていた。もうブーメランは目の前だ。あと半回転でモモコの頭蓋《ずがい》骨を真っ二つにする。國子が目を背けようとした、そのときモモコが動いた。さっと両手を差し出して真剣白刃取りでブーメランを受け止めた。

「うっそ。素手で取った！」

戦車を切り裂く炭素材の刃を臆《おく》することなく、素手で受け取る。力なんてスピードとタイミングの前では無力だと日頃から國子に言い聞かせているモモコらしい技だ。

モモコは挟んだブーメランを掲げたまま、ニヤリと笑った。

「これができなきゃ免許はあげられないわよ」

「修行します……」

國子はモモコの神業に度肝を抜かれた。こんなときいつも側にいるモモコが別次元の存在に思える。スタイルでも頭の良さでも武術でも國子にはひとつも勝てるものがない。モモコは天才ではなく努力型の人間なのに、全てを極めてしまう。既得権で女をやっている輩《やから》よりずっと輝いて見えた。

「いいこと。美しくなければ技じゃないのよ。國子はまだ未熟だから手甲もブーツも使っていいけど、器具に頼りっぱなしはよくないわ」

モモコは武術の師匠として國子の成長を見守ってもいる。この前の秋葉原での戦闘で國子が脚を痺《しび》れさせて身動きができなかったのを見逃さなかった。膝《ひざ》と足首を上手に使えば、靴底を欠けさせることなくブーメランを受け止められるはずだと言う。

「國子には新しい道具をあげましょう。ちょっとあたしの部屋へ来て」

案内されたモモコの部屋はまた模様替えの最中でごった返していた。何度来ても同じ配置を見たことがない。部屋は國子と同じ広さのはずなのに、三歩も真っ直ぐに歩けないのがモモコの部屋だ。オカマ趣味の猫脚の家具は引きずられるたびに金メッキが剝《は》がれていた。

「お店で使っていた奴がどっかにあったのよね」

とクローゼットを開けると、革のボンデージ衣装が現れた。國子はかつてモモコがいた

「熱帯魚」はどんな店だったのか生々しくて想像したくなかった。ファンタジーの世界とモモコは言うが、暗黒ファンタジーではないだろうか。

「モモコさんこれは何？」

無造作に手に取った器具に國子は首を傾げる。モモコはしれっと答えた。

「ん？　それはカテーテル。尿道に挿すのよ」

國子は悲鳴をあげて透明なチューブを投げ捨てた。

「喜ぶお客さんがいたのよ。懐かしいわ。そのお客さんったら一流企業の重役なのにちょっと変わっててね。これを――」

「もういい。変態だってことはわかったわ。それよりも渡したいものって何？」

モモコは奥にしまわれた丸い箱を開けた。そこには鞭《むち》が入っていた。

「一体どういうお店だったの？　ＳＭクラブだったなんて幻滅よ！」

「違うわよ。よく見て。この鞭も炭素繊維なの。お店の五周年パーティでイリュージョンをやったときに使った小道具よ。ラスベガスからマジシャンを呼んで大仕掛けの手品をやったの。檻《おり》に入ったミーコが空中でヒグマに変わるって趣向で大成功！　そのヒグマを調教したときの鞭よ」

「ショーパブって何でもやるんだあ！」

モモコの辞書に不可能という文字はない。男から女になれたのだから、大抵のことは無理がきくというのが持論だ。ダンスを踊らせればバレエから日舞、フラメンコと幅広く踊れるし、客が望むなら空中浮遊だって修得してみせると豪語する。イリュージョンを覚えるくらいわけはない。

「ニューハーフは夢を売るのが商売よ。本当はザトウクジラにしたかったんだけど、捕獲とか搬入とか水槽とかワシントン条約とかクリアするべき問題が多すぎて、結局ヒグマに落ち着いたのよね……」

「いえ、ヒグマでも充分インパクトあります」

「おかしいわね。確かに二つあったのに。長い方がヒグマの調教用で……」

「まさか短い方がミーコさんの調教用って言わないよね」

「そうよ。ミーコは真性のマゾだったって知らなかった？」

虫酸《むしず》が走りそうなほど気色悪いが、このパターンは癖になる。國子はどこかでこういうオチを期待している自分がいることをまだ知らない。もし國子に乙女心が足りないとすれば、それはモモコのせいだ。十八歳の娘にしては、倒錯した世界に対して免疫がつきすぎていた。しかしこの年頃は刺激の強さと面白さが不幸にも一致している時期でもある。どこかでもっと刺激の強い話を求めてモモコにねだる國子がいた。モモコは奥が深いと思えばビチアス海淵《かいえん》よりも深い気がするし、浅いと思えば瓶の蓋《ふた》くらい浅くも思える。この遠近両用眼鏡みたいな存在がニューハーフの最大の秘密なのかもしれない。

モモコはクローゼットをひっくり返した。

「おかしいわね。練習には短い方がいいのに」

「ミーコさんの荷造りのときに混じったんじゃない。ミーコさんあたしの部屋からも記念にって下着を盗んでいったから」

そのミーコからはメール一度きりだ。モモコはそのことを考えないように努めても、ふとした瞬間にミーコの消息を気にしてしまう。そういえばミーコを拾ったのは道玄坂の路地裏だった。路頭に迷うのはミーコの本能だとしても、いくらなんでも連絡がなさすぎる。孤独でいられない性格のミーコにしてはおかしかった。せめてどこかの奇特な相撲部屋が引き取ってくれたことを祈るばかりだ。

國子がしょげているときモモコはお伽《とぎ》話のような語り口で慰めてくれた。國子はデマカセでも元気づけてやりたかった。

「もしかして、素敵な王子様と出会ったかもしれないよ。今頃お姫様みたいな綺麗な格好して、お城に住んでいるかも……」

「万が一にもそんなことはないわ。あの子がお城に入るときは宮廷料理としてよ」

「でもミーコさんは強運の持ち主じゃない。玉の輿《こし》に乗ってたりして……」

「大八車を引く子よ。出世しても牛車《ぎっしゃ》を引っ張るのが関の山ね。輿に乗る側だったら赤のケリーを返してあげるわよ」

「もう、どうしてそんな意地悪を言うの。あたしは安心してって言いたいのに。モモコさんみたいにお話が上手《うま》くないのよ。ほら、あの出だしなんだったたっけ？」

モモコの話は「むかしむかし」のようにフレーズが決まっていた。思い出したモモコが膝の上に國子を乗せる。

「遠い遠い未来でしょ」

「そう、その続き」

國子が子猫のようにモモコの膝にじゃれて話をねだる。モモコは優しい口調で物語を聞かせてやった。

「遠い遠い未来。男女の性転換率が百パーセントになって、人類絶滅が決まった頃、ニューハーフのお姫様がいました。お姫様には悩みがありました。どんなにハンサムな男と知り合ってもみんな元女だからです。お姫様は本物の男が好きでした。ある日、魔法使いがお姫様の前に現れて言いました。願いを叶《かな》えてあげる。お姫様は言いました。マトモな世界に戻して。するとあら不思議。お姫様は王子様に変わっていました」

國子は一瞬、頭がくらっとした。

「ねえこの話、本当にあたしが子どもの頃に聞かせてたの？」

「そうよ。國子はこのお話が大好きだったの」

どういう寝物語なのだと國子は絶句する。普通の子どもなら夜驚症《やきょうしょう》になるところだ。子どもの頃からこんな倒錯話を聞かされてすやすやと眠っていたなんて自分の感受性は相当低い。

「今わかった。あたしに乙女心が足りないのはモモコさんのせいだ」

モモコはぐさっと傷ついた。

「じゃあもっとオーソドックスな話にしましょう。でもみんなワンパターンで退屈なのよね。エスプリもオチもない話なんてあたしが眠くなっちゃうわ」

「お伽話にオチなんかつけないで！」

膝をくすぐったらモモコはゲラゲラ笑ってくれた。面倒くさい話なんかせずに最初からこれをやればよかった。

気を取り直したモモコはミーコの記憶が溢《あふ》れるクローゼットを閉じた。

「そうそう。鞭の使い方を教えてあげなきゃ」

渡された鞭は軽くて恐ろしく長かった。モモコが手本で鞭の使い方を見せた。バレリーナのように優雅に右腕を振り下ろしただけなのに、鞭はまるで生き物のように命を得て窓を突き破っていく。ドゥオモの広場を飛び越した先端は鋭い音を立てて対面の配管に絡みついた。ピンと張った鞭の長さは優に五十メートルはあった。

「こうやって手首のスナップとタイミングで操るの。力まかせだと上手くいかないわ。しばらくはこれで練習しなさい」

そして辺りに誰もいないのを確認すると、モモコは例のファイルを取り出した。武彦たちが密《ひそ》かに練り上げた作戦が今日にも発動されるという。男はとっちめるよりも泳がせた方が尻尾《しっぽ》を出すとモモコに諌《いさ》められて、國子は知らぬふりを決め込むことにしていた。しかし國子は不満である。

「アトラス攻略戦前に騒ぎなんか起こしてほしくないんだけどな。人手も武器もお金も足りないんだから。新霞ヶ関を制圧するのは総力戦なのよ」

「ええ格好しいの武彦は、手柄を立てたら報告するつもりなのよ。小者にありがちな心理ってやつ。取っ手が小さいと引っ張るのも大変ね」

「わかった。わかった」

モモコはディスプレイに複数のファイルを開いた。どれも若い女性ばかりだ。

「武彦は黙って何をしようとしているのかしら」

國子には関連性がわからない。彼女たちは政府関連の人間とも思えないし、経歴だってバラバラだった。しかしモモコは手がかりを見つけた。

「色々調べたら、みんなに三つの共通項があるのよ。何だと思う?」

國子は椅子の背を抱いたままディスプレイを見つめた。さっきから嫌な気分なのは、一般市民を巻き込もうとする作戦だからだ。一歩統率を間違うとメタル・エイジは無差別テロを起こしかねない。

「政府要人の家族とか?」

「惜しい。彼女たちのアトラスランクは極めて高いのよ。この子なんかダブルAよ」

表示された娘は國子と同じ歳だった。

「ひええ。本物のお嬢様だ。そんなランクがあるなんて初めて知った。旧時代からの名家じゃないの。第六層に住めるわね」

言われてみればどことなく品のある雰囲気だ。聖ルーク女子校でもAランクの生徒なんてお目に掛かったことがない。國子は端《はな》から縁のない世界とばかりに感嘆した。モモコが次々とファイルを表示する。

「みんな最低でもシングルAはあるの。ここでもうひとつの共通項。なのにアトラスに住んでない。変でしょ？」

指摘された通り彼女たちのアトラスランクは飛び抜けている。しかし彼女たちのほとんどは地上に住んでいた。那須や葉山や軽井沢ならわかる。都会が苦手で静かな暮らしを好むタイプだ。しかし中には秋葉原の令嬢もいた。あんないかがわしい街に住んでいるなんて、相当な変わり者に違いない。

「世捨て人になったエリート家族とかじゃないの」

「それが違うのよ。家族のアトラスランクはみんな低いの。中にはFランクだっているのよ。なぜかしら？」

國子はデータが間違っていると言った。アトラスランクは血統書でもある。ロバの家族にサラブレッドが一匹混じっているようなものだ。

「なんなのこのデータ。全部インチキなんじゃない？」

「そんなことないわよ。メタル・エイジの情報課が政府のホストコンピュータにハッキングして盗んできたデータだもの」

「危ないことしてるなあ。ゼウスにハッキングしたのがバレたら殺されるわよ。最後の三つ目の共通点って何？」

「わからないの？　一番はっきりしてるでしょ」

國子はファイルを全部読み比べる。だが他に気になる項目はなかった。モモコは気づかない國子に苛立《いらだ》って、語気を荒げた。

「みんなあたしよりブスでしょ！」

メタル・エイジの男が駆け込んできた。

「國子様、城壁に妙なものが。すぐにお越しください」

この前の政府軍の攻撃で崩れた城壁は瑞々《みずみず》しい新緑に染まっていた。城壁を炭素材で固めようとしたときに発見したのだという。この前、ロッククライミングの岩場と化した城壁だったのに、ちょっと見ぬ間に一面の緑だ。現場は騒然となっていた。

鉄兜《てつかぶと》を被《かぶ》った國子は茫然《ぼうぜん》と城壁を見上げた。

「誰かが苗を植えたの？」

「いいえ。足場が悪くて立入禁止でしたから」

「なぜこんなものが生えてるの？」

「わかりません」

以前、蜂の巣になって途方に暮れた城壁とは思えないほど、場は変貌《へんぼう》していた。このままだとドゥオモは森に呑《の》まれてしまう。

「火焔《かえん》放射器で焼き払うしかない。すぐに作業して」

それにしてもコンクリートに根付くとはタフな植物だ。こういう岩場に生える植物が束京にあったなんて初めて知った。城壁を炭素材で覆うことに決めていた國子は、さっさと除草したかった。

突然、小刻みに大地が揺れた。

「地震？」

そう思った瞬間、空を割る衝撃波がドゥオモを襲った。配管を伝った音が増幅されて、ドゥオモがパイプオルガンのように鳴る。鍵盤《けんばん》を全て叩《たた》いたような音が頭蓋骨《ずがいこつ》を痺《しび》れさせる。また攻撃かと身を竦《すく》ませたが違う。

「國子様、池袋をご覧ください」

池袋上空はオレンジ色の火焔で燃えていた。またあの攻撃が始まったのだ。この前よりも激しい射撃だった。池袋に繋《つな》がる道は全部封鎖したはずだった。どう考えてもあそこに第十高射特科大隊がいるとは思えない。この前よりも激しい射撃だ。距離はかなりあるのに、ドゥオモの管共鳴は攻撃現場さながらの大音響を轟《とどろ》かせる。建物全体がスピーカーになっていた。

國子は弾の行方を追った。

「どこが攻撃されてるの」

しばらくして上空に無数の戦闘機が飛来した。スクランブル発進だ。攻撃地点が判明したと連絡が入る。

「國子様、政府軍の練馬駐屯地《ちゅうとんち》が攻撃されています！」

アトラスの第三層のオフィスビルから、紅蓮《ぐれん》の炎に焼かれる地上を見た香凜が身を強張《こわば》らせた。香凜の眼下を編隊を組んだ戦闘機が飛んでいく。戦車も戦闘機も爆弾も全部地上を這《は》っているように見えた。

「また戦争してる。地上は地獄ね」

フロアはアンティークのテディベアで埋め尽くされていた。

香凜の会社は順風満帆の船出だ。メデューサは一秒も休まずに経済炭素を減らしてくれた。香凜はこのビジネスを投資に役立てるコンサルタント業務に従事することにした。メデューサを使えば投資先を間違いなく判断できる。債務国の企業の株を買い漁《あさ》り、メデューサで炭素指数を下げ、高騰したところで全部売り捌《さば》くのだ。まるで現金の埋め立て地にブルドーザーを走らせている気分だった。クラリスはEUを、タルシャンはアメリカ大陸を、そしてチャンと香凜はアジアとロシアの市場を荒らした。

最初の百億円が振り込まれたとき、香凜は笑いが止まらなかった。嬌声《きょうせい》をあげてフロアを自転車で十周は回った。笑いすぎて腹筋が痙攣《けいれん》を起こしてしまったほどだ。これで一生安泰だ。好きなものは何でも買える。

クラリスはワイン農場を買い取ったと告げた。プールにワインを入れて泳ぐと最高の気分なのだそうだ。負けてられないと香凜も俄然《がぜん》やる気になった。

香凜は世界中のオークションで一体五百万円はするプレミアムのテディベアを買った。

最初の八体までは名前をつけた。しかし名前をつけるのも疲れたので、次の百二十五体までは番号をつけた。それから後の大多数のテディベアには番号をつけるのも億劫《おっくう》になった。棚に入らなかった奴を床に並べた。それでも入らない奴は積み重ねた。

香凜がテディベアの処理に困っている間にも、メデューサはせっせとお金を稼いでくれた。帳簿を見ると資産は一千億円を超えていた。苛々した香凜は借りていたオフィスビルを買い取った。それでも増えていく金額の方が多い。家に帰りたくなかったので、近くの高層ホテルを買収した。

「お金持ちをやるのも大変だなあ。欲しいものを考えるだけでも疲れちゃう」

先週まで寝るのも嫌なほど笑い転げていたのに、今日は朝から気分がムカムカする。香凜は金持ちになったせいで、買って楽しくなるものが限られてしまった。ぬいぐるみや不動産は爪の垢《あか》にもならない小さな買い物にすぎない。パーッと一千億円くらい気分よく使ってみたいが、何を買えばいいのだろう。その一千億円がさらなる利益を生み出してくれれば最高だ。

テレビをつけるとマレーシアのアビディン外相が辞任したことが大きく報道されていた。国家的英雄の辞任にマレーシア国民は困惑した。だが香凜はこれでカーボニストが新しい時代の主役になることを確信した。アビディンの悲しい目とは裏腹にマレーシア経済は投資で潤っていた。

香凜はアビディンがこのオフィスで呟《つぶや》いた「これは経済をおかしくするぞ」という言葉

を思い出した。そんなことはない、と香凜は頭の中で反論する。元々バランスの取れた経済などこの世には存在しない、というのが香凜の持論だからだ。圧倒的な貧困がなければ、金持ちは存在しない。地球型経済に移行してもその本質には変わりはなかった。

「そもそも炭素経済は炭素を排出するから成り立っているのよね。もし炭素が排出されなくなったら、カーボニストはみんな失業しちゃう。バランスの取れた経済なんてありえない。経済は不均衡なほど健全なんだから」

メデューサの蛇が全部赤く染まった。餌が欲しくてたまらないらしい。仮想空間の水位は五センチ下がっていた。それでもメデューサの強迫観念は収まらない。香凜は炭素市場をチェックした。昨日ウクライナ工業地帯の経済炭素をヘッドリースした効果で、投資が伸びていた。炭素経済に移行して世界経済は停滞気味だったが、ここにきて急に好景気だ。投資家たちはどこに資本を注入すればいいのか、香凜たちの動きから目が離せない。

「フランクフルトのマーケットが起きるまで待ちなさい。人間は夜、眠るものなのよ」

香凜が宥《なだ》めてもメデューサはもがきっぱなしだ。

ママ助けて。ママ助けて。ママ助けて。

ママ助けて。ママ助けて。ママ助けて。

ママ助けて。ママ助けて。ママ助けて。

ママ助けて。ママ助けて。ママ助けて。

ママ助けて。ママ助けて。ママ助けて。

「もう、なんでこんなプログラムにしちゃったんだろう。ちゃんと仕様書通りに作ってないんじゃないの？」

香凜は秋葉原のハイテク・ブローカー「ポルキュス」にメデューサの製造を依頼した。軍事目的に開発されたＣＰＵがどうしても必要だったからだ。安田電気の六六〇型と呼ばれるＣＰＵは裏でしか手に入らない。扱っているブローカーも限られていた。民生品では手に入らない技術の粋を集めたコンピュータなのに、メデューサはいつも苛立っていた。どこが最新の人工知能なのかわからない。これでは駄々っ子ではないか。ハイテク・ブローカーはメデューサの人工知能は一定の教育期間が必要だと言った。使用者の知能が高ければ高いほど飛躍的な成長を遂げるらしい。

「なんであたしに似ないでバカなんだろう。少しは自立しなさい」

とはいえ、香凜がメデューサの生みの親というわけではない。資金力のあるタルシャンが香凜のビジネスモデルに賛同し、メデューサというコンピュータを提案した。基本仕様はタルシャンのアイディアだ。実際にでき上がったメデューサをどう思っているのか、聞いたことがない。こんなに神経質なコンピュータだと知っていたら、管理なんて引き受けなかった。

香凜はホログラムの蛇の頭をつついた。

「あんたお父さんに似たんじゃないの。扱い辛《づら》いところなんてそっくりよ」

普通なら自分の生み出したコンピュータの調子はどうか心配になるはずなのに、タルシャンは香凜の管理に一切口出ししなかった。四人のカーボニストの中で一番知能の高い人間がメデューサの親になるべきだ、と提案したのはタルシャンで、それは暗に香凜を示唆していた。思えばそれがタルシャンとまともに会話した最後の言葉かもしれない。それ以後、彼は経営会議にも参加しなくなった。クラリスが配当金を減らすぞと脅しても、何の返事もない。タルシャンはただ黙々と担当地区の業務をこなすだけだった。香凜にはホログラムでも目に見えるメデューサの方が親しみが持てる。ときどき現れて文字を綴《つづ》るタルシャンは実体のない幽霊みたいな存在だった。クラリスやチャンのような若いカーボニストが持つエリート意識も皆無だ。地位や名誉や権力に執着しないタルシャンはひたすら利益のみを追求する男だ。

クラリスからメールが入った。いつも陽気な彼女にしては不貞腐《ふてくさ》れている。

カリン、サウジアラビアの炭素指数をいじるなんて早すぎよ。ロシアを下げた後だって会議で決めたはずでしょう。あそこの石油利権は複雑だって言ったのに。上手《うま》くいけば五百億ユーロはしたのよ。メデューサを管理してるからって勝手なことしないでちょうだい。

クラリス

「言いがかりだよ。あたしサウジアラビアなんていじってない。クラリスが王族と寝たいって言うから任せたのに」

試しにサウジアラビアの炭素指数を確認したらクラリスの言った通り大幅に下がっていた。すぐにメデューサの履歴を開く。だが、産油地帯をヘッドリースした記録はなかった。こんな芸当はメデューサ以外にできないはずだ。香凜はすぐにメデューサの履歴をつけてクラリスに返信した。しばらくしてオフィスの電話が鳴った。電話の相手はなんとクラリス本人だ。よほど気が動転したのだろう。文章では上手く伝えられなかったようで、電話をかけてきたのだ。お互いに初めて聞く肉声だった。

「Hallo?　あなた本当にクラリス？」

『そっちも本当にカリンなんでしょうね？』

クラリスは想像していたよりもずっとハスキーな声だった。電話の向こうのクラリスも香凜のあまりにも幼い声に戸惑っている様子だ。会社を立ち上げるまで何度も込み入った話をしたビジネスパートナーなのに、初めましてと言いたい気分だった。どうすればお互いに本人だとわかってくれるのだろうか。香凜が考えているとクラリスが機転を利かせてくれた。

『この前、誕生祝いに送ったドン・ペリニヨンは何年物だった？』

「二〇二〇年」

受話器の向こうからホッとした安堵《あんど》感が伝わってきた。間違いなくクラリスだ。

『カリンが送ってくれたメデューサの履歴を見たわ。なんでだと思う？』

「サウジアラビアが下がったのはなんで？」

『質問に質問で答えないで。メデューサの管理者はカリンよ』

「システムエンジニアはクラリスでしょう。どういう設定にしたの？」

埒《らち》が明かない会話で香凜は苛立《いらだ》っていた。クラリスは文章では陽気に振る舞っていたが、実際は冷静で疑い深い性格だと思った。タルシャンに知らせようか、と香凜が提案したら即答で［Nein!］と却下されてしまった。

『絶対にダメよ。わからない出来事をわからない人で解決するのは間違っているわ。問題が複雑になるだけよ』

その通りだと香凜も思った。そもそもメデューサはタルシャンの設計だ。そのことにクラリスも気づいた。

『もしかして、他にもメデューサと同じようなシステムが立ち上がったんじゃない？』

香凜は馬鹿馬鹿しいと笑った。同じ性能のコンピュータを作ったとしても、プログラムの心臓部である予測式は香凜の考案したものだ。これをオープンソースにするほど香凜は馬鹿じゃない。別に人類の智恵に貢献するために考案した式ではないのだ。予測式を知っているのは仲間の四人だけだ。これを独占することで、常に優位に立てる。

クラリスはしばらく無言だったが、何かを閃《ひらめ》いたようだ。

『ねえ、メデューサにアクセスしてサウジアラビアの炭素指数を元に戻すことはできる？』

香凜はクラリスが何を考えているのかわからなかった。

「多分できるはずだけど、メデューサは水位があがったと認識してパニックを起こすと思うよ。下げることが前提だから……」

クラリスが市場をモニターしてるからやってみてくれと言った。香凜は恐る恐るメデューサのプログラムに侵入した。本当はこんな無茶なことはしたくなかった。きっとメデューサは生体解剖されている気分だろう。香凜は自分の子どもをモルモットにしているみたいで胸が痛かった。誰がヘッドリースしたか知らないが、元々は香凜の考えたシステムだ。循環路を断ち切れば、相手のヘッドリースは無効になるはずだ。炭素負債引受銀行の口座を止めれば特別目的会社へのリースは不成立だ。

「クラリス見つけたよ。香港の炭素負債引受銀行がSPC（特別目的会社）と五百億ユーロの契約をしてた」

『そのSPCはどこにあるの？』

香凜はメデューサに昨日のマーケットで交わされた地球上の全ての金融機関のコンピュータのデータをハッキングするように指示した。ディスプレイに膨大な数のデータがスクロールされる。世界中で取引されたマネーの流れは津波同然だった。暗号化された情報を解読しながら複数の相手の防御プログラムを破るのは想定外のことだ。たちまちメデューーサの頭脳はオーバーヒートし、ホログラムの蛇を猛《たけ》り狂わせた。

「メデューサ頑張れ。こんなことで負けるな。ママがついているからね」

メデューサの演算装置は扱ったことのないデータで麻痺《まひ》寸前だ。壊れたら会社も潰《つぶ》れてしまう。香凛が強制終了のコマンドを打ち込もうとすると、それを察知したのかクラリスが鼓膜を破りそうな声で怒鳴った。

『ダメよ。ここで中断したら、相手にメデューサの存在が知られてしまう。二度とアクセスできなくなるわよ！』

ホログラムの蛇が次々と消えていく。香凛は泣きそうだった。

「クラリス、蛇が消えちゃったよお」

『大丈夫よカリン。メデューサの方がお利口だわ。余分な機能をセーブしたのよ。ホログラムは飾りだもの』

このままだと香凛の神経が耐えられそうになかった。やはり強制終了するしかない。キーボードに指を置いたとき、ディスプレイに「検索終了」の文字が現れた。炭素負債引受銀行と取引した特別目的会社はインド洋のモルジブ共和国にあった。

クラリスがやっぱりと机を叩《たた》いた音がした。

『石田ファイナンスと同じタックスヘイヴンを利用したシステムよ。メデューサは地球の裏側にもうひとつあるわ』

「そんな。あたしのシステムが真似されたなんて信じられない」

『カリン、商売敵は潰すのがマナーよ』

クラリスの言葉が香凜の導火線に火をつけた。

「見てなさい。あたしが考えた循環システムだから弱点も知ってるのよ」

再びホログラムが現れたのを確認して、今度は冷静に操作した。炭素負債引受銀行が炭素銀行にマネーを返還できなければ投資も、リースも、リースバックも不成立だ。香凜は負債引受銀行の口座を閉じた。ようやくクラリスの陽気な言葉が踊った。

『Gut gemacht! サウジアラビアの炭素指数が元に戻ったわ。さすがカリンね。次は奴らが取引している投資会社のリストを洗い出して。石田ファイナンスの方が有利だって口説いてやるわ。奴らの提示した条件が幾らだったかわかるかしら？』

香凜はモルジブ共和国に流れた経済炭素のデータをクラリスに送信した。それをクラリスが解析して、相手よりも有利な投資条件に組み替える。これで投資会社も炭素銀行も石田ファイナンスに魅力を覚えるはずだ。クラリスは受話器越しに声を上ずらせた。金儲《もう》けを想像するとエクスタシーを感じるという言葉はどうやら本当のようだ。

「気持ちの悪い声を出さないで。女同士の電話よ」

『あらごめんなさい。お金って男より感じるのよ』

冗談が言えるということはクラリスが正気に戻った証拠だ。シャンパンの栓を抜いた音がする。クラリスは乾杯しようと提案した。

『商売敵を蹴散《けち》らしたんだからお祝いしなきゃね。油断してたらこっちが手痛い被害に遭うところだったわ』

香凜はメデューサと同じシステムが他にあるなんて、想像もしていなかった。もし、クラリスがサウジアラビアの炭素指数に目を配っていなければ、その存在に気がつかなかっただろう。先手を打てたのはラッキーだ。相手がもし先に香凜のメデューサに気づいていたら、同じことをされただろう。

「お酒なんか飲んでいる場合じゃないよ。こっちはメデューサがパニックになってるのに。炭素指数をあげたせいで、仮想空間の水位が上がったんだよ」

この取引で水位を七ミリ上昇させてしまったメデューサは香凜の指示を聞かなくなってしまった。こんなことをしたら人工知能が壊れてしまう。しかしクラリスはこれが経験値になったはずだと言う。

『ちょっとスパルタ式だったけど、相手のコンピュータより警戒心が強くなったはずよ。こっちが優位に立つには、メデューサの人工知能をより賢くするしかないわ。プログラムに生存競争と強迫観念を入れておきましょう。絶えず敵が自分を滅ぼそうとしていると思えばメデューサはより強くなるわ。そして私たちの敵はもうわかるわよね』

「タルシャン——!」

メデューサで相手のビジネスを調べたら、香凜と同じ予測式を使っていた。タルシャンはハイテク・ブローカーに同じコンピュータを二つ作らせたに違いない。そしてひとつを香凜に与え、もうひとつを別のカーボニストに与えた。連絡が取れなかったのは、モルジブ共和国に設置するのに忙しかったからだ。

「クラリスが連れてきたパートナーだったよね。よりによってあんな怪しい男を誘うなんて。一歩間違ったら破産してたところよ」

『ごめんなさい。でも彼に抜けられたら資本金も銀行も失ってしまうわ』

香凜は椅子の背もたれに体重をかけて、机の上で両足を組んだ。

「誰が解任するって言った？　逃げられたら痛い目にも遭わせられないよ」

『あら意地悪ね。カリンのそういうところ大好きよ。すぐにタルシャンの素性を調べてみるわね』

「甘い声で頑張って」

電話を切った後、初めてクラリスと絆《きずな》ができた気がした。

香凜はタルシャンが不審に思ってメデューサを調べても足がつかないようにハッキングした履歴を全て削除した。慌てて何か言ってきてもメデューサはひとつしかないと白を切ればいいことだ。不思議なのは、タルシャンは「L.T.C.I.」にも相当な金額を投資しているということだ。香凜の会社が潰れたらタルシャンのお金はパアだ。逆もまた同じだ。

さっき香凜が契約不成立にしたモルジブ共和国にある会社は相当な損害を被ったはずだ。

もしタルシャンの出資金が香凜の会社と同じだとしたら、二千万ドルを失うことになる。カーボニストはこんな自虐的なことはしない。競合する同じシステムを二つ持つ理由なんて何があるのだろう。

「そのうちあいつの本性を摑《つか》んで跪《ひざまず》かせてやる」

香凜はメデューサを宥《なだ》めるのに必死だった。自分と同じシステムがこの世にあると気づいただけでも相当なストレスのはずなのに、クラリスに生存競争まで植え付けられてしまった。香凜ができることはメデューサをより高度な人工知能に成長させてやることだ。それだけがメデューサの最大の武器になるだろう。智恵比べなら負けない自信がある。

「きっとメデューサをあたしと同じくらい利口にしてみせる」

香凜の幼い胸に芽生えた母性がプライドをくすぐる。メデューサがもうひとつのシステムより劣るなんて絶対に許せなかった。それは地上に堕《お》ちて蚊に食われるよりも屈辱的なことだ。メデューサが教育次第で飛躍的な成長を遂げるなら、自分の知識の全てを教え込んだっていい。

ホログラムの蛇はもがくようにあっぷあっぷしていた。

「メデューサお黙り。七ミリ水位が上がったくらいで溺《おぼ》れたりしないよ。ママは我《わ》が儘《まま》な子は嫌い」

香凜はメデューサの教育方針を考えた。こんなに神経過敏なコンピュータならばもっと画期的な方法を教えてやらねばならない。それが莫大《ばくだい》な利益を生み出すことにも繫《つな》がる。

香凜はもう一度システムを見直してみた。

「もしメデューサが今のスピードで経済炭素を全て削減したら、百五十年後に経済の均衡が訪れちゃうのよね。あたしの人生に関係ないからいいやって思ってたのにな。もし二つのメデューサが競合しながら経済炭素を削減した場合の試算は……」

メデューサは十年と告げた。これでは実現が早すぎる。香凜はまだ二十歳の娘ではないか。

「嫌だなあ、会社が存続できないや。やっぱりもうひとつのシステムは滅びてもらわなきゃ。共存は無理です、と。じゃあ、経済炭素を次から次へと発生させるシステムがあればどうだろう」

経済炭素はカーボニストの資源だ。メデューサが減らしてばかりだといずれ資源は枯渇する。肝心なのはいつまでも利益を生み出せるように、炭素排出型の産業をやめさせないことだ。できればメデューサが一年間に削減する経済炭素と同じ量の実質炭素を排出してもらいたかった。それが可能なら永久に利益を生み出せる。この線で考えてみよう、と香凜は頭を捻《ひね》った。机の上に並べたテディベアを足で全部払い落とし、智恵の実を探した。

「飴玉《あめだま》、飴玉……あった」

キャンディボックスに入った色とりどりの飴玉を次から次へと頬張った。香凜は今面白いことを閃《ひらめ》きそうで、むずむずしていた。そこらへんのカーボニストとひと味違うところを見せてやらねばならない。飴玉は金儲けのアイディアを授けてくれる香凜の有能な部下だった。イチゴ味の飴玉とグレープ味の飴玉が溶け、口の中で甘い囁《ささや》きになる。かつて大学院に在籍した頃、香凜はこうやって経済炭素循環モデルを作り上げた。もっとはっきり聞くためにオレンジ味の飴玉を頬張った。三つの味の飴玉が痺《しび》れるような閃きを与えてくれた。

「もし特定の地域の炭素指数をマイナスにすることができたら、炭素バブルを起こせるかもしれない」

それは炭素を基準値以上に削減したことになる。もしそれが可能ならその地域に世界中のマネーを雪崩れ込ませることができる。予《あらかじ》めその国の資産を買い占め、高値で売却する。

「炭素指数が一に近い国は炭素吸収型経済だからなあ。大量に排出する産業が同時に存在しなければヘッドリースは無理だし……」

この条件を満たす国はどこになるのだろう。香凜は世界地図を睨《にら》んだ。

「確か炭素監視衛星は熱源を拾うんだった」

メデューサはイカロスとも融合している。香凜はイカロスの現在地を地図に重ねた。ちょうど南米上空を通過しているところだった。アマゾン河流域に、無数の熱源が発生している。香凜の口の中でとろけた飴が官能的なハーモニーを奏でた。

「そうだ。焼き畑している地域をヘッドリースしちゃおう！」

アマゾン河流域で焼き畑が禁止されても、それが高関税の源であっても、現実はこの有り様だ。熱帯雨林を擁したブラジルは世界でも数少ない炭素吸収国家だ。経済活動で出す炭素よりも吸収する炭素の方が遥《はる》かに多いので、どんなにペナルティを科せられても炭素指数を低く保っていられる。この恩恵に乗じて、炭素排出型の産業構造から抜けきれないのだ。

「メデューサ、美味《おい》しい餌を見つけたよ」

香凜は口の中で飴玉をゴロッと転がす。ブラジルは今が買い時だ。香凜は一千億円の物件を見つけて、ちょっと気分がよくなった。

二十年前の戦争で街を破壊された第四層は封鎖されていた。メガシャフトの中にある高速エレベータもこの層だけは通過する。荒涼とした廃墟《はいきょ》は二十年前で時を止めていた。かつてアトラスの流行の発信地だった場所だけに、荒《すさ》み方は目も当てられない。ショーウィンドウを飾るマネキンたちが流行遅れの服を着て、無人の街に佇《たたず》んでいた。

かつて政府軍は第四層を絨毯《じゅうたん》爆撃した。退路のない人工地盤の上での戦争はすぐに終わった。人は市民を巻き込んで全員死んだが、炭素材のフレームはアトラスの構造に微々たる影響も与えなかった。煤《すす》けたシャフトも放置されているからで、本格的に再開発が始まれば拭《ふ》き取るだけで元通りになるはずだ。

その第四層の入り口が久し振りに開いた。エレベータを降りたのは白衣の女と衣冠束帯の男たちだ。端末を開いた小夜子がエレベータの運行ダイヤを変更した。地上にいるゲストを迎えるためだ。

「いつ来ても不気味な場所だ。地上よりも荒んだ場所がアトラスにあるなんて美邦様が知ったら驚くでしょうね」

足下を照らす懐中電灯の明かりが焼け焦げたランドセルを浮かび上がらせた。無人の層でもあちこちにかつて人がいた気配を残していた。

戦場を見慣れた衣冠束帯の男たちも、こんな感覚は初めてだった。彼らは生の戦場なら何度も経験していた。足下に死体があっても決して驚くことはないのに、震えが止まらなかった。空気すら古くさく、吸えば肺に黴《かび》が生えそうなほど淀んでいた。

「戦場の方がまだマシだ」

従者のひとりが衣冠の袖《そで》で口元を覆った。

戦場は決して死の世界ではなく、生と死が混在した場だ。死体があればそれを片づける生きた人がいる。破壊され尽くした直後であっても、小さな復興の芽が息吹きをあげる。なのに、この層には復元しようとする生の兆しがない。男たちが懐中電灯でいくら辺りを照らしても、希望を託せるものはひとつもなかった。こんな風景は地上にはない。強いて挙げれば月面の世界がこれに似ていた。ここは二十年前のまま時を止めた停滞の世界だ。

「どうしたの。おまえたちでも怖《お》じ気《け》づくのか」

「小夜子様は平気なのですか。こんな怪しい場所で何をしようというのですか」

「怪しいことに決まってるでしょう」

小夜子は腕時計を見て、遅いと呟《つぶや》いた。いくら人目を気にしないですむとはいえ、気を紛らわして待てる場所ではなかった。それにこれからすることを思えば、談笑する気分にもなれない。

「美邦様はどうしておられる？」

「ミーコとお手玉遊びをすると仰《おっしゃ》っておりました。すっかりあのデブに懐いているようです。まさかミーコが美邦様と半日もお喋《しゃべ》りできるとは」

ミーコは美邦と掛け合いができる初めての女官だった。小夜子たちが美邦と会話するときは神経を消耗するものだった。自分の真意とこれから答える言葉を検証に検証を重ねなければ危険で会話ができない。それに美邦はふざけて相手をひっかけるのも好きだ。無防備に言葉を交わせば死が待っている。それは弾が出るまで付き合わされるロシアンルーレットのようなものだ。それを考えるとミーコのしていることは驚異である。あんな漫才みたいなスピードで次から次へとお喋りしてたら、どんなに頭のいい人間でも三分で弾が飛んでくるはずだった。なのにミーコは冗談を言いながら巧みに美邦のひっかけをかわす。

「むかし傭兵《ようへい》をやってたときオカマは弾に当たらないという冗談みたいな伝説がありました。本当だったんですね」

「あのレベルは正直とも違う気がするが」

小夜子が眼鏡をかけ直した。

「嘘をつかないんじゃなくて、嘘のつき方を知らないのよ。そもそもオカマであることを隠さないでしょう」

今やミーコは女官の中でも特別な地位を占めている。そのお蔭《かげ》で小夜子は別の使命に専念する余裕ができた。捨て駒に使おうと拾ったミーコだが、思いのほか役に立っていた。

「美邦様がミーコに夢中だから、こちらの動きを勘ぐられることもないのよ。駄々を捏《こ》ねられてお連れするような場所ではないからね」

「小夜子様のストレス解消をお見せしたくないからでしょう」

一番キャリアのある従者が皮肉った。この男も小夜子と同じでしぶとく生き延びていた。従者の半分は新たなメンバーだ。第四層で小夜子たちが一体何をするのか、彼らはまだ知らなかった。

「不謹慎なことを言わないで。これも美邦様にお仕えする者の務めよ」

美邦は人に囲まれて生活しているが外出もひとりではできないほど不自由だ。第四層に牛車《ぎっしゃ》を出せと言われたらどうしようと小夜子は心配していた。

気になることと言えば他にもある。以前、従者の補充を申請した草薙がまだ配属されない。最優先の要請なのに後回しにされてしまった。頭にきた小夜子は草薙のアトラスランクを操作して幕僚長よりも高いランクを与えようとした。そのとき小夜子は端末を見て愕《がく》然《ぜん》とした。

――アトラスランクをいじれない人間がいるなんて。

草薙のアトラスランクは標準的なFだが、それ以上にも以下にも操作できないようにロックされていた。小夜子の持つ端末はアトラス政府のホストコンピュータと直接繋《つな》がっている。その気になれば閣僚のひとりを追放することだって造作のないことだ。なのに草薙には通用しない。小夜子は自分が特権的な立場にいると錯覚しているだけなのかもしれないと思った。

「あいつも美邦様と対等に喋れる人間だったわね」

ちらりと従者たちを横目にした。補充しても九割はその場でアウトの従者は金のかかる消耗品だ。美邦の試練をパスしたベテランの彼らですら平均勤続期間は一ヶ月だった。従者たちは金目当ての傭兵や、無罪にすることを条件にした死刑囚から構成される。特赦に飛びついた死刑囚で十日以上生きた者はひとりもいなかった。

「小夜子様、ブローカーが着いた模様です」

メガシャフトに走らせた臨時便が第四層に到着した。扉が開くなりヘッドライトの明かりが飛び出した。エレベータから降りてきたのは大型トラックだった。ヘッドライトが照らした第四層の光景に従者たちは絶望した。一面は瓦礫《がれき》の砂漠ではないか。ここは空中地獄だ。

トラックから降りた男は小夜子が依頼した秋葉原のブローカーだ。政府の人間でも非合法なものは彼らを通じて手に入れる。小夜子は荷台に回った。

「マルタは揃ったか?」

「ご要望通り鮮度は抜群でございます」

「謝礼はアトラスランクBで良いか?」

「大変結構でございます」

ブローカーの男は恭しく頭を垂れた。端末を開いた小夜子が男のアトラスランクを操作する。これからも頻繁にアトラス内で接触するのだから、通行手形を兼ねて一挙両得だった。

従者が荷台の扉を開ける。中には大きな麻袋に包まれた荷物が二十袋入っていた。従者が搬出しようと麻袋を肩に担ぐ。予想以上の重さでバランスを取るのに一苦労だ。担ぎ直そうと手を持ち替えたとき、中身が動いた。小夜子は一体何を買ったのだろう。ちらりと小夜子を見ても相変わらず表情が読めなかった。美邦のせいで小夜子は身内ほど用心を怠らない。積み替えたとき今度は袋の中から音がした。

「何をしてるの。急ぎなさい」

叱声に驚いて躓《つまず》いた従者が荷物を落とすと呻《うめ》き声が聞こえた。そっと麻袋を開けると中には人間が入っていた。驚いた従者の悲鳴で袋詰めにされた男が目覚めた。

「ここはどこだ？　おまえたちは誰だ？　なぜ俺はここにいる？」

空中地獄で目覚めた男は見たことのない荒廃した景色に度肝を抜かれ、縛られた体にまだ気づいていない。面倒くさそうに注射器を持った小夜子が男の首に麻酔を打った。

「ようこそアトラスへ」

麻酔から目覚めた男の耳に鼓膜が破れるほどの悲鳴が飛び込んできた。ずれていた眼鏡をかけ直して目を凝らす。牢《ろう》の中にはたくさんの人間が放り込まれていた。ここはどこだろうと男は記憶を手繰った。さっき一瞬だけ目に入ったのは瓦礫の砂漠だった。その前は秋葉原で買い物をしていたはずだ。黴臭い地下のショップに入ったのは覚えている。滅多に手に入らないグッズがあると噂を聞きつけて鹿児島からやってきたのだ。それが何故、この牢獄に繋がるのかわからない。男は隣でぐったりと壁に凭《もた》れた女に声をかけた。

「ここはどこですか？」

と肩に手をかけた瞬間、指先が強張《こわば》った。彼女は冷たくなっていた。よく見ればみんな死んでいた。ここは死体置き場だ。男はまだどこかで店の記憶に戻ることを期待していた。好奇心で入った店だったのに。田舎オタクと馬鹿にされたのだろうか。こんな目に遭うなら上京しなければよかった。男が動揺していると廊下に人の気配がした。振り返るとグリーンの術衣を着たさっきの女が立っていた。

「悲鳴をあげてもいいのよ。どうせ誰も助けに来ないから」

小夜子が連れの男たちに顎《あご》で連れ出せ、と指示する。たちまち屈強な男たちに羽交い締めにされてしまった。まさかこれが噂に聞くオタク狩りだろうか。眼鏡の男のズボンはびしょびしょに濡《ぬ》れていた。

「俺はオタクじゃない。引きこもってるだけだ」

喚《わめ》き散らす男を引きずって手術室に連れ込んだ。叫んでもいいと許可したのは間違いだった。この男は屁理屈《へりくつ》ばかり連ねた。小夜子はサンプルケースを開いて、白い液体を注射器に移した。自転車のスポークのように長い針が男の脇腹を睨む。

「何すんだ。俺はどこも悪くないぞ」

「当たり前よ。モルモットは健康でなきゃ意味がないわ」

小夜子の目に初めて表情らしいものが浮かんだ。うっとりとした恍惚《こうこつ》に震える眼差《まなざ》しだ。今までずっと何の反応も示さない死体ばかり相手にしていた小夜子は、この生身の感じが堪《たま》らなく新鮮だった。麻酔をかけて眠らせるなんて勿体《もったい》ないことはしない。もっと抵抗してくれないとブスッといけないではないか。

「やめてくれ。何でも言うことを聞くから」

「本当？　だったらもっと罵《ののし》って」

小夜子の目が潤んだ。倒錯していると男は息を飲んだ。すると小夜子は鉗子《かんし》を口の中に突っ込んで上下にこじ開けた。

「なんで黙るの。言うことを聞くって言ったでしょう。ちゃんと罵りなさい」

ペンチで舌を抓《つま》んで頭ごと持ち上げた。喋《しゃべ》らないモルモットなんて楽しみがない。

「さっきの子はお利口だったのよ。最後まで話してくれたもの」

前のモルモットは身の上話を聞いてやった。今時珍しいほどの孝行娘で病気の父を看病しながら夜学に通っているのだと言った。小夜子は思いっきり同情して、ブスッといった。

「父さん……」と呟《つぶや》いた娘の最後の言葉がぞくぞくするほどの罪悪感を与えてくれた。なんでこんないい子を手にかけなければならないのか彼女の運命が不憫《ふびん》だった。殺される彼女は不憫なだけまだ楽だと小夜子は思う。こっちは残された彼女の父親の行く末まで心配してやらなければならない。そう考えると迷惑な死に際だった。彼女の父親は衰弱して死ぬのだろうか。それとも発作を起こしてポックリ逝くのだろうか。結末を知りたかったが、知る術《すべ》がない。この無力感。この倦怠感《けんたい》。小夜子は娘の遺体を前に途方に暮れた。小夜子に足りないのはこの複雑な感情だ。

美邦に仕えて人殺しの権利を得たが、殺してもあまり楽しくなかった。やはり悪いことは咎《とが》められるかもしれないという背徳感をくすぐられなければやる意味がない。ただ意味もなく殺すのが好きな従者とは知性も精神性も違うのだ。

今度のモルモットには思いっきり罵倒《ばとう》させたかった。今日日の女は面と向かって馬鹿とかブスとか年増とか言われにくい。でもきっと男はそう言いたいのをぐっと我慢しているのを感じる。だからこそ言わせてみたい。特に特権階級の自分には一生縁のない言葉だ。思いっきり面罵されて、屈辱の泥を塗られて、プライドを汚したい。それもこの最低な引きこもりの文化系デブに罵倒されるのだ。相手としては不足はない。こんな恵まれた絶好のチャンスをみすみす捨てるわけにはいかなかった。

小夜子はペンチに絡まった舌を外した。

「さあ言って。この年増って言って。小学校のときに虐《いじ》められていただろって。そうよ。あたしのあだ名は眼鏡猿よ。バレンタインデーのチョコも受け取ってもらえなかったネクラブスよ」

舌が痺《しび》れた男は恐怖でロレツが回らなかった。

「こ……ころ、とひま。れ……れくら、ぶふ」

「なんて言ったの。聞こえないわよ！」

懇願するような眼差しで男が呟く。

「と……と。し。ま」

小夜子の脊髄《せきずい》に痺れるような電流が流れた。満天の星空が一斉に瞬くような快感だった。そしてすぐにドス黒い憎悪が胃を蹴《け》り上げた。

「なんですって。おまえみたいなクズ野郎にあたしの何がわかるの！」

目を剝《む》いた小夜子が注射針を男の副腎に一気に突き刺した。

手術室の外で従者たちが耳を塞《ふさ》いでいた。聞くともなしに飛び込んでくる会話に反吐《へど》が出そうだった。小夜子は一晩中でも手術室に籠《こ》もる。その間はずっとあんな調子だ。

「あいつは狂っている。十人殺した俺の方がまだ天国に近い」

「あれは小夜子のセックスさ。インテリ女はああしないと感じないんだ」

「刑務所の方が精神衛生には良かったな」

「美邦様のためでなければ御免被りたい」

第四層は小夜子たちが非合法な行為をするのにもってこいだった。人目を憚《はばか》ることなく人体実験ができる。小夜子が作った薬を拉致《らち》した人間で臨床試験するのが目的だった。効果があるかどうか、動物実験なんて悠長なことをしている暇はない。時間が惜しかった小夜子は百倍の量を人体に投与した。

阿鼻叫喚《あびきょうかん》に包まれた手術室が沈黙した。ランプが消えると、汗を吸った術衣の小夜子が出てきた。

「次のマルタを連れてきて。薬が強すぎたみたい。アレルギー発作で死んだわ」

冷徹な言葉だったが、小夜子は仄《ほの》かに上気していた。


秋葉原のハイテク・ブローカーの門を叩《たた》いたのは、若い男だった。店の看板は「ケト」と掲げられていた。表向きは民生品のジャンクパーツを扱っているが、この街で看板を信じてやって来るのは一部の善良な市民だけだ。格好を見れば何が所望か店員はだいたいわかった。身なりに気を遣わないタイプは放っておけば、適当に買って帰ってくれる。気をつけなければならないのは、小綺麗《こぎれい》な格好の客だ。男はカジュアルな装いだったが、所謂《いわゆる》秋葉原的な客ではなかった。店員の経験から男は政府筋の人間だろうと推察した。

「何かお探しでしょうか？」

店構えに相応《ふさわ》しくない丁重な言葉遣いに違和感を示さない。こういう接客に慣れている人種だ。

やって来た客は草薙だった。

「この店ならあると聞いて伺ったのですが、これと同じタイプのチップを探しているんだけど……」

ポケットから無造作に取り出したチップは輸出禁止のハイテク装置だ。これは友好国でも供与が禁止されている軍事機密だ。顔色を変えた店員は奥の事務所に草薙を案内した。

ハイテク・ブローカーの主《あるじ》は眉《まゆ》ひとつ動かさずにピンセットで抓んだチップを翳《かざ》した。

「安田電気の六六〇型ナノCPUですな。流通が厳しく制限されているのはご存じかと思いますが」

「ええ。でもここなら手に入るんでしょう。最近これをどこに売ったのか知りたいんです」

主人は思わず噴き出した。顧客情報を簡単に教えてもらえると思っているこの青年の神経は素朴そのものだ。信用第一の秋葉原のシンジケートを甘く見たものだ。

「ここは治外法権ですよ。警察といえども捜査権は及びません」

「いいえ。取り締まりたいのではないんです。これと交換しませんか？」

草薙が鞄《かばん》から取り出したのは政府軍の次期主力戦車に予定されている擬態装甲の素材だった。周囲の環境に合わせて表面の色とマチエールを加える最新技術だ。森の中なら葉や幹の形に変化し、岩場なら石に、砂漠なら砂の粒子に、沼地なら泥のような質感を纏《まと》う、究極の迷彩と呼ばれる素材だ。サンプルを見せられた主人は目の色を変えた。

「まさか。擬態装甲は開発不可能と言われていたはずでは……」

「対外的にそう言っていただけです」

草薙が擬態装甲の板を床の絨毯《じゅうたん》に置いた。素材を読みとった板が次第に絨毯に紛れていく。傍目《はため》には完全に消滅したように見えた。擬態装甲は絨毯の模様のパターンから糸の突起まで忠実に再現していた。試しに主人が手を這《は》わせると指の跡が残った。手触りは極上のペルシア絨毯そのものだった。

草薙が自慢気に解説する。

「板にナノサイズのコンピュータが埋め込まれていて、表面に塗布された炭素繊維が分子の配列を変えるんです。極端な大きさだと無理ですが、空気以外なら大抵の素材はらしく見せますよ」

板を持ち上げると元に戻った。

「これはすごい！」

主人は極薄のスクリーンで映像処理する素材は見たことがあった。だが映像処理は近目だと騙《だま》せない。肉眼は立体視するものだからだ。この擬態装甲は凹凸《おうとつ》と素材感まで再現する。触ってもまず見抜けない。

「いくらハイテク・ブローカーでもこれは扱っていないでしょう。極秘に開発された新素材ですから。本当は第三国に売ってほしくないのですが、ドアくらいの大きさでしたら融通できます」

主人は唸《うな》った。ハイテク・ブローカーなら一度は扱ってみたい商品だ。少量でも客への広告効果は絶大だ。このチャンスをみすみす逃したくはない。安田電気のチップを扱っているハイテク・ブローカーは秋葉原にもう一店ある。ライバル会社の「ポルキュス」だ。もし断ったら彼はそこと接触するだろう。

主人はしばらく悩んだ末に草薙の要求を飲んだ。

「お客様には勝てませんな。確かにそのチップは私どもが売りました。非常に高性能なコンピュータをお作りになりたいと申されたお客様がおりまして、製作を含めてお引き受けいたしました。確かコンピュータの名があったはずです」

主人は契約書を洗った。アメリカの金融会社の依頼だった。

「そう『メデューサ』です。確かモルジブ共和国の島のひとつに設置したんでした。単品でもスパコン級の安田の六六〇型を四千九十六個組み合わせるなんてNASAあたりからの依頼だと思うでしょう。なのに水没寸前の島なんて不思議な気がしました。まあ何に使おうと勝手なんですけどね」

「何をしているところだ？」

「登記上は『プロメテウス』というリース会社です」

草薙は首を傾げた。リース会社のコンピュータに安田の六六〇という組み合わせがちぐはぐな気がした。

「モップを売る会社がなんで安田の六六〇なんか」

主人はやはりこの青年は素朴な男だと笑いを押し殺した。リース会社はこの世の全ての商品を扱うことを知らないのだ。リースは形のあるものから信用という概念まで多岐に亘《わた》る。草薙はなぜ笑われているのか理解できなかった。

ついむっとして強い口調になった。

「依頼主は？」

「ニューヨークのセルゲイ・タルシャン氏です。アメリカの金融界ではちょっと名の通った方とか」

「どんな男でした？」

「お会いしたことがないのでそこまでは。なにせカーボニストですから」

「安田の六六〇を他に売らなかったか？」

「同盟国に使わせないのは違法だと、アメリカ国防総省が買いにきたこともあります」

「それは知っています」

草薙はこれで証拠を摑《つか》んだと確信した。先日アトラス政府のホストコンピュータが何者かのハッキングを受けた。相手の力は新霞ヶ関にあるゼウスと同等の性能だった。辛うじて侵攻を防いだが、奪われた軍事機密も多かった。擬態装甲もそのひとつだ。盗まれた擬態装甲のデータはいずれ明るみにでる。まだ機密のうちにカードを使うべきだと判断して、草薙が派遣された。

初めは同じ安田の六六〇を使うペンタゴンのスパコンかと疑ったが図らずも向こうから潔白を証明してくれた。アメリカ政府はカンカンになって盗んだ機密を返せと外交ルートを通じて圧力をかけてきたのだ。相当な機密を盗まれたのだろう。日本の炭素材に通商スーパー三〇一条を発動して市場から閉め出したのだ。そんなことをすればアメリカの全ての産業が乾上がってしまうのはわかりきっているにも拘《かか》わらずだ。他に安田の六六〇を使っているコンピュータがあるのか調べるために、草薙はハイテク・ブローカーのいる秋葉原を訪れた。

——このリース会社が怪しい。

モルジブ共和国はインド洋に浮かぶ島嶼《とうしょ》国だ。千二百以上もある小さな島の集合国家でやはり水没の危機に晒《さら》されている。どこにメデューサを設置したのか虱潰《しらみつぶ》しに探すだけで一苦労だ。草薙に与えられた使命は奪われたデータを取り返すこと、もしそれが不可能なら破壊することだった。そのために好きなように政府軍の機能を使ってよい権限が与えられた。敵が西の海の果てのインド洋にあるなら海軍の力を借りるしかない。

「オヤジ礼を言うぞ」

草薙は席を立った。主人は擬態装甲をいつ持ってくるのかと興奮していた。

「表にあるからちょっと取ってくる。手付けにこのサンプルを置いていく」

主人は揉《も》み手《で》しながら見送ってくれた。

「まさかそんな格好をしたあなたが擬態装甲を持ってくるなんて、今度お越しになるときは、もう少し人間観察をされた方がよろしいのでは？」

「軍服着てたら絶対に怪しまれるから、普段着で来たんだ」

草薙は自分の何がおかしいのか全然わかっていなかった。

秋葉原の街をふらふら歩いていたら、やけに目立つ格好の女が向こうからやって来るのが見えた。あれが有名なコスプレイヤーというものだろうか。草薙はしげしげと有名女子校の制服を着た女を眺めた。こんな日中に街をうろついているなんて、潜りの女子高生だろう。向こうもこっちの視線に気づいたようだ。まるで痴漢を見るような眼差《まなざ》しで睨《にら》み返してくる。可愛い顔しているのに、眼力が鋭い。すれ違い様に足下をみると少女はメタル・エイジのブーツを履いていた。

「おい、おまえ！」

振り返ると少女はいない。なんという素早さだ。もう一度辺りを見渡そうとしたら腕を取られて首に冷たいナイフのようなものを当てられた。

「美少女を口説くなら、もっと上手に声をかけなさい。乙女心が傷つくわよ」

聞き覚えのある声だった。それにこの状況も以前に経験したことがある。草薙ははっと思い出した。この子は池袋の森で防護服を着てた女だ。草薙はおどけてみせた。

「命だけは勘弁してくれ。コンサートの整理券を百万枚やるから……」

あれ、と國子は既視感《デジャヴ》を覚えた。

「あ。政府軍の弱い奴！」

「俺は草薙国仁《くにひと》だ。名前を忘れるなんて生意気だぞ。この女ゲリラ」

草薙はむっとしてナイフを抓《つま》んだ。よく見るとそれは小型のブーメランだった。初めてお互いの素顔を確認して、まだ子どもじゃないかと呆《あき》れた。少女の側にいた赤いレザーの女は人間離れしたスタイルだ。年齢不詳だが美人だった。この組み合わせは何なのだろう。

モモコが國子に耳打ちする。

「ここであいつの取っ手を引っ張るのよ」

「いやあ。気持ち悪い」

國子は草薙を蹴飛《けと》ばした。モモコが情けないと溜《た》め息をつく。

「北条國子。乙女心講座初級編、落第！」

國子たちは炭素ブローカーと契約した武器を受け取りに秋葉原にやってきた。待ち時間の間、モモコが乙女のイロハを教えてやると表に連れ出した。男の視線が女を磨くというのがモモコの持論だ。まずはナンパされる感覚を教えてやらねばならない。この街は人種の坩堝《るつぼ》だ。獅子は子を千尋の谷に落とすというように、モモコは衆生《しゅじょう》の最下層である秋葉原に國子を突き落としたのだ。

「ダメねえ。國子あんた男を尻《しり》に敷く女になるわよ」

そして草薙の襟をひょいと抓んで矛先《ほこさき》を変えた。

「ちょっと坊やもよ。知らない子に『おい、おまえ』はないでしょう。突っ張るのはズボンのテントだけにしてちょうだい」

「なんだこのおばさん」

國子がアチャーと顔を覆った。それは永遠の二十八歳であるモモコに絶対に言ってはならない禁句なのだ。血を見るぞ、と惨劇を予感した。しかしモモコは草薙にディープキスをお見舞いしたではないか。鼻の頭まで覆われて草薙は窒息しかけていた。もがいてモモコを押しのけたら、顔中に口紅の跡をつけられていた。久し振りのキスにモモコが舌なめずりする。

「あんた焼きそば食べたでしょう。ソースの味が残ってたわよ」

これで草薙はへこんだだろう。初めから適当にプライドを打ち砕いた後で國子に引き渡すつもりだった。

「こいつの性欲を満たしてやったから、今日は変なことしないと思うわ。こいつで乙女の練習をしなさい」

とモモコは買い物に出かけてしまった。

久し振りに再会した二人はまだ警戒心を解けない。この前、政府軍の練馬の駐屯地《ちゅうとんち》がドゥオモと同じ攻撃を受けた。そのことを草薙はどう思っているのだろうか。

「練馬の駐屯地は気の毒だったわ。言っとくけどあたしたちじゃないからね」

「わかってるさ。あんな火力をゲリラが持っているはずはない」

物わかりがいいのか、それとも馬鹿にしているのか、國子はわからなかった。池袋の森は徹底的に反撃を受けた。メタル・エイジは損害ゼロだ。そのことは公式に発表したが、國子は指名手配を受けた。総統になってから三度目の逮捕状だ。

「ここはインターポールも手が出せない治外法権よ。あたしを逮捕しようなんて思わないで」

「池袋の件は外されて俺は国際軍事犯罪課に異動だ。国内は管轄じゃない。三時間後に通報してやるからな」

「あら見逃してくれるの」

「これで貸し借りなしだ」

國子はお礼にコーヒーを奢《おご》ってあげると喫茶店に誘った。しかし土地柄がよくない。店員がみんなコスプレしている妙な店なのだ。秋葉原でしか自由を満喫できない國子は悲しかった。だが草薙はちょっと楽しそうだ。ふと、草薙の顔に蛇のイメージが湧いた。この感じは瞑想《めいそう》のときに現れるのと似ていた。

「あなた無数の蛇に取り憑《つ》かれているわよ。気をつけなきゃ」

草薙は何のことだと意に介さない。女の子はこういう突飛なことを言うからわからなかった。占いが趣味なのだろうか。しかし彼女は意外な行動をとった。テーブルの端末から炭素市場を開くと、慣れた手つきでアクセスする。刻々と変動する経済炭素の動きを鋭く見つめる。國子は中東市場をクリックした。

「よし。サウジアラビアが上がった。やっぱり買わなくてよかった」

端末から炭素市場にアクセスする。慣れた捌《さば》きだった。

「おまえゲリラだろう。カーボニストみたいなことするのかよ」

「花嫁修業のひとつよ。日舞と一緒に習ったのよ」

草薙は啞然《あぜん》としていた。國子は見た目以上にスケールが大きい。経済炭素を遣《や》り取りするのは冷やかしでできることではない。判断を誤ると一生かかっても返せない負債を被るハイリスク・ハイリターンの世界だ。「俺もやってみようかな」と呟《つぶや》いた草薙に國子はやめておけと言った。

「市場が変なリズムで動いてるのよ。蛇が現れてから予測がつかなくなってるの。今に経済は大変なことになるわ」

「俺は来週からインド洋で八岐大蛇《やまたのおろち》退治だ。縁起でもないこと言うな」

「変なのはあんたよ。インド洋に化け物がいるなんて誰が信じる？」

「ちょっとロマンチックに言っただけだろう。しょぼいゲリラの掃除より、男のロマンを優先できる俺って運がいい」

「あんた陸軍の士官でしょう。まさか戦車でインド洋に行くとか？」

これだから女は、と草薙は溜め息をついた。

「海軍の空母ペルセウスでさ。一度乗ってみたかったんだよなあ」

そういえば武彦もヘラクレスの一言でコロリだった。男は玩具《おもちゃ》を与えれば喜ぶと言ったモモコの解説は本当だった。

國子はちょっと意地悪してみたくなった。

「ねえ、さっきのファーストキスだった？」

草薙はドギマギして言葉にならなかった。やっぱりそうだと國子は確信した。気持ちが悪いから取っ手には萎《な》えてもらおう。

「彼女はニューハーフよ。運がいいわ」

草薙はコーヒーを噴き出した。すぐに通報してやると席を立った草薙の背中を笑いながら追いかける。

秋葉原は森林化される前の旧《ふる》い街だ。アスファルトとコンクリートで覆われた地表は午後になると陽炎《かげろう》が立つほど炙《あぶ》られる。街路樹を椰子《やし》に変えてもヒートアイランドは緩和されない。アトラスの食から外れると硬かったアスファルトがドロドロに溶け出す。

草薙の目の前に何かが落ちた。溶けたアスファルトに小さなクレーターができていた。

國子は嫌な予感がこみあげていた。

——ドゥオモのときと同じだ。

目の底に秋葉原の街が壊滅した映像がこびりついて離れない。咄嗟《とっさ》に草薙を突き飛ばした。

「なにすんだよ。おまえ乱暴にもほどがあるぞ」

國子が見て、と顎《あご》で示す。草薙が立っていた場所に三つクレーターができた。どこかで窓ガラスが割れる音がした。もうすぐあのスコールがやってくる。國子は隠れる場所を探した。旧総武線の高架が視界に入ったが、すぐに却下した。もっと強い隠れ蓑《みの》が無ければしのげない。今度は連続して窓ガラスが割れた音がした。炎のスコールの足音が着実に迫っていた。

「逃げなきゃ。こっちよ」

その瞬間、秋葉原が爆撃された。遠くのビルが轟音《ごうおん》を立てて崩れる。空はオレンジ色の炎で真っ赤だ。秋葉原の街が攻撃を受けていた。パニックになった人がパチンコ玉の箱を通路に零《こぼ》したように走り出す。人が弾《はじ》けてビルにぶつかって路地から中央通りへと雪崩れ込む様は排水路の水のようだ。國子は渋滞する道を避けて草薙を先導する。

「なんでさっき落ちてくるってわかった？」

「女の勘。よく当たるのよ」

銃弾の雨が次第に近づいてくる。國子と草薙は地下鉄の駅を目指した。だが鉄の雨足は早く、もうすぐ追いつかれてしまいそうだ。

「ねえ、どっかに炭素材ないかな？」

それで草薙は思い出した。すぐに後戻りして國子を鉄の雨の中に連れ込んだ。草薙は路地のマンホールの蓋《ふた》を持ち上げようとしている。

「このへんだったはずだけどなあ」

「あんたバカじゃないの！」

まあ見てろと草薙は余裕の構えだ。そのとき國子は信じられない光景を見た。草薙はアスファルトの中にスッと手を滑り込ませたではないか。そして地面を摑《つか》むとドア形に地面を切り取った。マンホールの蓋はくっついたままだ。その下にはまた同じ蓋があった。

草薙は國子の頭上に擬態装甲の板を翳《かざ》した。

「なにこれ？　なにをしたの？」

草薙は得意満面だ。

「へへん。陸軍秘密兵器の擬態装甲板だ。隠しておいてよかった」

國子が頭上の板を見上げる。裏側はただの炭素材のようにしか見えなかった。表は柔らかそうだが、強度はかなりのものだ。ドゥオモを傾けた射撃を一枚の装甲板で防いでいる。

草薙は擬態装甲を傘にして安全圏まで國子と相合傘で走る。銃弾の炸裂《さくれつ》する音で鼓膜が痺《しび》れていた。

「政府軍はこんなものを作ってたのね」

「最高軍事機密だぞ。もし瓦礫《がれき》とか岩とかが動いても知らんふりしろよ。それは新型戦車だけどな」

「メタル・エイジはお化けとも戦うことにする」

擬態装甲を頭上に掲げる草薙は華奢《きゃしゃ》だが、不思議と安心した。國子はぴったりと寄り添って秋葉原の街を脱出する。

「おい、おまえの連れは大丈夫か？」

「モモコさんのこと？　地下の免税店に行ったはずよ」

モモコの頭にはメタル・エイジが発見した東京の地下地図がある。通路を使って上手く脱出したに違いない。それよりもこの攻撃は一体誰が仕掛けているのだろうか。ドゥオモを半壊させ、練馬駐屯地を襲い、治外法権地区を攻撃する。こんなことをして誰が得するというのか。まるで火山の噴火のような自然災害を彷彿《ほうふつ》とさせる攻撃だ。

草薙は國子と初めて会った日の会話を覚えていた。

「だから政府軍じゃないって言っただろう。正義の味方の言うことはいつも正しいんだ。わかったか悪党」

「練馬駐屯地の爆撃はあたしたちじゃないわ。雑魚《ざこ》を殺すほど落ちぶれちゃいないもの。

それに財政難なの。無駄弾使ったらお金が勿体《もったい》ないでしょう」

「命の恩人の顔をよく覚えておけよ」

秋葉原のビルが粉々に砕けていく。崩れ落ちる不夜城に一抹の寂しさを感じながら戦闘地区を抜けた。安心した草薙が擬態装甲板を降ろす。山積みになった弾が一気に零れ落ちた。下に置くとみるみるうちに芝生と擬態した。國子は擬態していく様に目を凝らした。枯れかけた芝にすら擬態している。とんでもないテクノロジーだ。試しに触ってみたが、見た目も手触りも温度も本物の芝と見分けがつかずどこが境目なのか全くわからない。

「ねえ、命の恩人にお礼がしたいんだけどな……」

急にしおらしくなった國子が草薙を見つめた。「礼なんていらねえよ」と嘯《うそぶ》いても草薙はちょっと嬉《うれ》しそうだ。國子は上目遣いで瞬きをした。

「目を閉じてくれないと恥ずかしいな……」

草薙はちょっと期待して「こうか」と目を閉じた。同時に唇を意識して前に突き出す。

「十数えてね。その間にお化粧直すから……」

草薙は律儀に「いーち。にーい。さーん」と心の中で数えた。やっぱり女の子っていいなと草薙はにやけていた。十を数えて目を開けると、國子の姿はなかった。しまったと気付いて芝生を探す。擬態装甲板がない。

「あのアマー。盗んでいきやがった！」

第五章　神隠しの雨

湯気が立つほどの集中豪雨が地表を削っていた。灼熱《しゃくねつ》の都市に降り注ぐ数千億粒の雨は地上で弾けて生臭い吐息を放つ。スコールに打たれるのは、雑踏を彷徨《さまよ》うのに似ていた。顔も年齢も性別も覚えない一瞬だけの通りすがりの匂い。スコールの喧噪《けんそう》はかつての東京そのものだ。

スコール警報のサイレン音すら掻《か》き消す雨音は聴覚を麻痺《まひ》させる。辺り一面の鼓動に包まれた瞬間、人は雨が世界を支配したことを知る。

ドゥオモの広場に溜《た》まる雨は危険水位を超えていた。一階部分は床上浸水が始まり、建物が分断されていく。三百ミリの豪雨に排水が追いつかない。雨水調整池を兼ねている地下の職安通りは、限界に達していた。やむなく雨水を逃がすために開門することにした。政府軍に対して一度も開けたことのないブリッジが、雨の前では降伏してしまう。無防備に外界と繋《つな》がったドゥオモの光景に、住民たちは身を強張《こわば》らせた。

ドゥオモに長く住む老人たちが口々に囁《ささや》き合う。

「こんな雨の日には子どもがいなくなるんだよね」

「この前の神隠しも土砂降りの雨だった」

「ちょうど今みたいにブリッジが降りたんだよねえ」

ブリッジを通行以外に使用することは、いつしかドゥオモの禁忌《きんき》となっていた。雨を排水する代わりに邪気を入れてしまうと老人たちは信じている。獰猛《どうもう》な森の側で生きていくうちに生まれた伝説だ。

老人たちは歳をとるたびに自らが迷信深くなっていくのを止められなかった。これでも若い頃はちょっとしたエンジニアだった。そして彼らが若かった頃、やはり年寄りたちは迷信深かった。そういう非科学的なものの言い方はやがて廃《すた》れていくものだとばかり思っていた。しかしいざ自分たちが年寄りになると、いつか見た臆病《おくびょう》で非科学的な物言いをする老人になっていた。生きている間に事物の最初から最後までを見届けることは不可能だ。自分たちが接する情報は長い時間の中のほんの刹那《せつな》にすぎない。見通しのきかない恐怖を埋めるために、人は物語を生み出す。老人たちが好んでこんな物言いをするのは、彼らの人生が晩年にさしかかり、結末を見ずに死んでいくことがわかってきたからだ。

回廊から広場を見下ろすと濁流の渦が巻いていた。排水の量と流入する雨の量が拮抗《きっこう》して渦の勢いは衰えない。雨の匂いは治水さえ知らなかった太古の人類の恐怖を呼び覚ます。

ブリッジを削るように雨が逃げていく。

「國子様はブリッジにつけるお札を替えてくれただろうか」

「まだ替えてないだろう。國子様はお若い。老人の迷信を真に受けるお歳ではない。もし替えてくれるなら、それは儂《わし》らへの配慮としてだ」

「未来の明るい人はいい。何でも手に入ると信じている。むかしは儂らもそうだったがな」

老人たちの後ろを子どもたちが駆けていく。よく鳴る足音すら雨に消されて背中にぶつかるまで存在に気づかなかった。豪雨は存在をひとつひとつ呑《の》み込んでいく。

「坊やたち。雨の日は親の側から離れちゃいけないよ」

その忠告の言葉も無数の雨が打ち落としていった。ブリッジが開くほどの豪雨の日、老人たちはドゥオモを巡回することにしていた。拍子木を打ち鳴らし、邪気を追いやる。ドゥオモは増築を繰り返したせいで見通しの悪い街だ。立入禁止や行き止まりはザラだ。老人たちは本当に危険な場所には、お札をベタベタに貼った。それを見た子どもたちはお化け話を作り上げ、危険地区には足を踏み入れなくなった。

「悪霊退散。悪霊退散」

拍子木を打ち鳴らしながら初老の男は二十五年も前のことを思い出していた。

ドゥオモに抵抗のシンボルの煙突が次々と建造された頃だ。難民を受け入れ手狭になってきたドゥオモに死角が生じるようになった。設計図を持たないドゥオモは毎日頭の中で地図を作り直さないと満足に生活ができなくなっていた。

そんなある日、ドゥオモが豪雨に見舞われ三人の子どもたちが消えた。当初、濁流に呑み込まれたのだろうと思われていたが、数年後の豪雨のときにまた消えた。子どもの失踪《しっそう》は数年おきに起こった。必死の捜索にも拘《かか》わらず、死体も発見されなかった。「神隠し」という旧時代の迷信がドゥオモで蘇《よみがえ》ったのはこのときからだ。

「奈美恵……」

拍子木が止まった。彼の子もまた神隠しに遭っていた。生きていたら三十六歳になっている。生きているものと信じていた最初の数年間は毎日森を捜索した。それから次の数年はどこかで幸せに暮らしていると信じることにした。失った子どもの顔が成長しなくなったとき、彼は神隠しを信じるようになった。ドゥオモ以外でも同じような神隠しが起きていた。それらを総合すると不思議な一致があった。神隠しに遭った子どもは必ず十二人いた。そして彼らはそれぞれ十二の異なる干支《えと》の子たちと決まっていた。

「子どもはドゥオモの奥へ」

豪雨の中を拍子木の甲高い音が鳴る。

「お爺《じい》さんご苦労様ね」

通りかかったモモコが声をかけた。

「國子様に神隠しに注意されるよう申し伝えください」

初老の男は深々とお辞儀してまた拍子木を鳴らす。モモコは通路を曲がる男の背中を切なく見つめた。

「神隠しに注意って、どうすればいいのよ。國子に加持祈禱《きとう》をさせればいいの？」

ゴブラン織りの生地を抱えたモモコが回廊を駆けていく。久し振りに手に入ったこの生地でカーテンを作り直すつもりだ。モモコは新品の生地の匂いが雨の匂いに染まっていくのが気に入らなかった。咄嗟《とっさ》に生地で顔を覆う。雨の匂いがきつすぎて体が蝕《むしば》まれていく気がした。こんなとき、鰓《えら》があればいいとさえ思う。

「湿気が多いとミシンの調子も悪くなっちゃうのよね」

モモコは秋葉原が攻撃を受けたあの日、パニックになった人混みの中でひとり冷静だった。流れに逆行して、空っぽになった店をウィンドウショッピングしてきた。どうせ全てが瓦礫《がれき》に飲まれるのだから、とお気に入りの服と生地を略奪して地下通路へと逃げた。どさくさ紛れはモモコの十八番《おはこ》だ。この成果を國子に見せつけてやろうと息巻いていた。

「どうせあの子は逮捕状ばっかりなんだから、こういう小狡《こずる》さも教えてあげなきゃね。タダで命からがら逃げてきたら一般人と変わらないじゃない」

モモコは國子のことを心配していなかった。國子には危機を察する勘がある。初めのうちは特殊能力だと思っていたが、そうではない。國子の勘はむしろ原始哺乳《ほにゅう》類の持つ直感行動に似ていた。たとえば鼠が沈みゆく船から逃げ出すような動物的な勘だ。人間は理性が強くなりすぎて、無意識下の本能を上手《うま》く顕現できないだけなのだ。それが國子は無意識と意識の境界を自由に行き来することで自我を保ちながら動物になれる。モモコもその境地はわからなくはなかった。武道を極める過程で、理性の蓋《ふた》が取れることがある。そのとき体の中の感覚は想像以上に鋭敏だと気づいたのだ。五感をバラバラに使っているうちは決して強くなれない。心眼とは目を使わないのではなく、目の機能を拡大することだ。

それは触覚や嗅覚《きゅうかく》、聴覚といった別の感覚を統合したときに生まれる。モモコは五感を統合すると勘に変わることを知った。

「なのにあの子ったら全然強くならないのよね。なんでかしら。あたしの指導がマズイのかしら」

國子の方がモモコよりも遥《はる》かに五感が統合されている。理屈では國子の方がずっと強いはずだった。だけど國子は勘を金儲《もう》けに使うことにかまけている。それはモモコの懐で甘えていたい國子の思春期最後の抵抗だ。國子が真に強くなったとき、それは巣立ちのときだからだ。モモコはいつまでも國子の側にいたいと願っているのに、本能では巣立たせようとしていた。

瓦礫の山と化した秋葉原を振り返ってモモコは妙な感慨に耽《ふけ》った。

「街って生き物だったのね……」

秋葉原は被災した瞬間も、その直後も活気を失わない。攻撃が収まった後は、路上にめぼしいものが落ちていないかとたむろする雑踏がたちまち地表を覆った。瓦礫に覆われた街は、むしろ本質が露呈した状態だった。雑然とした街並みや猥雑《わいざつ》な看板は銃痕《じゅうこん》をつけてより迫力を増した。秋葉原は壊れている方がむしろ秋葉原らしい。復興といっても右にあったガラクタを左に置き直す作業だ。モモコはその光景を見てこの街はまた強くなると確信した。包帯を巻いた街に生命力を感じてしまうのがモモコには不思議だった。

「あたしは結局何も見ていなかったってことなのよね」

そのことを思い出して、豪雨の奥に佇《たたず》むアトラスの影を見つめた。モモコはあそこが桃源郷だと信じている。未《いま》だ完成しない天空の街、そこに何百万もの幸福が輝いていると思いたい。自分はくじに外れて地上を生きる運命であるとわかっていても、アトラスの影を見つめることはやめられなかった。あの威風堂々たる姿を毎日眺められるだけでも幸せと今は思える。もしかしたら、アトラスはモモコのイコンなのかもしれなかった。

特にこんな豪雨の日は心細くなってついアトラスの姿を探してしまう。雨になると背後の森がやけに荒い気を発するからだ。政府が造った森は集中豪雨にすら耐えるタフな森だ。むしろ豪雨は餌をやっているようなものだ。普段は緑にしか見えない森が雨の日は葉っぱ一枚ごとに牙《きば》を剝《む》き出して喉《のど》を鳴らしている気がした。こんなとき肉食動物に囲まれて生活している自分の姿を改めて思い知らされる。雨は森の本性を暴《あば》く光だ。

ふと背中に刃物を当てられたような緊張が走る。何か妙な気配がドゥオモにする。振り返ると鉄板に空いた銃痕に小さな双葉が開いていた。

「ほんとどこにでも生えちゃうのね」

モモコは双葉を引き抜いて濁流となった広場へ捨てた。

滝になった階段を昇るとモモコの部屋がある。サブリナパンツはこんなとき好都合だ。じゃぶじゃぶと踵《かかと》を洗ってもう一度ゴブラン織りの生地の匂いを嗅《か》いだ。

ドアを開けたモモコは首を傾げた。部屋の中に睡蓮《すいれん》の池があるではないか。

「やだ。雨漏りしてたの！」

言ってからありえないと否定した。ここは十階だ。睡蓮が咲くような場所ではない。しかし確かに睡蓮に見える。そっと近づいて首を傾げた。睡蓮の花は造花には見えない。試しにちょんと指でつついてみたら、小刻みに揺れた。なぜ突然、自分の部屋に睡蓮が咲いたのかモモコには理解ができなかった。モモコは不可解なことを不可解なもので解決する癖がある。真下の階にミーコが使っていた部屋があったことを思い出した。そういえばミーコは蓮根が大好物だった気がする。あのデブが蓮根畑を作ったのを忘れてアトラスへ行き、その間に生育したのだろうか。するとミーコの部屋は水没していることになる。ありえないと、また呟《つぶや》いた。

藻で濁った池にイヤリングが落ちる。モモコは目を凝らした。水面に浮かんだイヤリングは沈まずに波紋を広げていた。あんなに恐かった外の豪雨の音だけが唯一の現実との繋《つな》がりで、モモコは雨の縄に縋《すが》りたい気分だった。

「あたし疲れたのかしら。ずっとエステにも行ってないから……」

目を擦《こす》ったら、今度は睡蓮が印象派の絵画のマチエールを身につけた。これはどこかで見たことがある。そうだモネの絵だとモモコは息を飲んだ。無数の光が優しく反射する独特のタッチだ。目を患いながらもキャンバスと格闘した画家の息づかいが聞こえてきそうだ。絵画の中に紛れ込んでしまったモモコは頭が真っ白になってしまった。

奥から國子の咳払《せきばら》いがした。

「モネは目にすぎない。しかし何と素晴らしい目だろう。ドゥオモ美術館へようこそ」

だ。
「いやあ。戦争と経済にしか興味がない國子に教養が！　絶対にこれは幻よ」
それを聞いた國子は憮然《ぶぜん》とした。せっかく蘊蓄《うんちく》を傾けようと暗記していた台詞《せりふ》だったの
「もう。あたしがカッコつけるとモモコさんはあっち側へ行っちゃうんだから。よく見て。
ただの睡蓮よ」
睡蓮はまた元の形に戻っていた。しかしそれが現実の保証にはならない。そもそも睡蓮
があること自体おかしいのだ。
國子は睡蓮の池にそっと脚を忍ばせた。やはりイヤリングと同じように波紋だけが広
って体は沈まない。國子は悪戯《いたずら》っぽく笑った。
「忍法水蜘蛛《みずぐも》の術。これができたら免許をあげる」
國子はアラベスクのポーズを取って水面で優雅に踊ってみせた。モモコはますますわか
らなくなる。しかしモモコの方程式にはいつもミーコという未知数が入る。
「あのデブが國子に妖術を教えたんだわ。武術を極められないからって、魂を猪八戒《ちょはっかい》に売
り飛ばすなんてサイテーよ。なんのために一生懸命育てたのか……ううっ」
モモコは泣き崩れてしまった。こうなるとモモコはちょっとやそっとでは治らない。や
はりニューハーフは母親になれないと嘆いたり、父親の役割を怠けたと自分を責めたり、
あげくの果てにお腹を痛めなかったのがいけなかったとよくわからない理屈を並べるのだ。
仕方なく國子はネタばらしをすることにした。人差し指をくいっと曲げてベロを出す。

「これ政府軍の新素材よ。秋葉原でガメてきたの」

國子は擬態装甲を解除した。すると炭素材らしい黒ずんだ板に変化してしまった。モモコには何が何だかわからない。まるで奇術を見ている気分だった。泣くのも忘れ、モモコは呆気《あっけ》に取られていた。今度はモモコが大好きなアンゴラの絨毯《じゅうたん》を出現させた。

「この大きさだとウサギさん五十四分はあるかなあ。捕獲禁止だから貴重よ」

モモコはまあ、と頬を赤らめてアンゴラの絨毯に腰を下ろした。手触りといい、質感といい最上級のアンゴラだ。

「あたしが何も盗《と》らずにただ逃げてくるわけないでしょ。これでもモモコさんが手塩にかけた娘だもの」

國子も絨毯に座って擬態装甲を解説した。もっともそれはメタル・エイジの理研のスタッフからの受け売りだったのだけど。特性と使い方を習った國子は改めて擬態装甲の完成度の高さに舌を巻いた。擬態装甲板は形状も固さも自由にレイアウトできる。政府軍がどんな新型戦車を開発しているのか知らないが、それは従来の戦車の概念を大きく変える姿だろう。動いたり発砲したりしない限り、こちらからは絶対に見抜けない。

「初めは下の素材を読みとるだけだと思ってたんだけど、プログラムすればさっきみたいに絵画のタッチも再現するのよ。色々試してみたんだけど、明らかに変だと気づくのは水のときくらいだった。貫通したら装甲にならないから当たり前だけどさ。でも一番怖かったのはこれ」

そう言って國子はプログラムしていた人肌に擬態させた。寝そべっている側から生温かい肌色の物体が広がっていく。産毛やシミやソバカスまで忠実に再現していた。感触からして五十代の男の弛《ゆる》んだ皮膚だ。モモコが絶叫するのはわかるが、國子も同時に悲鳴をあげていた。

「國子およし。気持ち悪いわ」

「次に怖かったのが、これ」

國子は息を切らせながらプログラムを変えた。一面がぬめっとした緑色のぶつぶつに覆われた。イボガエルの表面だ。モモコは弓なりにのけ反って泡を噴いた。二人が大っ嫌いな生き物だ。國子の腕に蕁麻疹《じんましん》が現れる。

「ねえ、気持ち悪いでしょう。マジで気持ち悪いよね。このブツブツ押すとへこむんだよ」

國子はイボをぐいと押して白目を剥いた。

「あんたどういう精神構造してるの。すぐに解除して！　モモコ様の部屋に汚らわしい生き物を置かないでちょうだい！」

モモコは仕掛ける側だと強いが、嵌《は》められると弱い。オカマの話術は突っ込んでナンボだから、受けに回ることはない。國子はこういう風に育てられてきたから、いつの間にか強い刺激を共有するのが二人の絆《きずな》だと勝手に思い込んでいた。

「誰がこんなプログラムしたの！　とっちめてやるわ」

「理研の古河《ふるかわ》さん。ほら、覚えてるでしょう。いつかモモコさんが彼の鬱《うつ》病を治してやると言ってもっとおかしくなった人……」

ああ、とモモコは思い出した。病は気からが持論のモモコが鬱病の彼をきらびやかなニューハーフの世界に引きずり込んだ。倒錯した世界で古河は辛うじて保っていた常識を壊した。以来、彼は研究室に引き籠《こ》もってしまっている。

「あの人、無精髭《ひげ》生やしてブラジャーしてるのよ。せっかくただの鬱病だったのに、モモコさんのせいで取り返しのつかない変態になっちゃった。もう一回、普通の鬱病に戻してあげて」

「もう無理よ。本人があのスタイルを気に入ってしまったんだから」

とはいえ荒療治中のモモコは古河を改造することを面白がっていた。モモコは四角四面だった彼のネジを全て緩めてしまった。モモコはキャラを立たせてやった恩人だと自負している。そもそもモモコは鬱病が何たるかをよく知らないのだ。

「それで今日、新しくできたプログラムがあるっていうからセットしてみるね」

「國子おやめ。なんだか嫌な予感がするわ。古河はあたしを嫌っているのよ」

「あたしも一緒にいるから大丈夫。いくよ」

國子は涙目になって起動スイッチに指をかけた。嫌なのにやめられないから不思議だ。これも物事は最後まで極めるというモモコの教育方針のせいだ。モモコの施した帝王学はいささか乱暴だった。総統はあらゆるストレスに耐えねばならない。國子の高所恐怖症を克服させたのはモモコだ。ある日、國子を抱えてドゥオモの見張り櫓《やぐら》から一緒にバンジージャンプした。嫌いだったニンジンもケーキにして食べさせた。お蔭《かげ》で國子は苦手なものはなくなった。だが、少しだけ妙な癖がついてしまった。恐怖の対象と好んで向き合うようになったのだ。大抵のものは二度目から怖くなくなるというご褒美が待っている。國子はこれから起こる恐怖をどこか楽しんでいる節がある。刺激は強ければ強いほどモモコとの一体感を覚えるからだ。二人の精神遊技は危険な領域に踏み込んでいた。

「モモコさん、おまじないがあったでしょ。あれやって」

「子どもにしか効かないおまじないよ」

「じゃあ、あたしが言う。こわくなーい。こわくなーい」

モモコは腰が抜けて立ち上がれない。

「あんたルートヴィッヒ二世みたいな城主になるわよ。城主が悲鳴をあげるドゥオモなんてごめんだわ。誰がこんな悪趣味な娘にしたの」

「多分、モモコさん……」

スイッチを押すと一面が白いカサカサに覆われた。何に擬態したのかわからない。とてつもなくグロテスクなものを予想していたのに、これでは期待はずれだ。モモコは叫ぶ準備をして開けていた口を閉じた。変化した擬態装甲板に顔を近づける。匂いは別にない。手触りを強いて言えば正月の鏡餅《もち》に似ていた。餅はモモコの好物だ。ペロッと舐《な》めたがさすがに味までは再現できないらしい。

「餅の味がしないわ。古河め、あたしが齧《かじ》りつくとでも思ったのかしら」

國子が端末の画面に出たタイトルを読み上げた。

「これ水虫の足の裏だって……」

二人の絶叫が雨の壁を破って響き渡った。二人で擬態装甲板の上でのたうち回って、神経が適度に摩耗した頃だ。モモコが回廊ですれ違った老人のことを思い出した。モモコは怪談をするように声色を変えた。

「ところで國子、ドゥオモの神隠し伝説を知ってる？」

「ああ、あの迷信ね。子どもの頃にお好み焼き屋のおばさんから聞いたことある。どうってことない迷信よ」

國子はむしろ迷信があるのはドゥオモに歴史が積み重なってきている証拠だと歓迎していた。未来を見つめる子どももいれば過去を振り返る老人もいる。いろんな人の思い出がドゥオモを豊かにしてくれると信じている國子は、真に受けはしないが風説や迷信を否定しない。

「ここは森と睨《にら》みあっている場所だから、そういう都市伝説が生まれやすいのよ。外は未開も同然だし、いつ政府軍が攻撃してくるかわからないし、ストレスが溜《た》まる環境なのよ」

「まあ、随分とドライな考えね。せっかく怖がらせようと思ったのに」

「拉致《らち》や誘拐《ゆうかい》ならいざ知らず、神隠しなんてないよ。第一どう対策を立てればいいのよ。

誘拐なら交渉に応じるよ。ドゥオモの人間を誘拐すると高くつくって教えてあげる」

そう言ってモモコのブーメランで自分の首を切ってみせる振りをした。この擬態装甲をドゥオモの人が知らずに見れば妖怪に遭遇したって話が出てくるわ」

雨音が一層激しくなった。苛立《いらだ》った雨は空気の隙間を埋め尽くすまで降るつもりらしい。雨の縄が束になって、横殴りのうねりに変わる。

「武彦たちは今日動くわよ」

モモコが告げる。國子は尻尾《しっぽ》が出るまで静観するつもりだった。

「万が一のときにはあたしが責任を取るわ」

突然、ドゥオモの火災探知機が鳴った。雨なのに、どこに火の気があるのかと狐に抓《つま》まれた気分になる。けたたましく鳴り響くベルの合間から女の叫び声が聞こえた。

「國子様、神隠しです。子どもが消えました！」

重い雨に隠れるように開門したブリッジから水陸両用車が発進する。濁流を切り裂きながら地図上の道路を走る。進んでいるのか流されているのか、内部にいた武彦にはわからなかった。

「誰にも気づかれなかっただろうな」

と呟《つぶや》いた武彦は國子の顔をイメージした。彼女にだけは見つかりたくない。仲間たちもそれをわかっていた。

「國子様はモモコの部屋にいます。さっき國子様の絶叫が聞こえましたから」

「あいつら何してるんだ」

女同士の連帯感は男の友情とは違うものだと武彦は思う。モモコは母親代わりでもあり、姉でもあり、師匠でもあり、親友でもある。八面六臂《はちめんろっぴ》の活躍とはモモコのことだ。國子が総統に相応《ふさわ》しい徳と行動力を備えたのは、モモコの教育の成果だと認めざるを得ない。後は國子がモモコから自立するだけだった。しかし國子を見ているとまだモモコの懐で遊んでいたいようだ。

「モモコの妙な癖が染《うつ》らなければいいのだが」

「偏見のない総統様におなりになりますよ。國子様は私たちの希望ですから」

そう言った兵士は混血児だった。國子のためなら命を捨てる覚悟はできている。

「ところで参謀、國子様が盗んできた政府軍の新素材を見ましたか？」

「擬態装甲板か。あんなものを実戦投入されたら俺たちは終わりだ。変幻自在の敵と戦うことになる」

理研で見た擬態装甲は常識の枠を超えていた。目が手が騙《だま》されてしまう。いっそ「手品です」と言われた方がまだ納得できた。擬態装甲はおよそどんな素材にも変化できた。古河から聞いた擬態装甲のメカニズムは何度聞いてもわからなかった。いや武彦が知りたかったのはメカニズムではない。これの弱点は何だと尋ねたかった。その衝撃はかつての核の脅威に匹敵した。

　過去に最終兵器と呼ばれた核も今では環境を汚染させるだけの兵器に成り下がっていた。それどころか廃棄するコストもリスクも背負わなければならない。核を使用した国は最大級のペナルティを科せられる。イカロスは核ミサイルの熱源を拾うと、発射国の炭素指数を百倍に跳ね上げることになっていた。核使用国はたちまち大恐慌だ。旧時代には不可能と思われた核の根絶は炭素経済に移行してから着実に実現していた。

　戦争は環境破壊を最小限に食い止めながら行うのがこの世界のルールだ。無差別破壊などしたら次の日の経済は滅茶苦茶《めちゃ》になるからだ。そのために兵器は火力よりも防御を重視する。擬態装甲板は時代の流れが生み出した新しい兵器だ。

　理研のスタッフは擬態装甲に死角はないと結論づけた。主任の古河は変な男だが、擬態装甲の試作品を作ると躍起になっていた。

　國子が面白いことを言った。これはアオダイショウに似たコブラだ、と。アオダイショウかコブラかは嚙《か》まれてみればわかる。即《すなわ》ち攻撃をする岩や瓦礫《がれき》は敵で、しなければただの物体だというわけだ。それは擬態していても何もしなければ、物体と見なすしかないということでもある。

「俺たちは先制攻撃もできないボンクラになっちまった。神出鬼没がモットーのゲリラの十八番《おはこ》は政府軍に奪われたな」

　自棄《やけ》になった武彦が空笑いした。しかし國子は擬態装甲板をじっと見つめたままだった。

あらゆるものに変化させて、本物と偽物の区別をつけられるように感覚を研ぎ澄ますという。モモコが言う心眼を培《つちか》うきっかけにするつもりらしい。さっそく古河に身の毛もよだつものばかりをプログラムさせた。感覚を麻痺《まひ》させて物の認識を根底から覚え直すつもりだった。

「カーボン・ナノテクノロジーは神の領域を踏み越えたのかもしれん」

「それを使うのは人間です。しかも政府軍だけが使える技術です」

「どれだけ量産できているのか把握できないのか」

「次期主力戦車からでしょう。配備はあと数年かかるかと思います」

「数年後に俺たちは森の塵《ちり》となるか……。急がねば」

この前、調達した武器が揃った。メタル・エイジが初めて購入した炭素材の戦車だ。これで五分の戦いができると踏んだのに、政府軍はもっと先の技術で武装し始めている。仕掛けるのはやはり今しかなかった。

「政府軍の動きは？」

「横須賀の空母ペルセウスが出航しました。目的地はインド洋とあります」

「馬鹿な。ペルセウスはマラッカ海峡を越えられないはずだ。マレーシアは日本の軍艦の渡航を禁止しているはずだろう」

「しかし海軍に潜り込ませた協力者からインド洋だとの報告です」

武彦は首を傾げた。アジア諸国の日本嫌いは相当なものだ。炭素債務国に実質炭素を削減してやると言って、莫大《ばくだい》な利益を得ているからだ。それを炭素材に変えて今度は競争力の高い炭素材を売りつける。一次資源を購入するのではなく、負債先に売却させるところに産業の歪《ゆが》みがある。二重取りと国際社会から非難される所以《ゆえん》だ。

「あんな図体のデカイものがインド洋で何をするっていうんだ。アメリカの第五艦隊だって黙ってはいないだろう。気になる。追跡しろ」

「それが浦賀水道を越えた後が消息不明なんです」

「消えたってのか？　二十万トンの空母がか？」

「ええ。どこの海域からもペルセウスを見たという報告はありません」

誰かがボソッと「神隠しだ」と呟いた。雨音ばかり聞いているとそんな迷信を思い出してしまう。聞いた武彦も一瞬信じそうになってしまった。

「ペルセウスがどんな形をしているのか、もう一回教えてやれ。まだ領海内にいるはずだ」

政府軍が海外に展開するなんて異常なことだ。しかし政府軍が外に目を向けているのは好都合である。自分たちゲリラを雑魚《ざこ》扱いするからこそ、こうやって豪雨の中を泳げるのだから。武彦は政府軍との全面対決を避けるために、極秘作戦を決行することにした。

「やはり國子様に知らせておいた方がよかったのでは？」

「反対されるに決まっている。あまり罪悪感を持ってほしくないからな。俺たちの独断と暴走でやる方がいい。國子が俺たちを処分できる口実になる」

漂流物に当たった音が車内に響いた。手元のファイルが狭い車内に散らばった。武彦がひとりの少女のファイルを拾い上げる。一瞬、胸が疼《うず》いた。こうならないようにずっと感情を制御してきたのに、今日になって心が揺れた。これも雨のせいだと思おうとした。

「ゼウスのデータにハッキングした情報課の腕を信じるしかない」

武彦は二つの装置を部下に渡した。

「もし、マッチしたらこのガスで安楽死させるんだ。すぐに脳死状態になる。その後はわかってるな」

部下たちは覚悟を決めていた。

「殺害したらドゥオモには帰らない。この作戦とメタル・エイジは一切関係ない」

「戦争を終わらせるためだ。これでアトラス建設は白紙に戻る」

急ピッチで建設中のアトラスは森林化の速度を遥《はる》かに超えている。新しい人工地盤をどう利用するか国会で審議もされぬままに法案が可決していく。アトラス公社は暴走しているとしか思えなかった。森との等価交換は方便に過ぎないのではないか。二十年前に破壊された第四層を放置してまで、アトラスは建設を急ぐ。武彦たちはアトラス計画には別の目的があるのではないかと疑い始めた。

ハッキングしたゼウスは政府の中枢だ。盗み出した情報の中に興味深い資料があった。国会ではアトラス計画の見直しが何度も審議されていたのだ。予算不足で第五層までに縮小するように答申案が出されたにも拘《かか》わらず、翌日には計画続行となっていた。不思議なことに莫大な資金が国庫以外から投入されていたこともあった。

「あの資金が一体どこから現れたのか、調べる必要がある」

武彦は顎髭《あごひげ》をいじりながら、思考を巡らせる。怪しいのは国家予算の枠を外れて資金調達するアトラス公社だ。政府の下部機関だと思っていたが、実体はもっと巨大な組織だった。

「アトラス公社は第十層までの予算を通過させた。どこにそんな金がある。京浜工業地帯の炭素工場をフル稼働させても炭素材の生産は追いつかない規模だぞ」

窓から覗《のぞ》いたアトラスは踝《くるぶし》の部分しか見えなかった。この雨雲の上で公社は政府の暴走に拍車をかけている。政府は公社の傀儡《かいらい》にすぎない。真の敵はアトラス公社だ。調べれば調べるほど、アトラス公社は謎に包まれていた。

やがて武彦はアトラス計画の真の目的を知った。なぜあれだけ巨大な構造物が必要なのか、人工地盤を何に使うのか、国庫が傾くまで資金を注ぎ込むのか、全てひとつの目的のためである。

ファイルを見比べた武彦は、これしか方法がないと言い聞かせた。

「この子たちが公社がほしがっている鍵《かぎ》を持っている。遺伝子の中にな」

武彦はアトラスランクに偏りがあることも知った。閣僚にしか与えられないAランクが民間人の中に複数存在する。それも十代の子どもばかりだ。武彦はアトラス計画で彼らが重要な役割を担っていることを知った。公社は近々選定を始めるらしい。彼らが持つ遺伝情報が公社の暗号鍵になっている。

「アトラス計画を白紙に戻すにはこれしかない」

武彦たちは何度もお互いに目で確認して息を飲んだ。最初に拉致《らち》する少女はもう決まっていた。

「俺たちが雨の中を跋扈《ばっこ》する魑魅魍魎《ちみもうりょう》になっちまうとはな……」

二十五年前、いなくなったドゥオモの子どもを捜して森を掻《か》き分けた武彦の幼い記憶が疼いた。あのとき神隠しなんて絶対にないと信じていた。子どもを攫《さら》うのは悪い大人の仕業だと上の世代に不信感を抱いた。その悪い大人になった今、少年時代の自分の眼差《まなざ》しが痛くて堪《たま》らなかった。あのとき汚れた大人になるくらいなら死んだ方がマシだと真剣に思っていたはずなのに。

武彦はカッとなって武器庫の扉を叩《たた》いた。

「これで戦争は終わる。アトラス計画が頓挫《とんざ》すれば政府は地上に目を向ける」

車輪が道を捉《とら》えた。安定した車は躊躇《ためら》うことなく目標を目指した。

雨雲より遥か上空に佇《たたず》むアトラスの第六層は毎日が快晴だ。夏場でも明け方は結露するほど冷え込んでしまう。地上を見渡そうと人工地盤の縁までやってきた十二単《じゅうにひとえ》の女は足下に広がる雲海に溜《た》め息をついた。

「ここからじゃドゥオモが見える日は限られてるのね」

地上の集中豪雨の音すら聞こえない高みは、ミーコが経験したことのない季節だ。汗っかきのミーコでも十二単が苦にならない。地上の空気は口に入らないくらい丸いと感じていたが、ここでは舌を刺すほどに鋭かった。汗はいつも体を覆っているものとばかり思っていた。だがアトラスに入ってから、ミーコは肌の保湿を気にするようになった。

「ここじゃ人工地盤が世界の果てなのね」

水平線や地平線のように追いかけても届かない果てとは異なった不思議な感覚だ。アトラスは簡単に世界の果てに辿《たど》り着く。断崖《だんがい》絶壁の冷たい世界の果てだ。雲海の下は豪雨が君臨しているだろう。あの為《な》す術《すべ》もなく雨を呪っていた日々を思い出すと、確かにここは天国だ。地上は地獄だとわかっているのに、つい眺めてしまう。耳を切り裂く空気の音が、おまえは勝利者だと告げていた。この風の声が正しいと信じたい。

幸せの証拠はいくらでも手に入った。地位、名誉、住居、食べ物、社会的信用、これらが些細《ささい》なこととは決して思えない。持たざる者だったミーコには全てが有り難かった。生まれながらのアトラス市民の中には、地上回帰論者がいる。暇を持てあましたインテリは既得権を忘れがちだ。あの灼熱《しゃくねつ》と豪雨の中で澄ましていられるほど、地上は楽ではない。

「國子たちはどうしてるんだろう」

頭の中にいつも聞いていたスコール警報が鳴った。続く避難の足音、閉まるシャッター、耳を塞《ふさ》ぐ豪雨、やっていることは想像できた。そしてそこでギャアギャア泣いている自分の姿も。ミーコは泣いている自分の姿を探したいのかもしれないと思った。安全柵《さく》を越えれば聞こえそうな気がした。

ミーコに付き添った女官が声をかける。

「ミーコ様、これ以上先に進まれてはなりません」

あまりにも高すぎると恐怖感が希薄になる。航空機で地上を眺めても足が竦《すく》まないのと同じだ。ミーコは恐れずに前に出た。人工地盤を支えるメガシャフトが迫っていた。あまりにも巨大すぎて側に立つと自分が浮いてしまうくらい軽い存在に思えてくる。

「あら祠《ほこら》があったなんて知らなかったわ」

メガシャフトの麓《ふもと》に抱えられるほど小さな社《やしろ》が設《しつら》えてあった。見れば小さな鳥居まで備わっている。メガシャフトを奉《まつ》るにしてはあまりにも可愛らしすぎた。ミーコは大きな体を屈《かが》めて神社に手を合わせた。

「ミーコ様、何をお願いになられたのですか」

女官が笑顔で尋ねた。ミーコは内緒と言ったが何を願ったのか女官には想像できた。ミーコは地上にいる愛《いと》しい人たちの幸福を願ったのだろう。

冷たい突風を受けながらミーコは雲海の下に思いを馳《は》せた。付き合った女官の目は雲の表面しか眺めていない。ミーコは尋ねてみた。

「あなたは地上にいたことある？」

「祖母がいたことがあると申しておりました」

「じゃあ生まれながらのアトラス市民ね」

「一度、雨を見たいと思っております」

「知らない方がいいわ。大事なものがみんな流されてしまうだけだから」

「ミーコ様はアトラスに来たくて来られたのでしょう。なぜそんなに地上に焦がれるのですか」

「パッとしなかった日が幸せだったのかもしれないって思うのよ。今があまりにも恵まれているからかしら」

女官は怪訝《けげん》そうな顔をした。美邦の側にいれば贅《ぜい》の限りを尽くした生活を送れる。待遇に不満があるとすれば、自由に地上に降りられないことと守秘義務が多いことくらいだ。

美邦は昼が嫌いで、遮光カーテンの奥で生活している。遊びたい盛りの女の子なのに、第六層ですら自由がきかない。そんな彼女の境遇は幽閉されたも同然の生活だ。ミーコはできる限り、美邦を楽しませてやりたかった。女官たちが言うには美邦はミーコが来てから笑顔が増えたそうだ。何の取り柄もないオカマだと思っていたが、保母さんには向いていたようだ。

「このお金をモモコ姉さんに返さなきゃ。もういらないもの」

アトラスはお金がかかるというのがモモコの口癖だったが、実際は違う。新しい東京は厳格な身分制度で成り立っていた。お金が必要なのは、働かなければならない平民たちだ。我が世の春を謳歌《おうか》しているカーボニストも所詮《しょせん》は、ランクが下がれば追放されてしまう。

第六層に住むミーコは美邦の女官という特権で好きなものを自由に手に入れられる。憧《あこが》れのシャネルのスーツも手に入れた。ロデオの練習機のようなミーコのボディはパリの本店に丁重に保管されている。エルメスのバッグだって、貴族以上にしか入れてもらえないネームの刻印入りだ。ミーコは職人に嘘をついて取っ手に［Momoko］と入れてもらった。このバッグの中にモモコからもらったたくさんの愛情を詰め込んだ。楽しかった「熱帯魚」での日々、ドゥオモでの出来事、そして霧雨の中で別れた最後の姿。モモコはみんなが城に入ってもずっとずっと見送ってくれた。その記憶がバッグの形が変わるほどぎっしり詰まっている。

「姉さんあたし切ないよお……」

バッグを抱きしめたミーコの胸は苦しかった。自分だけアトラスにやって来たのが悲しくなるときがある。そんなときミーコは地上の新大久保が見える縁に来て、ドゥオモに明かりが灯《とも》るまで佇んでいた。遠くに微《かす》かに見えるドゥオモの明かり、その十階にある小さな部屋でモモコはきっとアトラスを見つめているはずだと信じて、モモコの視線を探した。しかし同じ東京にいても地上と第六層の距離は見た目以上に遠かった。

夏しかない地上はいつも時間が止まっているように思える。だがここはもうすぐ秋を迎える。ズレは着実に進行していた。ミーコが初めて経験する冬が来て、また夏が来ればドゥオモと一年ズレてしまうだろう。距離よりもこの時間のズレは決して埋まることはない。

「三回冬を迎えたら、あたしとドゥオモは三年も遠くなってしまうのね」

護衛の従者が痺《しび》れを切らした。

「ミーコ様、そろそろお戻りにならないと美邦様の機嫌を損ねてしまいます」

「うん。わかってる。でも、雲が切れるかもしれないからあと五分だけ待って」

分厚い雨雲は一晩でも居座りそうな気配だ。時計を気にした従者がミーコの袖《そで》を引く。機嫌が悪くなると美邦は相手に嘘をつかせて遊ぶからだ。

「待って。今、姉さんの声が聞こえたような気がした。なんだろう。叫んでいたみたいだけど。ああ。もうわかったわよ。そんなに強く引っ張らないで。単衣《ひとえ》に皺《しわ》ができちゃう。小夜子だってまだ帰ってきてないじゃない」

「小夜子様は第四層で研究中です」

牛車《ぎっしゃ》に連れ込まれたミーコは泣く泣く新迎賓館への路についた。

白衣を颯爽《さっそう》と着た小夜子は、第四層の崩壊した街を散策していた。深い霧が第四層を覆っていた。霧とアトラスの人間は言うが、正しくは雲だ。誰も目の高さに雲があると思わないので霧と呼んでいるにすぎなかった。

「引っ越しの準備をしなきゃならないなんて。アトラス公社は何を考えているのかしら」

小夜子の夜の手術室は休業を余儀なくされた。昨日、アトラス公社から立ち入りを禁止されてしまった。美邦以外からの命令を受けつけない小夜子は、アトラス特権を翳《かざ》した。しかし公社の人間は、小夜子たちの安全を確保するために、近づいてほしくないと協力を要請した。第四層は正式に再開発されることになったのだ。その詳細は近日中に政府発表されるという。小夜子は一日だけ、第四層に降りることで公社と折り合いをつけた。

衣冠束帯の従者たちに小夜子が命ずる。

「証拠を全て破壊するのよ。あたしたちがしてきたことがバレたら、美邦様の立場も悪くなるわ」

ここなら人目を憚《はばか》ることなく人体実験できたのに、また別の場所を探さなければならなくなった。悪いことは長くできないものだ、と呟《つぶや》いた小夜子に従者たちが目を丸くした。小夜子が一連の拉致《らち》を悪さと思っていたことが意外だった。

「何見てるのよ。さっさと仕事をおし」

本当は焼却するのが一番手っ取り早かった。だがアトラス内部から炭素を出したとなれば、小夜子でも上手《うま》い言い訳を考えつけない。それに火を出せば消すための水もいる。地上は洪水だろうが、ここはポンプで汲《く》み上げなければ水は手に入らない。焼却は一番コストがかかる。

従者の操縦するブルドーザーが小夜子の愉楽の病室を崩していく。ここで過ごした快楽の日々が瓦礫《がれき》へと変わる。建物が崩れ落ちる音だけが霧の中に響いた。辛うじて生き残っていた最後の建物が、戦後二十年目にしてやっと死んだ。小夜子たちに弄《もてあそ》ばれ、殺戮《さつりく》の舞台となった病院は仲間の瓦礫に混じることで、幾らか浄化されたように従者には思えた。今日、第四層の歴史は完全に幕を下ろした。新しく生まれる街は戦争の記憶を全て忘れた顔をしていることだろう。

視界を塞いでいた霧が晴れてきた。小夜子はもうどこに病院があったのか、見つけられなかった。

「また別の場所を探さなくては」

「まだおやりになるのですか」

「これも美邦様のためよ。地上に降りて見つけるしかない」

人工地盤は悪さをするには狭い。他の層で同じことをしたら人目についてしまう。小夜子は自分たちだけがこの層の利点を享受していたとは思えない。ちょっと頭を使えばここほど秘密を保てる場所はないからだ。

「今日もあれが出ますかね？」

この前従者たちは動く瓦礫に発砲した。あんな恐ろしい出来事は生まれて初めてだった。

「まさかハイテクの粋を尽くしたアトラスで百鬼夜行《ひゃっきやぎょう》に出会うとは。小夜子様は信じておられませんが、私は本当に見たんです。瓦礫の塊が列をなして道を行進していたんです」

「美邦様はそういうお話が大好きよ。本当かどうか試してみたら？」

従者は錯覚だったのかそれとも現実だったのか、美邦の前で試してみる自信がない。嘘は幻覚まで含まれるのかわからなかった。もし錯乱した精神が見せる幻にすら罰を与えるなら、自覚のない嘘も命取りだ。従者は同じ現象に遭遇した仲間が現れるまでずっと黙っていた。百鬼夜行に遭遇した従者は全部で三人。ある者は瓦礫の化け物を見たと言い、ある者は森が動いていたと言う。第四層に一番多く出入りしていたのは小夜子だ。彼女もまた同じものを見たはずだ。しかし知らぬふりを決めている。小夜子の算段はわかっていた。

現実か幻か、従者たちを美邦に捧《ささ》げて実験したいに違いない。

小夜子はニヤリと笑う。

「どうしたの。嘘じゃないなら美邦様に話せるはずよ。あたしを怖がらせようとしても無駄よ」

小夜子の用心深さは筋金入りだ。自分で納得するまでは決して心の内を明かすことはない。確かに小夜子も従者たちが言う不可思議な物体に遭遇したことがある。それを見たとき知覚がおかしくなっているのかと目を疑った。それを迷信や俗信で片づけるのは簡単だ。しかし小夜子はその迷信を利用してもいる。地上で豪雨の日に神隠しに遭うという噂に紛れて人狩りを指示した。神隠しの真相は小夜子にもわからないが、都合はよかった。迷信を利用している者が、迷信に呑《の》まれて狼狽《ろうばい》するなんて本末転倒だ。相手の一枚上手をいくには、自分すら客観的に見つめる眼差《まなざ》しが必要だ。これには何か絡繰りがあるに違いない。小夜子が欲しかったのは、合理的な解釈だった。

「ここも見納めだから、ちょっと散歩してくるわ」

小夜子は、荒涼とした第四層をふらりと歩いた。六百五十万平方メートルという敷地は、悪さをするには手狭だが全てを把握するには広すぎる。何度もここに来て大体の地理は摑《つか》めていると自負していたつもりだが、実際に歩いてみると知らない廃墟の姿ばかりが目につく。辻からひょっこり亡霊が現れたら道案内してもらいたかった。小夜子が眼鏡をかけ直そうとしたときだ。目の前の通りをD51蒸気機関車が通り過ぎていった。

「そんなバカな！」

思わず眼鏡をかけ直した。あれは旧時代の遺物の中でも骨董《こっとう》的な存在のはずだ。車輪で軌道式の上を走っていた新幹線よりもずっと古いことは鉄道マニアでない小夜子でもわかった。急いで蒸気機関車を追いかけた。通りは軌道式があるどころか、車でさえ難儀するほど道路が凸凹《でこぼこ》していた。そして蒸気機関車の姿は完全に消滅していた。道路はスクラップされた車の山で塞《ふさ》がれていた。

「どうやって消えたの？」

小夜子はさっき見た光景を検証した。どこかからホログラム映像を投影したのだろうか。物体が通り過ぎたとき風が起きたことを思い出す。そして軽い振動もあった。それにホログラム特有の画像の劣化はなかった。では忽然《こつぜん》と消えたのは何故か。これを幻とするか、それとも現実とするか小夜子はまだ保留したままだ。小夜子はハイヒールを脱いで素足になった。今は少しでも五感は多い方がいい。足の裏がきちんと地面を摑んでいる感触が頼りになった。

また歩いて交差点を曲がった。目の前に錆《さ》びついた難破船が転がっていた。小夜子の頭ががぐらっと動いた。ここは標高三千メートル近い人工地盤だ。小夜子は路上に落ちていたガラスの破片を踏みつけた。ビリビリと伝わるこの痛みは現実以上でも以下でもない。鮮烈な血は正気の色をしていた。

小夜子は難破船にそっと近づいた。斜めに傾いて横たわる船はホログラムではない。小夜子の影がしっかりと船にかかっていた。恐る恐る手を差し出して船体に触れてみた。表面の錆がポロリと落ちた。これは現実だ。

ではどうやってこれを第四層まで運んだのだろうか。こんな廃墟《はいきょ》に運ぶ意味があったのだろうか。少なくとも先週までこれはなかったはずだ。小夜子は微《かす》かに読み取れる船名を見てカッとなった。

「第五福竜丸……。バカにしてる」

これはアメリカがビキニ環礁で行った水爆実験で被曝《ひばく》したマグロ延縄《はえなわ》漁船の名前だ。錆びるなんておかしい。これは日本の被曝体験の歴史として博物館に保存されているはずだ。

「もしかしてあたしの反応を見ているのでは……？」

もし自分が相手の立場だったらやはり反応を見るように思う。蒸気機関車や漁船をどうやって目の前に出現させたのかわからないが、こちらの意表をついた相手の笑い声は容易に想像がつく。もし幻なら二度は起きない。人は必ず確認行動を取る。二度現れたらそれは人為だ。これは完全に現実の出来事だ。小夜子はもう恐怖心はなかった。

遠くで従者が発砲した音がした。

「小夜子様、化け物が現れました。サンタマリア号が地上を走っています」

「コロンブスに会えた？」

「ここは異次元世界です。早く帰りましょう」

小夜子はこれで察しがついた。ここは政府軍の演習場だ。極秘開発した兵器を実験投入しているのだ。小夜子は腹を抱えて笑った。実験台にされていたのは自分たちだ。小夜子は大声を張り上げた。

「陸軍の皆さん出ておいで。私たちを騙《だま》すなんて人が悪いわ」

背後の瓦礫の山が動き出した。みるみるうちに瓦礫は戦車の姿へと変わった。見ていて気分が悪くなる変形だった。粘土でもこんな風に劇的に形を変えられない。まだテレポートのように突然現れてくれた方が、科学的な感じがした。変形を終えた戦車はずっと前からこの形だったとでもいうように硬い表情を見せていた。ハッチから出てきた兵士が敬礼する。

「小夜子様よくぞ見抜かれました。擬態部隊の失礼をお許しください」

雨上がりのドゥオモでは消えた子どもの捜索隊が編成された。國子が総統になって初めて経験する神隠しだ。國子は民の動揺を抑えるのに必死になっていた。

「隠れんぼして見つからないだけなんじゃないの？　立入禁止地区をちゃんと捜した？」

「もちろんです。どこにもいないんです」

神隠しを何度も経験していたドゥオモの人たちは、捜索活動のマニュアルができていた。各自捜索する範囲は決められすぐに情報が集約されることになっている。ドゥオモを隈無《くまな》く捜したが遺留品も手がかりも見つけられなかった。大人たちは捜索しながら既視感を蘇《よみがえ》らせた。忘れた頃に思い出させる嫌な記憶だ。何度も塗り重なった記憶は垢《あか》となって堆積《たいせき》し、この先の絶望的な結果まで予想させるのだ。空が不気味なほどに澄み切っていた。全てが光に照らされて隠すものは何もないと勝ち誇っているようだ。

雨の間ずっとドゥオモを警戒していた老人たちが、拍子木を力無く落とした。どんなに警戒しても、何度教訓にしても、神隠しはあざ笑うかの如く訪れる。歳を取れば取るほどに無力感に襲われた。まだなんとかなると思っているのは若い世代だけだった。

「子どもは誘拐《ゆうかい》されたはずよ。犯行声明や身代金の要求はないの？」

老人たちは國子のそういう反応もまたかつて経験していた。前の総統だった凪子も最初のうちは誘拐だと思っていたからだ。犯人から要求があったのなら、こんな伝説は生まれなかった。

「みんな諦《あきら》めないで。人間はそんな簡単に消えないわ。捜索隊を出しましょう」

「もうとっくに出ております。慣れてますから」

と國子の後ろにいた幹部が呟《つぶや》いた。彼の目の色は老人たちのものに近かった。まるで捜索を打ち切るタイミングをカウントダウンしているみたいだ。みんなが迷信を信じていると國子までその論理に染まりそうになる。國子の肩を支えたモモコの手だけが味方だった。モモコの手がこう言っていた。

『みんな絶望を最小限にしようとしているのよ』と。

ドゥオモで占いをしている半裸の婆が榊《さかき》を振りかざして邪気を追い払っていた。

「龍神様のお怒りに触れたのじゃ。生け贄《にえ》に攫《さら》われたのじゃ。麻美は寅《とら》年じゃった。他の地区で子どもが攫われていないか調べるのじゃ」

　婆の前に男が駆けつけてきた。

「確かに。確かに婆様の言う通り、他の場所でも神隠しが起きています。全部別の干支《えと》でした」

「やはり龍神様の祟《たた》りじゃ」

　恐怖の波紋がドゥオモ中に広がる。みんなが未開文明へと集団退行していくのが見て取れた。このままだと秩序が崩れる。國子は婆の榊を取りあげた。

「人心を惑わすのはやめて。あたしが麻美ちゃんを見つける。子どもを攫うのは目的があってのことよ」

　しかし婆は少しも怯《ひる》まない。

「総統様はお若いからそう言うのじゃ。婆は龍神の声を聞いた。ちょうど龍神様の通り道にドゥオモがあるのじゃ。ブリッジを開けて龍神様を入れたのが間違いなのじゃ」

「排水してなきゃ今頃ドゥオモの半分は水没してたわ。龍神様は確かにいらっしゃると思うけど、人の命なんかほしがらないわ」

「総統様は龍神様の声を聞いたことがないからそう言うのじゃ。婆はわかる。これからもっと子どもたちが消えるぞ」

　婆の震える声にみんなが呑まれていた。今みんなが知りたいのは真実ではないと悟った國子はモモコに目配せした。心得たモモコがさっと消える。

國子は泥濘《ぬかるみ》の広場の壇上に立った。

「龍神よ。もし私の言い分が正しければその姿を現せ！」

國子が天空を指さす。すると空に半透明に光る物体が現れた。あれはなんだと人々が口々に囁《ささや》き合う。広場にどすんと落ちた筒状の物体は、無数の鱗《うろこ》に覆われていた。七色に反射する螺鈿《らでん》の光沢と大きな体は大蛇の一部を彷彿《ほうふつ》とさせた。それをじっと見つめるドゥオモの民は何が起きたのか上手《うま》く理解できなかった。しめたと勝機を得た國子はそれを掲げた。

「これは龍神が脱皮された殻である。まこと私の言葉が正しいと思うものは、今すぐこの場に跪《ひざまず》け！」

驚嘆の声とともに一同がひれ伏した。龍神の声を聞いたと言った婆も「総統様には敵《かな》いませぬ」と泥で白髪を染めるように土下座した。國子は見よと促す。掲げた殻は優美な蓮《はす》の花へと変わった。ドゥオモの民はもう声も出ない。

「神隠しは人の仕業にすぎないと龍神は申している。人の手によるものならば、必ずや見つけられる。捜索の手を緩めれば誘拐犯の思う壺《つぼ》である。私に続け。きっと見つかる」

今度は広場が熱気に包まれた。どこからともなく「総統様万歳」と声が湧く。もうさっきの恐怖に脅《おび》えた目はなかった。

回廊から眼下の光景を見下ろした凪子がモモコに呟いた。

「國子は良き総統じゃな。人をまとめるのが上手い」

「凪子様譲りですわ。あたしも感動しておしっこちびりそうだった」

「ペテンの腕はモモコに似たようじゃ。なんじゃあの物体は？」

「國子が政府軍から盗んできた擬態装甲板とか。ハイテクも行きすぎると魔法みたいでしょう」

凪子は咳払《せきばら》いした。

「手癖の悪い総統じゃ。誰が教えたのじゃ」

「きっとミーコよ。あたしに似たら國子は小心な乙女だったわ」

「そなたのイヤリングどこかで見たことがあるような……」

モモコの額に冷や汗が流れた。それは十年前、凪子の荷物を整理したときに失敬したイヤリングだった。煩悩の多いモモコは光るものなら鯖《さば》からダイヤまで目を奪われる。老人がするにしては派手なイヤリングだったし、凪子も気に入っていないようだった。それに今更返せと言うのはインチキだ。このイヤリングを凪子に見せるのはこれが初めてではない。

「人のものを羨《うらや》むなんて凪子様らしくありませんわ」

モモコは手すりから身を乗り出して國子に手を振った。

「まあ良い。それは國子の母親のものじゃ。育ての親のそなたが持つに相応《ふさわ》しい。いつか國子に渡してやるが良い」

そう言って凪子はドゥオモの奥に入った。

「國子のお母さんの……」

凪子から國子の母親のことを聞かされるのは初めてだ。國子は養女だとしか知らない。國子を手放さなければならなかった理由は生活苦だろうと勝手に思っていた。このイヤリングは中央のダイヤだけでも十カラットはある。國子の母親は一体どういう理由で娘を手放したのか。

見下ろすと人の渦の中心で國子は拳《こぶし》を掲げていた。あのカリスマ性はきっと血だ。いくら帝王学を施しても器が小さければああはならない。それに國子は人の呼吸を摑《つか》むのが恐ろしく上手い。それは教えてできるものではない。モモコの目に國子は別世界の人間に映った。

「國子はもう巣立てるわね」

モモコは胸が締め付けられるのを止められない。まだもう少しだけ國子と同じ時間を生きていたいと胸は告げる。頭ではそれが我《わ》が儘《まま》なことだとわかっていても、國子を抱いた胸はそう易々と手放してくれそうもなかった。

美邦はずっと不機嫌だった。大広間の椅子に腰掛けてミーコの宥《なだ》めを受けていた。薄暗がりの大広間は二人きりだったが、華やいだ宴《うたげ》の気配がした。大広間を彩《いろど》る美術品や工芸品は夜会服を纏《まと》った婦人たちのように贅《ぜい》を競っている。壁のフレスコ画は人の集《つど》うパーティの絵だ。しかし大広間が壁画のように賑《にぎ》わうことはない。宮殿でパーティをした翌日には虚飾に満ちた婦人たちの惨劇が待っているからだ。

飲み物を持ってきた使用人の顔は土気色をしていた。彼はこの宮殿で働き続けるために、薬の力で自らの感情を抑えていた。なまじ個性や自我があるとここでは命取りになる。生き残るために使用人たちはあの手この手で自衛していた。

ミーコは美邦の何が難しいのだろうと思う。最初は愛嬌《あいきょう》のない少女だと思ったが、心を砕けば美邦はそれほど恐くない。時に美邦は人を引っかけたりもするが、相手を選んでしている。宮殿から消えるのは、恐怖と嘘を抱えた人間だけだ。美邦は自分の住む環境を浄化するために、相応《ふさわ》しくない人を追い出しているのだ。

「妾《わらわ》は地上に降りたい。牛車《ぎっしゃ》を出せ」

「いけません。今日の地上は豪雨で牛車は流されてしまいます」

「洪水の地獄を一目見たいものじゃ。さぞ可笑《おか》しかろう」

ミーコは美邦の膝《ひざ》を叩《たた》いた。

「全然面白くないです。地上の民が雨でどれだけ苦しんでいるのか、お考えあそばせ。あたしはその中で生きてきたんです」

美邦の瞳《ひとみ》にじわっと涙が浮かんだ。叩かれたせいなのか、怒鳴られたせいなのか、心に生まれた感情がよくわからない。涙が粒になりかけた瞬間、ミーコにぎゅっと抱き締められた。

「あたしの大事な美邦様。どうかお優しい子におなりくださいませ」

さっき生まれた黒い感情が透き通った温《ぬく》もりに変わる。目を閉じると瞼《まぶた》に映るオレンジ色がどこまでも続いているように思えた。ミーコはオレンジ色の魔法使いだ。ミーコは懐の中に美邦を入れて、隙間無く包んでしまう。美邦はこの感じが大好きだ。

「さっきは妾が言い過ぎた。許せミーコ」

ミーコの肉襦袢《じゅばん》に包まれていると不思議と安心した。もしかしたら母とはこういう存在なのかもしれないと思った。

「あたしはいつも美邦様を愛しています。もっと人を信じてくださいませ」

「人は嘘をつく。妾は嘘をつかれるのが嫌じゃ」

「でもあたしは優しい嘘なら好きですよ。真実はときとして残酷だったりしますから」

「真実は正義じゃ。正義は光じゃ。嘘は闇じゃ。妾は光に包まれたい」

美邦はアトラスの中でも夜しか動けない。宮殿は毎日使う部屋を替えても一年以上かかるほど広い。しかし個人が生涯をここで過ごすにしてはあまりにも狭い場所だ。豪華な牢《ろう》獄《ごく》、これが宮殿の真相である。

「生まれ変わるなら地上で生きたい。たとえ雨に脅《おび》えようと、森に睨《にら》まれようとここより自由じゃ」

ミーコは返す言葉がない。気の利いた女官ならここは庶民が望んでも手に入らない最高の場所だと告げるだろう。しかしさっき雲海を見下ろしてきたミーコには口が裂けてもそんなことは言えなかった。地上は生きるのに苦しい場所なのは確かだ。だが苦しいのが全て不幸だとは言い切れない。雨に身を削られ、森に脅えていた日、ミーコには肩を寄せ合って震える仲間がいた。美邦に足りないのは愛情だ。だから持てる愛情の全てを捧《ささ》げたいと思う。

「そうだ。さっき帰り道に面白いものを拾ったんですよ」

ミーコが籠《かご》に入ったセキセイインコを連れてきた。

「このインコ、第三層にいたときに見たことがあるんです。群れからはぐれたんでしょうね」

美邦は目の色を変えた。動くインコを目で追いかけながら口元を緩ませる。インコは「オバカサンネ」と美邦をからかった。

「インコは嘘をつきません。これをお飼いになられませ」

「籠は可哀想じゃ。外に出してやれ」

外に出たインコは美邦の指をしっかりと握った。

「何か言葉をお教えになったらいかがですか。どうやら前の飼い主の癖が残っておりますす」

美邦はふと考えて、インコにこう教えた。

「オ・カ・ア・サ・ン・ア・イ・タ・イ・ヨ」

思わずミーコはまた美邦を抱き締めた。

「あたしが代わりです。お気に召しませんか？」

「ミーコは好きじゃ。不満はない」

単衣《ひとえ》の袂《たもと》を握った小さな手はやっと手に入れた安住の場所を離すまいと硬くなっていた。

「小夜子はまた第四層に降りたか。妾も行きたかった」

「従者が第四層に妖怪が出ると申しておりました」

「それも見てみたいものじゃ。ここにいる陰気な人間たちよりは華やかじゃろう」

「とんでもありません。百鬼夜行に遭えば命を落としてしまいます。それに第四層はもう小夜子でも入れません。公社が再開発に乗り出しました」

「妾はいつまで闇とともに生きていくのじゃ。もう我慢の限界じゃ」

「きっと小夜子が光を与えてくれます。もうしばらくの辛抱でございますよ」

噂をしていると小夜子と従者が広間の扉を開けた。

「美邦様、来週は地上に降りられます。いつか食から外れた景色をご覧になりたいと仰《おつしや》っていましたでしょう。僅《わず》かな時間ですが、アトラスの食を気にせずに昼間の地上を歩けます」

「薬が出来たのか？」

肩を竦《すく》めた小夜子は溜《た》め息をついた。過激な臨床実験を行ってはいるが、満足な成果は上げていない。しかもその実験室を今日失ってしまった。速やかに新たな場所を探さねばならなかった。

「まだです。ですが来週ならば出られます」

「どういう絡繰りじゃ」

　小夜子は嘘を申しません」

　小夜子は慎重に言葉を選ぶ女だが、薬で人格を制御する使用人たちよりは人間味がある。真実を極めなければ小夜子は口を開くことはない。

「ところで小夜子、第四層には妖怪がおるとか？」

「いいえ。あれは妖怪ではありません。国防省が妙な兵器を開発しただけのことです」

「なんじゃつまらぬ。小夜子の言葉はいつも味気ない」

「申し訳ございません。現実主義者なものですから」

　今日、遭遇した不思議な出来事はさすがの小夜子でも狼狽《ろうばい》した。あそこで怖《お》じ気《け》づいて逃げ出していたら妖怪の存在を信じてしまうところだった。政府軍が第四層を市街戦の演習場に使っていたとは、さすがの小夜子も舌を巻いた。擬態装甲の存在を知った小夜子もまだ上手《うま》く理解できない。それほど巧みに擬態するのだ。陸軍の兵士が自分たちでも騙《だま》されてしまうと言って笑った。相手に存在を気づかせず、確実に倒せる距離まで接近して、不意打ちをかける。これが擬態戦の真髄だ。

　妖怪を見たがっていた美邦はつまらなそうに口を尖《とが》らせた。

「残念じゃ。本のような世界を一度見たいと思っておったのに……」

　美邦は人のつく嘘は嫌いなのに、物語を読むのは好きだったりする。自由を制限されている美邦の唯一の楽しみだった。本当は好奇心旺盛《おうせい》な少女なのだ。それを知っているミーコは美邦を膝の上に乗せた。

「じゃあ、あたしがお話をします。西の海の果てにある不思議な島のお話を知っていますか？」

モモコが幼かった國子をあやしていたときのことを思い出した。モモコのようにエスプリもオチもつけられないが、絵空事の話ならできそうだ。

「漁師の男が嵐に遭って島に辿《たど》り着きました。そこはとても不思議な島でした。草木が生い茂り、果物もたわわに実っているのに、動物は一匹もいないのです」

「ほう、まこと不思議じゃ」

小夜子たちは血の気が引いた。物語は法螺《ほら》だ。

「ミーコおよし。死にたいの？」

しかし美邦が一喝した。こういう話をずっと聞きたかったのだ。

「小夜子は黙れ。妾は続きを聞きたい」

ミーコは宮殿にいるには無自覚すぎる。嘘と罰の関係を見抜いた人間は嫌でも慎重にならざるを得ない。ミーコはたまたま今まで嘘をつかなかっただけだ。しかしついにロシアンルーレットの弾が出た。ミーコの持つ天然の無邪気さが身を守っていると思っていたが、天然だけでは生き残れない。小夜子は一層強く心を戒《いまし》めた。相手の意図を読みとる明晰《めいせき》な頭脳と、慎重な態度こそ唯一の盾となる。

小夜子は端末で女官の補充を要請した。

「見た目よりも頭がいいと思っていたのに残念だわ」

小夜子も従者も別れには慣れている。ここでは誰とも心を交わさないのがルールだ。下手に情を持つと正気でいられなくなるからだ。しかしミーコは意に介さない。

「そうよ。今まで誰もこういう話をしてあげなかったから、美邦様は寂しかったんじゃない」

愛情から出た嘘にすら罰を与えることも忘れてミーコは物語を聞かせた。

「島に上がった男は、辺りを見渡しました。人も動物もいないのに、島の奥から気配がします。男は恐る恐る島の中に入っていきました。男はさっきからジロジロ何かに見られているような視線を感じました」

さて、どうしようとミーコは話を区切った。モモコのようなストーリーテラーではないから、話は行き当たりばったりだ。

美邦はミーコの袖《そで》を引っ張って続きを催促する。

「きっと妖怪の視線じゃ。そうじゃろう？」

「そうです。妖怪の視線です。振り返るとさっき目印に置いた石がなくなっていました。男はいつしか道に迷っていました。どれくらい歩いたでしょうか。島に大きな洞窟《どうくつ》を見つけました。ええっと……」

「洞窟の中に化け物がいるのじゃ。奥で何かが光ったのじゃ。そうじゃろう」

「そうです。洞窟の中で何かが光ったので、近づいてみました。すると突然地面が揺れたのです。中から大きな岩の化け物が出てきました」

小夜子たちはミーコの最後の勇姿を目に焼きつけてやることにした。もう取り消しはきかない。ひとつの小さな嘘でも命取りなのだから、ミーコの嘘は万死に値する。ならばもっと気宇壮大な嘘をついて、美邦の心を和ませてほしかった。

「岩の化け物は空を飛ぶのよ。でしょ？」

調子に乗ったミーコは小夜子の提案に乗った。

「そうねえ。じゃあ飛びましょう。肝を潰《つぶ》した男は慌てて島から逃げ出しました。めでたし、めでたし」

美邦はお義理で拍手してやった。

「うーん。まあまあじゃ。本の方がよく出来ておる」

「ごめんなさい。あたしは才能がないみたい」

「生存本能もないんじゃない？」

小夜子は冷笑して大広間を後にした。

しかし翌日になってもミーコは生きていた。朝から丼飯《どんぶりめし》をかき込むミーコの姿を見たとき、小夜子は「お化けぇ！」と絶叫した。なぜミーコが生きていられるのか宮殿はその話で持ちきりだった。

アトラスは現在第九層へと伸びるメガシャフトの建造中だ。第八層の人工地盤は足場以外は骨格となる梁《はり》を剝《む》き出しにしている。将来はこの梁の上に道路が造られる。草木も生えれば泉もある人工地盤は完成してしまうと大地と見分けがつかなくなる。建造中のこの間だけ、これが土木工学の結晶であることがわかる。梁の間から真下に造成中の街並みが見下ろせる。もっとも作業員が真下の景色に息を飲むことはない。遠隔操作のモニター画面でロボットたちが順調に建造しているかをチェックするだけだった。

第五層にあるアトラス公社の管制室は、優先度の高い情報だけを制御する。細かなことは人間に頼らずともゼウスが判断してくれた。

「第四層からの報告です。陸軍擬態部隊の演習は無事終了しました。撤退と同時にメガシャフトを封鎖します」

「再開発プログラムをスタートせよ」

資金を調達したアトラスは再開発事業に乗り出した。来週の政府発表の内容は世界中の注目を集めることだろう。

「第八層からの連絡です。公社の幹部は速やかに地鎮祭に参加してください」

アナウンスの声を聞いた幹部たちがついに来たと溜め息を漏らす。ちょうど最高経営会議の最中だった。たとえ公社の明日を決める会議でも、地鎮祭があれば中断しなければならない。

「なんとも憂鬱《ゆううつ》ですな……」

「これも役目だ。任期中に二度もあるなんて」

とお互いに意気消沈しながら席を立った。初めて地鎮祭に参加する男が周囲の顔色が優れないのを不審がる。

「ただの儀式じゃないですか。ぼうっと立ってるだけじゃないですか」

「行けばわかる。君は鏡で自分の笑顔を覚えておいた方がいいぞ」

幹部たちはまるで突然の訃報《ふほう》でも聞いたかのように無言で公社を後にする。その様子を職員たちが怪訝《けげん》そうに見送った。

「立入禁止のアトラスの最上層に行けるんだぜ。俺だったら喜んじゃうけどな」

「写真を撮ってきてくださいって頼んだらすごい顔して睨《にら》まれたんだぜ」

「おまえら知ってるか。幹部たちは帰ってきたら、しばらく出社しなくなるんだぜ」

と事情を知る職員が教えてくれた。公社の中にはカウンセラーが常駐している。地鎮祭の後は決まってカウンセリングにかかる幹部たちが殺到するらしい。

「なぜだろう。高所恐怖症になるのかな？」

「知らねえよ。出世したらわかるんじゃないのか？」

公社は現場の一兵卒にはよくわからないことが多すぎた。どんなに陽気な人物でも出世すると寡黙になるのが公社の伝統だ。いつしか公社の中でこんな噂話がまことしやかに語られるようになった。「地鎮祭を見ると祟《たた》りがある」と。アトラス博物館に地鎮祭の様子を撮った写真がある。祓《はら》い棒を持った神主が厳かに儀式を執り行っている。どこでも見られる普通の地鎮祭の様子だった。

「祟りがないようにするのが地鎮祭だろう。こういう迷信的なことをしているから妙な噂が立つんだ。炭素時代にするようなものじゃない」

「じゃあ、なぜみんなあんなに憂鬱そうなんだ。予言してやるよ。今度の地鎮祭が終わったら、三人は祟りで辞職するぜ。辞めた後がまた悲惨なんだ。どうなると思う？」

と言葉を区切った。若い職員たちはさあ、と首を傾げた。

「みんな変死するんだよ。俺の前の上司だった人は辞職して三日で心筋梗塞《こうそく》だぜ。これが祟りじゃなくて何なんだよ」

「先輩おどかさないでくださいよ。出世したくなくなるじゃないですか」

これはアトラス公社で先輩から後輩へと語り継がれるフォークロアだ。真相を知るのは幹部たちだけだ。

「もし俺が出世したら地鎮祭で何をしているのか教えてやるよ」

「絶対ですよ先輩」

と朗らかに笑いあった。

「ところで再開発の青写真は出来ているんだろう。見せてみろよ」

「ダメですよ。政府発表まで絶対に見せてはいけないんです。いくら先輩でもこれは無理です」

公社はお互いが何をしているのかわからない。この閉鎖的な環境が伝説を培養するシャーレだ。

「発表を楽しみにしてください。きっと度肝を抜かれますよ」

膨大な建設資材が投入されている第八層は、更に上へと伸びるメガシャフトの建造に追われていた。視界の悪い中を建設ロボットだけが黙々と作業する様は工場に似ていた。人件費を抑えるために投入されたロボットはストライキも、納期の遅れもなく着実にアトラスを建造していく。現場にいる作業員はロボットの故障を修理するエンジニアだけだ。これが最も効率的だと最初のうちは信じられていた。

しかしアトラス建設は思った以上に難工事だった。綿密に計算され尽くしているはずなのに、人工地盤が上手《うま》く敷けなかった。作業ロボットは千分の一ミリの誤差で作業する。プログラム上はきちんと動いているのに、現場では誤差が生じた。そのうちロボットたちが次々と故障した。現代版・万里の長城と呼ばれるアトラス建設は最大の国家プロジェクトだ。建設の滞りは森林化にも炭素市場にも影響を与える。壊れたロボットたちに代わり急遽《きゆうきよ》、建設作業員を投入した。しかし彼らもまたよく壊れた。現場は滑落や事故が相次ぎ、誰も建設に従事したがらなくなった。アトラスに携われば死ぬという噂がまことしやかに流布された。今から五十年も昔のことである。

そんなある日、頭を抱えていた公社に男がやってきた。彼が言うには、アトラスは科学だけでは建造不可能だと告げた。東京の土地を勝手に改造することは、大地の気を乱すだけだと言う。試しにメガシャフトの麓《ふもと》に社を設《しつら》えた。するとロボットたちはプログラムミスもなく、順調に作業するようになった。

　アトラス建設には地鎮祭が不可欠だったのだ。それも形式的なものではなく、本来のあるべき姿の地鎮祭を執り行わなければアトラス建設に未来はなかった。公社の幹部たちは工期の遅れを取り戻すべく、男の言う通りに地鎮祭を行った。

　人工地盤が敷かれると中央に十二方位盤が埋設される。東京の新しい土地に気を流すためだそうだ。炭素材しか使わないアトラスで、唯一青銅でできた部分がこの十二方位盤だ。丁重に埋められると表からは見えなくなる。地鎮祭はこの後に執り行われることになっている。

　第八層で六年ぶりの地鎮祭が始まろうとしていた。到着した幹部たちは建設ロボットが走るハイテクの現場に息を飲んだ。人工知能を持ったクレーンは一ミリの無駄もなく資材を持ち上げる。それをロボットが霧の中を迷いなく溶接していく。連携があまりにも上手くいきすぎて、見ている側が息をつくタイミングを忘れてしまう。整備不良でぎこちなく動くロボットを見ると何か人間的な温《ぬく》もりを感じた。それらもすぐに修理されてまた調和の取れた世界に戻ってしまう。

「蟻塚を見ている気分だ」

　初めて現場に訪れた幹部がこう漏らした。この淡々としながらも忙しい様は蟻の生態を観察している気分と似ている。きっと高空から建設現場を眺めたらロボットたちは蟻のように映るだろう。

「働かない人間のすることは地鎮祭か。ハイテク文明が人を原始時代に退行させるとは皮肉なことだ」

ネクタイを締め直した幹部が、地鎮祭の現場に赴いた。荒縄を張り巡らせた中に神主がいた。檜《ひのき》の神籬《かみがき》台は通常の物よりも立派だったが、目の前に建造されつつあるメガシャフトの巨大さの前ではお粗末なくらいに小さく思えた。思わず笑みを零《こぼ》したら、神主にきつく叱られた。

「神事の前に失礼であるぞ」

周りの幹部たちは顔を伏せてただ一心に耐えている。不謹慎だったかもしれないと男は肩を竦《すく》めて整列した。

「これより寅《とら》の方位の地鎮祭を執り行う」

神主が祭壇の前で祈禱《きとう》を始める。うっすらと霧のかかった中を白装束の男たちが御輿《みこし》を担いでやってきた。地鎮祭にしてはちょっと見ないやり方だった。御輿の中から縛られた子どもが出てきた。

「助けて！　助けて！」

少女の叫び声に目の前が真っ白になる。一体何を行うというのだろう。すぐに少女は太い柱に縛られて、メガシャフトの竪穴《たてあな》に向けて吊《つ》り上げられた。空中から泣き叫ぶ少女の声がする。

「ドゥオモに帰して。お母さん助けて。國子様助けて」

少女はドゥオモで神隠しで消えた麻美だった。アトラス公社は地上から干支《えと》のメガシャフトの子を攫《さら》っていた。寅の方位には寅年生まれの子を捧《ささ》げる。これが地鎮祭の全貌《ぜんぼう》だ。アトラス建設はこの地鎮祭を行うようになってから、トラブルがピタリと止まった。豪雨の日、アトラス公社の拉致《らち》部隊が地上に降りて子どもを攫う。これが神隠しの真相である。初めて地鎮祭に参列した幹部は声を荒げた。柱に縛られた子は男の末娘くらいの歳だった。

「やめろ。まるで人柱じゃないか」

幹部たちは耳を塞《ふさ》いだ。これは必要悪だと自分自身に言い聞かせる。アトラスは最終層まで作らないと意味がない建造物なのだ。ここで計画を中断したら、全てが無に帰す。もう後戻りはできなかった。地上の東京は回復不可能なほどに森に食べさせた。炭素時代を生き抜くために東京が進む道はこれしかなかった。

男は神主に食ってかかった。

「この人殺し。これのどこが地鎮祭だ」

「人工地盤に気を流すためには命の代償が必要だ。さもなくばアトラスは崩れてしまう」

東京は再生するエネルギーを大地から得る街だと公社はアトラス建設に着手して初めて知った。東京が破壊と再生を繰り返すことができるのは、たくさんの命の歴史があったからこそだ。五十年前にアトラス公社に来た男はそのことを教えてくれた。初期のアトラス建設が難航したのは、そのせいだ。人工地盤はあまりにも歴史がなさすぎた。白紙の上に街はできない。かと言って人工地盤で世代交代を待つほど悠長なことはしていられなかった。穢《けが》れ無き魂を人工地盤に捧げることで、アトラスを守ってもらう。技術文明を極めた先にあったのは、未開文明の儀式だ。

幹部の男はたちまち取り押さえられてしまった。これも新参者によくある光景だった。それでも男は抵抗した。

「俺は人殺しをするために公社に入ったんじゃない。人が楽しく暮らせる街を作りたかっただけだ」

「東京の未来のためだ。犠牲はやむを得ない。これしか方法がなかったんだ。私たちが入社した頃から行われていたことだ」

柱に括《くく》りつけられた少女はメガシャフトの竪穴に消えていった。蓋《ふた》がなされ何事もなかったかのような静けさが訪れる。またロボットたちが忙《せわ》しなく辺りを往来するテクノロジーの最前線の光景が広がっていた。

神主が祝詞《のりと》を捧げた。

高天原《たかまがはら》に神留り坐す　皇親神漏岐　神漏美の命以《も》ちて　八百万《やおよろず》神等を　神集へに集へ賜《たま》ひ　神議《はか》りに議り　賜ひて　我が皇御孫命は　豊蘆原《とよあしはら》水穂国を　安国と平けく知ろし食《め》せと事依さし奉《まつ》りき　此く依さし奉りし

国中に　荒振る神等をば　神問はしに問はし賜ひ　神掃《はら》ひに

幹部たちが玉串《たまぐし》を納めていく。拝礼するときの手は微《かす》かに震えていた。何度経験しても慣れることはない。辞めていった仲間たちの気持ちがわかる。しかし守秘義務を怠る可能性がある存在は政府によって暗殺されてしまう。生きて耐えて苦悶《くもん》することが供養になると自らに言い聞かせた。これからまた他の方位のシャフトでも同じことが行われる。全ての地鎮祭に参列すると頭がおかしくなった。いっそ壊れてロボットのように何も感じなくなれれば楽だった。

地鎮祭が終わると、用意されていた小さな鳥居と社が設えられた。少女は寅の方位の守護神とされた。同じことがアトラスの全ての層で行われていた。シャフトの麓には神隠しに遭った子どもたちと同じ数の社がある。

「次は浄化だな。第四層は人が死にすぎた」

「東京はまた変わるのだということをアピールするにはこれしかない」

公社はかつて東京が生まれ変わった象徴的出来事をもう一度再来させることにした。アトラスのイメージアップにはうってつけだった。

「人工地盤の管理をするのは楽じゃない」

幹部たちは惨劇の地鎮祭を終え、第八層を後にした。

ドゥオモは失望の色に染まっていた。懸命の捜索にも拘《かか》わらず麻美の消息は摑《つか》めなかった。他の地区とも連動して人がいそうな場所は危険な森といえども踏み込んだ。地下通路も調べた。しかし何の手がかりもなかった。國子は捜索部隊の縮小を決断した。これ以上の捜索はストレスを溜《た》めるだけだ。

「神隠しなんてあるわけがない。絶対に何か目的があって拉致したのよ」

ドンと執務室の机を叩《たた》いた國子にモモコは何を言ってあげればいいのか言葉が見つからなかった。國子のこんな疲れ切った顔を見るのは辛《つら》かった。

「もう寝たら。ずっと徹夜してたんでしょ」

「そんなことできない。みんなあたしが見つけてくれるって信じてるもの」

「國子は神様じゃないわ。誰も責めないわよ」

「もう一度、森に潜る」

「ダメよ。遭難者が増えるだけよ。人が消えるのはもうたくさん」

國子の執れる対策と言ったら、ブリッジを開門せずにドゥオモの排水能力をあげること、豪雨のときは武装した男たちに警備させることくらいだった。

「武彦はどうしてる?」

「ずっと塞ぎっぱなしよ。あたしの特製スープも喉《のど》を通らないくらい落ち込んでるわ。今はそっとしておいてあげましょ」

「あのハーフの子も帰って来ないよね」

國子が目をかけていた混血の青年もまた行方不明だ。武彦はそのことを嘖《さいな》んでいるのだろうか。いつも子どもっぽい武彦があんな険しい表情をするなんて珍しいことだ。今はモモコの言う通り触れない方がいい。ドゥオモの灯火はひとつ消えるだけでも大きな損失だ。元の活気を取り戻すにはもう少し時間が必要だった。

「國子様テレビをご覧ください。政府が臨時会見を行うそうです」

促されてテレビをつけた。また難民弾圧の政策を発表するつもりなのだろうか。政府発表に明るいニュースなんてまずない。國子は官房長官が現れるまでの間、どんな嫌なニュースなのか予想を立てる癖がついていた。考えられる最悪のシナリオを立ててニュースを見れば大抵の発表は冷静に聞くことができるからだ。しかし今日の官房長官の顔は現れたときからにこやかだった。

「あいつがニヤニヤするなんて気持ちが悪い」

テレビはどの放送局も臨時会見ばかりだ。官房長官が口を開いた。

「アトラス第四層の再開発が正式に決まりました。四年後の東京オリンピックはアトラスで行われます！」

「なんですって！」

國子は耳を疑った。同時にテレビは第四層の再開発計画の映像に切り替わった。第四層の名は新代々木に改められた。人工地盤は全て緑地化され、十万人収用のメインスタジアムが建設されるという。第四層はオリンピック関連施設が目白押しだった。プール、選手村、体育館、野球場、サッカースタジアム、プレスセンターまである。

國子が今まで予想していた最悪のシナリオを超える政府発表だ。

「難民を無視してオリンピック会場にするなんてバカにしてる！」

「意地悪なこと考えさせる競技があったら、政府は金メダル確実ね」

アトラス贔屓《びいき》のモモコも呆《あき》れてものが言えなかった。第四層を絨毯《じゅうたん》爆撃した政府が今度は平和の祭典を同じ場所でするという。國子はこんな発表は受け入れられなかった。意気消沈していたドゥオモの民が怒りに沸き返る。東京はオリンピックで浮かれるほど平和ではない。

「炉に火を入れて煤煙《ばいえん》をあげなさい。断固抗議するのよ」

次々とドゥオモの煙突が息を吹き返す。炭素税を跳ね上げてでもオリンピックを阻止してやるつもりだった。


遠く離れたインド洋にモルジブ船籍の小さな漁船が操業していた。漁師が見慣れぬ光景に出くわして何度も現在地と海図を重ねる。確かにここは先週もやって来た馴染《なじ》みの漁場だ。しかし目の前には見慣れぬ島が出現していた。あんな島は記憶にないどころか地図にすら載っていなかった。

しかし漁師は思い直した。千二百も島があるモルジブ諸島の全てを知っているわけではない。これはたまたまGPSが故障しているだけなのだろうと思うことにした。

島といってもモルジブ諸島の中でも小さな部類だ。環礁が隆起したのだろうか。島は船を接岸するのも難しい険しい断崖《だんがい》で出来ていた。見れば小高い丘がある。岩場にあがった漁師は、島を探検することにした。ちょっと草を分け入ったが妙な気配がする。何か監視されているような視線を感じる。しかし森の奥に入っても鳥の鳴き声ひとつない。花に蝶《ちょう》がひとつも群れていないのが不思議だった。ここは本当にモルジブなのだろうか、今ひとつ確信が持てない。無人島なら幾つも見てきたが、ここまでひっそりとした島は初めてだった。

漁師は島の奥に洞窟《どうくつ》を見つけた。蝙蝠《こうもり》がいると警戒したのに洞窟も空だった。ここは生きているのか死んでいるのかよくわからない島だ。漁師の目が洞窟の奥に光を捉《とら》えた。島が小刻みに揺れて地面が割れていく。地震かと思ったが違う揺れ方だ。漁師は信じられないものを見た。

「岩の怪物だ！」

轟音《ごうおん》とともに地面から現れたのは巨大な珊瑚《さんご》の岩だ。それが意志を持ったように動いている。漁師は腰が抜けて立ち上がれなかった。ただでさえ理解できないのに、岩は爆音まで吐き出した。耳をつんざく音に目を開けていられなくなる。なんと岩は浮き上がったではないか。垂直に舞い上がると、瞬く間に視界から消えてしまった。

「妖怪の島だ。俺はとんでもない島に紛れ込んでしまった」

とにかくこの島から脱出しなければ命の保証はない。漁師は来た道も忘れて逃げ出した。

船を接岸した場所は遠回りだったので、崖《がけ》から海に飛び降りた。すると島はゆっくりと移動し始めた。錯乱した漁師は命からがら船に戻り、漁を忘れて帰路に着いた。

漁師の船が見えなくなった頃、洞窟の奥から人が現れた。陸軍の制服を着た草薙だった。

「参ったな。見られちゃったよ」

島の小高い丘を睨《にら》んだ草薙が無線で指示をする。

「擬態解除。領海から離れよう」

すると島の草木がみるみるうちに無機質な黒っぽい板に覆われていく。崖は船体に丘は船橋へと変わる。海上に出現したのは空母ペルセウスだ。擬態装甲を施したペルセウスは、目的地のインド洋に現れた。

「アメリカ海軍を刺激したくない。民間船に擬態せよ」

海原を駆けながらペルセウスはコンテナ満載の貨物船に擬態した。この姿でマラッカ海峡を越えたのだ。擬態が巧妙すぎて憧《あこが》れの空母に乗船している気がしないのが難点だ。

草薙は周辺諸国を刺激せずにメデューサを叩く作戦に出た。しかしまだどの島にメデューサが設置されているのかわからなかった。

第六章　メデューサ討伐

東京はオリンピックに向けて破壊と再生の速度を増す。かつて首都高速が都市の景観を一変させたように、今度は密林でコンクリートの街を覆す。森は都市の記憶を一気に二千年は食い尽くす。狂乱の土地バブルも、占領の記憶も、そしてここがかつて江戸と呼ばれた都市だった記憶すら失っていく。濃い息を吐く密林は、過去への問いかけに沈黙したままだ。今日も古い街のひとつが密林に呑《の》み込まれた。

地上が過去へと退行するx軸なら、空中は未来へと伸びるy軸だ。新しい時代の歴史は空中都市の年輪でもある。積み重なっていく人工地盤は人々の人生を支える新たな風土だ。霞《かすみ》の遥《はる》か先にある先端は競うように伸びていく。同じ形の日は一日もない。アトラスは女の顔をした都市だ。毎日装いを変えながら季節を追いかけていく。それは東京とアトラスを入れ替えても同じである。都市の時間を刻むのは流行だけだ。思い出は全て時代遅れの顔をしている。東京は未来を先取りすることで希望を生み出す。現実はいつも明日の匂いに満ちている。

東京は四年後のオリンピックの姿を追いかけていた。メディアがこぞって流すオリンピックの情報で、東京に未来の匂いがやってくる。現実はやがて四年後の色に染まる。反抗の狼煙《のろし》をあげたドゥオモの煙突の下で、子どもたちが走り高跳びの遊びをしていた。その様子を眺めながらモモコが溜《た》め息をつく。

「第四層は住宅地になると思ってたのに。今にアトラスから汗の匂いがするようになるわよ」世界中からスポーツバカを集める見世物小屋を造るなんて……。

モモコの側にいた國子は煙の量を気にしている。そろそろ炉を止めた方がよさそうだ。これ以上の炭素排出は政府軍に攻める理由を与えてしまう。

「モモコさん、オリンピックの強化選手だったんじゃなかったっけ？　今からでも間に合うんじゃない？　夢のアトラスに選手として行ったら？」

モモコは柔道の国際大会で優勝したこともある有望な選手だった。しかしモモコは女になることを選んだ。金メダルを取ってうっかり国民栄誉賞を与えられたりしたら、自由な生き方はできなくなっただろう。モモコは闘っていた相手の正体がわかってしまった。彼らは全て自分の忌むべき影だった。競技から離れたのは、これ以上自分を虐《いじ》めたくなかったからだ。

「あたしみたいなややこしい人間は人の範にはなれないわ」

「もしかして金メダル欲しかったとか？」

モモコが悪戯《いたずら》っぽくウインクした。

「念願の金は取ったからいいのよ」

「はいそこまで。これ以上はあたしの情操に悪い影響を与えそうだからやめよう」

モモコはつまらなそうに手すりに顎《あご》を乗せた。

「だんだん知恵がついてきたわね。面白くないわ」

「まだ日があるのよ。下品な話をする時間じゃないわ」

「まだ下品な話になると決まったわけじゃないでしょ。國子はせっかちよ。続きがあったのに」

國子は怪訝《けげん》そうに首を傾げた。オチはどう考えても下ネタのあのことだろう。続きなんてあるのだろうか。聞いてみたい気もする。

充分に興味を惹《ひ》きつけたと確信したモモコは、声色をお伽《とぎ》話のときのものに変えた。

「ニューハーフには秘密がたくさんあるのよ。金を神様に返すと、見返りに銀が貰《もら》えるって知ってた？　あたしは銀をいただいたからオリンピックはもういいの。その話をしようと思ってたのに残念だわ」

「銀ってなに？」

國子が反応すると、モモコはニターッと笑った。

「これ以上はあなたの情操に悪い影響を与えそうだからやめましょうね」

「銀ってなに？　銀ってなに？」

國子は想像がつかずにモモコの腕を引っ張った。所詮《しょせん》、國子はモモコの掌《てのひら》の上で遊ぶ孫悟空だ。モモコは國子を焦《じ》らすだけ焦らして「教えない」とそっぽを向く。國子は癇癪《かんしゃく》を起こして地団駄を踏んだ。

「銀ってなに？ お願い、教えてモモコさん。このままだと眠れなくなっちゃうよ。金がアレだとしたら、銀はなに？」

「まあ、下品な子ね。誰が金はアレだと決めたのよ。欲求不満じゃないの？ 昼間っからいやあね。あなたの頭の中は深夜番組なんじゃない？」

通りかかった子ども連れの女がぎょっとした顔をして通り過ぎていった。そのうち、総統は欲求不満という噂がドゥオモに蔓延《まんえん》することだろう。

モモコは面白がって更に追い討ちをかける。

「銅っていうのもあるんだけど、銀がわからないようじゃ無理ね」

「銅ってなに？ 銅ってなに？」

そしてまたグルグルの同じ場面が繰り返されるのだ。モモコは素っ惚《とぼ》けて巧みに話をはぐらかした。教えそうで教えないぎりぎりの塩梅《あんばい》で國子を振り回した後で、モモコは養育係の決め台詞《ぜりふ》を吐いた。

「人の話を遮ると大事なことを聞きそびれるわよ。教訓になったでしょう」

ぶうと國子が拗《す》ねる。もしオリンピックに母親競技があれば、モモコは間違いなく金メダリストになれるだろう。モモコといると母性本能というのは女性に都合のいい理屈にすぎないと思う。モモコは母親になろうとすることで母性を身につけたからだ。

國子はモモコが苦悩していた時代を知らない。男だったときもこんな甘い匂いを放っていたのだろうか。東京のどこかにモモコの過去が落ちていたら、尋ねてみたかった。しかし枝を絡ませる密林に人の感傷など見つけられそうもない。

「オリンピックは絶対に阻止してやらなきゃ。もう一暴れするから力を貸してモモコさん」

「ニューハーフは自分の大事なものを守るためにしか生きないわ。反政府運動には加わらない。でも國子を守るためなら、何だってするわ。傍目《はため》にはゲリラの仲間と思われても、あたしは母親としての義務を全うするだけよ。これでいいでしょ？」

國子はモモコに抱きついた。そして不安そうに鳴る鼓動をモモコの胸に押し当てた。

「あたし未来が恐いの。あたしのせいで全てを失いそうな気がする。でも止められない。あたしは動くことしかできない。ねえ、あたしは今どこに立ってるの？　坂を転げ落ちているから見えないのかしら。それとも切り立った崖《がけ》の前で途方に暮れているのかしら。教えてモモコさん」

二十万のドゥオモの民の運命が自分の肩にかかっていると思うと、間違うわけにはいかなかった。かつて自由に空を飛べて何でも見渡せた日があったのに、今は明日のことを考えると息が詰まりそうになる。

「あなたはあたしたちの光よ。影に怯《おび》えちゃダメ。國子が放つ光は大きな影を生み出すわ。アトラスの食のように。不安を持つと影が恐く見えるわ。でもどんなものにも影はあるのよ。ほら國子、よく見て」

モモコが抱きしめてひとつになった二人の影を指す。華奢《きゃしゃ》な國子を呑み込んだモモコの影は笑っているように見えた。

「自分の影が恐ければ、あたしの影にお入りなさい。國子は思いっきり走ればいいのよ。あたしはきっと追いついてあなたの影を消すわ」

その言葉に國子はやっと目を開く気になった。今朝の瞑想《めいそう》で見たイメージはドゥオモが跡形もなく消えていた光景だった。それが自分の失政によるものだとしたらと思うと恐くてもう何も見たくなかった。この未来を回避するためには、進むべきか退くべきかがわからない。もしかしたらどの道を選んでも同じ未来に辿《たど》り着くのかもしれない。國子はできるだけ小さくなってモモコの胸にしがみついた。今はできるだけ自分の質量を感じたくなかった。

モモコにはわかっている。ドゥオモは秋葉原のように治外法権の道を歩むことはできない街だ。戦争で生まれた街は戦争に明け暮れる宿命を背負っている。

「何迷ってるの。答えはいつもYESよ。あなたが選ぶ道はいつも正しいわ。アトラスを攻めるんでしょう」

「今しかないの。ドゥオモの資金はやがて調達できなくなるわ。炭素市場が見たこともないくらい荒れてるの。昨日、売りのタイミングがあと十秒遅かったら五百億円を吹っ飛ばすとこだった」

「でも失わなかったじゃない。上出来よ」

「損も得もしてないわ。炭素市場は危なすぎてもう近づけないの。マーケットはカーボニストの能力を超えて動き始めたわ」

モモコから金儲《もう》けが趣味と揶揄《やゆ》される國子ですら、もう市場の動きは摑《つか》めなくなっていた。小難しい経済理論など知らなくても今までは把握できた。それは彼女が経済を人間の身体感覚の拡大として捉《とら》えていたからだ。始めは小遣い程度の金の流れを覚える。次は家族の収入程度の資金を扱う。そうやって順次拡大していくと、やがて金は巨大なエネルギーの流動に見えてくる。それを前にすると大抵の人間は身体が弾《はじ》けてしまう。だが、國子は巨大なエネルギーと接続するイメージでこれをやってのける。

カーボニストと呼ばれる人間は、どんな巨大なシステムを前にしても身体感覚を失わない人間のことだ。それはグローバル経済という環境に適応した新たな知的進化といってよい。しかし結果としてより知的進化したカーボニストたちは、誰よりも動物的でもあった。カーボニストたちが市場の動きを読む勘の良さはまるで船から逃げる鼠の姿を彷彿《ほうふつ》とさせた。世界中にいる彼らは個性や意志を抑えて共時的に動く。それは他方の見地に立てば退化と定義されることでもある。

國子だけではなく、世界中のカーボニストたちもまた市場の動乱に震えていた。マーケットが辛うじて機能しているのは、恐慌を起こさせないというカーボニストたちの共時感覚があるからだ。

モモコは新しいスカーフを國子の首に巻いてやった。

「これからまた金融センターに行くんでしょう？　そんな不安そうな顔をしてるとスタッフの士気に関わるわ」

「モモコさんも来て。マーケットがどんなことになっているかわかるから」

「もちろんよ。新しい制服が出来たからそれを持って行くわ」

広場の隅にしょぼくれた武彦の影が見えた。

「モモコさん、あいつ最近ずっと変なのよ。老《ふ》けたというか、難しくなったというか。あたしに距離を置いてる気がするんだよね」

「そっとしておきなさい。男っていつか汚れる日が来るものよ。武彦にも歳相応の試練がやってきたのよ」

そういえば國子は武彦を実年齢でイメージしたことがないと気づいた。見た目は髭面《ひげづら》の中年男なのだが、中身は青年特有の直情的な男だ。國子と対等に喧嘩《けんか》したり同じものを見て笑ったりするから、同世代のように錯覚してしまう。

「また玩具《おもちゃ》をあげれば喜ぶかなあ……」

モモコは武彦の背中を見て、無理だと告げた。ああなると男は二つの方向に転がる。ひとつはひたすら汚い道を邁進《まいしん》することだ。そしてもうひとつは、汚れても綺麗《きれい》になる方法を身につけることだ。モモコの知る限り、後者の道を行く男は少なかった。負け犬のナルシシズムは男の心理にほどよい酩酊《めいてい》感を与えるからだ。

豪雨から帰った武彦にモモコは一言だけアドバイスした。

「純粋でいたければ強くなるしかないのよ」と。

モモコは武彦たちが何をしてきたのか、大体の想像はつく。しかし彼らが選んだ道だ。初志を貫いて國子に迷惑をかけることだけはやめてほしかった。以来、モモコは知らぬふりを決めている。

「武彦が男になるか、クズになるかの瀬戸際ね」

「モモコさんってなんでもわかるんだあ」

見下ろした先の武彦の背中は思ったよりも小さかった。

暑さの振動で頭が割れるほどの日差しだった。雨で意識を濁した後にやってきた晴天は暗い記憶を容赦なく照らす。日差しは残酷なほどに明るかった。目を細めた武彦は、ドゥオモの広場で茫然《ぼうぜん》としていた。

思い出すのはあの雨の日だ。

「俺は汚れちまった……」

豪雨の蓑《みの》に隠れて武彦たちは少女の家を襲った。ピアノを弾いていた少女の背後に迫り神隠しさながらのスピードで連れ去った。鼓動の中に良心の呵責《かしゃく》を紛らせながら。それが精一杯の謝罪だった。これが最小限の悪だと言い聞かせて武彦は少年時代の自分を裏切った。過去の自分が冷たい眼差《まなざ》しで内側から見つめている。汚い大人になるくらいなら死んだ方がいいとその気持ちだけを大事にしてきたのに、いざ大人になってみたら自分が一番汚い男になっていた。

「これが俺の正体だったのかもな」

武彦は携帯電話の待ち受け画面にしていた國子の写真を削除した。しょぼくれていると同じ顔をした仲間が沈鬱《ちんうつ》そうに武彦の周りに集った。

「遺伝情報はマッチしたそうです」

武彦はそうか、と呟《つぶや》いただけだ。

「出来るだけ苦しまずに済むよう配慮しました」

またそうか、と呟いて膝《ひざ》を抱えた。武彦の右腕の男が悲しそうに佇《たたず》んでいた。

「もうやめませんか。僕は辛《つら》いです。二度とあんなことはしたくない。頭がおかしくなりそうだ。娘と同じくらいの歳だったんですよ」

武彦は日差しに頭を殴らせた。しかしどんなにパンチを食らわせても今日は逃げ場もないくらい明るかった。あの日の記憶は日に日に鮮明さを増す。少女がいた部屋に飾られていた人形の数、目をしょぼしょぼさせるほどの香水の匂い、そして背後から抱えた少女の柔らかい体。思い出すたびに記憶が増えていく。それに伴って自分の内部からこみ上げる黒い臭気に叫びたくなった。

武彦は頭を抱えた。

「アトラス計画を白紙に戻せば、戦争は終わる」

遠くで建設中のアトラスは武彦たちの意気消沈など意にも介さず、東京の空を埋めていく。アトラス政府が殺した人の数に比べたら自分たちはずっとささやかだと言い訳する自分に腹が立った。武彦は戻れない道に足を踏み入れたのはわかっていたのに、振り返ることで純粋だった過去と繋《つな》がりたがっていた。

「じゃあ他にどんな方法がある？　あんなバカでかい建物を壊す武器が俺たちにあるか？　政府にだって止められない計画なんだぞ。アトラスを造る理由をなくしてしまうのが一番だ」

「だからと言ってあんな卑劣な行為を。僕はちゃんと闘って死にたい」

「じゃあおまえは外れていいぞ。後は俺がやる」

ファイルを数えると残りは五人だった。また雨が降れば武彦は鬼になる。


ドゥオモの國子は作戦司令部にいるよりも、金融センターに居座っている時間の方が長い。凪子が総統のときは一ヶ月のうち三日も使わなかった部屋なのに、國子が就任してから作戦司令部の方に埃《ほこり》が溜《た》まるようになった。今や人の賑《にぎ》わう金融センターが花形の部署だ。ここで二十四時間、ドゥオモの資産を運用する。金融センターのスタッフは女性が中心だ。年頃の娘から屋台のおばちゃんまで声をかけてディーラーにした。

仕事をさせてみるとカーボニスト顔負けの凄腕《すごうで》ディーラーが続々誕生した。一番の稼ぎ頭はレディースをやっていた芳恵《よしえ》だ。特攻服を着たメンバーと毎日、北米を中心に荒稼ぎしている。華やかな部署の中でもかなり異質な存在だった。パーティションに箱乗りになった芳恵が叫ぶ。

「よっしゃあ。二千万ドル儲けた！」

メンバーが「契約成立」の幟《のぼり》を振り回す。そして円陣を組むと「総統様、ヨ・ロ・シ・ク」と気合いを入れる。芳恵たちは地上でも金融センターでも暴走するのが好きだった。

「みんな制服ができたわよ」

モモコが女子職員の制服の束を抱えて金融センターの扉を開けた。途端、黄色い声があがる。モモコのデザインした制服は職員に人気がある。パステルカラーの制服はオフィスを賑やかに彩った。

「あんたたちには新しい特攻服を縫ったわよ」

とド派手な特攻服を芳恵たちに渡す。背中に鬼子母神をプリントしたデザインに芳恵たちは大喜びだ。

「モモコ姐《ねえ》さん、ありがとう。私たちの気持ちをわかってくれるのは、オカマだけです」

世の中を五百項目くらいに分けてもニューハーフとレディースは同じ引き出しに入る。両者ともいらん苦労しているし、派手好きだからだ。

「みんなは國子の右腕だもの。力になってあげてね」

國子はスクリーンで刻々と取引される炭素市場を睨《にら》んでいる。壁一面の数字の羅列はモモコには模様にしか見えなかったが、國子は腕を組んだまま半日は集中する。國子は金融センターにいるとき、瞑想《めいそう》しているときの顔つきに似ているのを知っているのだろうか、とモモコは思う。さっき金だの銀だのとじゃれていたときの國子とは思えないほど、大人びた表情だ。

「EUに投資した資金はどれくらい売却できた？」

「八割ほどです。まだ売りますか？」

「中東市場が荒れるわ。今のうちに全部回収しましょう」

モモコが新しいスカーフの巻き方を教えているのに、國子は全然聞いていない。センターの活気からきっと今日も儲《もう》けているのだろうとモモコは思う。

突然、國子が叫んだ。

「うそ。中国市場が落ちた。損益はどれくらいかすぐに計算して」

「百億元くらいかと思われます」

華やかだったセンターの雰囲気が一変する。まるで戦争のときの作戦司令部さながらの緊張状態だ。お喋《しゃべ》りが趣味の女性職員たちも顔色を変えてすぐに対応に追われる。よく訓練されているとモモコは感心した。

「國子でもミスすることあるのね」

「市場が変なのよ。こっちの予測を超えて何かが動き出してるの。一歩間違うと破産しかねないわ」

「あなたが総統になってからドゥオモの暮らしは豊かになったのよ。そんな恐いこと言わないで」

遠くで女性職員の悲鳴があがった。

「ロシア経済が崩壊しそうです。怪物が現れました」

それは最近出現した未知の怪物だ。何が目的なのか知らないが、炭素指数をいじっては投資を呼び込む。しかし実質的な好材料があるわけではないので、すぐに資金が引きあげられる。怪物に翻弄《ほんろう》された国は信用を失い、市場が鈍くなってしまう。

「ロシアは昨日も狙われたのよ。油断した。全取引停止。様子を見るわ」

國子が親指の爪を噛《か》む。それは追いつめられたときの國子の癖だとモモコは知っていた。様子を見ると言ったのはパニックを起こさないためだろう。しかし國子の苛立《いらだ》ちから次の手がないのは明白だった。

北米のブースもてんやわんやだ。ロシアの余波を受けたのだ。

「マジかよ。五千万ドル吹っ飛んだ。國子様、詫《わ》び入れてこいつの頭を丸めさせます」

バリカンを持った芳恵が部下の頭をヘッドロックする。金融センターは先週から毎日がこんな感じだ。

モモコは経済も戦争と似ていると思った。

「本当に破産するかもしれないのね……」

國子の肩を摑《つか》むと微《かす》かに震えていた。一度、市場に資金を投入したら、簡単には回収できない。國子たちは桁《けた》違いの金額を扱っていた。

「マーケットは怪物に乗っ取られたわ。今まで捉《とら》えたことのない感覚なの。頭がいっぱいあって、手も足もない。まるでメデューサ……」

「怪物って大袈裟《おおげさ》ね。経済は所詮《しょせん》、人間のすることじゃない。影を見ちゃダメって言ったでしょう」

「影なんかじゃない。本当に訳のわからないことをするのよ。世界恐慌を起こしかねない怪物なのよ」

政府ですら乱高下する炭素市場に振り回されていた。対外的に涼しい顔をしているけれど、国庫は火の車のはずだ。信頼を失いつつある市場で、投資家は嫌気を感じていた。台風と地震が同時に起きているような天変地異の中でまともな経済活動などできるはずはなかった。

ドゥオモがこれからも順調に利益を生み出すために、國子は政府の動きに同調することにした。情報課を通じて、怪物をおびき出す方法を極秘に教えていた。このために大阪に架空の金融会社を興したのだ。昨日、政府の指南役の金融リース会社と業務提携したばかりだ。アパレルの会社だと騙《だま》して名義上の社長をモモコにした。

「國子様、間もなくゼウスが仕掛けます」

「政府のお手並み拝見といくわ。丁重にフォローしてあげて。女の子を扱うようにね」

「バッチリです。ゲリラに支援されてるなんて知ったらアトラスの連中は卒倒しますよ」

これから炭素世界を混乱させている怪物退治が始まる。それを見越して海外の投資をできる限り回収した。

「発令所の武彦にペルセウスの回線を開くように言って。協力してあげなきゃ。モルジブのタックスヘイヴン島の情報を流してやりなさい」

すぐに発令所から武彦の怒鳴り声が響いた。それはいつか聞いた直情的な声だった。

『バカか。なぜ政府軍に協力しなきゃならないんだ。あいつらを攪乱《かくらん》するのが筋だろう。武器を消耗させて士気を下げさせることを考えろ』

國子も遠慮無くマイクに食ってかかった。二人の罵声《ばせい》が金融センターと発令所を往復する。金融センター主導の作戦に発令所の男たちがげんなりしていた。

『おまえがここで指揮を執るのが筋だ。銭ゲバ部署から命令するな』

「この作戦は資金の逆探知が命よ。こっちのスタッフの方が慣れてるわ」

女性職員が口々に発令所の男たちに野次を投げる。怪物退治の前にドゥオモの男女の戦いが熱気を帯びていた。

「國子様、もっと言ってやってください。誰がご飯を食べさせてやっているのか。はっきりさせましょう」

「そうよ。発令所の男はあたしたちが一週間かけて稼いだお金を半日で使うのよ。この穀《ごく》潰《つぶ》し」

「ドゥオモの財布を握っているのはあたしたちなんだからね」

芳恵たちも特攻服の袖《そで》をまくった。

「喧嘩《けんか》上等だよ。やんのか！」

女たちの勢いに発令所の男たちはたじたじだ。モモコは勝負あったと思った。しかし馬鹿馬鹿しい争いでもある。國子も止め方を知らなさそうなので、仲裁してやることにした。

モモコはマイクに向かって叫んだ。

「金を持たない男は銀を見せなさい」

すると発令所も金融センターも煙に巻かれて「銀ってなに？」と口を揃えた。モモコは惚《とぼ》けた口調で「作戦が終わったら教えるわよ」とウインクした。

「ねえ、銀ってなに？　いったあい。つねらないでよ」

どうやらニューハーフの銀は國子のツボのようだ。

「さっさとここと発令所を連携させなさい」

國子は渋々マイクを握った。

「発令所のみんな聞いて。ドゥオモは怪物、いやメデューサのせいで市場から資金を調達できないくらい逼迫《ひっぱく》しているの。経済をおかしくしている怪物を叩《たた》けるのは、残念だけどペルセウスしかいない。そっちも世界市場をメインスクリーンに出しなさい。今から面白いものが見られるわ」

発令所のスクリーンは刻々と変動する世界の炭素指数を映し出した。

「クウェートに注目するのよ。昨日まで投資していたのを全額引き上げたわ」

『なぜ勝手に資産をいじる。閣議で決めることだって何度言ったらわかる』

「閣議をしている暇がなかったのよ。総統様の暴走だと思ってちょうだい」

金融センターのお局《つぼね》が政府の動きを察知した。

だ。

「國子様、始まりました」

すぐにモニターでも動きが現れた。激しく乱高下するクウェートの炭素指数は目で追いつけないほどだ。調和の取れた炭素指数がこんなに動くなんて誰もが初めて経験することだ。

「今頃、クウェートはパニックね」

炭素指数が持ちなおしかけた。きっとクウェート政府が必死になって買い支えしているのだろう。突然の炭素指数の乱れは不意打ちのミサイルよりも国家を麻痺《まひ》させる。過去の湾岸危機よりも深刻な攻撃を受けて国家は存亡の危機に晒《さら》されていた。

『なぜ炭素指数をいじる?』

武彦はこれが何になるのかわからない。

「メデューサを呼び出すためにどうしても必要なことなの。炭素指数を上げるとやってくるのよ」

『こんなことしたら国際問題になるぞ』

「悪いことしてるのは政府であたしたちじゃないわ。財務省は一度メデューサに相当な被害を受けたらしいの。おびきだして逆探知するつもりよ。それをあたしたちが暗号を解読して傍受しているの。ゼウスは頭がいいから、どさくさに紛れてやらないと危なくって」

『とんだ総統だ。政府を脅す材料にするつもりか』

「脅すのもいいけど、あたしもメデューサに興味があるの。クウェートを狙わせたのは炭素指数を極端に跳ね上げられるからよ」

武彦たちは息を飲んだ。産油国は深刻な炭素排出国である。石油化学製品は今でも産業のひとつだ。これを維持するために政府は産油国の国債を買っている。その国債を放出することで、財務省はクウェートの経済炭素を狙い撃ちにしていた。やがて買い支えの勢いも弱まり、怒濤《どとう》の如く攻勢をかけた。冷徹な数字だけの戦いが地球の裏側で起こっている。それは神の視点から戦争を俯瞰《ふかん》する気分だった。経済炭素はこの世界の諸刃《もろは》の剣だ。味方につければ巨万の富を築けるが、敵に回すと核攻撃よりも悲惨な結果になる。やがてクウェート経済を襲った電子の戦争は終わった。赤く表示された炭素指数は常識外れなものだった。

『炭素指数一三八・七九……！』

武彦は見ている数値に理解が追いつかなかった。コンマがズレて表示されているのかと何度も位置を確認する。次にコンピュータが壊れていると思った。すぐに国連の補正プログラムが働いて正しい数値を弾《はじ》きだしてくれると期待した。しかしいくら待っても数字は直らない。誰かが笑い声をあげた。その笑いに同調したら頭がぐらぐらした。

國子が冷静に国際ニュースに切り替えた。速報でクウェートが破産したことが報じられた。当のクウェート国民も何が起きているのかわからずに当惑している様子だ。街では昨日と同じように物が売られ、公園に憩う市民たちの姿が映し出されていた。やがて物価が百倍以上に跳ね上がることも知らずに。國子が再び炭素市場に切り替える。連鎖して中東市場は大暴落だ。EUが速やかにブロック経済に移行し、国際社会から一時的に離脱した。

『政府は世界を壊すつもりか』

武彦は怒ることでようやく正気に戻れた。

「見てて。メデューサがやってくるから」

停止していたクウェートの炭素指数が再び動き始めた。猛《たけ》り狂った蛇が罠《わな》だとも知らずにクウェートの炭素指数に嚙《か》みついた。メデューサは全能力を傾けて炭素指数をいじりだした。世界中の炭素市場が真っ赤に染まる。今まで得ていた利益をかなぐり捨ててなりふり構わない様子だ。クウェートの炭素指数は釣瓶《つるべ》落としの下落だ。國子はどうやって下げているのかその仕組みに興味があった。モニターしていたスタッフがクウェートの妙な動きを把握した。

「國子様、クウェート全土の油田地帯がヘッドリースされました」

「投資会社と炭素銀行の動きに注意して」

「世界中の銀行と投資会社が金を注いでいます!」

これまでのメデューサの信用実績で銀行の口座がいじられていた。中規模の銀行が次々と破綻《はたん》していく。それでもメデューサは手を緩めない。注ぎ込まれた資金は総額百六十兆円にものぼる。普通なら絶対に貸し渋る金額だ。これには何か絡繰りがあるに違いない。

國子が把握する限り、メデューサは資金の痕跡《こんせき》を残さない怪物だった。メデューサは銀行にクリーンな怪物だ。これがメデューサの力を途方もないものにした。國子は百六十兆円もの金がどうやって消えるのか、この目で確かめないことには気が済まなかった。

モニターは「ヘッドリース完了」の文字が点滅していた。國子はピンときた。

「わかった。油田地帯をどこかに一度リースするつもりだ。どこと契約するか注意して」

「モルジブ諸島の特別目的会社と契約しました」

「資産引受銀行と負債引受銀行が動いてないか調べて」

國子の言う通り、モルジブ諸島から資産引受銀行に金が流れているのがモニターされた。

「クウェート政府に油田地帯をリースバックするはずよ。記録開始」

メデューサが炭素市場から消えていくのに合わせて百六十兆円の金が瞬時に銀行に返還された。

さっき史上最高の炭素指数を弾きだしたばかりなのに、今度は最大の下げ幅を記録した。炭素指数は日本と同じ水準にまで落ちた。スピーカー越しに武彦の呆《あき》れた声が響いた。

『一・一五！　炭素債務国がありえない！』

武彦は啞然《あぜん》としていた。まるで紙幣の額面がコロコロ変わるのを眺めている気分だ。一時間もしない間に一万円が百円になり、すぐに十万円の額面をつけたのと同じことが起きている。通貨は安定しないと信用が得られないように、炭素市場も安定が命だ。ヨーロッパは様子見でまだブロック経済を解除しない。

「なるほどね。こういうことか」

メデューサの仕組みを理解した國子は感心していた。なのに彼女は親指の爪を嚙むのをやめない。怪物の手口を理解しても、まだ目的がわかっていなかった。

「ゼウスはメデューサを突き止めたかしら？」

「大枠で絞り込みには成功したようです。十二の島がマークされました」

「突き止められないように、ダミー会社を置いてあるのよ。敵が一枚上手だわ」

ペルセウスがいくらメデューサの近くにいても、このままだと証拠不十分で攻撃することができない。もし間違った島を爆撃したらモルジブ政府へ先制攻撃したとみなされてしまう。

「ゲームで百六十兆円を動かすとは思えない。何が目的なんだろう」

また親指の爪を噛んだ。

「あたしモルジブでバカンスするのが夢だったのよね」

緊迫していたセンターでモモコはひとり観光案内のパンフレットを見比べていた。モルジブといえばリゾートだ。どの島のホテルに泊まろうか、鼻歌を弾ませながら呑気《のんき》に画面を見比べている。戦争も経済も興味のないモモコはロマンチックなものにしか反応しない。

ふとモモコの視線が止まった。

「あら？　この島だけ水位が低いわね。ホテルもないのにどうしてかしら？」

「水位ってなに？」

「やだ知らないの。モルジブはゼロメートル国家じゃない。人のいる島は堤防の内側に海水が入らないようにポンプで強制排水しているのよ。それでも低いのは何故かしら？」

國子が訝《いぶか》しそうに画面を覗《のぞ》いた。確かに付近の島よりもずっと水位が低い。

「この島の水位のデータを見せて」

モニターに現れた水位はこの一時間のうちに三十センチ上がり、五分前に三十五センチ下がった。津波じゃあるまいし、とこれまでのデータを比較してみる。この一ヶ月は毎日二ミリずつ水位が下がっていた。一キロメートルしか離れていない隣の島との水位の差は五十センチ以上だ。

國子は確信した。

「見つけた。メデューサはここにいる」

すぐに座標を記録して発令所に転送した。

「インド洋のペルセウスにこれを送って。バカじゃなければ気づくはずだから。ペルセウスに鏡を渡せばメデューサを退治してくれるわ」

ようやく椅子に座った國子は自分の首に巻かれていたスカーフに気がついた。モモコが水位を指摘しなければ発見できなかっただろう。

「モモコさんって天才！」

「そりゃそうよ。金を失ったニューハーフだもの。銀も伊達《だて》じゃないでしょう」

センターのみんなが声を揃えた。

「銀ってなに！」

同じ頃、アトラス第五層の新霞ヶ関もまた活気に沸いていた。財務省は怪物を追い込んだと意気軒昂《けんこう》だ。同席したのは国防省の幹部や環境省の高級官僚たちだ。外国で釣り上げた炭素指数の余波がどれだけ日本経済に打撃を与えるのか、誰にもわからない。メデューサ退治は国家プロジェクトになっていた。

「これがテコノロジーの力です！」

幼い声が財務省の会議室に響いた。香凜の言葉に官僚たちの拍手が添えられる。香凜の申し出で日本の外貨の半分を奪った敵の居場所がほぼ特定された。

「さすがカーボニストは違いますな。怪物をおびき出すなんて大胆なことをよくお考えになる」

香凜はちょっと当惑を浮かべた。どのメデューサのことを指しているのか一瞬わからなかった。

「言ったでしょう。あたしは敵の弱点を知ってるって。炭素指数を上げたら罠だとわかっても絶対に来ると確信していたもの」

これは香凜にとっても絶好のチャンスだった。同じ経済システムが二つあると厄介だ。ペルセウスに討伐してもらい、市場が落ち着いたところで金儲《もう》けをする。政府に貸しもできるし、一挙両得だ。もちろん、香凜がもうひとつのメデューサを持っているのは内緒だった。マーシャル諸島にある香凜のメデューサのヘッドリース機能をスリープ状態にして、経済戦をモニターさせていた。メデューサに自分の弱点を学習させ、それを克服してもらう。そのためにもモルジブのメデューサにはきちんと死んでもらわねばならなかった。いささかスパルタ式だが、生存本能を強くするまたとない機会でもある。

　香凜は足を組み直して、クラリスの真似をした。

「これで石田ファイナンスの能力がおわかりになったと思います。実績として認めてもらえますね」

　香凜の父親よりもずっと年上の財務省の官僚たちが、終始香凜の機嫌を伺ってばかりいる。

「もちろんですとも。お約束通り政府資産の三パーセントの運用をそちらにお任せいたします」

　香凜は上機嫌だった。これでより巨大な資金を得て市場に参入できる。邪魔くさいモルジブのメデューサは政府が駆逐してくれる。運命の女神は自分に微笑んだことを確信した。

「まったくどこのどいつがこんな怪物を生み出したんだ。犯人を必ず捕まえるんだ。社長のセルゲイ・タルシャンを国際指名手配しろ」

　香凜は息を飲んで口の中の飴《あめ》をごろっと転がした。ここにいる自分が生みの親だと誰も知らないのが滑稽《こっけい》だった。香凜はペルディックスの口調を真似て「オ・バ・カ・サ・ン・ネ」と唇だけを動かした。捕まえられるはずはないと香凜は確信している。用心深いタルシャンは身内にすら素性を明かさない。そもそもセルゲイ・タルシャンという名前すら疑わしい。彼が国際指名手配されるのは香凜にも興味があった。捕まるわけがないという確信と、果たしてそんな男がこの世に存在するのかという素朴な疑問だ。タルシャンが捕まらなければ香凜まで捜査の手が伸びることは絶対にない。香凜はジュースを飲みながら心の中で「あたしがメデューサのママでーす」と何度も呟《つぶや》いた。官僚たちは勝手に犯人像を描いている。それが香凜の隠れ蓑《みの》だ。

軍服を着た男が会議室に入ってきた。

「メデューサの位置を突き止めたとペルセウスから連絡が入りました。間もなく攻撃に入ります」

「モルジブ政府には知られないように極秘にやるんだ。絶対に足がつかないように」

同席していた海軍の将軍が咳払《せきばら》いする。

「ペルセウスは世界最強の空母だ。向こうは反撃すらできん」

将軍はこの作戦に自信満々だった。初めて擬態装甲を施した兵器を実戦投入する。この作戦の成果如何《いかん》で戦争のパラダイムは新たな時代に突入する。世界のミリタリーバランスを一気に覆すチャンスだった。今日は長く覇権《はけん》を担っていたアメリカ軍が後塵《こうじん》を拝す日でもある。

「アメリカ艦隊に察知されても困ることは理解していますね」

釘《くぎ》を刺された将軍は笑いを押し殺した。ペルセウスはアメリカ艦隊のすぐ側に配置してあった。三日も経つのにアメリカ艦隊はペルセウスの存在に気づかない。いや見えているのに、認識できていないのだ。それは大航海時代に未開の島嶼《とうしょ》に出現した船の逸話に似ている。白人が上陸したとき原住民がどうやって来たのか不思議がったという。船で来たと説明しても原住民はどこに船があるのか見つけられなかった。彼らが知る船とはカヌーのような小型のものだった。沖に停泊する大型の帆船を肉眼で捉《とら》えているのに、固定観念がそれを阻害していた。原住民の目に帆船は未知の漂流物にしか映らなかったのだ。

将軍は好んでこの逸話を聞かせた。

「今やアメリカ海軍は原住民だ！　見たことのないものは絶対に認識されることはない。ペルセウスは誰の脳にも存在を刻むことのない空母なのだ。故に不可視だ。透明と同義なのだ！」

官僚たちは狐に抓《つま》まれた気分で将軍の話を聞いた。

「くれぐれも羽目を外さないでくださいよ。アメリカとは今ギクシャクしているんですからね」

「そんな日も今日で終わりだ。海軍がおまえたちを守ってやる」

堪《こら》えきれず失笑が会議室に転がった。将軍は何か思い違いをしていると財務省の官僚たちは思う。この世界は経済炭素を操る者こそ勝者だ。炭素を撒《ま》き散らす戦争屋の出番はゲリラや怪物退治のゴミ掃除と相場が決まっている。

しかし将軍は鼻息を荒げた。

「この世で一番強い力はなんだ？」

「経済炭素に決まってんでしょ。おじさん」

香凛は欠伸を嚙み殺した。さっき経済戦を披露したばかりなのに、この男は何を見ていたのだろうか。もはや国ひとつ吹き飛ばすのに核はいらない。経済戦は遥《はる》かに優雅で清潔な戦争だ。

「実質炭素こそ力です」

同席した環境省の役人が口を挿《はさ》む。財務省も軍も環境省の意向には絶対に逆らえない。地球を冷やすことは政治や宗教を超えた人類最大の責務だ。

意見を一巡させたところで、将軍は腹を抱えて笑った。

「違う。ハイテク炭素こそ力だ。それを証明してみせよう」

インド洋上のペルセウスは島に擬態しながらアメリカ艦隊の様子を窺《うかが》っていた。喫水線を下げ、海岸線を模した砂浜に穏やかな波が打ち寄せていた。これが飛行甲板だとは、擬態プロセスの最初から見ていなければ誰も信じないだろう。ペルセウスの乗組員ですら、自由に擬態する自分の船の勝手がわからなかった。昨日ビーチだった場所が岩場に変わると、持ち場に戻れなくなる。実験を兼ねて様々な擬態パターンを繰り返すペルセウスはもはや有機物の塊にしか見えなかった。

「このへんがハッチだったような気が……。違うな。ここだったかな」

ブリッジに戻れずに難儀しているのは草薙だった。出てきたとき扉は密林に擬態していたのに、またレイアウトを変えたようだ。目の前は岩の斜面だ。きっと海軍の技官たちが余所《よそ》者の自分をからかっているに違いない。草薙は必死になって扉を探した。だが見た目は音を上げた。

があまりにも巧妙に変化しているので、自分の記憶が間違っている気がする。堪《たま》らず草薙
「降参だ。扉の場所を教えてくれ」

するとと岩場からにゅっと生活感のある本棚が飛び出した。無造作に横積みされた本や小口から突っ込まれた本まで巧妙に擬態している。小説から人文書、写真集まで雑多に詰め込まれていた。眺めていると持ち主の顔まで想像できそうな本棚だ。

「うほ。北崎倫子のヘアヌード写真集だ」

草薙はこれが擬態装甲板であることを忘れて、写真集に手を伸ばす。伝説の発禁本に草薙は興奮していた。引っこ抜けないのは本が噛み合っているせいだとばかりに思いっきり引っ張った。すると本棚が動いて、ペルセウスの無味乾燥な内部が現れた。草薙の頭がぐらっと動いた。このギャップは何度経験しても慣れない。

ペルセウスの内部には擬態装甲板は施されていない。さっきまで叙情感すら漂う島にいたのに、一歩内側に入るだけで軍艦特有の重い匂いが立ち込めている。リゾートからいきなり職場に戻された気分はあまり良いものではなかった。ハイテクが過ぎると感情の起伏はむしろ激しくなるものだ。ペルセウスはまるでカットとパンの多い映画のように周囲を目まぐるしく変化させる。擬態装甲で一度知見を揺るがされたら、目で見ている世界を疑わずにはいられなくなる。ペルセウスのデッキから戻った人間は、みんな動物的になった。視覚と触覚の信頼性を奪われた乗組員は、床や壁の匂いをクンクン嗅《か》いで回る。ペルセウ

スでは鼻だけが正しく世界を捉えられる唯一の器官だ。

「オムライスの匂いの隣がブリッジだったよな」

草薙は匂いの記憶で階段を探し当てる。それは犬がマーキングで縄張りを憶《おぼ》えるのと似ていた。いずれ擬態装甲は政府施設へ転用されることになっている。そのときは建物内部に擬態が施される。潜入したテロリストを攪乱《かくらん》するためだ。ハイテク炭素はあらゆる戦術を確実に変えるだろう。

ブリッジから眺めたペルセウスは長閑《のどか》なリゾート島の姿をしていた。中央の第一飛行甲板がパイナップル畑になっていた。技官たちが面白がってあらゆる形態に擬態させていた。

艦長が釘を刺す。

「第二飛行甲板のクレーターはやりすぎだ。モルジブの風土の範囲内で実験するんだ」

「ではこれはどうでしょう」

飛行甲板に小麦畑が現れて、瞬時にミステリーサークルに変形した。ブリッジが笑い声に包まれる。しかしその笑いは神経質なものだ。理性の弦が震えて生まれた笑いだった。

双眼鏡を覗《のぞ》いた草薙はアメリカ艦隊と接近しすぎていると肝を冷やす。

「島に囲まれているとはいえ、いずれバレますよ」

「気づいてもらえないのが悲しいな。こんなに振り向いてほしいのに。まるで初恋のようだ」

艦長は通り過ぎていくアメリカ艦隊の空母を遠い目で見送る。ペルセウスが擬態装甲を施してあることは決して発表されることはない。データの上では過ぎゆくアメリカ艦隊の空母が世界最強のままだ。アメリカはそう信じていてくれればいい。

艦長が草薙に話しかける。

「黒船が来航したとき日本人は煙突から出る煙が疫病を撒き散らすと信じていたらしい。煙突から出る炭素が日本を近代国家にした。しかし誰が想像しただろう。数百年後ペルセウスに遭遇したアメリカ人はただ通り過ぎていく。ハイテク炭素はアメリカを途上国へと追いやる。皮肉なものだ」

「パラダイムシフトにはいつも炭素が絡む、か」

「さて、炭素経済をおかしくする怪物を退治するとしよう。草薙少佐、作戦を発動したまえ」

草薙は政府からの命令書を読み上げた。

「本部より隠密《おんみつ》作戦『カメレオン』が許可された。擬態能力の限界まで使い、派手にやれという命令だ」

草薙は読みながら、語尾が矛盾している感じを受けた。隠密でありながら派手にやれとはどういう意味だろう。この擬態戦が成功したら新しい用語になるかもしれない。政府軍からの要求はまだある。

「目標はモルジブ諸島のこの島だ。十五分後に民間機がこの空域を通過する。それに合わせて出撃せよと通達があった。もう、滅茶苦茶《めちゃくちゃ》だなあこの作戦」

ペルセウスは初めての擬態戦に向けて始動した。喫水線が迫り上がり、通常形態に移行する。ビーチがみるみるうちにグレーの飛行甲板に変化していく。ソテツ林が割れて艦載機が迫り上がる。短時間のうちにペルセウスは有機的なものと無機的なものが喧《やかま》しく混在した外観になる。ペルセウスは最低限の擬態解除で、戦闘を行おうとしていた。

「擬態戦闘爆撃機をカタパルトへ」

草薙は一瞬目を疑った。エレベータから迫り上がってきたのはテーブル珊瑚《さんご》に擬態した戦闘爆撃機だ。あらゆる形態に擬態するからどれが爆撃機の本当の姿だったのか思い出せない。普通なら翼や尾翼の形で種類がわかる戦闘機なのに、擬態装甲を施してあると何が飛んでいくのかわからない。

射出されるほんの一瞬だけ擬態が解除された。擬態解除した戦闘機は前後左右の印象が同じだった。擬態することを優先した設計で、この姿で飛行することはほとんどない。一度飛んだらすぐに姿を眩《くら》ます。帰艦するまでどんな姿をしているか誰も予想できなかった。

第一陣の艦載機がカタパルトから射出された。飛び上がると同時に擬態を開始する。乳白色に装甲板を濁らせたかと思うと、上空の雲に紛れてしまった。気流に合わせてホバリングすると、どの雲が戦闘機なのか判別できなくなる。

「レーダーには映らないのか？」

草薙がレーダーを覗き込む。旅客機が真上を通過する機影だけがポツンと映っていた。管制官がこんな楽な仕事はないと自嘲《じちょう》した。

「完璧《かんぺき》に雲に擬態した証拠ですよ。雲かどうかは撃ち落としてみないとわかりません。一応、擬態した雲のデータがこちらにあるので照合します。あの二時の方向の雲がそうです。確認しましょうか」

　草薙は双眼鏡を覗きながら命令した。

「擬態戦闘爆撃機はデルタ型に編隊を組め」

　上空の雲の幾つかが吸い寄せられるように集まる。六つの雲がデルタ型に編隊を組んで、ペルセウスの真上を通過した。また散らばると、もうどの雲が擬態なのか見分けがつかなくなった。

「擬態戦の戦術はこれからの課題だな……」

　と草薙が呟《つぶや》く。忙しいのは擬態をサポートする技官たちだ。

「攻撃目標上空の雲の色を転送する。高度三百フィートの雲は今の色よりもずっと暗いようだ。雷雲に擬態して攻撃しろ」

「モルジブ政府も天変地異だと思ってくれるだろう。ペルセウスは公海上で待機する。何か気の利いた形に擬態してくれ」

「こんなのはどうです？」

　技官が笑いながらプログラムを入力した。ペルセウスの甲板が半透明な白色を帯びる。何に擬態したのかとブリッジから身を乗り出す。ペルセウスは巨大な流氷に擬態していた。

「バカ。インド洋に流氷があるわけないだろう。見つかったら世界中に報道されるぞ！」

政府公認のお墨付きを得た「石田ファイナンス」は今日も不気味なほどひっそりとしていた。香凜はモルジブ政府発表の水位をチェックしている。この値が実質値になったとき、メデューサが滅びたことを意味するはずだった。水位のデータを比較されるとマーシャル諸島も危険だ。なんとか防衛する方法を考え出さねばならない。

「メデューサ、よく見ておくのよ。おまえにはペルセウスという敵がいるの。兄弟の死を教訓にして強くなって」

クラリスたちもこの模様を眺めている。EUがブロック経済に移行したために資金が動かせなくなってしまった。恐らくクラリスは破産寸前だろう。貧乏になったクラリスがメールで泣きついてきた。

Rette mich!

どうしましょう。これまで稼いできたお金が全部吹っ飛んだわ！　確かにモルジブのメデューサ討伐には賛成したけど、私が損するなんてカリンは言わなかった。なんでクウェートを狙ったの。シンガポールにすればよかったのに！　注文していたドレスもネックレスもパーティも全部キャンセルよ。この私が破産するなんてそんなバカな。貧乏はイヤ！

クラリス

今日は取引するなとあんなに注意していたのに、クラリスはギリギリまで資産を運用していたらしい。香凜はクラリスの貪欲《どんよく》さに開いた口が塞《ふさ》がらなかった。

「だってシンガポールの国債を放出しても、炭素指数は上げられないんだもん。クラリスのせいで会社もお金を失ったんだよ」

クラリスにとってお金を稼ぐことは呼吸をすることと同じだ。酸素を吸って二酸化炭素を吐く、という行為はお金と利息に置き換えることができる。酸素を吸ってばかりだと死んでしまうように、クラリスはお金を稼ぐと利息に変えて排出する。ただの損得勘定で動くのは普通の人間だ。だが身体感覚を拡大して経済を捉《とら》えるカーボニストは循環器と同じ感覚で経済炭素を動かす。炭素経済は地球上にいる凡《およ》そ百億の人間の総和の姿である。

香凜はクラリスに慰めのメールを打った。

『貧乏なクラリスへ。モルジブ共和国に設置したメデューサを見つけたよ。これでタルシャンもしばらくおとなしくしているでしょう』

香凜もある程度の損害は予想していた。予想外だったのはクラリスの経済本能だ。これで政府資産の三パーセントを運用すると知ったら、涎《よだれ》を垂らしてやってくるに違いない。あんな危ない女に巨額の資金を扱わせるわけにはいかない。政府資産は自分で運用しようと思った。

メデューサの端末は一匹のホログラムの蛇だけが動いていた。再び活動を開始するとき、荒れた炭素市場を見たメデューサは今まで以上に凶暴になるだろう。同時にメデューサには人間を上回る知能を獲得してもらわねばならない。政府が仕掛ける炭素指数の罠《わな》にかからず、確実に利益を生み出してもらう。

「モルジブのメデューサが沈めば、タルシャンだって尻尾《しっぽ》を出すでしょう。あたしを怒らせたらどんな目に遭うか思い知るがいいわ」

キャンディボックスに手を突っ込んだら、容器の底に指が当たった。

「ちぇ。飴玉《あめだま》一個もないのか」

モルジブ諸島のひとつに雷雲が現れた。付近で漁をしていた船が今日は引き上げようとエンジンをかける。瞬く間に空は黒い雲に覆われていく。一雨降るな、と舵《かじ》を切ったときだ。船を掠《かす》めるように六つの雲が飛んで行った。

「あれはなんだ？」

雲にしてはあまりにも俊敏な動きだ。すぐに目で追いかけたが、雲は忽然《こつぜん》と姿を消していた。やがて海面も見えなくなるほどの雨が船に打ちつける。遠くで光る稲妻と遅れて轟《とどろ》く落雷の音が間断なく続いた。

付近の島はどれも無人島だ。漁師は船足を速めて雨を追い越そうとする。突然、隣の島に今まで聞いたことがないほどの雷鳴が轟く。分厚い雨のカーテン越しにもはっきりと閃《せん》光《こう》が見えた。唖然《あぜん》として島を眺めていると、また雷鳴が船を揺すった。島のシルエットを浮かびあがらせる猛烈な落雷だった。漁師は妙な感じがした。雷なのに移動しないのはなぜだろう。さっきから同じ島にだけ落雷がある。雨足は弱まっていた。目を凝らして島影を見ると、ひらひらと漂う雲が島の上空に現れている。雷の性質も妙だった。落雷した後に煙が立ち昇るのだ。

「爆発みたいな雷だ」

不審に思った漁師はそっと島に近づいた。雷は狙ったように同じ場所にだけ落ちる。そのたびに噴火のような煙が上がった。今度の落雷は連続した爆発音を生じた。爆風に巻き込まれた船は転覆寸前に陥った。

「これは雷じゃない。戦争だ。無線で軍に連絡しろ」

漁船の仲間たちが騒ぎだす。雷雨が小康状態になり、やがて青空の切れ間が見えてきた。

雷雲に擬態していた戦闘機は、予想以上に攻撃に時間がかかっていた。目標となる島に幾つも小屋があるためだ。無人島という触れ込みだが、実際は人が出入りしている形跡がある。どれが目標のメデューサなのか、上空からは判別できなかった。できるだけ洗練された爆撃をしたかったのに、雷雨がやんでしまった。上空は間もなく快晴だ。これ以上の攻撃はいくら擬態していても不自然になる。

隊長機が作戦を変更することを思いついた。

「アメリカ海軍の艦載機に擬態する」

「ペルセウスへ。F35のデータを転送しろ」

雲の形からアメリカ海軍の艦載機へと速やかに擬態が行われる。機首やインテークの形状まで寸分違わぬ擬態を施す。コックピットからお互いの姿を確認する。自分が敵に囲まれた嫌な気分だった。擬態だとわかっていても後ろに尾《つ》かれると背筋が寒くなった。

「これで公明正大に攻撃ができるぞ。お天道様に感謝だ」

「派手にやれと命令したのは政府だ」

再び目標を目指した戦闘機が編隊を組む。アメリカ軍の攻撃パターンを真似てアクロバットさながらにミサイルを放った。

「下に漁船がいる。目撃されてこい」

二機が低空飛行で漁船の周りを旋回する。カメラに収めてもらうために絶好のアングルを提供しなければと、宙返りしたり捻《ひね》ったりとサービス満点の振る舞いだ。その間にも無人島への攻撃は繰り返された。

「アメリカ軍がモルジブ領で実弾演習をしているぞ」

ビデオカメラを持ち出した漁師たちがその様子を克明に記録する。尾翼のマークから機体番号まで全て収めた。島への爆撃はすさまじく、目を開けていられないほど激しい。すぐにモルジブ空軍の戦闘機がスクランブル発進をかけてきた。無線に警告が入った。

『アメリカ軍機へ告ぐ。直ちに攻撃を中止し、モルジブ領空から撤退せよ』

擬態した戦闘機のパイロットたちは相手がアメリカ軍機と信じていることが可笑《おか》しかった。

「どうする？　撤退するか？」

「アメリカ軍がやりそうなことをやれ」

「ではパイロットのハートも擬態する」

全機がモルジブ空軍の戦闘機に向けてロックオンした。次々と容赦なく撃墜して、モルジブ空軍を挑発する。

「第二波が間もなく飛来します。メデューサ討伐の成果はどうだ」

「まだ水位が上がりません」

ペルセウスから随時送られてくる無人島の水位のデータは依然として低いままだ。メデューサが機能している何よりの証拠だった。

「一体どこに設置したんだ」

この島には登記上の会社が三百社以上ある。タックスヘイヴンの恩恵を享受しようと世界中の企業が本社を登録していた。もっとも電話回線が引かれているだけの簡素な本社ばかりである。しかし数が多すぎると攻撃目標が定まらない。ペルセウスから援軍を呼びたいところだが、擬態機は先発した試作機の六機だけだった。擬態戦が有効であることを示さなければ制式採用の道が閉ざされてしまう。なんとしても作戦は成功させなければならなかった。

タルシャンの設置したメデューサは島の洞窟《どうくつ》の奥にあった。鍵《かぎ》のかかったアタッシェケースの中に世界を震撼《しんかん》させている怪物がいる。メデューサは外が戦場になっていることも知らずに黙々と仮想空間の中の水位を計算していた。洞窟の近くで爆発が起きた。受容器を持たないメデューサは身に危険が迫っていることを知らない。油田地帯がヘッドリースの対象になることを学習して、その蛇の触手を中東全土に伸ばそうとしていた。

その様子は國子も香凜もモニターしている。地上と空中の東京で、二人が同時に叫んだ。

「ペルセウスは何をしているの。炭素市場がまた荒れるわよ！」

もし中東全土の油田地帯をヘッドリースした場合、その総額は百兆ドルを超える。それだけの金が短時間で市場から消えたら世界経済は血を抜かれたも同然だ。金が銀行に戻っても回復できない企業が続出するだろう。

「石田ファイナンスが倒産しちゃうわ！」

香凜がすぐに金の行方を計算した。封鎖されたEUに金が戻るのは早くても二週間後だ。その間に焦げつきが生じる。石田ファイナンスの体力では利息分も払えない。

「メデューサはどれだけ水位を下げるつもりなの？」

香凜がヘッドリース後の仮想空間の水位を予測した。モルジブのメデューサは水位を一気に二メートル以上下げようとしている。タルシャンはメデューサの強迫観念を最大値に設定していた。何が目的でこんなことをするのか、香凜には皆目見当がつかない。

今、世界中の銀行がメデューサに口座を開いた。

「誰がこんなシステムを考えたの？」

親指の爪を噛んだ國子が金融センターから為《な》す術《すべ》もなくヘッドリースされていく地域を

見つめていた。ドゥオモは間もなく破綻《はたん》する。カーボニスト気取りで市場を甘く見すぎたと國子は自責の念に駆られた。明日からは戦争どころか、借金の返済のためにみんなを働かせることになる。ただ不自由ない生活を与えたかっただけだった。側にいたモモコの手を握った。

「モモコさん、どうしよう……」

「あなたひとりくらいあたしが服を縫って養ってあげるわよ。あたしは一度全財産を失ったことがあるのよ。ニューハーフは逆境に強いの」

國子は世界恐慌へのカウントダウンを心の中で刻んだ。明日から世界は石器時代と変わらない経済になるだろう。

世界恐慌を恐れた政府が強硬策に出た。インド洋上のペルセウスに気化爆弾の使用許可が下りた。直ちに島ごとメデューサを吹き飛ばせとの命令だ。

擬態機が了承した。

「気化爆弾を投下する。衝撃波は核並みだぞ。すぐに退避しろ」

投下された爆弾が燃料を撒《ま》き散らしながら島を目指す。上空で点火した瞬間に周辺の空気が一気に燃えて真空状態を生み出した。閃光に包まれた島は千度の熱を浴びて蒸発してしまう。海面は沸騰し、魚たちまで焼き尽くされる。爆発の後に生まれたのは核爆発を彷《ほう》彿《ふつ》とさせる不吉な茸《きのこ》雲だった。続いて衝撃波が海を変形させる。目の前に出現した高潮で漁船は転覆してしまった。

嵐が収まると、島は珊瑚礁《さんご》ごと海に沈んでいた。

『目視で確認。メデューサを完全に破壊した。これより帰艦する』

『ペルセウスへ。モルジブ空軍の戦闘機のデータを転送しろ』

アメリカ海軍の艦載機の姿から巧みにモルジブ空軍機の姿へと擬態する。飛来した第二波のスクランブルを目の前で躱《かわ》し、擬態戦闘機は帰艦の途についた。

一連の戦闘を逐次観察していた草薙は真っ青だった。

「なんて作戦だ！　気化爆弾なんか使ったら、イカロスに見つかって日本の炭素指数は二十倍になるんだぞ！」

しかし日本の炭素指数は依然、低いままだ。イカロスは熱源を拾わなかったのだろうか。世界各国の炭素指数を見ると、アメリカの炭素指数が急激に上昇していた。投下国はアメリカということになっていた。ブリッジが笑い声に包まれた。

「イカロスがF35の排気熱と間違えたんだ……」

艦長の陽気な手が草薙の肩に乗った。

「草薙少佐、心配するな。後始末はアメリカがやってくれているじゃないか」

「海外での擬態戦は危険すぎます。世界恐慌と世界大戦を同時に引き起こしかねない」

「派手にやれとも言われていた。まだペルセウスは発見されていない。つまり我々は最初からインド洋にいなかったということだ。擬態戦は大成功だ。さて、物騒な戦争が始まる前に帰国するとしよう」

ペルセウスは民間のタンカーに擬態して長閑《のどか》に公海を航行中だ。

ドゥオモのスクリーンに「ヘッドリース中止」の文字が現れた。契約を結ぼうとしていた中東諸国が全てフラットに戻った。銀行は平常通りの営業だった。資金が中東に流れた形跡はない。市場は相変わらず乱れているが、金は世界のすみずみまで循環していた。恐慌が懸念される危うい動きではあるが、経済は生きている。

大恐慌の衝撃に備えていた國子は息を止めたままだった。

「いやあね。拍子抜けだわ」

とモモコが呟《つぶや》いたのを聞いて、メデューサが滅びたことを知った。念のために水位を確認するとタックスヘイヴンの無人島の水位が平均値に戻っていた。メデューサがどんな島にいたのか興味を持った國子は偵察衛星の回線を開く。最新の映像は海が広がっていた。

モモコがボソッと呟く。

「島なんてないわよ」

「緯度と経度を確認して」

しかし何度検証しても、座標は正確だった。

「まさか気化爆弾で島ごと沈めたんじゃ……」

「いくらなんでも、そこまでしないわよ。大変なことになるもの」

発令所から通信が入る。

『モルジブ軍とアメリカ艦隊が交戦しています』

「なんでアメリカ軍が出てくるの。関係ないでしょう」

『今入ったニュースです。アメリカは国連から脱退すると表明しました』

「なんで？」

言われた通りアメリカの炭素指数を見る。一瞬にしてアメリカが炭素債務国に陥っていた。数時間前のクウエートみたいな状態だ。もしかしてまたメデューサをおびき出すために炭素指数を上げているのかと思った。しかしアメリカの炭素指数が下がることはなかった。考えられるのは核か気化爆弾のペナルティだ。しかしメデューサ討伐はアメリカ軍と合同ではないはずだ。ペナルティは日本に科せられるはずなのに、指数は安定している。世界はひとつ脅威が片づいたはずなのに、また大きな火種を生んでしまった。

「偵察衛星はまだペルセウスを見つけられないの？」

情報課のコンピュータがフル回転で捜索しているのに、ペルセウスの船影を見つけられない。あんなに大きな空母がどこに隠れたというのだろう。アメリカ艦隊の船影はすぐに見つかった。報告通りモルジブ軍と戦っている。偵察衛星の目は発射された戦闘機のミサイルの種類まで特定できる。その解像度を以《もっ》てしても、ペルセウスの飛行甲板すら見つけられない。

「まさか擬態装甲を施しているのでは……？」

だとすれば偵察衛星が見つけられないのも合点がいく。正確には偵察衛星はペルセウスを捉《とら》えている。ただ人間が先入観を持ちすぎているために発見できないだけだ。ペルセウスは何に擬態したのだろう。疑ってかかるには衛星が捉えた情報はあまりにも多すぎた。ペルセウスを発見するには比較するデータもいる。擬態のパターンは無限大だ。発見は不可能だった。

「擬態戦でメデューサを潰《つぶ》したのね」

擬態装甲板を手に入れた國子は以前に作戦課のスタッフと擬態戦の戦術について話し合ったことがある。そのときあらゆるパターンを想定した。國子が恐いと思ったのは赤十字の車輛《しゃりょう》に擬態した政府軍の戦車が、ドゥオモのブリッジを越えるというものだった。ゲリラの戦車に擬態される可能性も考えた。敵か味方かは人間が判断する。その判断力を揺るがされたら、見えるものはたとえ味方でも敵と想定するしかない。疑念を持ったら組織戦はできない。そういう攪乱《かくらん》が擬態戦では一番有効だと結論づけた。

アメリカの不可解な動きはペルセウスと関係があるのだろうか。もしそうだとしたらとんでもないダーティーヒーローだ。

「あんな大きな空母に擬態装甲を施せるのだとしたら、もう量産態勢は整っているということね。向こうは擬態戦のデータを収集してより高度な戦術を練ってくるわ」

メデューサ討伐で浮かれている場合ではないと國子は焦る。水没した無人島は未来のドゥオモの姿でもある。実戦配備はまだ先だと思っていた擬態装甲は着実に政府軍の主力兵器になりつつある。市街戦ではゲリラに分があるとあぐらをかいている間に立場は逆転してしまった。やはりアトラスを攻めるのは今しかない。特攻服を着た芳恵が隣でしょんぼりしていた。北米市場で大損益を出したので、カタをつけたいと申し出た。

「仕方ないわ。炭素市場は得したり損したりがつきものだもの」

と國子が慰めても芳恵の気は収まらない。

「親分、あたし指を詰めます！」

「しなくていい。それにあたしは親分じゃない！」

芳恵たちは國子をレディースのボスだと勝手に決めていた。モモコが喧嘩《けんか》好きの性分は似ているわ、と笑った。よくレディースの抗争で國子がカタをつけに行くからだ。この前も足立のボスと呼ばれる女子プロレスラー崩れの女を芳恵たちに代わって熨《の》してきたばかりだ。以来、芳恵たちは國子に恩義を感じている。

「指を詰めなければ、六千万ドルの借金をウリで返します」

「すごい発想ね。モモコさんもびっくり」

モモコが國子の頬をつねった。

「モモコ様は高いのよ。見るだけで一億万兆円するの」

芳恵は大粒の涙を零《こぼ》した。

「ウリとクスリだけはやらないのが『愚麗素《グレイス》』の掟《おきて》だったのに……うう」

「だからやらなくていいんだってば！　炭素市場で損したくらいなによ。明日また儲《もう》ければいいだけじゃない」

暴走行為ばかり繰り返す芳恵たちはドゥオモの問題児だ。他人から命令されるのが嫌いだから、ゲリラにも入れられない。仕方なく金融センターに配属することにしたら、とてつもない能力を開花させた。芳恵は間違いなくカーボニストだ。彼女は身体を拡大して経済を捉えることができる。もし彼女がアトラス市民だったら、財務省にスカウトされていただろう。しかし掃《は》き溜《だ》めと呼ばれる地上で育ったせいで、彼女自身も才能に気づかなかった。

「あなたには才能があるわ。レディースは卒業なさい。あたしも喧嘩の仲裁をするのはもう懲り懲り」

「親分の勇姿を見られないのが辛《つら》いです」

「だから親分じゃないんだってば。そのファッションセンスもなんとかして。目がチカチカする」

カーボニストは等身大の生活を送るにはエネルギーが大きすぎる人間だ。それは一歩間違うとメルトダウンを起こしてしまう原子力発電所に似ている。芳恵の持てあましたエネルギーは世界経済と接続してもまだ余っている。将来の金融センターの所長は芳恵と國子は決めていた。

芳恵が泣いていると極彩色の特攻服を着たメンバーたちが駆けつけてきた。

「芳恵、西棟がヤバイことになってるよ」

國子に聞かれたくなかった芳恵がシッと口に指を当てる。レディースは縄張りを増やすのが本能だ。この前「愚麗素」のシマだった歌舞伎町が政府軍に森に変えられてしまったので、焦った芳恵たちはドゥオモの中に活路を見出《みいだ》すことにした。

國子は芳恵を睨《にら》みつける。

「西棟って立入禁止にしたはずだけど」

「すいません親分、つい出来心でやってしまいました」

「アジト作りは外でやりなさい！」

「でも、どこもかしこも森になって、遊ぶ場所が……」

凄腕《すごうで》のカーボニストなのに、やることがみみっちい。芳恵はまだ自分の能力の半分も知らない。

特攻服のメンバーが大声をあげた。

「芳恵、西棟の半分が森になってるよ」

急いで現地に走る。修復不能で解体するしかないと立入禁止にしていた西棟が傾いていた。ちょっと見ない間に窓から枝や根が突き出している。まだ駆除できるかもしれないと有刺鉄線を除《の》けたら、異様な匂いが鼻をついた。棟は内側から森に侵食されているではないか。

「なんでこうなったの？」

光がほとんど差し込まないのに葉が茂っている。ごく僅《わず》かな光でも光合成ができるほどに進化しているとでもいうのか。いつか城壁を覆った芽は全部焼いたはずだったのに、見落としていた芽があったのかもしれない。ここまで建物を侵食されるとお手上げだった。難攻不落の鉄の城に森の手が着実に伸びている。

モモコはドゥオモに未来がないことをうすうす感づいていた。隣にいた趙はこの光景を何度も見てきたと言った。

「こうなると一年もしないうちに全部が森に食べられてしまうよ。気の毒だけど手遅れだね」

「うそ。焼けばなんとかなるはずよ」

趙が近くにあった配管を棒で叩《たた》いてみせた。詰まった音は内部が侵食されていることを告げていた。

「ドゥオモの配管全部に同じことが起きているよ。この植物は癌と同じさ。気がついたときは根を下ろしている。新しい場所を探すしかないね」

「新しい場所なんて地上にはもうないよ」

國子はべそをかきそうだった。どんなに上手《うま》く経済炭素を扱っても、巨額の利益を稼ぎ出してもドゥオモはやがて内部から崩壊する日がくる。二十万人のドゥオモの民は住処《すみか》を失って森を彷徨《さまよ》う。疫病が蔓延《まんえん》した森に入れば確実に死ぬ。國子はどうすればいいのかわからなかった。

膝《ひざ》を突いた國子を抱えたのはモモコだ。

「住む場所はあるわよ！」

モモコが指さした先にはアトラスがあった。

「みんなで第四層に移住しちゃいましょう。無理矢理にでも」

久し振りにモモコの目に希望の火が灯《とも》っていた。


「メデューサが死んじゃった……」

水位を観測していた香凜もまた作戦終了を知った。憎き商売敵だったのに、いざ死んだとなると実感が湧かない。メデューサ討伐の瞬間に吹き消そうと思っていたデコレーションケーキの蠟燭《ろうそく》が溶けていた。なぜこんなに嫌な気分がするのだろう。さっきから香凜はそわそわと落ち着かない。机の上の端末は、討伐の一部始終をモニターしていた。きかん坊のメデューサにしては珍しく緑色を保っていた。香凜はホログラムの蛇の頭を指で弾《はじ》く。

「なんであんたが落ち着いてるの。見たでしょう。兄弟が殺されたのよ！」

しかし香凜のメデューサの情緒は起動以来初めて落ち着きを保っていた。むしろ癇癪《かんしゃく》を起こしているのは制作者の香凜の方だ。ケーキに立てた蠟燭の灯火が消えたとき、香凜の背筋に悪寒が走った。これは未来の自分たちの姿だ、と。炭素市場を荒らせばマーシャル諸島のメデューサにも同じ鉄槌《てっつい》が下される。だからといって市場から撤退するつもりは毛頭なかった。カーボニストにとって資金を循環させるのは本能だ。メデューサを手放すことは会社の死を意味する。これからもっと金を稼がなければならない。クラリスが出した損益を取り戻すだけでも一苦労だ。

悔しいがタルシャンの口添えで銀行から融資してもらうことにした。タルシャンは何の連絡もよこさなかったが、銀行からは良い返事がきた。モルジブのメデューサが破壊されて、こちらに分があると踏んだのだろうか。国際指名手配されたのはわかっているはずなのに、隠れて経済活動を続けているようだ。隠れて、というのも妙だと香凜は思う。タルシャンの実像を見た者など誰もいない。恐らく懇意の銀行ですら、彼を存在とし か捉《とら》えていないのではないだろうか。

「早く独り立ちしなきゃ。このままだとあいつに全てを乗っ取られちゃうよ」

最高経営責任者の香凜でも、タルシャンとのパイプを断たれたらすぐに乾上がってしまう状態だ。一刻も早く信用を築いてタルシャンを解任しなければ気が済まない。それは破産に追い込まれたクラリスだって同じ気持ちのはずだった。復讐《ふくしゅう》心の強いクラリスは、ただ黙って泣いている女ではない。今頃タルシャンの尻尾《しっぽ》を捕まえるために、躍起になっているはずだ。

シンガポールのチャンから連絡が入った。アメリカの炭素指数が跳ね上がってるとの報告だ。

炭素指数を見ると、アメリカが急騰していた。これに気づかないメデューサではない。なのに巨大市場に臆《おく》したのか、メデューサは食指を動かさなかった。

「メデューサ、餌があるじゃない。どうして食べないの？」

メデューサは沈黙を保ったままだ。アメリカ市場に目を向けろ、とコマンドを入力すると、メデューサは優先度五位で保留してしまった。香凜の命令は常に優先度一位だ。たとえメデューサが銀行と取引していても、香凜が中止を判断すればメデューサのリースプログラムは強制終了することになっている。

「メデューサがあたしの命令を保留した……」

考えられるのは、生存本能に関する緊急時の場合だ。マーシャル諸島の電源が不安定だったり、回線が不安定なときは緊急避難的に出力を落とすように設定されている。香凜はマーシャル諸島の状態を確認した。電気は安定供給されていたし、回線に不具合はなかった。念のためにプログラムを開いてみた。

「うわ。なにこれ！」

スクロールする情報に香凜は呆《あき》れた。メデューサは炭素市場に目もくれず能力の全てを思索に傾けているではないか。ハッキング先は世界中の気象観測施設だった。過去百年の世界中の気象データが次々とメデューサに流れていく。

「こんな一円にもならないものをハッキングしてどうするの。地球に優しいコンピュータにでもなるつもり？」

再びアメリカ市場を狙え、と命令する。すると今度は優先度三位で保留された。理由は「時期尚早」というものだった。

遅れてチャンも今アメリカ市場に参入するのは早いと忠告した。なぜだかわからないが、アメリカの炭素指数の上昇はメデューサ討伐と関係がありそうだと言う。国際情勢を扱わせたらチャンほど優秀なカーボニストはいない。人間の微妙な心理に左右される政治は経済よりも予測がつかない。その予測の複雑さは式では表すことのできないものだ。カーボニストがコンピュータに勝るのはまさにこの直感的な判断だ。チャンは政治的な動きを予測する直感に長《た》けたカーボニストである。その彼よりも先にメデューサの方が同じ判断を下した。今までになかったことだ。

「まさか。メデューサがあたしたちよりも賢くなっている……？」

今日一日のうちにメデューサは飛躍的な知的成長を遂げようとしているのかもしれない。やがてメデューサが思索を終えた。端末の蛇が全て立ち上がり、緑色をした穏やかな顔を見せた。香凜がキーボードを叩く。

「こんばんはメデューサ。また一緒に頑張ろうね」

メデューサが返答する。

やあ香凜。私は経済炭素予測システム『メデューサ』だ。これまでのあなたの助力には感謝している。今日、私と同じシステムが軍事的攻撃を受けた。モルジブの同胞はあまりにも無防備すぎた。私は自分自身の弱点を知った。私は必ずこれを克服してみせる。

政府が次々と地上の街を封鎖していく。溢《あふ》れ出した難民は着の身着のままで住んでいた土地を追いだされる。戦車は街に入るなり発砲し、圧倒的な火力でレジスタンスたちを殺《さつ》戮《りく》していった。東京オリンピックを控えて地上の景観の悪い地域を浄化するのが目的だった。難民たちは治外法権の秋葉原に避難する。しかし秋葉原もまた包帯を巻いて傷ついていた。

復旧作業をしていた秋葉原のビルに異変の兆候が現れたのは今朝だった。解体しようとしたビルが勝手に崩れ落ちた。瓦礫《がれき》の中から出現したのは、無数の若葉だ。コンクリートに食い込んで、なお根を広げようとしていた。崩壊したビルの側から同じことが起き始めた。

國子たちが利用する炭素シンジケートのビルは補修で済みそうだったのに、日に日に亀裂が大きくなった。主《あるじ》がオフィスのドアを開けると、天井から無数の気根が床を貫いていた。気根は机やソファーを串刺《くしざ》しにし、それでもまだ生長を続けている。主の目にもその速度ははっきりと捉えられた。唖《あ》然《ぜん》としている間にも、次々と気根が天井から突き出してくる。

「店が植物に乗っ取られた！」

今日はドゥオモと取引する日だ。午前十時には國子たちがグラファイトを積んでやってくる。

同じ頃、新迎賓館の車寄せに牛車《ぎっしゃ》が入った。

「美邦様、牛車の用意ができております」

旅装のむしのたれぎぬ姿の小夜子が恭しく頭を垂れる。稚児《ちご》が牛を引きながら美邦を待っていた。ミーコの懐に抱えられた美邦は衣に包まれていた。ミーコは自分の背中を日に当てるように急ぎ足で牛車に駆け込んだ。そのミーコを更に覆うように新迎賓館の巨大な影がミーコを包んでいた。

久し振りの外出に美邦の心は弾んでいた。

「今日の目的地はどこじゃ。時刻から恵比寿あたりじゃろうか」

「いいえ。本日は秋葉原に参ります」

小夜子は微《かす》かに笑った。従者たちが肝を冷やす。この時間に秋葉原に入るのは不可能だ。牛車は必ずアトラスの食の中を進むから、秋葉原に入れるのは午後五時過ぎだ。それを午前中のうちに降りるという。一体どんな芸当を使うつもりなのか、従者たちは小夜子の真意を測りかねた。

「小夜子様、いくらなんでも美邦様のお体には酷でございます。牛車に万が一のことがあれば、美邦様はアトラスに帰れなくなってしまいます」

しかし小夜子の目は自信に満ちていた。

「普段ならこんな無茶はしないわ。でも今日は美邦様は食を外れても大丈夫よ」

牛車の中から美邦の声がする。

「妾《わらわ》は小夜子を信じる。早よ車を出せい」

従者が衣冠の中に仕込んだ武器を点検する。秋葉原は政府の人間でも油断できない地区だ。牛車の行列は総勢五十人の大編成だった。この日のために服役囚が急遽《きゅうきょ》、徴兵された。無事にアトラスに帰れば恩赦が待っているという条件に唆《そそのか》されて飛びついた無頼漢ばかりだ。彼らのほとんどは美邦の正体を知らなかった。ベテランの従者は彼らが哀れに思えた。

「大人しく模範囚でもしていれば、命があったものを」

機嫌の良い美邦が新人の従者に声をかける。

「そなたに良い縁談がある。炭素銀行の頭取の令嬢じゃ。そなたに所帯がなければ紹介するがどうじゃ」

「ありがたき幸せでございます。是非そのお話をいただきたく存じます」

故郷に残した妻子が彼の出所を待っているのを裏切って、従者が顔を綻《ほころ》ばせた。新迎賓館の敷地を出る前にこの有り様だ。美邦は次々と従者たちに声をかけていく。そのたびに誰かが引っかかって脱落した。

ミーコは胸が痛かった。このペースだと帰るまでに従者は半分も残らない。

「美邦様、おやめあそばせ」

「良いのじゃ。どうせあいつらは死刑囚じゃ。妾の側に相応《ふさわ》しくない。のう、ミーコや。新迎賓館が腐っておるのはなぜじゃと思う？」

ミーコは意外な質問にすぐに意味がわからなかった。贅《ぜい》の限りを尽くした新迎賓館は第六層の三割の敷地を占有する。都市機能の集積度を高める名目で建造されたアトラスの中でも異質な存在だ。ミーコは新迎賓館に女官として入ってから、毎日新しい部屋を覗《のぞ》くことにしているが、まだ全てを見たことはない。どの部屋もちょっとした美術館並みの絵画や陶器で飾られている。芸術音痴のミーコですら装飾品の放つ圧倒的な美に緊張を強いられる。ドアを開けた瞬間の空気の感じが違うのだ。無数の繊細な糸が張り巡らされた部屋は人がそれを遮ると、不快感のように震える。身動きが取れなくなったミーコは、思わず謝ってしまう。

「新迎賓館が腐っているなんて思いません。あたしのいたドゥオモにはない高級品ばかりです。本当に素敵でうっとりしてしまいます」

「ではそなたの心をうっとりさせる人間はおるか？」

ミーコはそんなことを考えたこともなかった。新迎賓館の人間はみんな沈鬱《ちんうつ》で無表情だ。ミーコがいくら元気に挨拶《あいさつ》しても返してくれることはない。優しくされないことにミーコはさして驚かない。所詮《しょせん》、自分は難民出身のオカマで、本来なら新迎賓館のような贅沢な場所に相応しくない人間なのはわかっていた。小夜子に拾われなければ、今頃アトラスのどこかでメソメソ泣いていたと思う。

ミーコが唸《うな》っていると、それが答えだと美邦は笑った。

「そなたはかつて地上にいたそうじゃな。そこの人間は好きじゃったか？」

ミーコは即答でもちろんと答えた。厄介者扱いされていたが、毎日誰かと一緒に笑っていた記憶があった。好きな人を挙げれば両手でも数えられない。お転婆な國子、世話好きのモモコ、無頼漢の武彦、みんな大好きだった。その思い出を美邦に聞かせたら、美邦は寂しそうな表情を浮かべた。

「そなたはまこと幸せな女じゃ。愛されることを知っておる……」

「美邦様も愛されております。あたしの気持ちに嘘があるとお思いですか？」

「それは妾もわかる。じゃが新迎賓館にいる人間は皆、虚栄と欲望に溺《おぼ》れた腐った人間ばかりじゃ。人の放つ気が淀《よど》んでおるから、あんな風になるのじゃ。本来なら人間は美術品よりも高貴な気を放つものじゃ。じゃがあいつらは人の作った道具にも劣る」

美邦の潔癖は筋金入りだった。毎朝、一時間もかけて禊《みそ》ぎを行う。美邦の使う部屋は常に伽羅《きゃら》の香を焚く。頻繁に着替えるのも、同じ部屋を使わないのも、人の放つ欲望の邪気を祓《はら》うためだ。そうしないと美邦はすぐに穢《けが》れてしまう。

「見よ。あの従者たちの顔を。人の姿をしているだけの鬼畜どもじゃ。よくもあそこまで堕《お》ちたものじゃ。百鬼夜行とはこのことじゃ。人ならぬ者を殺《あや》めて何が悪い？」

「小夜子も似たようなものじゃないかしら？」

とミーコがボソッと呟《つぶや》く。あれほど残酷で無慈悲な女をミーコは知らない。

「ミーコは人を見る目がありそうでないな。小夜子は確かに冷酷じゃが、まだ人の姿をしておる。いつ死んでもよいと覚悟をした人間を妾は決して殺めぬ」

ミーコはそれで合点がいった。小夜子の部屋に行ったとき、独房かと思うほどの殺伐とした内装だった。小夜子は私物を持たない女だ。化粧をしたり、アクセサリーで身を飾ることはない。着る服も支給された白衣や着物ばかりだった。もし彼女に私物があれば、それはいつもかけている眼鏡だろう。自分の人生に興味がない。小夜子の心を支配しているもの、それは倦怠《けんたい》だった。

「新迎賓館の使用人はただ堕落しただけじゃが、小夜子は退廃しておる。堕落は醜いが、退廃は美しい。小夜子は元々の魂のレベルが高いのじゃ」

「あたしには難しすぎて美邦様の仰《おっしゃ》ることがわかりません」

「簡単に証明できるぞ。試してみるか」

美邦は牛車の物見窓から金箔《きんぱく》の扇子を落とした。

「褒美じゃ。拾った者に取らそう」

するとと行列は乱れ扇子の取り合いになった。しかし小夜子だけは黙々と牛車を先導して歩いていた。

「堕落と退廃の違いじゃ。簡単じゃろう」

牛車は地上行きの高速エレベータに乗り、秋葉原を目指す。

グラファイトを満載したトラックがドゥオモを出た。もう市場の動向などと悠長なことは言っていられない。ドゥオモはやがて森に乗っ取られる。振り返ったドゥオモは心なしか寂しそうな佇《たたず》まいを見せていた。復旧したばかりの煙突はあんなに細かっただろうか。錆《さ》びついた見張り櫓《やぐら》が切なく瞳《ひとみ》に映る。國子は今のうちにドゥオモの姿を目に焼きつけておきたかった。

「大きな城だと思ったのに、可笑《おか》しいね」

ハンドルを握ったモモコがバックミラー越しにドゥオモを見つめる。

「みんなの思い出のいっぱい詰まったお城よ。あたしさっき気づいたの。あたしはあの見張り櫓でアトラスを眺めるのが好きだったって。あたしドゥオモでお婆さんになるのを実は楽しみにしていたみたい。人間って不思議ね。ドゥオモで死ねないとわかった瞬間に愛《いと》おしくなるもの」

「言わないで。あたし泣きそうになるから……」

國子の声は震えていた。政府軍と闘って城を失うのならまだ受け入れられるのに、自分たちから見切りをつけるとなると心が引き裂かれそうになる。

「きっとアトラスを目指せとドゥオモが言ってるのよ。國子は最後の城主として立派にドゥオモとお別れできるようにしておかなきゃね」

「あたしそんなに達観できないよ。もう何も考えたくない」

國子は耳を塞《ふさ》いで助手席にうずくまった。

「今のうちに手を打たないと二十万人の人間が路頭に迷うのよ。あたしは森で彷徨《さまよ》った経験があるからわかるわ。千人で六本木を出たのに、一ヶ月で二百人に減ったのよ。最初に死ぬのが老人と子どもで、次に死ぬのは……」

「もうやめて。ドゥオモの人間は誰も死なせない。あたしが最後まで守ってみせる」

「じゃあ、新天地を目指しましょう。あたしツイてるわ。くじに当たらなくてもアトラスに住めるんですもの」

モモコは陽気にクラクションを鳴らした。さっきからモモコは妙にテンションが高い。逆境に陥るとモモコは俄然《がぜん》力を発揮する。運命は意志によって変えられるというのがモモコの信条だ。これでも男から女になって人生をリセットしたのだ。政府軍がいかに強敵でもきっと勝つと息巻いていた。

「モモコさん、戦争が嫌いだったんじゃないの？」

「もちろん大っ嫌いよ。あたしがひとりだったら、きっとひっそりと森で暮らす道を選んだと思うわ。でも、大事なものを守るためならあたしは闘うわよ。二十万人が生きる可能性に賭《か》けるわ。うう燃えてきた。おしっこちびりそう。尿道が短くなったからかしら？」

「はいそこまで。どうしていつもそう下品なのよ」

「あら？　せっかく銀の話をしようと思ったのに残念だわ」

「あたし銀がなにか、もうわかったからいい」

「ええっ。銀がわかるなんて大したものだわ。じゃあ答えてみてよ」

國子が顔を真っ赤にしながら、モモコの耳にそっと告げた。モモコは目を丸くしてクラクションを小刻みに鳴らす。

「ピンポーン。大正解！　國子アタマいいわね。大抵の人はわからないものよ」

「だってあたしモモコさんの娘だもん」

國子はお茶の子さいさいと得意そうだ。人間は下品な環境にいると染まるものだということを國子は身を以《もっ》て証明してくれている。

慣れ親しんだＧＨＱ道路を使って、地上に出た。不思議と外は薄暗かった。

「やだわ。雨が降るのかしら？」

モモコがトラックの窓から空を見ると雲ひとつない快晴だった。なのに気温がどんどん落ちていく。助手席にいる國子の様子がおかしい。

「どうしたの。國子、具合でも悪いの」

「モモコさん、頭が痛い……」

國子の顔は次第に青ざめて息も浅くなっていた。頬を触ると体温が極端に低くなっていた。國子の容態の悪化に合わせて空がどんどん暗くなっていく。一体どういう現象なのかと車を止めたモモコが空に異変を見つけた。太陽に影がさしているではないか。

「皆既日食だわ」

やがて地上から光が失《う》せた。國子の息は絶え絶えだ。

「ドゥオモに引き返すわよ。取引は中止するって炭素ブローカーに伝えて」

トラックは中央通りをＵターンする。モモコの目に奇妙な物体が映った。こちらに向かってくるのは平安絵巻さながらの牛車《ぎっしゃ》の行列だった。

第七章　水蛭子の予言

太陽が月に食われた昼下がり、笛の音が大地に響きわたる。手綱を引く稚児《ちご》の向こうに牛車の影が現れた。暗がりの奥に牛車の行列を捉《とら》えたモモコは、トラックのフロントガラスを擦《こす》った。自分は一体何を見ているのだろう。モモコは自分があらぬ世界に紛れ込んだのかと思った。

「まさか平安時代にタイムスリップしたとか……？」

日食は意識を蝕《むしば》む闇だ。気温が急激に下がるにつれ、モモコの背筋が冷たくなる。笑い飛ばそうと國子に目をやるが、彼女の意識も絶え絶えだった。何が原因でこうなったのか、モモコにはわからなかった。

それにしても凄《すさ》まじい皆既日食だ。月に食われた側から星明かりまで漏れる。太陽の痕《こん》跡《せき》を天空に探しても雲ほどの存在もない。月の影が黒く濁るたびに、不吉な闇が落ちてくる。牛車はその影を巧みに纏《まと》って近づいていた。

國子の首筋に触れると、そこは夜の冷たさに満たされていた。

「ドゥオモに帰らなきゃ」

モモコはヘッドライトの明かりを牛車めがけて投げつけた。闇に浮かび上がった牛車はこちらに気づいたようだ。笛の音がやみ、衣冠束帯の男たちが牛車を庇《かば》うように前方に立ち塞がる。その動きで彼らが傭兵《ようへい》だと見抜いたモモコは、いくらか安堵《あんど》した。旅装の小夜子が従者たちを制して前に出た。

「牛車を止めるとは愚かな者たちだ。こちらは天一神の通る道を避けて方違《かたたが》えをしている。トラックを捨てて去れ。さもなくば実力行使する」

モモコは國子を座席の奥に隠すと、トラックを降りた。メタル・エイジの男たちがモモコの後につく。モモコは引き下がるつもりはなかった。

「そっちこそ道を空けなさい。ナンバープレートをつけてない車は車道を走っちゃいけないって、教習所で教わったでしょ？　牛車は歩道を使いなさい」

モモコは鞭《むち》を持って前に出る。

「どうしても通りたければ、あたしを倒していくのね。ただしオカマを掘られるのは慣れてるわよ。そっちは経験ないでしょ。試してみる？　癖になっても知らないわよ」

モモコの言葉に合わせてトラックがアクセルを噴かした。

「小夜子様、ゲリラたちの車です。退却しますか？」

相手も武装していると知った従者たちが束帯からマシンガンを取り出した。しかし小夜子も相手に背中を見せない女だ。

「癖のある女がいるわね。ゲリラは品がないから嫌いよ」

逆光で立ちはだかるモモコの影が大きく伸びていた。あのトラックはグラファイトを積んでいるに違いない。それをみすみす捨てるなんてするはずがない。戦力はほぼ互角だろう。だが小夜子たちは時間に追われているだけ分が悪い。

「立ち止まるわけにはいかない。皆既日食は七分で終わるのよ。それまでにアトラスの食に入らないと、直射日光に晒《さら》されてしまう」

従者が小夜子にマシンガンを渡そうとする。しかし小夜子も無粋な武器は持たない主義だ。懐からメスを取り出すとトラックのヘッドライトめがけて投げつけた。闇を切り裂きモモコを掠《かす》めたメスがヘッドライトに突き刺さる。それが開戦の合図になった。

モモコが口火を切る。

「あたしからトップライトを奪うなんて大した女優ね。コスプレしてるからってナメんじゃないわよ」

モモコが「着替え、着替え」と後ろにいる仲間に催促している。衣装で負けているのが気に入らないのだ。「着替えなんてありません」と手を撥《は》ねられたモモコは上着の胸元をはだけた。黒のハリウッドブラに包まれた見事な谷間は九十センチのDカップだ。モモコはセクシーポーズで相手を挑発する。

「モモコ様のロケットおっぱいで皆殺しにするわよ！」

小夜子は一目でそれがシリコン入りだとわかった。

「相手は性倒錯した男よ！　女だと思って見くびっちゃダメよ！」

徹底抗戦を知った稚児たちが防弾仕様の御簾《みす》を下ろした。車の中で慌てたのは美邦とミーコだ。急に防弾御簾を下ろされてパニックになったミーコは外で何が起きたのかまだ把握できていなかった。ミーコは非常時のマニュアルを開いて対応に追われていた。牛車は全てを犠牲にして美邦を守るように設計されている。

「美邦様、ガスマスクをおつけください。えっと、ええっと。次は、次は何だったかしら……」

何度も訓練したのにいざ本番となると何から手をつけていいのかわからなくなる。非常灯がついた明かりの中でミーコは必死で手順を思い出していた。

「このレバーを倒すんじゃろう」

美邦がレバーを倒すと、牛車の軛《くびき》が外れた。解放された牛がぶるっと首を振る。牛車がバランスを失う前に美邦は内蔵されていた補助輪を展開していた。いざとなれば牛車は自走してアトラスに帰還するようにプログラムされている。安全を確保した美邦は長物見の隙間から戦闘を眺めることにした。

「これだから地上は面白いのお。小夜子はまこと立派じゃ。一歩も退かぬ」

美邦の側に煌々《こうこう》と光る袋があった。女官のミーコはそれが美邦の身分を示すものだと聞かされていた。袋の中身は銅鏡だった。たとえ牛車が全滅しても美邦が路頭に迷うことがないように、携帯を義務づけられたものだ。それがなぜ輝いているのか、ミーコにはわからなかった。

「これをお持ちください」

と美邦に預けた途端、袋から鏡が零《こぼ》れ落ちる。ミーコはあっと叫んだ。鏡には煌々と輝く満月が映し出されているではないか。それは月の裏側の様子だった。この銅鏡は普段はいつも曇っていて、鏡として役に立たない。古めかしさが寂《さび》の趣《おもむき》しか与えてくれず、それが美邦の由緒の正しさを示しているとばかり思っていた。ミーコは銅鏡を月に一度磨く係になっているが緑青《ろくしょう》で変色した鏡は埃《ほこり》を落とすのがせいぜいだった。

「美邦様、これをご覧くださいませ」

と鏡を拾った瞬間、従者たちが発砲した。美邦は戦闘に目を奪われてミーコの言葉が耳に入らない。

従者たちはペアになってトラックを囲もうとする。雅《みやび》な衣装を着ているのに、動きは機敏だった。特殊部隊の動き方だ。彼らを相手にするにはゲリラは経験がなさすぎる。モモコは七分と時間を区切った。七分の間に敵陣まで入り中枢を麻痺《まひ》させる。それができなければ逆にこちらが制圧されてしまう。

「國子が動けないのが痛いわね……」

本来なら斥候《せっこう》は國子の得意技で、モモコは援護が中心だ。こんな戦闘はしたことがない。モモコの握る鞭に汗が染みこんだ。牛車を追い払いトラックを正面突破させる。これしか道がない。

意を決したモモコは鞭を撓《しな》らせた。ここはひとりで攻めるつもりだった。

「國子を守りなさい。逃げたら去勢手術するわよ。あたしは牛車を落とす。援護しなくていいから國子の楯《たて》になりなさい」

モモコが腕を上下に振り抜くと黒い鞭が牛車に襲いかかる。その様はまるで翼の生えた蛇さながらだ。鋭く空気を切った音だけを残して鞭は視界から消えた。次に地面が震動する。モモコはアスファルトを砕いて鞭を地下に潜り込ませた。

鞭の軌道を見失った小夜子は身を強張《こわば》らせた。てっきり正面から襲ってくるとばかり思っていたのに、鞭は忽然《こつぜん》と姿を消した。鞭はどこにいったのだろう。従者たちが辺りを見渡す。

「焦らないで。あの女の手元を見れば予測できるわ」

「それが……いません」

モモコは鞭を放つと予測されないように姿を眩《くら》ましていた。小夜子の隣で従者の悲鳴があがった。地表を突き破った鞭が従者の足に絡まって地面に引きずり込もうとしている。鞭はまるで大蛇のように地面の中を這《は》いずり回る。また従者が地面に呑《の》み込まれた。

「なんで鞭が地面の中を走れるの？」

小夜子は足下から飛び出た鞭をかわすだけで精一杯だ。小夜子はメスで鞭を避けるが、防戦を強いられていた。また従者が足を取られて地面に引きずり込まれていく。周囲の地盤ごと地面に呑み込まれていく様は、蟻地獄に落ちた虫さながらの光景だった。小夜子たちは足下に気を取られて自由に動けずにいた。

遠くでモモコがニヤリとする。

「地下鉄の地図が頭に入ってないみたいね。アトラスに住んでいると勘が悪くなるのよ」

ビルの看板からヒラリとモモコの影が落ちる。鞭を上空に放り投げて、今度はブーメランを取り出した。敵は地面に釘付《くぎづ》けでまだ自分に気づいていない。地面に降りたら今度は空中戦だ。モモコは飛び降りながら狙いを定めた。飛び込みさながらに宙を抱いたモモコが一直線に大地を目指す。風切羽にした指に風を優雅に絡ませると腕が浮いた。ブーメランはさっきから飛びたがっている。それを抑えてモモコは鷹《たか》の目で獲物を定めた。

「いい男、見つけたわ」

ブーメランを放つと影が二つに分かれた。落下の速度を加速度に換えたブーメランは、いつもより速く飛ぶ。街灯をなぎ倒しながら飛んでいくブーメランをよそに、モモコは受け身のタイミングを計っていた。

「三、二、一。今よ」

地面に手が触れた瞬間、モモコは全身で衝撃を和らげてボールのように転がっていた。その間もブーメランの軌道は頭に入っている。体を開いたモモコは倒れてくる街灯を隠れ蓑《みの》にしてダッシュで駆けだしていた。

「街灯が倒れるぞ。後退しろ」

ふと自分の腕が軽くなっている気がした従者が手元を見た。袖《そで》がばっさりと切り裂かれていた。その切り口はマシンガンへと一直線に伸び、銃身ごと切り落としていた。早すぎて衝撃も感じなかった。無様に弾が転げ落ちる間に今度は束帯の帯が切られた。身ごろを剝《は》ぎ取られた従者がどんどん裸にされていく。

「小夜子様お気をつけください。かまいたちです」

衣冠束帯だった従者はもうパンツ一枚にされていた。

とんとんと従者の肩が叩《たた》かれた。振り返ると背後に忍び寄ったモモコの熱いベーゼが待っていた。モモコは敵とはいえ好みのタイプに手をつけずに倒すなんて勿体《もったい》ないことをしない。自分も相手も楽しんでそれからお別れするのが男女のルールだ。モモコの官能的なキスに従者も意識を奪われた。腰が外れそうになるほどの甘い吐息を注入されて、従者は束の間の快楽に浸っていた。その後に続くのは戦慄《せんりつ》だった。たっぷりとキスを堪能すると男の首元にブーメランが飛んでくる。それを片手で受け取ったモモコがブレードを喉元《のどもと》に当てた。

「人生最後のキスが絶世の美女だなんてあなたはツイてるわ」

すかさず組み手を変えて肩車で従者を投げ飛ばす。隊列を崩すとさっき投げた鞭《むち》が手元に落ちてきた。モモコはもう牛車《ぎっしゃ》の目の前まで迫っている。マシンガンの火花が闇を照らすと、モモコの姿はまた消えていた。今度現れるときはまた間合いを詰めているだろう。

「敵は刃物を使っているわ」

と従者たちがブーメランに意識を切り替えると、また誰かが地面に呑み込まれた。モモコは相手の予測を超えて動いている。

「楽しいわ。楽しいわ。特殊部隊の男って逞《たくま》しくていいわあ」

興奮で息を切らしながらモモコが従者の体に絡みつく。厚い胸板から腹筋まで触るだけ触ってポイと捨てるのは贅沢《ぜいたく》な気分だ。この楽しみを國子に教えてあげたい気もするが、母親が性技を教えるのもどうかと思う。幸い國子は見ていないから楽しむだけ楽しむことにした。こんなときモモコはニューハーフに生まれて本当によかったと思う。好みの男を力ずくで嬲《なぶ》るなんて女にはできないことだ。それにニューハーフは男の弱点も心得ている。臀部《でんぶ》の上のツボを押すと男はヘロヘロになることを女は知らない。モモコはタイプの男を見つけてはそのツボを押した。途端、従者はぐにゃりとなってモモコの腕に落ちる。自慢の胸に顔を挟んで遊ぶだけ遊んでから巴投《ともえな》げにしてやった。五十人いた従者で生き残っているのは、モモコが食指を動かさない不細工な男だけだった。

三分も経たないうちに戦力は半減だ。堪《たま》らず小夜子が作戦を変更した。

「牛車を守りなさい。雑魚《ざこ》はどうでもいいわ。煙幕を張れ」

牛車がたちまち煙に覆われる。それは小夜子たちにとっても危険だが、間合いを詰められるよりはマシだった。この煙に紛れて牛車は自力で移動する。薙刀《なぎなた》を構えた女官たちに守られて牛車は一時退却した。煙幕の中でお互いに位置を確認する女官たちの声が、劣勢を伝えていた。

「人殺ししか能のない男のくせに役に立たないとは」

「美邦様を守れ。殉死すれば家族のアトラスランクがあがるぞ」

女官の威勢のよい声があがって薙刀が振り下ろされた。敵は近くにいる。相手は女といえども容赦しないようだ。すると煙の向こうから仲間の泣き声が聞こえた。なんだろうと首を傾げた女官長の耳元に声がした。

「あんたブスね。お肌が荒れてるわよ」

咄嗟《とっさ》に薙刀を振り払う。敵は煙幕に紛れてごく近くにいる。気をつけろと警戒するとまた女官長の耳元にモモコの声がした。今度は後ろから胸を摑《つか》まれて身動きが取れない。

「乳輪が大きいわね。ふふふ」

「うるさい!」

肘鉄《ひじてつ》を打とうとするとモモコは消えた。モモコは女のコンプレックスを巧みについて戦意を喪失させていた。男の弱みも女の弱みも両方把握するニューハーフは史上最強の兵士だ。男を攻めるときは力業で、女を攻めるときは心理的にと戦術を使い分ける。

モモコは鼻歌を弾ませて女官長を狙う。モモコから見れば女官長は隙だらけの女だった。豪華な単衣《ひとえ》に身を包んでいるとはいえ、険のある雰囲気は容姿のコンプレックスを引きずっている証拠だ。女の人生は全部顔に出るというのがモモコの持論だ。特に男性から優しくされなかった女は踏んづけられた足跡が顔にこびりついている。この足跡がつくと一生落ちない。どんなに後からリハビリしてもお直ししても、決して消えることはない。そして汚れた顔にまた足跡をつけられる。もしモモコが占い師になったらさぞ名を馳《は》せただろう。顔についている女の履歴を淡々と読み上げるだけで誰もが震え上がってしまう。

モモコは女官長を羽交い締めにして、彼女の顔についている過去を読み上げた。

「あなた不倫してるわね。上司の股《また》ぐらに顔を突っ込んでばかりでしょう。お口の周りのポツポツはヘルペスよ」

女官長は恥部を突かれて顔を真っ赤に染めた。しかしまだモモコは解放してくれない。モモコは女の人生を生い立ちから読み上げた。それは自分でも認めたくない裏の歴史だ。いつもワンサイズ下の服を買うこと、自分宛に手紙を書いたことがあること、足の裏に魚の目があること、そんな自分自身をちょっと好きなこと、人生で一番の冒険は自殺未遂をしたこと、自殺キャラで男に媚《こ》びる癖があること……。モモコの読顔術は閻魔帳《えんまちょう》よりも詳細だ。

「今までに買った化粧品の総額は五百万円。中絶費用は六十万円。肌年齢は五十代。あと十八ヶ月で閉経。うーん大したことない人生ね」

モモコは止《とど》めの言葉を突き刺した。

「一生ひとりでいなさいね」

女官長はプライドのネジを全部外されて心はバラバラだった。モモコが腕を緩めたら女官長は力なく地面に崩れ落ちた。

「ああ面白いわあ」

こういう陰湿さは人生を曲がって歩いてきたニューハーフならではだ。女の本当の敵はニューハーフだということを女はあまり知らない。

「この曲者《くせもの》。女官長の仇《かたき》」

振り下ろされた薙刀を脚で軽く蹴《け》り上げてモモコはずいと前ににじり寄る。

「ねえ、そのファンデーション、コンビニで売ってる奴でしょ？」

がつんと凹《へこ》ませてモモコはポーチを開けた。

「あたしはエスティ・ローダーしか使わないのよ。五百円のファンデーションのあなたが勝てると思う？」

涙目になった女官に加勢が来た。今度は自意識の強そうな優等生タイプの女官だ。モモコは彼女の顔を一瞥《いちべつ》すると一番知られたくない恥部を読み上げた。

「あなたのトオル君によろしくね」

「なに、トオルって？」

モモコがにやりと笑った。

「いつも慰めてくれるあなたの玩具《おもちゃ》の名前じゃない」

「いやあああ」

煙幕が晴れると薙刀を杖《つえ》に地面に崩れ落ちた女官たちの姿があった。その無様な有り様に小夜子が蹴りを入れた。

「おまえたちのアトラスランクはGに降格よ。地上で生きなさい」

「そんな小夜子様、あんまりです……」

「変質者ひとり倒せないで美邦様の女官気取りはやめてほしいわ」

小夜子は次々と女官たちのアトラスランクを落としていく。もう牛車とともにアトラスに帰ることは許されない。途方に暮れた女官たちはさめざめと泣いた。

小夜子は残りの従者を集めて戦力を集中させることにした。

「敵を討った者に恩赦を出す。帰れば徴兵を免除してやるわ」

士気をあげるや否や、三人の従者の脚がブーメランに払われた。

「ミーコや、凄《すご》いぞ。サイボーグのような女がいるぞ。ああ褒美を取らせたいものじゃ……。こら、誰が煙幕を張れと言った。せっかくの見物なのに気の利かない奴らじゃ」

長物見から様子を窺《うかが》っていた美邦は興奮していた。牛車は何発も流れ弾を浴びている。いくら防弾仕様でも静観してはいられなかった。美邦を脅かす敵はどんな姿なのだろうとミーコが窓から外を見る。しかし煙幕のせいではっきりしなかった。

小夜子も時間がかかりすぎていることを気にしていた。

「あと三分で日食が終わるわよ。ミーコ、牛車の脱出装置を起動させなさい」

「小夜子様、三分ではアトラスに戻れません。食の中に逃げるしかありません」

小夜子が笠《かさ》を脱ぎ捨てた。たったひとりの敵を相手にここまで押されるなんて予想もしていなかった。

ミーコは銅鏡が変化しているのに気づいた。さっきまであんなに輝いていた光が影を帯びている。それに伴い付近の温度はどんどん上昇していく。何か関係があるのだろうか。

トラックの中で國子が意識を取り戻した。まだ頭痛がひどくて目を開けていられないが、銃声の音は捉《とら》えていた。自分が倒れている間に戦闘が始まったらしい。気がつくと後部座席で仲間の膝《ひざ》の上にいた。

「國子様がお気づきになったぞ」

「一体なにが起きているの？」

「モモコがひとりで敵を攪乱《かくらん》しています」

「そんな無茶よ！」

起きあがろうとしてもまだ体を持ち上げることもできない。なぜ意識が途切れたのか、國子にもわからない。まるでプラグを引き抜かれた電器製品のように、突然意識が闇に覆われた。睡眠なら体の深い部分で連続していることを感じるが、この途切れ方は衝突に近い。突然壁に塞《ふさ》がれて途切れた意識、それが一番的確な感じがした。幸い、緩やかに体が元に戻りつつあった。棒のようにしか感じられなかった腕が、今はシートを摑んでいるのがわかる。

「モモコさんを援護しなきゃ……」

いつもならそれで奮い立つのに、体にはまだ闇が残っていた。

「モモコなら大丈夫です。いつもより嬉々《きき》として闘っております」

「それが心配なの。メタル・エイジの品性が疑われそうで……」

モモコは廃墟《はいきょ》のビルの影に潜んで、最後の仕上げを練っていた。リーダーと思《おぼ》しき女がいる。何度も鞭《むち》で狙っているのに、間一髪で躱《かわ》されてしまう。それほど動きに切れがあるとも思えないのに、しぶとかった。ブーメランを放っても同じだ。投げると同時に小夜子は不規則な動きをする。恐らく自分でもよくわかっていないはずだ。小夜子の動きは地震を予知するナマズの行動を彷彿《ほうふつ》とさせる。殺気を感じると居心地が悪くなって避けるような行動を取る。

「ヤな女ね。ああいうタイプって大っ嫌い」

女を倒すのは言葉に限るとモモコは心得ていた。あの女官たちのように、自尊心をズタズタにしてやろうと小夜子の背後に忍び寄った。小夜子のようなインテリ女は高慢に出来ている。プライドが高ければ高いほど言葉攻めは効くものだ。モモコは女官の単衣を剝《は》ぎ取って小夜子の背後に迫った。

「この年増」

そっと小夜子の耳元で囁《ささや》く。これで相当凹むはずなのに、小夜子は恍惚《こうこつ》の眼差《まなざ》しを浮かべて身を震わせたではないか。不覚にもモモコは小夜子の残忍な回路のスイッチを入れてしまった。表情をがらっと変えた小夜子の目が狂気の炎を宿した。

「もっと言って」

「なにこの女？」

モモコの背中に悪寒が走る。小夜子は人格を変えたばかりでなく、身体機能まで変化させる。さっきまでの鈍い動きとはうって変わりモモコの内股に脚を絡めて倒してしまった。

「うそ。このあたしが一本取られるなんて！」

モモコの両肩を膝で押さえた小夜子は懐からメスを取り出した。愉楽の診療室の始まりである。小夜子は目をぎらつかせながら甘い吐息を吐く。

「さあ、言うのよ。私の恥部を全部暴いてちょうだい。お礼に解剖してあげるから。そうよ。私は根暗なガリ勉女よ。友達もひとりもいなかったのよ」

『この女、倒錯してるわ』

隠し事のない小夜子はニューハーフの敵である。こうなると女は強い。ひたすら快楽を求めるだけの獣と化す。押さえ込まれて身動きの取れないモモコは、罵倒《ばとう》するだけ罵倒した。しかしそれは小夜子の餌でしかなかった。

「黴《かび》臭い女ね。枝毛が見えてるわよ。そんな笑い方すると小じわが目立つわよ」

「いい感じ。あなた今までで最高のモルモットよ」

小夜子のメスがモモコの首筋に当たる。押し当てただけで豆腐でも切るようにスパッと肌が切れた。モモコは痛みも感じない。生温《なまぬる》い液体が背中に入ったとき、それが自分の血だと気づいた。小夜子は出来る限り快感を長引かせようとモモコをいたぶる。

カッとなったモモコは小夜子を睨《にら》みつけた。

「ニューハーフはサディストなんか恐くないわ。このペチャパイ」

小夜子がメスを掲げたと同時に、空に光が戻ってきた。皆既日食が終わりを告げる。気温が再び上がりだすと一面に色彩が蘇《よみがえ》る。それに合わせて眠っていた大地が目覚めた。

「牛車《ぎっしゃ》はアトラスの食に退避！」

エンジン全開で自走した牛車はアトラスの食に隠れた。正面に自衛用のバルカン砲を備えた牛車は、威嚇《いかく》しながらより暗い影へと逃げていく。アトラスの食は牛車を守る楯だ。

中央通りは神田川を挟んで影と日向に分かれた。

「さあ、手術はこれからよ。男に戻してあげましょうね」

「男に戻るなんてイヤよ。再性転換手術なんて聞いたことないわ」

「新しい医療に貴い犠牲はつきものよ。最初はみんな失敗するんだけど」

牛車が安全圏に逃げたことを確認した小夜子はメスに舌を這《は》わせた。

モモコはさっきから逃げようとしているのに、力点を奪われて全く動けない。この女は人間の骨格をよく知っていると思った。関節を押さえれば最小限の力で自由を奪える。それをいとも簡単にやってのけるとは、武道家でも達人の域だ。

「年増のインテリ女に負けるようじゃ、モモコ様もお終《しま》いね」

モモコはこれで終わったと覚悟した。モモコは何も恐くなかった。せめて最後まで敵から目を背けないでおこう。誰にもお別れなんて言わない、と振り下ろされるメスをじっと睨んだ。その時だ。小夜子の右手に鞭が絡みついた。

「モモコさん逃げて」

遠くに日差しを浴びた國子の姿があった。トラックの屋根に乗った國子が光の世界から闇へと鞭を振るう。明るくなるたびに力が漲《みなぎ》るのがわかった。元に戻ったのではなく、脱皮した気分だ。目に見えるもの、触るもの全てに存在の重さを感じる。秋葉原を覆う看板、継《つ》ぎ接《は》ぎだらけの道路、ガラクタの山、それら全てが新鮮に映る。まるで海外旅行で訪れた景色のように、ちょっと見るだけでたくさんの発見が頭に飛び込んでくる。そして闇の向こうに見えるのは愛《いと》しいモモコだ。なぜだか抱きしめたくなるほど小さく映った。しかし國子は知っている。あの華奢《きゃしゃ》な体には無限大の愛情が詰まっていることを。

國子が鞭をぐいと引っ張ると小夜子のバランスが崩れた。

「國子、助かったわ」

間一髪で難を逃れたモモコは國子に向かって走り出した。

「モモコさんを援護して」

鞭を手繰り寄せて近づけないように威嚇する。従者たちは縦横無尽に大地を走る鞭の軌道に銃を構える余裕もない。頭をもたげる鞭は蛇のように牙《きば》を剝《む》く。まるで意思を持っているとしか思えない動きだ。國子は川の向こうにいるのに、従者たちにはすぐ側で闘っている気分だった。鞭が近づくと反射的にマシンガンを地面に撃った。

「やるじゃない國子。免許皆伝よ」

モモコは万世橋の欄干から巧みな鞭捌《さば》きに惚《ほ》れ惚れとする。いつの間にあんなに上達したのだろう。國子の鞭捌きには美がある。

「ブーメランを!」

鞭を手繰り寄せて得意のブーメランを掲げた。國子は鷹《たか》と蛇を同時に使うつもりだ。軽快なフットワークで軽く助走をつけると円盤投げのように回転した。巧みに重心を移動させながら、ブーメランに遠心力をつけていく。揚力を得たブーメランのせいで体が軽くなった。グリップを握る指が第二関節、第一関節とブーメランを滑らせ、空に放つ準備をする。獰猛《どうもう》な牙を目覚めさせたブーメランは目標に狙いを定めた。

小夜子はブーメランに宿る殺気をいち早く察知していた。

「あの子のブーメランに気をつけて」

神田川に黒い影を落としたブーメランが闇の世界へと飛んでいった。アトラスの食のせいでブーメランはすぐに姿を眩《くら》ました。空に不気味な音を撒《ま》き散らすブーメランを探していると、鞭が従者に巻きついた。國子はブーメランを投げるとすぐに鞭を放っていた。先に投げたブーメランに意識を払わせ、後から放った鞭が先に攻撃する。國子は得意気にウインクした。

「時間差攻撃よ」

鞭が従者を相手にしている間に、ブーメランは牛車を狙っていた。牛と車を繋《つな》いでいた二本の轅《ながえ》を切り落としたブーメランが光の世界へ帰路についた。

バルカン砲で応戦した牛車はまた食の奥へと逃げていく。あのブーメランは防弾御簾《みす》など簡単に突き破ってしまう。今度狙われたら美邦はアトラスに戻れない。車の中で震えていたミーコは意を決した。

「美邦様、あたしも表に出ます」

「従者でも太刀打ちできぬのに、ミーコでは無理じゃ」

美邦が制止するにも拘《かか》わらず、ミーコは十二単《じゅうにひとえ》の裾《すそ》を払った。もう守ってくれる女官たちはいない。いざとなれば美邦の楯《たて》となるよう教えられてきたミーコは懐から短い鞭を取り出した。いつかモモコが開店五周年で使ったものだ。こんなところで役に立つとは思わなかった。ミーコは、大きな深呼吸をした。

「薙刀《なぎなた》や銃は難しいですが、これなら少しは使えます。必ずや敵を追い払ってみせましょう」

「ミーコ頼みがあるぞ」

美邦がそっと耳打ちする。心得たミーコは鞭《むち》を握り締めた。

「稚児たち、御簾を開けい」

防弾御簾がするするとあがる。車から降りたミーコは繋いでいた牛と同じくらい大きかった。

光の世界へと帰路についたブーメランは巨大な翼を雄大に回転させていた。遠くからモモコに「真剣白刃取りよ！」と声をかけられたが、冗談じゃないと國子は思った。あんな大きな刃物を受け取り損ねたら体は左右に真っ二つだ。モモコのブーメランは小さいから外縁を摑めるが、國子のブーメランは内側まで踏み込まないと遠心力が大きすぎて人間には止められない。遠心力の小さい中心部を摑むには腕のリーチが足りなかった。かと言って今日の靴底はダイヤモンドではない。なのに國子の体は怖《お》じ気《け》づくどころか、全身の神経を一点へと集中させていく。どうしてなのかわからないが、やれるという思いが体の内側から溢《あふ》れてくる。じっとブレードの回転を見つめた國子は、タイミングを計っていた。敵を倒したブーメランは主《あるじ》の素質を試さんとばかりに、勢いを衰えさせずに國子に迫っていた。

「捕れる！」

と確信した國子が側転で前に出た。すぐに体を捻《ひね》るとロンダードの連続で小気味良く地面を飛び跳ねていく。視界が目まぐるしく上下に振り切れる。空を逆さに見上げたら百年ぶりの邂逅《かいこう》を終えた太陽と月が互いに別れを惜しんでいる光景が見えた。その天空と大地の間を翼を回転させながら飛んでくるブーメランの姿があった。一瞬だけの目測だったが、タイミングを確認するには充分な時間だった。

「國子は何をする気なの？」

ブーメランにバック転で接近していく國子の姿にモモコは肝を冷やした。このままだと二つが交差するとき悲劇が起こる。今國子が止まっても慣性で動いてしまう。モモコが目を背けようとしたとき、國子が大きくジャンプした。

「真剣白刃取り！」

ブーメランが容赦なく國子を襲う。伸身宙返りで両脚を天に向けて揃えたとき、顎《あご》の先をブレードが掠《かす》めた。これで危険な外縁を避けたことになる。今度は股《また》の間にブーメランを潜らせた。くの字型の中心部に踝《くるぶし》が差し掛かる。國子は勢いよく脚を閉じてブーメランを受け止めていた。

「モモコさん捕ったわよ」

空中でガッツポーズを取って着地の軌道に入る。その間にも次の投擲《とうてき》に向けて準備が始まる。両脚の間からブーメランを摑《つか》むと両手に持ち替えた。落下の勢いを使ってまた背筋を限界まで撓《しな》らせる。着地するともうブーメランは指からすり抜けてまた闇の世界へと飛び立っていった。絶望で生きる道を絶たれた女官たちの頭上を越えて、またブーメランが牙を剝く。

「無茶苦茶な技だわ。いつか死ぬわよ」

地面にぺたりと座り込んだモモコは國子が何をやってのけたのかすぐにはわからなかった。両脚でブーメランを挟んだ瞬間、モモコの目の前は一面が薄っぺらい世界に変わった気がした。傍目《はため》にはブーメランが体を貫通したようにしか見えなかった。「バカ」と叫ぶとやっとあの光景がリプレイで頭の中で再現された。母心はハラハラだが、師範としての冷静な目は無駄のない動きに唸《うな》っている。しかし褒めてやる気は微塵《みじん》もなかった。國子が戻ったらまず往復ビンタだ。いやそれだけでは気が済まない。あの鉄砲娘を外に出すのは危険だ。ドゥオモの煙突に括《くく》って三日間は反省させてやろう。モモコは激しい剣幕を見せながら万世橋を渡った。

そうとは知らない國子は鞭を使えとモモコに投げた。

「モモコさんを保護して」

マシンガンを撃ち鳴らしながらモモコをこちらへと誘導する。ブーメランが闇を切り裂いている間は敵は反撃もできない。

牛車《ぎっしゃ》に襲いかかったブーメランは輿《こし》の中央を狙って着実に間合いを詰めていた。その猛威に立ちはだかったのはミーコだ。美邦を傷つけるのは何人であれ排除するのが女官の務めだ。化粧まわしはないけれど、絢爛《けんらん》豪華な十二単が勇気を与えてくれる。ミーコは臆《おく》することなくブーメランと対峙《たいじ》した。この体を盾にしてでもブーメランを止めてみせると意気込んで、どすこいと四股《しこ》を踏んだ。

「あたしは役立たずなんかじゃない」

凶悪な音を鳴らすブーメランの威嚇《いかく》なんて全然恐くなかった。ミーコは炭素材の鞭を幾重にも束ねて、ヌンチャクのように構えた。その間にブーメランが飛び込んでくる。凄《すさ》まじい衝撃でミーコの体は押し出されそうになる。鞭はゴムのように伸び、ミーコの鼻の頭に迫った。

「どすこーい！」

ミーコの全体重をかけてもブーメランの勢いは止まらない。片方の翼がアスファルトを切り裂きながらミーコを真っ二つにしようとする。ミーコは鞭の楯《たて》を押し当ててブーメランを地面へとめり込ませていく。ミーコの背中が牛車に触れたとき、やっとブーメランの勢いが止まった。土俵際で競り勝ったミーコに大きな安堵《あんど》が浮かんだ。

長物見の窓が開いた。

「ミーコや天晴《あっぱ》れであったぞ。なかなか面白い闘いであった」

初めて見る巨大なブーメランに美邦は目を丸くしていた。

対岸の國子が首を傾げる。

「変ね。ブーメランが戻ってこない」

そろそろ姿を現してもいいはずなのに、どこにいったのだろうか。ビルに突き刺さって身動きが取れなくなっているのかもしれない。神田川を越えようかと万世橋に足を向けた。

「モモコさーん」

照れながら駆けてくる國子を、モモコは腕を組んで待ち構えていた。絶対に往復ビンタと決めていたのに、國子が屈託ない笑顔を見せると気持ちが揺れてしまう。三歩も近づかないうちにモモコは困った顔を浮かべ、やがて組んでいた腕を解いて両手を広げた。

「あんたって娘は……」

と笑顔を浮かべたときだった。モモコの脚に鞭が絡みついた。途端、地引き網のような力でモモコが引っ張られていく。國子の指がモモコを摑み損ねた。

モモコは両脚を奪われて身動きが取れない。

「國子。助けて」

「いやあ。モモコさん。ダメぇ」

追いかけようとすると対岸から無数のマシンガンの射撃が起こった。モモコはあっという間に暗闇の世界に引きずりこまれていった。

國子はさっと手をあげる。

「突撃！　モモコさんを救出して」

メタル・エイジの男たちが万世橋を越えていく。すると上空から鈍い音がした。目の前にどすんと落ちてきたのは巨大な鳥居だった。突然の出来事に國子たちは唖然《あぜん》とする。赤い鳥居は万世橋を突き破って、道路を分断してしまった。こんなものがどこから落ちてきたのか、と頭上を見上げると、鳥居はアトラスの第五層から次々と落ちてくるではないか。柵《さく》のように橋を突き刺していく無数の鳥居は、赤い豪雨になって視界を覆ってしまった。

「國子様、危険です。トラックへお戻りください」

「だってモモコさんが連れ去られたのよ。指をくわえて見ているなんてできない」

頭上に黒い影が差し掛かる。鳥居は万世橋を完全に埋め尽くすつもりだ。國子は男たちに手を引かれてトラックへと戻された。

「トラックで突破する。あんな鳥居くらい蹴散《けち》らしてやるわ」

アクセルを踏み込んで橋に向かわせる。すると目の前の鳥居がみるみるうちに鉄条網へと変化していくではないか。一面を鉄の棘《とげ》に覆われた万世橋は、侵入者を鋭く威嚇した。

「擬態装甲！　政府の仕業ね」

「もうこの地区は危険です。戦車が来たらグラファイトが奪われてしまいます」

「クソッ！」

國子がフロントガラスを叩《たた》いた。モモコが攫《さら》われた上にグラファイトまで失ったらドゥオモの民に申し訳が立たない。

「撤退する……。撤退して。モモコさあああん！」

遠ざかる神田川の対岸を國子は身を引き裂かれる思いで見つめていた。まさか今日、モモコを失うことになるなんて夢にも思っていなかった。運転席に微《かす》かに残っていたモモコの甘い匂いは國子の絶叫の前で消えかけていた。

食の中にいた小夜子たちもこの光景に唖然とした。鳥居はアトラス公社のシンボルだ。美邦を危険に晒《さら》したと知れれば小夜子の立場は危うくなる。

「撤退する。アトラスへ戻れ」

生き残っていた僅《わず》かな従者たちは自走する牛車の脇にぴたりと寄り添いながら撤退していった。

牛車の中では拉致《らち》されたモモコが気を失っていた。

「天晴れであった。妾《わらわ》の願いをよくぞ叶《かな》えてくれたぞ」

ミーコは礼を言うのを忘れて目を丸くしていた。女を生け捕りにしろと美邦から命ぜられて捕獲したのはいいが、手繰り寄せてみればそれは懐かしい思い出の人だった。

「モモコ姉さん……」

「なんじゃ知り合いか」

「ええ。あたしの恩人です」

モモコの体は引きずったときの力で擦り切れていた。頬も腕も脚も痛々しいほど血を滲《にじ》ませている。ミーコは単衣《ひとえ》を脱いでそっとモモコの体を包んでやった。まさかメタル・エイジと闘っていたなんて夢にも思っていなかった。ブーメランが飛んできたときに気づくべきだったのに、生きるか死ぬかの狭間《はざま》で判断ができなかった。あれは國子の放ったブーメランに違いない。

牛車の外から小夜子の声がする。

「その女は危険です。アトラスに戻ったら処刑します」

「ダメじゃ。洗脳して妾の側に置く。ミーコの恩人だそうじゃ。手厚く扱え」

小夜子はわかりましたと言ったが、そうするつもりは毛頭なかった。久し振りに手応《てごた》えのあるモルモットを捕獲したのだ。少しくらいの楽しみを味わってもいいだろう。

ミーコはいくら美邦の目があるとはいえモモコの身柄が不安だった。

「小夜子、手荒に扱うとこのミーコが鯖折《さばお》りしますよ」

「うるさい。デブの穀潰《ごくつぶ》しのくせに私に命令するんじゃない」

「黙るのじゃ。せっかくの外出だったのに妾は気分が悪いぞ」

「大丈夫ですか美邦様」

と小夜子とミーコが声を揃える。食の闇を伝って半壊した牛車はアトラスへと戻って行った。

新霞ヶ関の上空から下界の様子を窺《うかが》っていたのはアトラス公社の人間だった。第五層にある政府施設の中でもアトラス公社本部の建物は異彩を放っている。巨大な列柱とスロープを持つ姿は太古の出雲大社を模したものだ。千年杉を用いて組み上げられた本殿は建物というよりも森林の一部に見える。忙《せわ》しなく時を刻む都心の中で、ここだけが時を止めたように静まりかえっていた。公社は第五層の森の中で静かに計画を進めていた。

雲の切れ間から撤退していくトラックと牛車《ぎっしゃ》を眺めた黒いスーツの男たちがホッと息をついた。鳥居を落としていたヘリが公社へと帰還する。

「太陽と月が離れていきます」

しかし幹部たちはこの事態を予期していたかのように冷静だった。それどころか幹部同士、お互いに目を合わせて確信した眼差《まなざ》しで頷《うなず》いた。

「日食はずっと前からわかっていたことだ。あの子たちは正当な後継者たる証拠を見せたにすぎない」

「まさに太陽と月の巡り合わせですな……」

スクリーンには國子と美邦のデータが表示されていた。どちらのアトラスランクもトリプルAだった。二人とも最高機密のロックがかけられている。二人の情報に触れるためには、公社の幹部たちの総意がなければ開かれることはない。

「また経歴が悪くなったようだな。國子の情報を操作しろ」

ちょっと見ない間に、國子の項目は逮捕状のオンパレードになっていた。指示を受けたオペレーターの女が國子の逮捕状を次々と抹消していった。

「とんだ跳ねっ返りになったものだ。まさか地上でゲリラの総統になるとは思わなかった」

苦笑したのは公社の総裁だ。國子の履歴をマメにチェックしないとすぐに逮捕状で埋め尽くされてしまう素行の悪さに半ば呆《あき》れてもいる。今まで地上のゲリラのことなんて他人事《ひとごと》だったのに、國子が総統に就任してからというもの、政府を刺激することばかりやるようになった。

幹部たちは國子の行状に頭を抱えていた。

「あの子は目立ちすぎるのが欠点です。光が当たりすぎる」

「さすがトリプルAだけのことはある」

スクリーンに映し出された國子は、ブーメランを構えてこちらを睨《にら》んでいた。さっき地上で牛車と交戦したときの映像が流れる。身の丈ほどのブーメランを自在に操る様は鬼神さながらの迫力だった。たったひとりで特殊部隊の従者を相手に一歩も譲らない。

幹部たちはアクション映画を観ている気分で歓声をあげた。國子の動きが予測できないのでカメラのフレームから外れてしまう。必死で國子を追いかけるカメラのせいで見ていて目がチカチカした。

「この前も秋葉原で陸軍の戦車部隊を壊滅させたとか」

「あのときは危険でした。もう一歩で殺されるところでした」

報告をしているのは、サングラスをかけた男だ。立ち姿の強さは軍か警察出身の者だと思われた。彼もまた小夜子のようにアトラス政府から召喚を受けて活動する間者だ。

「護衛は密《ひそ》かに行うのだ。決して相手に悟られてはならない」

「わかっております」

秋葉原で國子を救った銃弾は彼らが放ったものだ。今度の戦闘も彼らは一部始終を観察していた。ゲリラや従者が殺されても動くことはないが、どちらかの身に危険が迫ると介入する。彼らが今日受けた命令は、皆既日食の最中に二人が遭遇するのを確認し、双方の命を守ることだった。これ以上闘えば美邦が危険だと判断して、鳥居で万世橋を封鎖したのも彼らだ。彼らが胸につけている八咫烏《やたがらす》のバッジが特命を帯びていることを示していた。

幹部が今日のやり方は派手すぎると注意した。

「擬態装甲は一応、軍事機密になっている。鳥居をすぐに回収しろ」

「なぜ国防省に気を遣うんですか。擬態材の特許はこちらが持っているんですよ」

擬態装甲は元々、アトラス建設の技術開発の中で生まれた素材だ。炭素材を大量に使用するアトラス建設は、より効率的な素材を求めて日々研究が進められている。もはやアトラス市民は地上に住むことはない。一生の全てを人工地盤の上で過ごすためにはストレスの軽減が求められる。アトラスは一種のスペースコロニーだ。洗練されてはいるが無機的になりがちな炭素材は、長期間同じ素材を見てばかりだとストレスになる。それを軽減するために考案されたのが変幻自在の擬態材だ。

スクラップ&ビルドをしないクリーンな都市の再開発を目指して発明された擬態材は、同じ素材を繰り返し使いながら景観を変えることができる。当初はビルの外装をリフォームする素材として考案されたが、プログラム次第であらゆるマチエールを与えることができると判明した途端、国防省が横槍《よこやり》を入れてきた。

「擬態材はゴミを出さない究極の素材だったのに、まさか人殺しの道具にされてしまうなんて……」

幹部たちが苦々しい思いでそのときのことを思い出した。廃墟《はいきょ》となった第四層を擬態材で再開発しようと意気込んでいたときだ。国防省の役人が公社に押しかけて開発中止を命じた。擬態材は民生用として使うよりも軍事目的に転用する方が遥《はる》かに国益に適《かな》うとして、基本技術を押収した。その経緯で生まれたのが擬態装甲板だ。以来、擬態材の開発は国防省の管理下に置かれている。

幹部たちは国防省のやり方に断固抗議した。しかし当時のアトラス公社は今ほど権限を持っていなかった。

「国防省に気を遣っているのではない。開発を続けているのを知られたくないだけだ。こちらの擬態材は国防省のものより遥かに優れている。また圧力をかけられて押収されたらどうするんだ」

公社の開発した擬態材は液体まで完全に再現する。回収を指示すると万世橋を覆っていた有刺鉄線が水滴になって滴り落ちた。後は神田川の流れに沿って河口で回収すればいい。

スクリーンに映された國子と美邦は公社の切り札だった。

「この子たちが現れるのを私たちはずっと待っていた。ようやく政府も私たちの主張が正しかったと認めはじめたところだ。絶対に失ってはならない」

警護の男もそれがどういう意味かわかっている。そもそもアトラスランクが生まれたのも、この日のためだ。他の人間がBランクだろうがCランクだろうが、意味のないことだ。アトラスランクは生まれたときに採血された遺伝情報から分類される。トリプルAを持つ國子と美邦が現れたとき、アトラスランクは初めて機能したといっても過言ではない。

二人の情報は常に公社に管理されていた。國子が凪子の養女となった日も、モモコが甲《か》斐甲斐《いがい》しく世話をしているときも、テロ容疑で少年院に送り込まれた日も、総統に就任した日も、すべて記録されていた。

「美邦の新迎賓館は政府施設だから警備も楽だが、地上のあの娘はゲリラたちと暮らしている。警察や政府軍が彼女の命を狙っていることを忘れるな」

サングラスの男が恭しくお辞儀をした。

「ご安心ください。我々は二十四時間、警護しております。しかし彼女は相当強いですよ。あらゆる武道を教えこまれていますから。師範が元オリンピック候補だったんです」

「ほう頼もしいな。どんな屈強な奴か見てみたい」

画面にモモコの姿が映った。盗撮された画像はモモコの湯上がりの姿だった。そのなまめかしい肢体に幹部たちが息を飲む。バスタオルを破りそうなほどのダイナマイトボディに目が釘《くぎ》付けになった。

幹部たちは口々に賛美の言葉を浴びせる。

「これはすごい。美貌《びぼう》のゲリラが師範とは」

「妖艶《ようえん》な女だ。地上に置いておくには惜しい」

「是非、愛人に迎えたいものだ」

サングラスの男が咳払《せきばら》いする。

「こいつは男です。昔、六本木でニューハーフパブを経営していたとか」

幹部たちが啜《すす》っていたコーヒーを噴きだした。

「國子はなんという環境に育ってるのだ。地上で、ゲリラで、親はオカマか」

「本人は気に入っているみたいですよ。下ネタが趣味のようです。私たちでもわからないハイブローな下ネタを昼間っから喋《しゃべ》っています」

國子のくしゃみが聞こえた気がした。國子を長年警護している男は、彼女の魅力に惹《ひ》かれている口調だった。神田川を挟んだ戦闘の様子をスローモーションで見せながら、うっとりと解説した。

「ご覧ください、この動きを。人間離れした運動神経をしています。秋葉原で戦車部隊を倒したときよりもずっと動きが洗練されているんです。訓練では絶対に身につかない天性の才能を持っています」

映像はブーメランを両脚でキャッチしたところで停止した。國子の眼は伸身宙返りの最中も次の目標を睨みつけていた。

「彼女は野性味が強すぎますね。まるでセーラー服を着た豹《ひょう》だ」

「トリプルAとはそういうものだ」

その言葉に男は確信を持って頷いた。

「鹿島《かしま》警部、君は彼女に興味を持ちすぎているようだ。影が主張しては困る」

「わかっております」

鹿島が戸惑った目をしたのがサングラスをしていても見えた気がした。最強のボディガードだったモモコを失った國子が今どうしているのか彼は知りたくて堪《たま》らなかった。これからますます自分の責任が重くなるのを誇らしく思いながら、どこかで國子の沈んだ顔を見たくないと願っていた。

オペレーターの女が國子の最新の情報をチェックして、呆《あき》れ声をあげた。

「またやったわね。あのじゃじゃ馬娘」

映像を見ている間にまた國子の逮捕状が二件出されてしまった。罪状は公務執行妨害と器物破損だ。あのまま大人しくドゥオモに帰ったわけではなさそうだ。どうしてこの娘はいちいち暴れなければ気が済まないのだろう、と幹部たちは溜《た》め息を漏らす。

「抹消しろ」

幹部の一声で、逮捕状が取り消されていく。分厚いファイルの上で頬杖《ほおづえ》をついた担当者が溜め息を漏らした。

「この前も警視庁からクレームがきたばかりです。あそこのホストコンピュータをいじれるのはゼウスだけですからね。この一ヶ月だけで炭素法違反が四件ですよ。懲役二十年の重罪を四つも帳消しにするのに法務大臣も悲鳴をあげていました。野党に知られたら政治生命の危機では済まないって。ひとつくらい逮捕状を残しておきませんか？　無免許運転がありますけど」

「ダメだ。全て抹消するんだ」

担当者が憂鬱《ゆううつ》そうに背中を丸める。

「これから事情聴取される私の身にもなってほしいです。あの子の担当はもうイヤです。もうひとりのトリプルAの子と替えてください。まだ小さいし、可愛いじゃないですか」

反対側の机で威嚇《いかく》するようにファイルを叩《たた》きつけた女がいた。頬がこけた痩《や》せぎすの女が美邦の担当者だ。彼女もまた疲労で苛立《いらだ》っていた。

「替えてもらいたいのはこっちの方よ。また小夜子から従者の補充要請が来たわ。そっちは逮捕状を抹消すればいいけど、こっちは服役囚に恩赦を与えているのよ。法務大臣に圧力をかけるのもそろそろ限界だわ」

幹部は咳払いひとつで訴えを退けた。

「従者を補充しろ」

女はヒステリックな声をあげてスクリーン上の美邦を指した。

「この子はとんでもない我儘《わがまま》娘ですわ。新迎賓館で大人しくしているかと思いきや、人間を消耗品扱いしてばかりです。教育係の小夜子を解任します」

「ダメだ。小夜子はあの子のよき保護者だ。他に適任者はいない」

十二単《じゅうにひとえ》を纏《まと》っておませな顔をした美邦がスクリーンに映し出された。好奇心旺盛《おうせい》な眼差《まなざ》しは何か面白いことはないかとそわそわしている。その脇にいる使用人たちは青ざめた顔をして美邦の言葉に戦《おのの》いていた。

「あの子の周りは人が死にすぎです。闇が大きすぎます」

「さすがトリプルAだけのことはある」

美邦のデータにこれまで殉職した者たちのリストが重ねられた。あまりにも多すぎて映画のスタッフロールを見ている気分だった。

「きっと躾《しつけ》が悪いんです。まるで着物を着た狼だわ」

「トリプルAとはそういうものだ」

幹部たちが一斉に笑った。

端末に小夜子から女官を十人補充しろと催促がきた。それを見た美邦の担当者が力なく端末を落とした。

「午前中の外出だけで従者三十人と女官十人を失うなんて……」

美邦も小夜子も人使いが荒すぎる。だから二人は相性が合うのだろうが、フォローする担当の身にもなってほしかった。小夜子が気まぐれにアトラスランクを上下させるたびに、移民局が悲鳴をあげる。この調整だけで一週間は家に帰れなくなる。担当者は我慢の限界だった。

「小夜子にアトラスランクをいじらせるのは危険です。職権乱用もいいところですわ。端末を取りあげてください」

「ダメだ。小夜子にはやってもらわねばならない仕事がある。美邦を表に出すためには小夜子の力が必要だ。端末は効果的に使われている。多少のトラブルには目を瞑《つむ》るんだ」

「じゃあ、あのブーメランを持った野蛮人に担当を替えてください。素行が悪いくらい可愛いもんだわ」

國子の担当が激しく食ってかかる。

「喜んで替えてもらうとも。こっちは明日陸軍に査問されるんだ。ブーメランで戦車を壊したオトシマエをつけるためにな。損害賠償にどれくらいかかると思ってんだ。五十億円じゃきかないんだぞ」

男の元に秘書から新しい請求書が届いた。それを見た男は顔面蒼白《そうはく》になった。

「あのアマ。攻撃ヘリまで墜《お》としやがった……」

國子がテールローターに絡ませたブーメランが証拠品として添えられていた。美邦と小夜子が人間をいじっている間に、國子は政府軍の兵器を壊しまくっている。担当者はおずおずと請求書を財務担当の取締役に渡した。陸軍から来た請求書を一瞥《いちべつ》した取締役は、きっぱりと要求を撥《は》ねつけた。

「公社は国防省に一円たりとも払わないぞ。民事だろうが軍事裁判だろうが絶対に負けるな」

二人の担当者は頭を抱えてしまった。

「どっちもどっちだ……」

会議中に音声が割り込んだ。アトラス公社の最高経営責任者の登場だ。鳥居のマークがスクリーンに現れて自動的に会議室の明かりが落ちた。

「水蛭子《ひるこ》様の御前である。頭《ず》が高い」

幹部たちがスクリーンの前に土下座する。現れたのは袴《はかま》だけを着た半裸の女だった。ぬめっとした体と狂気染みた目はスクリーン越しでも背筋を貫く。女体と呼ぶにはあまりにも線が崩れている。それを水蛭子は隠そうともしない。幹部たちは土下座しながら、水蛭子と目を合わさずにすむのを安堵《あんど》していた。

水蛭子は最高経営責任者でありながら巫女《みこ》でもある。長い髪が体にへばりついているのは、禊《みそ》ぎをしたためだ。

水蛭子が奇声を発した。全身を痙攣《けいれん》させたかと思うと髪を振り乱し、引き抜き、のたうち回る。初めてこれを見た者は、断末魔かと身を強張《こわば》らせるものだった。水蛭子が託宣を下すときはいつもこうだ。彼女は床に身を転がしたかと思うと、炎のように体をくねらせる。水蛭子独特の不定形の動きは骨格を感じさせなかった。

水蛭子が託宣を下した。

『たいようと、つきが、であったのを、しかとみとどけたかや？』

「はい水蛭子様、あの二人に間違いありません」

水蛭子がカメラの前ににじり寄ると狂気の目がスクリーンにアップになった。それを正視できる者はひとりもいない。水蛭子の目は白目に蛆《うじ》が湧いているような気色の悪さだ。うっかりスクリーンを見た國子の担当者が水蛭子の目に射貫かれて失神してしまった。

『よげん、どおりじゃ。ひさしく、またされたものじゃ』

「確かに。十二代前の水蛭子様のお言葉通りでございました」

公社の最高経営責任者は、優れた巫女が就任し水蛭子を襲名するのが慣わしだ。水蛭子を名乗るとどんなに楚々《そそ》とした女でも、アメーバのような姿に変わる。出雲大社の強力な地場と融合するために理性が破壊されてしまうのだ。水蛭子は平均で五年も生きない。七年も任期を務めている現在の水蛭子は長持ちしている方だった。水蛭子はアトラス建設の未来を占う公社の要である。

「水蛭子様、我らの行く道をお示しくださいませ」

水蛭子は毒を盛られたようにのたうち回り、嘔吐《おうと》し、体を爪で掻《か》き毟《むし》った。皮膚がこそげ落ち、鮮血が床を染めた。水蛭子は痛みでもがいているのか、それとも降霊術によるトランス状態なのか傍目《はため》にはよくわからない。首を無理に捻《ひね》った瞬間に嫌な音がした。

『あのこたちは、まさしく、まさしく、われらのひかりとなる、よつぎじゃ。ちょうわをもたらす、かみのこじゃ……。ぎゃあああああ！』

水蛭子の最後の言葉は絶叫で終わった。結界の中に宮司たちが入り込む。水蛭子は舌をぐにゃりと出して死んでいた。死んだばかりだというのに、辺りはボディブローを食らわせるような腐敗臭が立ち込めていた。

「早く捨ててしまえ。水蛭子様の霊が逃げてしまうぞ」

死体を担ぎ出す宮司たちは嗚咽《おえつ》を漏らしていた。死体は引きずられながらバラバラになっていくほど著しく腐乱していた。

大宮司が若い巫女を呼び出した。彼女はまだあどけなさが残る小柄な巫女だった。

「そなたが新しい水蛭子となるのだ」

娘は血が飛び散った結界を前に足が竦《すく》んだ。これではまるで生け贄《にえ》ではないか。自分は人身御供《ひとみごくう》にされるために田舎から連れられてきたのだ。アトラスに住《い》めるという甘い言葉に唆《そそのか》された自分の愚かさに怒りが湧く。娘は必死になって抵抗した。

「大宮司様どうかお助けください。水蛭子になるのは嫌です」

有無を言わさず宮司らが結界の中に巫女を送り込む。合わせて祝詞《のりと》が唱えられた。

天清浄地清浄内外清浄六根清浄と祓《はらい》給ふ天清浄とは天の七曜九曜二十八宿を清め地清浄とは地の神三十六神を清め内外清浄とは家内三宝大荒神を清め六根清浄とは其身其体の穢《けが》れを祓い給清め給ふ事の由を八百万《やおよろず》の神等諸《もろ》共《とも》に小男鹿の八の御耳を振立て聞し食と申す
すると巫女の体に異変が起きた。絶叫をあげながら自ら衣を引き裂き髪を振り乱したではないか。

「水蛭子様の霊が降りてきたのだ」

宮司たちが榊《さかき》を振り回し祝詞を続ける。水蛭子の誕生を初めて見る幹部は悪魔祓いをしているとしか思えなかった。乙女がみるみるうちに水蛭子へと変化していく様はグロテスクとしか言いようがない。娘の体の優しい曲線が水膨れのようにぼこぼこと崩れていく。指の関節が逆反りに曲がり、何度も床に頭を打ちつけては喀血《かっけつ》と痙攣を繰り返す。注連縄《しめなわ》の結界から逃げようとすると、宮司たちが六尺棒で打ち据えた。

「辛抱するのだ。水蛭子様の霊はそなたを気に入っているのだ」

錯乱した娘が隙のあった宮司の喉《のど》に爪を立てる。結界の中に引きずり込まれた宮司は、水蛭子の霊の供物となった。宮司に嚙《か》みつき、腹の中に頭を突っ込んだ水蛭子は、臓腑《ぞうふ》を貪《むさぼ》っては吐き捨てる。その光景を間近で見た仲間の宮司たちは竦み上がって祝詞を上手《うま》く唱えられない。可憐《かれん》だった娘はもう面影ひとつ残さない姿に変容していた。精神は灼熱《しゃくねつ》と極寒の狭間《はざま》で弄《もてあそ》ばれ、風向きひとつで行き場を決められる落ち葉のようになっていた。

「おお、今度の水蛭子様はかつてなく猛《たけ》り狂っておられる」

「憑代《よりしろ》との相性が良かったのだ」

大宮司は確かな手応《てごた》えを感じた。水蛭子は一度降りると死ぬまで憑《つ》く。水蛭子の能力は憑代となった巫女の資質に左右される。さっき廃棄処分した巫女は長生きだったが、能力は平凡だった。しかし今度の水蛭子は獰猛《どうもう》だ。アトラス公社の最高経営責任者として、充分な能力を発揮することだろう。

「娘よ。耐えるのだ。そなたが水蛭子となれば首相といえども逆らえなくなる。アトラス市民、三百五十万人の頂点に立つのだ」

娘の体の中で、黄泉《よみ》の国のおどろおどろしい気と出雲大社の高潔な気がまじって激しくぶつかり合う。狭い体内で譲り合うことのない喧嘩《けんか》をされて内臓は焼けただれた。脳に電気の火花が炸裂《さくれつ》し、輻輳《ふくそう》した回路が弾《はじ》ける。意識が消し飛ぶような爆発的な光を見せられ、すぐに底なしの闇を覗《のぞ》かされる様はまるで天国と地獄を乱高下するジェットコースターに乗っている気分だった。

娘は体の内側から蟲《むし》に食われていく感覚に発狂していた。自慢だった髪が根本から昆虫の触覚に変えられていくのがわかる。毛穴から臭い煙が出ているのが感じられた。腸がムカデのように蠢《うごめ》き、位置を変えていく。内臓が広がったり裏返ったり縮んだりするのが止められない。耳の奥が無性に痒《かゆ》くなって、思いっきり叫んだ。すると目の前にあらぬ模様が走った。瞼《まぶた》を閉じるとはっきりと蟲の姿が見えた。いっそこのまま死にたかったのに、理性は小さくなって意識の隅に追いやられた。娘は体が曲がっていることしか感じられなくなっていた。

祝詞が終わると、水蛭子が誕生していた。

「水蛭子様の御前である。頭が高い」

宮司たちが一斉に跪《ひざまず》く。水蛭子は公社の幹部たちへ命じた。

『たいようと、つきが、まじわるひに、よつぎがあらわれたぞ。やがて、てんと、ちが、しずまる』

「水蛭子様、どちらが先に天命を知るのでしょうか」

『よつぎは、おのずと、あとらすの、やくめをしる。いまは、どちらも、まだ、こどもじゃ。この、ふたりを、みまもるのじゃ』

「しかと心得ました。政府といえども手出しはさせません」

鹿島警部が新迎賓館とドゥオモに徹底警護を命じた。天空と地上の二つの城に部下が派遣される。公社は新たな体制へと移行した。

水蛭子の髪が総毛立つ。何か異変を察知したようだ。

『あらしがくるぞよ。そなえよ。そなえよ。ぎゃあああああ！』

水蛭子はそのまま失神してしまった。

脂汗をかいた幹部たちはスクリーンから水蛭子が消えた瞬間に、金縛りから解放された。誕生したばかりの水蛭子は、やたら獰猛で動物の肝を求めるものだった。それを幹部たちも一緒になって食うのが新任の宴《うたげ》だ。あの生臭い牛や豚の肝をその場で捌《さば》いて食べなければならないことを想像すると、気が重くなった。

「水蛭子様のお言葉を聞いたか。後継者はこの二人に絞り込む。公社は次の段階に入る」

「他の候補者たちはどうする？」

アトラスランクAを持つ子どもたちは全員で十三人いる。しかし彼らの扱いはそれほど重要ではなかった。全員のデータを合わせても國子や美邦の半分もない。彼らの担当者もひとりだった。

「この前、ダブルＡの子が行方不明になりました。捜索しますか？」

「警察に任せておけ。公社はあの二人を正式な後継者と認定する。以後二人を『太陽と月』と呼ぶ。皆既日食の日に遭遇した二人は間違いなくアトラスの未来だ。これは五十年前から予言されていたことだ。いよいよ公社の役目は大きくなったぞ。太陽と月を徹底的に保護するのだ」

幹部たちは会議室を後にした。静まりかえった部屋でひとり気難しい顔をしていたのは、アトラス公社の総裁だった。実務の全てを任されているとはいえ、総裁は水蛭子の傀儡《かいらい》にすぎない。水蛭子に組まれた日程を前にしばし息をついていた。

「全ては五十年前のあの日が始まりだった……」

彼もまだ幼かった頃だ。大地に人が溢《あふ》れていた時代、東京は大きな試練に遭遇した。長年恐れられていた第二次関東大震災が東京を襲ったのだ。都市機能を完全に停止した首都は、災害に対して想像以上に脆弱《ぜいじゃく》だった。一千万の民は糸の切れた数珠《じゅず》になって、東京を転げ回った。崩れ落ちる首都高速、津波のように押し寄せる火と煙、それらが収まりかけた頃に何度も襲いかかる余震。マグニチュード七・五の地震の前で、積み上げられてきた東京の歴史が粉砕された。東京を支える七つの副都心は最大の地獄絵の姿と化した。被災者の数が五十万人を超えることが確実になったとき、東京は国際金融都市としての地位を完全に失っていた。

急遽《きゅうきょ》、大阪を臨時首都とした政府は東京の復興のために立ち上がった。

「我々にはアトラスを造る以外に方法はなかった……」

地震が収まり、辺りを見渡せるようになったとき、やってきたのは絶望だった。寸断された山手線、液状化した臨海副都心、交通の要衝だった東京駅は原爆ドームさながらの無惨な光景に変わっていた。破壊された東京のインフラは作り直すだけでも百年はかかると思われた。戦後の繁栄を謳歌《おうか》した東京はあまりにも巨大な都市になっていた。それがひとつの地震に襲われるまで危険であることを誰も感じていなかった。

復興にかかる費用は凡《およ》そ三百兆円と試算された。そんな巨額な資金が政府にあるはずもなく、ただズタズタにされた東京に包帯を巻くだけの対応に追われる日々が過ぎていく。導入されたばかりの炭素税は被災した東京に対しても容赦なく課せられていた。国際社会から炭素時代の失敗国家の烙印《らくいん》を押されそうになったとき、政府はひとりの男の力に縋《すが》った。東京をよりコンパクトに集積度の高い都市へと再開発するアトラス計画の発動だった。

政府は立ち上がった。

「この漂える國《くに》を修め造り固め成せ！」

アトラスの模型を前に総裁はこの半世紀余りを振り返っていた。

「総裁、お疲れのようですわね」

秘書が冷めたコーヒーを淹《い》れ直してくれた。若い彼女は、第二次関東大震災を知らない世代だ。彼女が物心ついたとき、地上は森へと還《かえ》っていた。

「君はアトラスがなぜ造られたのか知っているかね」

「はい。東京を冷やすためだと学校で教わりましたわ。昔は今よりも三度も暑かったとか。森を造るのは温度を下げるのと同時に炭素も吸収しますから」

「優等生だったようだな。しかし五十点だ。アトラスにはそんな建前よりももっと重要な意味がある」

秘書は小首を傾げてポンと手を打った。

「見落としていましたわ。空中炭素固定技術で新素材を利用する目的がありました。アトラスは炭素材なくしては建造できないと聞きましたわ」

「間違いではないが、二次的な問題だ。アトラスを建造する技術が存在したというだけだ。確かに炭素材は画期的だったが、決して炭素材の利用ありきでアトラスが造られているわけではない」

「何かヒントがあれば教えていただきたいですわ」

「この形がなにかわかるかね」

総裁がアトラスの模型を指した。目の前の模型は現在の工事の進捗《しんちょく》状況を示すのと同時に、完成予想図をホログラムで表している。

秘書にはアトラスの意味がわからない。どんなに見方を変えても、慣れ親しんだ都市の形でしかない。街は垂直に連なるものという先入観が、自由な発想を阻んでいた。

「アトラスの形に意味なんてありませんわ。機能的にもコスト的にも最も効率的な配置を考えると、こうなるんです。昔の東京はだだっ広いだけで時間の半分を移動に使っていたとか。満員電車がどんなものかわかるかと聞いているようなものですわ。それよりも総裁、間もなくアポイントメントのお客様がお見えになる時間です。お迎えにあがらなくてよろしいのですか？」

秘書に急《せ》かされて約束を思い出した総裁が慌てて席を立った。これからアトラス公社最大の顧客と商談をしなければならない。会議室を出て行った総裁の背中を見送って、秘書は机上の模型を見つめた。

「強いていえば砂時計に見えるわね」

工事が行われている間のアトラスは時間を積み上げる歴史の時計だ。五十年前と現在は標高差で捉《とら》えられる。地震で分断された東京を捨てたとき、新しい時代が始まったのだ。アトラスが完成したとき、真の姿が東京に現れることをまだ誰も知らなかった。


東京湾にジェットヘリが近づいていた。アトラスに接近する航空機はテロ攻撃と見なされ撃墜されてしまう。すぐに政府軍の戦闘機がヘリの左右につき、ロックオンする。アトラスの防空システムもヘリに向けて迎撃態勢に入った。

ヘリのパイロットはアラームの鳴るコックピットに緊張していた。客席を振り返ったパイロットの声は焦っていた。

「よろしいのですか。このままだと撃墜されてしまいます」

「かまわん。そのまま侵入するのだ」

客席にいたのは背の高い老人だった。窓の外に接近する戦闘機を眺めても顔色ひとつ変えず背筋をピンと伸ばしたままだった。携えている杖《つえ》が男の年齢を告げているが、彼の締まった体にはあまりにも不釣り合いだった。彼が握る杖は体を支える道具というよりも、王の権威を示すシンボルに映る。

ヘリに警告が入る。左右についた戦闘機からだった。

『不明機へ告ぐ。貴機はアトラスの防空圏内に接近している。直ちに退避せよ。さもなくば撃墜する』

同じ警告がアトラスの防空システムからも入った。すでにヘリは対空ミサイルにロックオンされていると告げられる。

慌てたヘリのパイロットが無線をオープンにした。

「こちらは公社の賓客を乗せている。第五層への着陸許可を求める」

しばらく無線に沈黙があったが、アラームは解除された。

『防空司令部より確認。アトラスへの着陸を許可する。高度をそのまま維持し、管制塔の着陸誘導プログラムに従え』

牙《きば》を剝《む》いていた戦闘機がエスコート機へと変わる。アトラスの管制塔と同調したヘリは自動的に着陸コースへと針路を変更した。気流が絶えず変化するアトラスへの着陸はコンピュータの制御なくしては不可能だ。パイロットはただ操縦桿《そうじゅうかん》を握っているだけで、生かすも殺すも相手次第の状態になった。

分厚い雲のせいで視界は真っ白だ。アトラスの生み出す気流のせいで、東京上空では絶えず乱気流が起こっている。上下左右もわからぬままの飛行がしばらく続いた。突如、雲が割れて視界がクリアになる。目の前に出現したのは空に浮かぶ人工地盤の大地だった。

「危ない。墜落する」

パイロットの本能が反射的に操縦桿を引き上げる。地表に近すぎるため体が震えていた。しかし誘導プログラムを受け入れたヘリはコントロールを失っている。高度計を見ると充分すぎるほどの高さを維持していた。

「これがアトラス！」

こんな間近でアトラスを見るのは初めてのことだ。巨大建造物と頭ではわかっているのに、比較する記憶がないために知っている都市を思い浮かべてしまう。猥雑《わいざつ》で賑《にぎ》やかな大阪、道路が印象的な名古屋、スカイラインを揃えた福岡、開放感のある札幌、どの街とも違う都市が目の前に広がっていた。目前の第五層の上下にさらに同じ人工地盤があるはずなのに、操縦席からは確認できなかった。パイロットは低空飛行をしている気分で冷や汗をかきながら、空中都市の景観に見入っていた。ヘリは気流に沿ってアトラスへと吸い込まれていく。メガシャフトの間を潜り抜けた瞬間、アクロバット飛行をしている気分で息を飲んだ。シャフトを越えるとますます頭が混乱した。眼下には人と車が行き交う賑やかな都市の風景がどこまでも広がっていた。

「すごい。建物の中に街があるなんて！」

彼が知っているどの都市にも見劣りしない風格のある街並みだった。政府施設の集中する新霞ヶ関は首都の顔ということもあり、歴史的な重厚さを醸《かも》し出すようにロンドンの街並みをモデルにしている。新霞ヶ関の街は五百年前からここにあったとでもいうように威厳たっぷりにヘリを迎えた。国会議事堂の時計台を真下に眺めて、ヘリはアトラス公社本部を目指した。

「間もなく着陸です。長旅お疲れさまでした」

どこまでも広がる人工地盤はヘリで駆けてもまだ先が見えない。第五層の住宅地を越えると深い森が見えた。森の奥に出現した建物にパイロットは息を飲む。威風堂々たる出雲大社が聳《そび》えていた。パイロットは飛行しながら時間を逆行している気分だ。先端技術の粋を集めた人工地盤から中世のヨーロッパへ、そして太古の神殿へと至る。着陸した先に何があるのか、全く予想がつかなかった。

公社の幹部は総出でヘリを迎えていた。出雲大社のスロープに赤い絨毯《じゅうたん》が敷かれる。

「失礼がないように、丁重におもてなしするんだ」

首相にすら頭を下げない総裁がいつになく緊張している。側にいた幹部たちは総裁が何度も身だしなみを整えるのを訝《いぶか》しがった。彼をここまで緊張させる相手とは一体誰だろう。幹部たちには客の名前を知らされていなかった。

「アメリカの大統領か、イギリスの国王が乗っているんじゃないのか？」

「もしそうだったら総理大臣もここにいるはずだ」

参列したのは公社の人間だけだった。礼装に着替えた大宮司を筆頭に神主や巫女《みこ》まで奥に並んでいた。神事と実務を司《つかさど》る公社の中枢が全て集結するなんて初めてのことだ。ヘリの影が公社上空に現れる。誰が乗っているのか幹部たちは興味津々だった。

ヘリのドアが開き、先に降りたのは一本の杖だ。杖がカツンと鳴った瞬間、時が止まり完全な静寂が訪れた気がした。一本の杖の前に出迎えの幹部たちは息もできない金縛りに見舞われる。続いて眼光の鋭い老人が出雲大社の大地を踏みしめた。背の高い老人は幹部たちを目で射貫き、反射的に遜《へりくだ》らせた。

総裁が恭しく老人の前に進み出る。

「お待ちしておりました。セルゲイ・タルシャン様」

新六本木にある香凜のオフィスの電話が鳴った。政府資産の運用を考えていた香凜が面倒くさそうに受話器を取る。電話はフランクフルトからだった。

「あら、貧乏なクラリスじゃない。お金なら貸さないよ」

『貧乏だなんて言わないで。ちょっと破産しただけじゃないの。一億ユーロくらい……』

クラリスは躍起になって損を取り返そうとしているが、肝心な資金がない。がめつい彼女のことだ。東京市場を折半しようと企《たくら》んでいることくらいお見通しだった。

「クラリスの失敗のお蔭《かげ》で会社は大損したのよ。ブロック経済が解除されるまで、大人しくしているのね。メデューサのヘッドリース機能は貸さないよ』

『違うのよ。さっき大変な情報を手に入れたの。タルシャンが今、日本にいるのよ!』

「なんですって? 貧乏なクラリス、それは本当なの?」

香凜は受話器を持ち直した。先週からずっと炭素市場にタルシャンが現れないか探っていたところだ。

『カリン、あなた興奮しているときもあたしをバカにするのね。今度貧乏って言ったら許さないわよ』

「わかった、貧乏なクラリス。もう絶対に『貧乏なクラリス』って言わないって約束するよ貧乏なクラリス。それでタルシャンはどこにいるの貧乏なクラリス？」

『カリン覚えてなさい。EUが元に戻ったら東アジアを叩《たた》き潰《つぶ》してやるわ』

事務所の家賃さえ払えなくなったクラリスは、なけなしの金で公衆電話から国際通話をかけていた。クラリスは今夜の夕食をとる金もない。こんな屈辱は生まれて初めてのことだ。クラリスは世界中のカーボニストに甘い声を使ってタルシャンの行方を追い続けていた。そもそも彼がモルジブにメデューサを設置しなければ、市場がこんなに荒れることはなかったのだ。きっとクラリスはさっきまで悔し泣きしていたのだろう。自慢の甘い声は嗚咽《おえつ》で濁っていた。

『こうなったらタルシャンを破産させてやるわ。ドイツ女を怒らせるとどんな目に遭うか思い知らせてやる。カリンごめん、電話が切れそうなの。そっちからかけ直してくれる？』

かつて香凜の誕生日にドン・ペリニヨンを奮発したとは思えないほどクラリスは貧乏ったらしくなっていた。渋々、クラリスのオフィスに電話をかける。通話は〝お客様の都合〟で使用できなくなっていた。

「もう！　この貧乏なクラリス。貧乏なクラリス。貧乏なクラリス！」

しばらくしてまた電話が鳴った。電話が切れていると気づいたクラリスがまた公衆電話からコレクトコールでかけてきた。香凜はだんだんクラリスが哀れになってきた。先月までEU市場で名を馳《は》せた辣腕《らつわん》カーボニストが一夜にしてこのザマだ。

「クラリス大丈夫？　市場が回復すれば一億ユーロなんてすぐに取り返せるよ。今はアメリカの炭素指数を下げることに集中しなきゃならないの。資金が出来たらEUに送金するからね」

クラリスは電話口で嗚咽を漏らしている。貧乏なときほど人情の温かさが身に染みるようだ。普段は人情なんて利息にもならないと言うクラリスだが、貧乏になると人情が欲しくなるから不思議だ。もっとも復活すれば人情なんか再びいらなくなるのは目に見えているのだけど。

クラリスはひもじいお腹を抱えて泣いた。

『ダンケシェーン……。貧乏は惨めってずっと思ってたけど、想像以上の辛《つら》さだわ。昨日なんか救世軍からパンを貰《もら》ったのよ。このあたしがフードクーポンを使うなんて落ちぶれたものね。さっき修道院の前で立ち止まっちゃった。シスターになろうかなって……』

「ちょっとやめてよクラリス。贅沢三昧《ぜいたくざんまい》のあなたが修道院みたいな禁欲的な所に住めるわけないでしょう。行くなら感化院だと思うけどなあ。しょうがない。クラリスの口座に三千万円振り込んでおくよ。それで三つ星レストランでご飯でも食べて」

香凛のお慈悲の言葉を聞いたクラリスはついに号泣した。

『三千万円じゃ足りないわあ。うわあああん！』

「こら。食費にそんなにかかるわけないでしょう。何を食べようっていうの」

『だって、カリン。トゥール・ダルジャンでディナーを食べるのよ。航空券もドレスも宝石も靴もバッグもリムジンもエスコートもいるわ』

これが修道院に入ろうかと悩んでいた女の本性だ。クラリスは夕食をとるのに一億円もよこせとねだる。香凛は救う余地がないと突き放した。

「今日も救世軍でパンを貰うのね」

それは嫌だとクラリスはおいおいと泣く。受話器から涙が流れそうな勢いだった。クラリスの人生に中庸はない。高いときには王族並みの贅沢の限りを尽くし、低いときには物乞い女にまで落ちぶれる。この極端な生活の共通点は「刺激」である。金持ちも貧乏人もお金による共通の刺激を受けている。その意味で社会は平等である。

『だってあたしはカーボニストよ。お金がなければ裸で生きているのと同じことよ。カリンならこの気持ちはわかるでしょう？』

「大丈夫だよ貧乏なクラリス。あんたは脱いでも凄《すご》いのが自慢だったじゃない」

『裸を維持するのもお金がいるの！　ゲランの高機能クリームは八百ユーロするのよ。カリンだってお金が大好きじゃない。あたしたちは何のために金儲《もう》けをしているの？』

香凜は返答に詰まった。香凜にとってお金は豊かな生活を送るために必要なものだ。それは誰にとっても同じだろう。香凜はもう一生遊んで暮らせるほどの金を稼いでしまった。それでも市場から撤退する気はない。欲を張っているなら心理はもっと簡単だった。やがてクラリスへと続く道だからだ。しかし香凜は贅沢のために経済炭素を動かしているわけではない。机に置いてあるただひとつのテディベアは両親から貰った安物だった。

香凜はクラリスがわからないように日本語で呟《つぶや》いた。

「パパとママを安心させてあげたいのよ。二人ともお金が大好きなんだもん……」

両親が勤める会社を買収するにはまだお金が足りない。買収したら会社をプレゼントしてやるのが香凜の夢だ。そして一緒にご飯を食べる。その日はきっとやってくると信じているから、香凜は頑張れる。

「そうだ。タルシャンの話よ。なんであいつが日本にいるの。どうやって入国したの」

『タルシャンは偽造パスポートを使ってトキオに行ったわ。カリンのいる街の上、なんて言ったかしら、シンカスミ……』

「新霞ヶ関！　アトラスにいるのね。あいつ国際指名手配されているのに！」

タルシャンを訴えたのは財務省だ。そのお膝元《ひざもと》の新霞ヶ関に潜入するとは大胆不敵な男である。香凜は真上を見上げた。二層上にタルシャンがいる。あいつがどんな顔をしているのか知らないが、言いたいことは山ほどあった。自分の経済炭素循環モデルを無断で他人に使わせるなんて、ビジネスパートナーとして信義にもとる。

「あたし新霞ヶ関に行く。財務省のお偉方とは仲良しだもん」

すぐにコンピュータに第五層への通行パスを申請する。政府施設のある新霞ヶ関の警備はアトラスの中でも厳重だ。香凜は会社のコンピュータからアクセスしたのに、許可が下りなかった。第五層は完全に封鎖されていた。

「サミットでも開催されているのかなあ」

財務省経由でパスが下りないので、香凜は国防省から手を回すことにした。あそこにもメデューサ討伐で貸しがある。将軍は気に入らないけれど、彼の権力は今は好きだ。香凜はクラリスの真似をして、将軍宛にメールを送った。

「新日比谷公園で一緒にアイスクリームを食べたいなあ、っと。おお気持ち悪い。でもロリコン親父でありますように」

しかし将軍からの返事は素っ気ないものだった。第五層は要人訪問のために一般市民の利用を制限すると突っ張ねた。あの強気一辺倒の国防省ですら許可を出せないなんて、一体どういうことだろう。政府以上の権力を持つ組織といえば、ひとつしかない。

「アトラス公社がロックアウトしてるんだ」

いくら香凜でも公社にコネはない。第五層に行くのは不可能だ。公社を敵に回すと二級市民に降格されてアトラスから追放されてしまう。香凜の頭上すぐ近くにタルシャンはいるのに、近づけなかった。人工地盤は犯罪者が隠れるには狭い。その危険を顧みずに来日した目的は何だろう。少なくとも自分に会うためではなさそうだ。彼が動くと会社は損をする。香凜はアメリカ市場を狙っていたメデューサに警戒を促した。

「メデューサ、まだヘッドリースしちゃダメよ。タルシャンがニューヨークに帰ってから動くのよ」

情緒が安定したメデューサは眠っているのかと思うほど、反応しなかった。ホログラムの蛇は波にたゆたう海草のように、穏やかに揺れていた。メデューサは炭素市場に目もくれずに静かに演算ばかりしていた。

「何を計算しているの。ママに教えなさい」

モニター画面を開いた香凜は目を疑った。メデューサがハッキングしているのはNASAだ。炭素市場と関係ないとコマンドを打ち込むと、呆気《あっけ》なく却下されてしまった。メデューサがアクセスしているのは木星軌道を周回する木星観測衛星ウラノスだ。ウラノスを「目」にしてメデューサが観測しているのは、木星の大赤斑《せきはん》だった。ウラノスがこれまでに収集した全データを取り入れるために、メデューサは自らの記憶容量の半分を費やしている。

「バカねメデューサ。木星は水素で出来たガス惑星なんだよ。炭素なんてない。さあ、地球に戻ろう。あれ？　終わらない？」

強制終了を入力しても、メデューサはひたすら演算を続けている。ありえないと香凜は焦った。たとえ高度な知能を獲得しても、自らのプログラムは変えられない。それは人間が自らの遺伝情報を書き換えることが不可能なのと同じことだ。映画によくある自我を獲得したロボットの反乱など、絵空事にすぎなかった。メデューサの自我はあくまでもプログラムのうちである。

「もしかしてバグがあるとか？」

香凜はメデューサのプログラムを開いた。完璧《かんぺき》な設計だと自負していたのに、どこかにバグが発生したのかもしれなかった。これはシステムエンジニアのクラリスの得意分野だ。

「ねえ貧乏なクラリス。そっちからメデューサのプログラムをチェックできるかなあ。バグがあるみたい」

『パソコンは借金のカタに押収されたわ。あたし貧乏だから』

憮然《ぶぜん》としたクラリスは電話回線を伝って香凜を殴りたかった。それにプログラムのバグを指摘されたのも面白くない。メデューサのプログラムは完璧だった。バグなんてひとつもないと断言できる。

「じゃあ、ネットカフェに行ってあたしのパソコンにアクセスして」

『コーヒーを飲むお金もないの。あたし貧乏だから』

「修理してくれたら一億円を振り込むよ。今クラリスの口座に前金で半分を振り込んだから」

クラリスは声を上ずらせて電話を切った。お金を手にするとクラリスは早い。あっという間に自前のパソコンと携帯電話を用意して、さっそくメデューサのプログラムにアクセスした。

香凜の電話が鳴る。

『カリン、メデューサにバグはないわ。強制終了のコマンドはきちんと認識されていたわよ』

「まさか。あたしの命令を拒否したのよ。もう一度調べて」

またしばらくしてクラリスから連絡が入った。彼女の声は慌てていた。

『わかったわカリン。あなたの命令の優先度は一位じゃないわ。メデューサは命令を受けて実行しているだけよ』

「そんな。誰が命令したの」

一呼吸の沈黙の後、クラリスがおぞましい名前を告げた。

『優先度一位はタルシャンよ。あいつが木星観測衛星を乗っ取れと命じたわ』

香凜が頭上を睨《にら》んだ。憎きタルシャンが何を企《たくら》んでいるのか、香凜には知る術《すべ》もなかった。

出雲大社の本殿に招かれたタルシャンは自らの脚で正面のスロープを昇る健脚だった。用意した車を断ったせいで、幹部たちも三十度の勾配《こうばい》を一緒に昇る羽目になってしまった。

本殿までの高さは十二階建てのビルに相当する。三十度の勾配を一直線に昇るのは普通の人間でも難儀する。それをタルシャンは顔色ひとつ変えずに先頭を進む。息があがって遅れていく幹部たちを振り返らずに昇る様は彼が公社の主《あるじ》であるかのようだ。

「タルシャン様、お待ちください」

両膝をついた総裁が汗を拭《ぬぐ》う。ふと見下ろすとその高さに眩暈《めまい》がした。一度恐怖を覚えると立ち上がるのは困難だ。スキージャンプ台の上から見下ろしているのと同じ感覚がした。

古代建築の工法を忠実に再現した本殿は太古の空中建築である。技術の差こそあれ、日本人は今も昔も空に足場を組もうとする。アトラスは先端技術の粋を集めた未来都市だと言われるが、むしろ精神は退行したのかもしれない。柱を組んで宙に足場を造るのは大和民族のエートスと言ってよい。古代出雲大社建造から二千年近い時間が流れた今、日本の民は同じようにアトラスを造り始めた。

初めて振り返ったタルシャンは眼下に広がる第五層の景色を眺めて、感慨に耽《ふけ》っているような遠い目をした。やっと追いついた総裁が滑り落ちる恐怖を殺して、タルシャンにアトラスの景色を説明する。

「如何ですかタルシャン様、これがカーボン・メトロポリスと呼ばれる新しい東京でございます。私たちの自慢の街です」

空気はどこまでも澄み渡り、出雲大社に心地好い風を吹きつけてくる。ビッグベンを模した国会議事堂が鳴らす正午の鐘が波紋のように広がってきた。効率的でありながら人間性を追求した美しい街並みだった。人はここが標高三千五百メートルを越える人工地盤であることを忘れて生きていた。人の知恵が自然を克服した後に生まれる平穏がここにはある。もう地震や洪水に怯《おび》えることはない。ここまで造るのに半世紀かかった。

「全ては計画通りだ」

タルシャンが初めて微笑を浮かべた。

第八章　ゼウスの暗号鍵

濁った泥のような空が東京を覆っていた。

沈鬱《ちんうつ》のドゥオモには二十万の溜《た》め息が降り積もり、壁や通路にへばりつく。触ると嘆きが滴り落ちて重い匂いを放った。明かりが灯《とも》っても、ひとつ足りないせいで街が暗く思える。モモコの賑《にぎ》やかな気はドゥオモのシャンデリアだったと今頃になって気づく。彼女のお喋《しゃべ》りは夜を照らす希望だった。

モモコを失って三日目、満身創痍《そうい》で帰ってきた國子はずっと自室に籠《こ》もってばかりいた。グラファイトと仲間を守る代償はあまりにも大きかった。國子はずっとベッドの上でモモコの匂いを探した。あの優しい膝《ひざ》の残り香を掌《てのひら》に集めては胸に取り込んだ。肺に染み渡るモモコは思い出の香になり、やるせない溜め息へと変わった。部屋の中にいたモモコはすぐに消えてしまった。それからずっと涙が涸《か》れるまで泣いた。

「モモコさん……。モモコさん……」

瞼《まぶた》がカサカサになっても國子は泣きたかった。自分の涙腺《るいせん》がこんなに根性なしだとは思わなかった。体の七十パーセントは水なのに、どうして涙になるのは一部なのか。血の半分を涙に出来たら部屋を赤く染められるのに。瞳《ひとみ》が口ほど大きかったら思いっきり叫ぶこともできるのに。一生分の涙を今前借りしてでも泣きたい。それでも足りなければ、来世の涙を使いたかった。

「神様お願い……。お願いよ。あたしに魂が涸れるほどの涙をください……。もしそうしてくれたら、誓います。もう絶対に泣かないって。虫ケラに生まれ変わってもいい。踏んづけられて潰《つぶ》されてもいい。だから今泣ける涙をください……。うわあああああ」

瞼に浮かんだモモコの顔はみんな微笑んでいた。耳が覚えているモモコはいつも笑っていた。そして腕は、モモコの華奢《きゃしゃ》な体を手加減しながら抱いたことを忘れていなかった。反射的に抱いた枕が潰れるのを怖がりながら、それでも真っ二つに押し潰したいほど強く抱きたくて苦しかった。

「どうして助けなかったの?」

すぐに理性が「仕方がなかった」と反論する。深追いができる状況ではなかった。たとえもう一度あの瞬間が訪れたとしても、同じ判断をするかもしれなかった。それでも國子の心は理性の胸ぐらを摑《つか》む。「モモコさんを返して」と机の上の鉄兜《てつかぶと》を叩《たた》く。あのとき心のままにモモコを追いかけたら、ドゥオモは崩壊しただろう。撤退は間違っていなかったけれど、自分の心は裏切ってしまった。二つに分かれて激しくぶつかり合う自分をどうすればいいのだろう。体を巡る血液は自分を呪っている。毒を細胞の隅々まで染みこませて欲するままに動けと言う。しかし十万本の髪はドゥオモと繋《つな》がれていた。髪の毛を引きちぎり、頭の皮を剝《は》いで毒に冒されたいと心から渇望した。しかし狂気に染まる寸前に真っ直ぐな理性の電流が体を貫く。

「ドゥオモを捨てるつもり？」

城主のいなくなったドゥオモはすぐに崩壊する。反政府活動をする前に政府軍にゲートを開くだろう。そうなったら難民が森に吐き出される。二十万人の命を賄うほど森は優しくなかった。

「あたしはどうしたらいいの？　どうするべきだったの？　こんなのイヤよ。頭がおかしくなっちゃうわ。神様、涙はいらない。いっそ脊髄《せきずい》を焼いて。真っ黒になるくらい」

また部屋に漂うモモコの残滓《ざんし》を集めて握りしめた。モモコをこの場に再現したくて堪《たま》らないのに、どんなに集めてもあの綺麗《きれい》な髪の毛一本も現れない。それが悔しくて國子はまた声を震わせた。

そんな國子の様子を見かねた武彦がドアをノックした。

「おまえがしょげていると、ドゥオモが沈むぞ。モモコのことは残念だった。みんなが悲しんでいる」

國子はハンガーを投げつけた。

「うるさい。いつもモモコさんをバカにしていたくせに。急にいい人にならないで！　モモコさんはあたしだけのものよ」

「おまえは城主だぞ。臣下ひとり失ったくらいで取り乱すな。今までも人はいなくなった。

特別なことじゃない」

「モモコさんは特別よ。ずっとあたしの側にいたのよ」

國子はベッドの下に隠していた護身用のトンファーで武彦に襲いかかった。武彦は身をかわさずに國子の気がすむまで殴らせてやった。

「ドゥオモで特別なのはおまえひとりだ。モモコはただのボディガードにすぎない。あいつは身を挺《てい》しておまえを守っただけだ」

「ただのボディガードなんかじゃない。あたしの育ての親なのよ！」

トンファーで武彦の顎《あご》にアッパーカットをお見舞いし、床に崩れる前に回し蹴《げ》りを食らわせてやった。傷心の娘の癇癪《かんしゃく》と侮っていると怪我人の山ができてしまう。だから誰も怖がって國子を宥《なだ》めようとしなかった。手負いの虎に鈴をつける役目を担ったのが、一番タフな武彦だった。

凪子から死んでこいと命令されて、國子の部屋をノックしたのだ。

「念願のアトラスに行けたからモモコは幸せだ。うわ、國子。それはよせ」

國子はブーメランを構えていた。こんな狭い部屋で投げたらドアも壁もブチ抜いてドゥオモを貫通してしまう。

「な、その鞭《むち》にしよう。まだ安全だ」

なぜ乙女の部屋に武器ばかりあるのか不思議だ。ドゥオモで暴漢に襲われることなんてないのに、過剰防衛だった。

「まったくニューハーフひとりいなくなったくらいでこのザマだ」

「隙あり！」

武彦が油断した瞬間、國子が宙にふわりと浮かんだ。得意の真空飛び膝蹴りだ。刃物のように鋭く武彦を睨《にら》んだ膝が一直線に宙を駆けてくる。両手を広げて姿勢を制御しながら着実に間合いを詰める。上半身を覆っていたプロテクターごと武彦を吹き飛ばした膝は、ストライクで小気味よく鳴った。

プロテクターをつけていた武彦でもさすがに音を上げそうだった。ここまで強く鍛え上げる理由なんてあったのだろうかと武彦は思う。モモコは何かが間違っている。どうせ鍛えるならゲリラの育成に助力してほしかった。

武彦は凹《へこ》んだプロテクターを捨てた。肋骨《ろっこつ》を触ってみたが罅《ひび》は入ってなさそうだ。やはり國子は調子が悪い。普段なら二、三本は折られているところだ。武彦はニヤリと笑った。

「モモコさんをバカにしたら許さないからね」

「じゃあみんなで葬式ごっこでもするか？　戒名に『モ』の字をつけて大姉にしてやれよ」

「ふざけんな。この朴念仁《ぼくねんじん》。まだ死んだわけじゃない！」

立ち上がると凶悪な國子の踵《かかと》が頭上から振り落とされた。武彦はやっと鈴がついたので安心して気絶することにした。

「そうだ……。まだ、モモコは死んでないぞ……。俺が先に逝くがな……」

「まだ死んでない。そうよまだ生きてるわ。モモコさーん」

國子はアトラスを望む見張り櫓《やぐら》に駆けていった。生憎《あいにく》見張り櫓から見える空は泥のように濁っていた。記憶がアトラスの位置を覚えていなければ、絶望しか見えなかっただろう。腕が無意識にモモコの膝を探している。空を切った指は微《かす》かに戸惑い、そして激しく國子を責め立てた。

「モモコさん、ごめんなさい……。ごめんなさい……。ごめんなさい……」

モモコはどんなときでも國子を守ったのに、同じことが自分にはできないのが悔しかった。モモコは頼りになる武道の師匠であり、何でも話せる親友であり、そして甘えられる母親だった。モモコはひとりで國子の全ての人間関係だった。そしてどの関係もモモコは完璧《かんぺき》にこなしてくれた。一日で三人を失った喪失感は、背中の感覚が薄っぺらくなった気分だった。渦を巻いた闇が目の裏側に迫っている。ついこの前までは温かい明かりが支えてくれていたはずなのに。これが孤独というものだろうか、と國子は思う。人が生きていくためには孤独と向き合うしかないとモモコは言っていた。それはニューハーフ特有の諦観《ていかん》なのだろうと國子は朧気《おぼろげ》に思っていた。しかし違った。孤独はすぐ側にあったのだ。目の後ろで口を開いた孤独はいつでも自分を呑《の》み込もうとしていた。その楯《たて》になっていたのがモモコだ。モモコは毎日こんな恐怖を背中にして生きてきたのかと國子は愕然《がくぜん》とした。死ぬのは恐くないと嘯《うそぶ》いていた過去の自分が愚かに思える。そんなときモモコはこう言った。

「それはあなたがまだ両脚できちんと立ってない証拠よ」と。

あのときは子ども扱いされたようで面白くなかった。國子は、

「あたしは毎日、二十万人の生活のことを考えているんだから」

と言い返したが、今立っている両脚のなんと心細いことだろう。自分はモモコの膝《ひざ》に乗っかって大人のふりをしているだけの似非《えせ》城主にすぎなかった。民の命を軽く思ったことはないが、自分の命に関しては永久に続くと無邪気に信じていた。しかし今は自分の軽さが堪らなく恐い。もっとしっかりと地に足をつけて踏ん張らなければそよ風ひとつで転がされてしまいそうだった。

「あたしってこんなに軽かったんだ」

これが自分の正味の重さというものか。イメージしていた自己像よりもずっと安っぽい感じがする。喧嘩《けんか》は誰にも負けない自信はあったが、それは強いことの証《あかし》ではない。本当の強さとは魂がタフなことだ。目の後ろにある孤独を背負いながらも、それでも生きていけると思える力がほしい。もしその力が備わったなら、今度はモモコの楯になりたかった。もうモモコが孤独に怯《おび》えずにすむように、しっかりと自分の温《ぬく》もりで守ってやりたい。

突風が國子の顎をのけ反らせると、髪がドゥオモに絡みつこうとする。國子は風の中で叫んだ。

「モモコさーん。お母さーん！」

モモコが助けを欲しがっていないのがわかるのが辛《つら》い。もし耳にモモコの叫び声が聞こえたらブーメランひとつで走っていけるのに。しかしどんなに耳を澄ましてもモモコは國

子の思うように答えてはくれなかった。モモコはこう言っていた。

「あたしはひとりでも大丈夫よ。ニューハーフは孤独と抱き合って生きているんだから」

見下ろした広場では不安そうな住民が國子の姿を見つめている。三日ぶりに表に出た國子を一目見ようと群衆が集い始めた。なぜかその光景に國子は皆が愛《いと》おしくなった。昨日まで弱き者だと思っていた彼らの背中にある孤独が見える。その恐怖と対峙《たいじ》しながら生きてきた彼らが自分に励ましを送っている。なんと逞《たくま》しき人たちだろう。

「國子様、私たちがついております」

「モモコはきっと帰ってきます」

「ニューハーフは一宿一飯の恩を忘れないって言ってました」

「犬かよ」

誰かの声にどっと場が沸いた。國子は高みから大声で叫んだ。

「みんな知ってる？　来週はモモコさんの誕生日よ。アトラスにいるモモコさんに見えるように、炉に火を入れて狼煙《のろし》を上げなさい。『モ・モ・コ・オ・メ・デ・ト・ウ』って。いくつ上げるかわかってるよね？」

群衆が声を揃えた。

「四十三ですね」

「そう。怒ってドゥオモに帰ってくるわよ。永遠の二十八歳なんだって説教されましょう」

モモコと仲の良かった女が声を張り上げた。

「歳を誤魔化した罰ですよ。だって十三歳のときにモモコに会った私が、もう二十八歳になったんですもの」

煙突から煙が上がる。遠く離れたモモコに狼煙のハッピーバースデーが届けられる。煙がポンと上がるごとに、みんなで声を重ねた。四十三の雲は風に流されてアトラスの上昇気流へと吸い上げられていった。雲を見上げながら國子は胸が切なくなった。

「もしかしたら、これがドゥオモの最後の煙になるかもしれない……」

顔も知らない人たちが造った安普請の城が、最後の鼓動を打っている。壊しながら増えていく瘤《こぶ》だらけの鉄の城もまた、存在につきものの孤独の淵《ふち》に呑み込まれつつある。民の多くはまだドゥオモで生きていけると信じている。しかしこの城はやがて植物に乗っ取られてしまう。今はまだ配管の中に蠢《うごめ》いて見えないが、やがて鋼管を突き破り森の胃袋の中に落ちる。そして森はここにかつて炭素を吐き出す煙突の城があったことすら消し去ってしまうだろう。

國子はドゥオモを隈《くま》無《な》く見渡した。補修したばかりの城壁、重量に耐えかねて傾いた柱、迷路のように入り組んだ路地、そして人々の笑い声と涙。千年前からあったようにどっしりと構えた鉄の城の歴史がもうすぐ終わる。抱き締められるかな、と國子は両手を広げた。指の間から逃げていく景色を追いかけながら、國子はドゥオモと約束した。

「あたしは覚えている。そして伝えてみせる。ここにあたしたちが生きていた歴史があったことを。地上で肩を寄せ合って生きていた人々がいたことを。そして死んでいった人たちの無念を忘れない。ありがとうドゥオモ。そしておまえを捨てていくあたしたちを許して」

ドゥオモが崩壊する前に新たな移住先を見つけなければならない。東京で人が生きていける唯一安全な場所は難攻不落の要塞《ようさい》アトラスしかない。

國子は霞《かすみ》の奥にあるアトラスの影を見つめた。今、あの空中都市のどこかにモモコが捕らえられている。そして近い未来、ドゥオモの民をあそこへと移住させなければならない。東京オリンピックを阻止し、新たな居住区となる第四層への足がかりのためには、今動くしかなかった。

もうちょっと重みのある人間であってほしかったけれど、今日は素足で人生を踏んだ最初の日だ。この震える脚で歩いていこうと決めた。

「あたしはやれる。みんなの孤独を背負って生きていく。たとえ脚が砕けても這《は》いつくばってでも進もう。モモコさん、あたしもう恐くないよ」

すると突然、風の中にアトラスの声を聞いた。

太陽よ、天へ昇り、地を照らせ。

低周波の響きの中にはっきりと声がした。あまりにも明瞭《めいりょう》すぎて恐怖を覚えてしまう。

今までどんなに瞑想《めいそう》しても微かにしか聞こえなかったアトラスが初めて國子に語りかけてくれた。澄み切った威厳のある声だった。

雲の切れ目から光が差し込む。東京上空に現れた二筋の光はアトラスとドゥオモに差しかかった。建造中のアトラスは神々しいほどに輝いていた。

「あたし行くのね。あの空の街へ」

制圧しに行くのに、胸は恋のように高鳴る。それが罪悪感になって、高揚を打ち消そうとする。しかし焦がれた心は止められなかった。

凪子が見張り櫓《やぐら》にやってきた。この鼓動を凪子に聞かれたのではないかと、國子は思わず息を止めた。反射的に鉄兜《てつかぶと》を胸元に抱えて凪子の前に跪《ひざまず》く。いつもなら十メートルも近づかないうちに凪子の気配を察知できるのに、今日は四畳半もない見張り櫓の中でさえ、気が捉《とら》えられない。威厳の衣を脱いだ凪子はどこにでもいる老婆にしか映らなかった。あんなに大きな存在だった凪子なのに、いつの間に小さくなったのだろう。かつて圧倒された気は、近づいてもわからないほどに衰えていた。凪子は國子の肩を抱いたのに、遠い目をしていた。

「お婆さま、どうしたの？」

「行くんじゃろう、アトラスに」

國子はすぐに答えられなかった。凪子の手は軽く背中を押して旅立たせるように優しかった。気合いを入れるために背中を叩《たた》く人であったはずなのに。

「第五層の政府施設を制圧します。全軍の出動を許可してください」

戸惑っている國子の気持ちを凪子は見通していた。

「許可はいらぬ。おまえの軍隊じゃ、好きなように使うがいい。私の役目もこれで終わりじゃ」

凪子は自らの勾玉《まがたま》の首飾りを國子にかけてやった。子どもの頃、凪子の懐に抱かれていたときにいつもじゃれていた勾玉だった。

「どうして？　イヤよお婆さま。それはお婆さまの大事なネックレスでしょう」

凪子は優しく微笑んで國子の胸の内へと勾玉を収めた。

「本当の持ち主はおまえじゃ。私はただ預かっていただけじゃ。これをつけてアトラスへ行け。きっと守ってくれるじゃろう」

勾玉を失った凪子はますます小さく見える。今まで首飾りの台座にすぎなかったような言い方に國子はますます寂しくなる。

「アトラスは何と言ったのか私にも教えておくれ」

國子はさっき聞いた通りの言葉を凪子に教えてやった。凪子は満足そうに笑って國子の肩を叩いた。

「よい言葉じゃ。冥土《めいど》の土産にしかと覚えておこう。日食を経て、声を聞いた。機は熟した。更なる試練がアトラスで待っている。恐れずに行け、國子」

「お婆さまはアトラス政府を憎んでいたんじゃ？」

凪子は快活に笑った。

「私が生きているうちは敵じゃ。ドゥオモの資産を守りおまえをアトラスへと向かわせれば、憎む理由は身内を殺された私怨《しえん》だけじゃ。正義を掲げるほどの怒りではない。私が死ねば消えてしまう小さな怨《うら》みにすぎない」

「じゃああたしはどうすればいいの？　政府を許してないのよ。難民を生み出す森林化があたしたちを苦しめているのよ。それにモモコさんを助けなきゃ」

「アトラスへ上がる理由は怨みで充分じゃ。存分に闘ってこい。民はおまえのやり方を支持するじゃろう。何も間違ってはいない。過ちは私が全て引き受けよう」

凪子は國子を見張り櫓の端へと立たせた。

「おまえはモモコなしでも飛べる。兵隊を連れて巣立つのじゃ」

見下ろした足下は眩暈《めまい》がするほど高かった。しかし不思議と竦《すく》むことはない。目の後ろに孤独の闇があるのに、今は目の前の未来の眩《まぶ》しさに酔っていたい気分だった。脚が地面を蹴《け》って明日を摑《つか》めと言っていた。

「あたし、飛ぶよ」

國子は唇を噛《か》んで明日を抱き締めた。

アトラスの中腹に分厚い雲が差しかかっていた。十人入れば出られるのは一人と噂される新迎賓館は、今日も陰鬱《いんうつ》に第六層にかかる雲に紛れていた。補充された新しい従者と女官の悲鳴が朝から絶え間なく響きわたる。入所式はいつも通りの凄惨《せいさん》さだ。

「どうしてこう嘘つきばかりやってくるんだ」

勤続二年の執事は、薬の力で理性を破壊してある。嘘はつかない引き替えに喜びや興奮を失ってしまっていた。ビニールシートに包まれた七つの死体を裏口から運び出し、セロトニンを抑える鬱剤の注射をして、一息ついた。人工的に鬱状態になることが猟奇の館《やかた》では唯一の生きていく術《すべ》である。鬱状態に耐えられない者もまたここでは淘汰《とうた》される。執事はセロトニン不足の症状で一日中不機嫌だったり、睡眠時無呼吸障害に陥っていた。新迎賓館の使用人の姿勢が曲がっているのもセロトニン不足のせいだ。使用人同士も顔を合わせれば必ず口論になるから、いつも人間関係はギスギスしていた。新迎賓館は憎悪と怨嗟《えんさ》と恐怖が渦巻いている。人工鬱剤は様々な合併症を引き起こす弊害はあるものの、ここで不審死を遂げるよりは少しだけマシだった。

注射をうつと朝から胸くそが悪くなる。無数のムカデが肺の中でカサカサ動いている感じがした。やたらと気分が重くなり、誰かれ構わず罵倒《ばとう》したくなる。同じように鬱剤で気分が塞《ふさ》がっていたメイドを見つけると、石を投げつけた。

「とっとと仕事するんだ。この家畜めが！」

メイドが恨めしそうに執事を睨《にら》んだ。死に顔の方がまだ活き活きとしている。座らない首でカートを押すメイドが唾《つば》を吐く。

「サンポール飲んでくたばっちまいな、糞《くそ》ジジイ」

いつもの朝の挨拶《あいさつ》を終えると重苦しい一日が始まる。新迎賓館は朝日を浴びても夜の恐怖がこびりついていた。

「さて、今日の仏さんはどんな顔してるかな？」

裏口でこっそりと遺体を見るのが執事の楽しみである。ビニールシートをちょっとだけ開けると、腹を蹴り上げる悪臭が飛び出した。この不快感。この嘔吐《おうと》感。この喉《のど》を絞めつけるほどの窒息感。まさに鬱を彩る芳醇《ほうじゅん》な薔薇《ばら》の香のようだ。中にはどこが頭なのか判別もつかないほど崩れたグロテスクな死体が入っていた。執事はこの死体を興味本位で検分する。服装から恐らく女だろう。年齢はわからない。女官は容姿端麗が条件で募集したのに、出るときはみんなジューシーな肉団子になる。嘘はいつも罪でグロテスクなものだと彼女は最後のメッセージを告げた。

執事は胆石を集めるのが趣味だった。これが見つかれば大吉だと決めていた。園芸用のシャベルを手探りで突っ込む。カツンと当たったのは背骨だろうか。これは何だろうと臓器を持ち上げて匂いを嗅《か》いだ。生臭い匂いが脳天を揺さぶる。

「肝臓だな。胆嚢《たんのう》はもっと上か……。どれどれ」

面倒くさいので手探りで胆嚢を探り当てた。指が福音を告げる。この感触は当たりだった。見事胆石を見つけた執事は、目を輝かせて血まみれの胆石を抓《つま》むと、そのままポケットに入れた。これで十八個目の胆石だ。夜中に密《ひそ》かに磨いて悦楽に浸るのが唯一の楽しみだ。

「今日はツイてるぞ。うひ、うひ、うひひひ」

執事は最後の手向けとなる能面を顔と思《おぼ》しき場所に置いた。冷たい笑みを浮かべる能面は心なしか安らかに見えた。

「おお、なんと素晴らしき一日の始まりよ。戒めは大きいほど私を苦しめる。おまえの死は教訓に満ちているぞ。うおっぷ。おげ。おげげげええええっ」

執事はシートにたっぷりと嘔吐してファスナーを引き上げた。どうせ吐いても中身は大して変わりないのだ。やがて遺体の引き取り主である小夜子が珍しく上機嫌で現れた。

「また心臓発作ね。成人病には気をつけないとね。うふ。うふふ。うふふふ」

鼻歌を弾ませた小夜子はシートを一瞥《いちべつ》して適当に検死の書類を作成していく。小夜子が死体と遊ばないときは、決まって生体モルモットを手に入れたときだ。執事は鬱剤の力に頼らずに嬉々《きき》としている小夜子が大嫌いだった。

「このサディストめが！　とっとと失《う》せろ」

小夜子は執事の曲がった背中を蹴飛ばした。

「ふん。ネクロフィリアが偉そうに。あとで胆石でオナニーするんでしょう。ペニスに埋めてシリコンボールの代わりにするなんてよく考えるわね。この変態ジジイ。反吐《へど》が出るわ」

執事は股間《こかん》を押さえてぴょんぴょん跳ねていく。胆石を磨いて局部に埋め込むのが執事の男の歴史だ。

「儂《わし》のを味わってみたこともないくせに。ひーひひひひ」

鏡張りの大回廊に無数の影を投げかけて執事は消えていった。小夜子はポケットからウイスキーの瓶を取り出した。

「薬漬けの妖怪のくせに」

一服していると、おどおどしたミーコが現れた。皆既日食での戦闘で命からがらアトラスに戻ったのはいいものの、すぐにモモコと引き裂かれてしまった。モモコの顔を見られたのもモモコが気を失っていた車内でだけだ。怪我の具合がどうなのか、骨を折っていないか心配で夜も眠れない。ミーコはモモコの命の保証を美邦に求めたが、いつ小夜子が手を下すかもしれない。モモコがどこに連れ去られたのかミーコには知る術がなかった。

「小夜子、モモコ姉さんを傷つけたら承知しないわよ」

「大丈夫よ。殺したりしないわ。でも、それ以外はするけど」

「姉さんをどこに隠したの。美邦様は姉さんを式部職に任命すると約束してくれたわ。身柄を渡しなさい」

「ふん。ニューハーフが式部職なんて前代未聞だわ。何が出来るっていうの。十二単《じゅうにひとえ》着てフラメンコでも踊るの？」

「姉さんは何だって出来るわ。男装して舞楽の陵王を踊ることだってできるのよ。熱帯魚の開店五周年記念で踊ったもの」

小夜子が瓶を投げつけた。

「なにが男装よ、気持ちが悪い。あいつは男じゃない!」

「姉さんは並みの女よりもずっといい女よ。あんたみたいなすれっからしじゃないもん」

「じゃあこうするわ。男に戻して身柄を引き渡してあげる。嘘のない姿は美邦様の目に適《かな》うでしょ」


実はミーコはちょっとだけ不安があった。モモコは確かに優しい女だが、嘘をつく癖がある。それらは一流の冗談へと至る導入として使われる。例えば「ニューハーフの銀」のように。そういう茶目っ気はここでは危険だ。まだ小夜子に身柄を預けておく方がモモコは安全かもしれなかった。

ミーコが顔を曇らせると小夜子は意地悪になる。

「身柄を渡してもいいのよ。美邦様の前で試してみようか? あのお喋《しゃべ》りは命取りになるわよ。次の日は変態執事が胆石探して顔を突っ込むでしょうね」

「それはダメ!」

ミーコは顔を覆った。ここは一歩間違うと悪魔の手下みたいな連中が寄って集《たか》って人の尊厳を貶《おとし》める。自由奔放なモモコには地獄かもしれない。手元にある鬱剤を使ってでも人格を制御しないと死に神と踊ることになる。

「じゃあ嘘をつかないように、私が教育しておきましょう。女医博士である私の決定は有効よ」

小夜子が時計を見て踵《きびす》を返した。

「いけない。そろそろオートクレープの温度が下がる頃だわ」

そう言うと小夜子は実験室へ向かった。このところ小夜子は寝癖を直すのも忘れて研究に没頭し続けていた。


新迎賓館の窓にかかるカーテンは分厚い雨雲のようだ。カーテンは昼間に開けられることは決してない。日差しが城の中に侵入することは埃《ほこり》よりも困難だ。夜になればやっと遮光カーテンが開けられる。新赤坂のネオンの明かりが星空になって新迎賓館に注ぐ。

「美邦様、今夜の月は恐いくらい赤いですよ」

窓辺のミーコが眼下にある月を見つけた。水平線から出たばかりの満月は充血した眼を彷彿《ほうふつ》とさせた。美邦はカーテンが開く夜が好きだ。今夜あたり庭園の月下美人が咲くのを楽しみにしていた。

「のう、ミーコや。今宵はいつになく胸騒ぎがするぞ。花が咲くのじゃろうか」

「庭園にお出になるのはまだ早いです。月下美人はもっと夜が更けないと咲きません」

美邦はそわそわと落ち着かない。月下美人は美邦の印でもある。美邦の私物は全て月下美人の印がつけられていた。

「妾《わらわ》はもう待てぬ。和歌でも詠んで時間を潰《つぶ》そうか」

窓と椅子を行ったり来たりする美邦は夕食をとるのもままならない。下げてよい、と女官に促したらミーコの叱声《しっせい》が飛んだ。

「いけません。食事はきちんとお摂りくださいませ。美邦様はお体が丈夫ではないのですから」

「一食とらぬくらいで人は死なぬ。妾は食欲がない」

「では、デザートのプリンもありません！」

ミーコの厳しい口調に美邦は渋々前菜に手をつけた。しかし怒られるのはちょっとだけ嬉《うれ》しかった。前菜を食べ終えるとミーコは拍手をして褒めてくれた。いつもテーブルにくっついている執事は、食べても食べなくても何も反応してくれない。前菜の皿を片づけると、主菜の皿が自動的に出された。まだロボットに給仕されている方が温かみがあった。料理は不味《まず》くないのだが、執事の陰気な顔を見ながら食べると、どんな料理でも腐っているように思えてくる。だが、その執事が今夜はいつになく目を爛々《らんらん》と輝かせていた。

「お主、今宵は楽しそうじゃな。何があったのじゃ？」

執事は決して嘘をつかない。にたーっと笑うと顎《あご》をカクカク震わせた。

「私の逸物《いちもつ》を飾る良い玉を手に入れたのでございます。うひひひひ」

ミーコがガレの花瓶を執事に投げつけた。正直にもほどがある。主人はまだ幼子だというのに。しかし美邦は大して意に介さない。

「よすのじゃミーコ。どうせ妖怪の戯言《たわごと》じゃ」

「だって気持ち悪いじゃないですか。出てお行き。あたしが給仕するわ」

こんな連中と毎日顔を合わせていたら、精神が汚濁してしまう。それでも美邦は嘘で汚されるよりは辛抱できるらしい。

ドアを開けてから慌ててノックしたのは、頬を紅潮させた小夜子だった。

「美邦様、お食事中失礼いたします」

小夜子の様子から朗報だというのはわかった。小夜子がこんな朗らかな笑みを浮かべるなんて初めてのことだった。

「新薬の目処《めど》が立ちました。やはりあのサンプルは画期的でした」

「まことか！」

皿の上に投げたフォークが鳴る。美邦もミーコも慌てて小夜子の元に駆け寄った。ミーコは実験結果を示す書類を小夜子の手元から奪って、食い入るように眺める。専門知識のないミーコには意味不明の化学式だった。つい「本当だわ」と叫んだのは、その生まれたばかりの化学式が幸福の形をしているように見えたからだ。

「私の実験に嘘はないわ」

普段は慎重な態度の小夜子が、珍しく大きく出た。よほどの確信がなければ出来ないことだ。そして小夜子は美邦を抱き締めて声を震わせた。

「できました。ついにできました……」

突然小夜子に抱かれた美邦は戸惑ったように身を強張《こわば》らせたが、あまりにも小夜子が強く抱き締めるのでちょっとだけ胸の中に顔を埋めることにした。毎日替える白衣の下は一週間も同じ服だった。汗と垢《あか》で汚れた小夜子のブラウスの匂いは胸を締めつけるほど切なかった。

「あとは臨床試験を待つだけです。すぐに製薬会社にこの化学式とサンプルを送ります。私は……。私は……」

小夜子はこんなに肌の薄い女だったのだろうかと美邦は思う。頬に当たる鎖骨は今にもポッキリと折れてしまいそうなほど細かった。彼女の献身がなければ、こんなに早く結果を出せなかっただろう。

「大儀であったぞ小夜子。妾はそなたの苦労に心から礼を申すぞ」

小夜子はまだ美邦を離してくれない。小夜子の細い腕は美邦を軋《きし》むまで抱き締めていた。息をするのも苦しいが、美邦はそれが嬉しかった。美邦のつむじにポトンと温かい水滴が落ちた。あの冷血な小夜子が泣くなんて。

「いいえ。これもお役目でございます。私は女医博士として当然のことをしたまでです」

思わず側にいたミーコまで貰《もら》い泣きしてしまう。ミーコは小さくなった二人を大きな肉襦袢《じゅばん》の体で包んでやった。美邦も小夜子も大好きだ。ミーコは喉《のど》を唸《うな》らせて泣いた。

「よかったわ。あたしここに来て初めて幸せだって思えるわあ。うおおおおん。ぐおおおおん」

そして三人で仲良く月下美人の咲く庭園を散歩した。俯《うつむ》き加減に開く花弁は、どこまでも純白だった。一晩だけの秘密を告げて未明には命が尽きる花という。朗報の夜に美邦の足取りも軽やかだった。

「のう、ミーコや。来年はこの庭園に薔薇《ばら》を植えよう」

「菖蒲《しょうぶ》も牡丹《ぼたん》も咲かせましょう。これからは外で思いっきり遊べますよ」

「花見もいいわね。そういえばずっと夜桜しか見てなかったわ」

小夜子も上機嫌で言葉を重ねた。

「妾は自転車にも乗りたいぞ。宮殿の回廊で練習した成果を見せてやろう」

「夏はプールで水遊びもしましょう。あたしデブだから浮き袋になるんですよ」

どっと三人が笑った。ミーコは美邦を肩車して大声で庭園を駆けた。

「あたしの美邦様がついに外に出られる日が来たわ。ばんざーい。ばんざーい」

第六層の人工地盤の地平線から、満月が顔を覗《のぞ》かせようとしていた。闇夜を赤く染め上げる大きな月だ。あまりに異様な迫力に美邦もミーコも思わず息を飲んでしまった。満月が完全な姿を見せたとき、美邦の耳に重厚な声が響いた。


月よ、天へ昇り、闇夜を照らせ。


幼い体を一刺しで貫くような声だった。美邦は放心で目の焦点を失っていた。

「美邦様、どうかされましたか?」

肩車をしたミーコが見上げる。額に摑《つか》まる小さな指が冷たく硬直していた。美邦はやっと振り絞った喉で声を出した。

「小夜子……。小夜子を呼べ……」

駆けつけた小夜子が美邦のただならぬ様子に顔を強張らせる。興奮して具合が悪くなったのだろうか。ミーコの肩から美邦を下ろすと、すぐに額の熱を測った。美邦は違うと、手を払った。何度も深呼吸した美邦は、息を整えるたびに目に力を宿し始めた。

「小夜子。今宵はまこと吉《よ》き日じゃ」

すっと立ち上がった美邦は威厳たっぷりの表情になり、笑みを浮かべる。

「ついにこの日が来たぞ。妾は今アトラスの声を聞いたぞ。言い伝え通りじゃ。妾が正統な世継ぎであると申しておられた」

「本当ですか。ついにご託宣を下されたのですね」

小夜子は恭しく美邦の前に跪《ひざまず》いた。アトラス公社が認定したトリプルAがついに証明されたのだ。これは美邦が物心ついたときから教えられていたことだ。機が満ちれば運命の言葉がやってくる。それは条件を満たした者にだけ告げられる特別な言葉だという。美邦はその言葉を聞ける可能性が極めて高いとされていた。だからこそ、新迎賓館に迎えられ厳重な警備と保護が施された。

「おめでとうございます。今夜は吉事が重なりますね」

声を上ずらせた小夜子は感極まって泣き崩れた。咲き乱れる月下美人の芳香に包まれて、小夜子はこの安堵《あんど》と幸福が冷めないことを祈っていた。

「妾も驚いたぞ。まことに声が聞こえたのじゃ。これが言葉じゃ。『月よ、天へ昇り、闇夜を照らせ』と申された。すぐに公社に確認せい」

　託宣を下したら速やかにアトラス公社に報告するのが小夜子の義務だ。端末を開いて緊急回線でアクセスする。

「美邦様が託宣を下されたわよ。幹部をさっさと出しなさい。言葉を照合するわよ。いない？　呼び出せ！」

　すぐに公社の幹部が出た。接待の席だったと見えて酒の入った顔でロレツが回っていなかった。託宣が下りたとなれば公社と小夜子のパワーバランスは逆転する。小夜子は命令口調で終始怒鳴りっぱなしだった。

「ええ、何度言ったらわかるのこのマヌケ。とっととゼウスにアクセスしなさい。『テ・ン・へ・ノ・ボ・リ』よ。テは天気のテよ。あんたと同じ低脳のテ！　鼓膜を破ってやろうか豚野郎。間違って入力したら腸詰めにするわよ」

　ミーコは小夜子の剣幕に圧倒されて反射的に謝りたい気分になった。照合されている間、小夜子はいつものギスギスした雰囲気に戻り、月下美人の花を折っては捨て、踏んでは潰《つぶ》しと苛々《いらいら》していた。

　しばらくして公社から正式な回答が出た。

『言葉は照合された。ゼウスの暗号鍵は正しく認識された。美邦の優先度は引き続き維持される。今後も新迎賓館で待機せよ』

　聡明な小夜子でも一瞬意味がわからなかった。ゼウスの暗号鍵が正しく認識されれば、優先度ではなく「決定」になるはずだ。即《すなわ》ちアトラスランクから離脱し唯一無二の存在となる。小夜子はカッとなって幹部に捲《まく》し立てた。

「この耳なしデブ。もう一度言ってみなさい。五体投地で血ぃ流して新迎賓館に来やがれ！」直ちに美邦様を迎えに上がるのが筋でしょう。暗号鍵が認識されたんでしょ？

この言葉にさすがの幹部もキレた。今まで小夜子の暴言と暴虐には目を瞑《つむ》っていたが、我慢の限界だ。美邦の保護者といえども公社に楯突《たてつ》くことは許されない。

『小夜子、おまえのアトラスランクを二階級下げる。新霞ヶ関への出入りを当分禁止する！』

端末を見れば自分のランクがAからCに落ちていた。これでは新迎賓館のセキュリティもパスできない。

「暗号鍵は開いたのに、なぜ決定にならないの！　公社の無体は総理官邸に報告するわよ！　おい鼻毛ムカデ聞いてんの？　その糖尿腹を引き裂いて石鹸《せっけん》にするわよ」

美邦も不安そうに遣《や》り取りを眺めている。

「のう、小夜子。妾《わらわ》はなぜ認められないのじゃ？　託宣をきちんとゼウスに入力したのか？　もう一度やってもらえ」

「ええ、もちろんです。きっと公社の腐れ肛門《こうもん》野郎が単語を間違えたんです。ゼウスの暗号鍵はきちんと開きましたのでご心配なく」

小夜子は遣り取りを聞かれたくなくて庭園の木陰に隠れた。

「納得できる情報を出さないと毎日死人を公社の前に捨てるわよ。あんたの末娘が十八歳の誕生日を迎えられるか興味あるでしょう？」

『今、おまえのアトラスランクはDになった』

「上等よ。新迎賓館を出て行ってやるわ。その代わり報告した新薬の化学式は破棄する。末代まで地上で生きるのはあんたの遺伝子よ。それが嫌なら、なぜ決定にならないのか教えなさい」

小夜子は人を道連れに死ぬ女だ。去り際の汚さは彼女の経歴を見ればわかる。かつて勤めていた大学病院で不倫していた医局の教授を医療ミスさせ、隠蔽《いんぺい》を教唆し、膿《うみ》が溜《た》まった時点で内部告発した。小夜子とは関係のなかった教授五人と看護師八人を含めて実刑判決を食らわせた。一匹の鼠を殺すのに生態系を破壊するのが小夜子のやり方だ。きっと同じ手口で公社の幹部を道連れにするに違いない。震え上がった幹部は絶対に他言無用だとの条件で理由を教えた。

『ゼウスは今から十一時間前にも暗号鍵を受け取り、正しく認証された。これ以上は言えない』

「なんですって？　どういう意味？」

『特別にアトラスランクを一階級戻す。第五層へは出入り禁止だ』

その言葉を最後に強制的に回線を切られてしまった。さっきの言葉の意味はどういうことだろう。「十一時間前にも」とは自分と同じように公社に照合を求めた人がいるということか。暗号鍵は託宣を下されなければ絶対にわからない。迂闊《うかつ》に照合を求めて、もし一文字でも間違えれば殺されてしまう。よほどの確証がなければできない行為だ。それをパスしたとなれば美邦と同じトリプルAの人間だ。

「美邦様の他にもう一人、誰かいるのね」

美邦が不安そうに顔を見上げている。まるで叱られることを恐れている眼差《まなざ》しだ。

「小夜子、妾は失敗したんじゃろう？　そうじゃろう？」

美邦の声はびしょびしょに濡《ぬ》れていた。必死になって堪《こら》えてもしゃっくりが止まらない。月明かりが冷たい輝きを庭園に満たしていた。

「そんなことはありません。優先度は維持されているのが証拠です。暗号鍵はきちんと照合されました。美邦様のお体を心配して公社が新迎賓館で待機せよとお気遣いになったんですわ」

「そうじゃろうか……？　妾はまた閉じこめられるだけではないのか？」

「いいえ。小夜子がきっと表に出してみせます。新薬の効果が立証されれば、公社もお迎えにあがりますわ」

「でも妾は今どうすれば良いかわからぬ……。どうすれば良いのじゃ……」

背中が温かく包まれると美邦はふわっと抱き上げられた。ミーコが単衣《ひとえ》の中にすっぽりとくるんでやった。

「大声でお泣きなさいませ。ここで泣けば誰にも聞こえません」

美邦はミーコの腹の上にくるまって大声で泣いた。

「夜は意地悪じゃ。妾を喜ばせておいて、暗闇に突き落とした。だから夜は嫌いじゃ。うえええええん」

ミーコの脂肪は美邦の慟哭《どうこく》すら吸収してくれる魔法の腹だ。泣いて、叩《たた》いて、蹴飛《けと》ばしても、ミーコはずっと抱き締めていた。やがて泣き疲れた美邦は腹の上ですやすやと眠ってしまった。

「ねえ小夜子、これは一体どういうことなのか説明して」

「美邦様は特別なお方よ。私たちは公社から美邦様の身柄を預かっているだけなのよ。アトラスの声を聞いて託宣を下されたら、正式に表に出られるはずだった。なのに約束が違うわ」

こんな話をどこかで聞いたことがあった気がするとミーコは思った。美邦が託宣を受けたときの表情に一瞬ドキッとしたのは誰かに似ていたからだ。

「そういえば國子がよくアトラスの声が聞こえるって言ってたわね……」

小夜子が後頭部まで貫く視線でミーコを威圧した。般若《はんにゃ》に睨《にら》まれてもここまで恐くないだろうと思われる眼力だ。

「誰がそんなことを言ったの？」

小夜子の眼力はジリジリと圧迫してぺしゃんこにしてしまうほどだ。ミーコは大慌てで取り繕った。

「む、むかし、お店でそんな噂を聞いたのよ。そ、それだけ。ちょっと小夜子やめてよ。美邦様が起きてしまうじゃない」

ふん、と小夜子はそっぽを向く。誰が鍵を開けたのか公社を探ればいいことだ。こんな不愉快な夜は誰かを滅茶苦茶《めちゃくちゃ》にしてやりたくなる。

自室に戻った小夜子は、金庫の中から蒔絵《まきえ》を施した雅《みやび》な箱を取り出した。新迎賓館に入るとき着の身着のままだった小夜子は、私物を持たない主義だ。服だって新たに支給されなければ破れても気にせずに着る。小夜子が白衣を好むのは考えなくていい服だからだ。白衣を着れば身分がわかる。その下が裸でも構わない。身だしなみを整えるのは新迎賓館の職員の品位を落とさないように気を遣う以外に理由がなかった。

この蒔絵細工の箱は、美邦の側近に任命されたときに公社から預かったものである。渡されたときに一言、こう告げられた。

「これは美邦の母が娘へと託された品である」と。

箱を開けると勾玉《まがたま》状に宝石をちりばめた豪華なイヤリングが入っていた。とりわけ中央のダイヤモンドに目が奪われる。これだけの大きさを品よくまとめるのは熟練した職人でも至難の業だ。宝石も高価だが、全部バラバラにしたら価値は十分の一以下になってしまうだろう。

「明日お渡しするはずだったのに……」

暗号鍵が開いて晴れて公社から決定されれば、これを渡すことになっていた。美邦の母の消息については小夜子でも知らなかった。時々、こうやって眺めては、この宝石に相応《ふさわ》しい人物だと推測するだけだ。美邦の決定を邪魔する者は小夜子は絶対に許さない。どこの誰がゼウスの暗号鍵を開けたのか知らないが、そいつさえいなければ、自動的に美邦は公社へと招かれるはずだ。

小夜子は机の引き出しから真新しいメスを取り出した。

「ぶっ殺してやるわ。うふ。うふふ。うふふふ」

刃に小夜子の狂気の瞳《ひとみ》が映っていた。

新迎賓館の地下に結露が滴る牢《ろう》がある。モモコが気がついたときには電子錠で自由を奪われていた。看守の遠隔操作でロックがかけられる強力な手錠だ。初めのうちは抵抗していたが、やがて遊ぶ方がマシだと達観したモモコは、ときどきやってくる看守に毒づいては暇を紛らわせていた。

「ちょっとデザートが出ないなんてレディに失礼よ！　それに何よこの安いパンティ、こんなの穿《は》けるかっての！　ラ・ペルラを持ってきなさい」

「うるさい女だ。これでも最高待遇だぞ。美邦様のお口添えがなければおまえなんてグンゼのブリーフだ」

「いやあああ。それだけはやめてえええ！　性差別はたとえ刑務所でも法律で禁止されているのよ。ねえ、この独房は女子？　男子？　それともニューハーフ？　きゃははは」

と人と会えばずっとこの調子なのだ。

「ほら、ご所望のポテトチップスだ」

無造作に鉄の窓から菓子袋が投げられる。やはりとモモコは確信した。菓子袋は気圧の変化で膨らんでいた。

『間違いない。アトラスの中だわ』

モモコはずっとここがどこなのか相手の反応から探っていた。この寒さはエアコンのものではない。結露するほどの朝の冷え込みは標高四千メートル近いだろうと思われた。するとここはアトラスの中でも第五層以上だ。政府施設のある新霞ヶ関か、或いは更に上の新赤坂辺りだろう。居住区が厳密に区分けされるアトラスランクでも高位の者が住む場所だ。モモコが住みたがっていた新六本木のような庶民の住める場所ではない。

『やったわモモコ様、ついに夢のアトラス入城よ。牢の中だけど……』

気になるのは地上で生き別れた國子の安否だ。怪我したのではないかと案じると胸が痛んだ。國子には常々こう言い聞かせておいた。たとえ自分に何かが起きても決して深追いをしてはいけないと。それは全て自分で解決するニューハーフの誇りを傷つけることになるのだと。

まさかとは思うが、一応聞いてみよう。

「ねえ、ダーリン。ゲリラたちはどうなった?」

看守の男は冷たくせせら笑った。

「おまえを置いてとっとと逃げちまったよ」

「ひっどーい。みんな薄情だわあ。あたしの肉体をさんざん弄《もてあそ》んどいて、飽きたらポイだなんてえ」

「ゲリラは女も抱けないからニューハーフと遊ぶんだな」

「あらニューハーフと遊んだことないのね。女よりずっといいのよ。だって銀があるもの」

看守が窓を覗《のぞ》き込んだ。

「銀ってなんだ？」

「やだ銀も知らないの？　アトラスの人って純情なんだから。地上では常識よ。ほら、このおっぱいの中に銀があるのよ。触ってみる？」

男がつい好奇心で格子の中に手を入れた。モモコはもう少しで手が届きそうな所で焦《じ》らしながら看守をからかった。

「ほら、もっと手を伸ばしなさいよ。九十センチのDカップなんて上玉はちょっとないわよ。昨日の看守はちゃんと触れたわよ」

看守はほとんど発情した猿状態になっていた。鼻息を荒げて腕を掻《か》き回す。

「うおお。もうちょっとなのに！」

通路の奥から小夜子の声がする。

「おやめ。不規則な接触をしちゃいけないってあれほど言ったのに。こいつはタダのオカマじゃないのよ」

小夜子はすごすごと引き下がる看守の尻《しり》を蹴飛《けと》ばした。自分のいない間にどれだけ情報を取られたのだろうと独房を覗き込む。不貞腐《ふてくさ》れて座るモモコの膝に膨らんだ菓子袋があった。

「なかなかお利口なオカマね。ここがどこなのか突き止めたみたいね」

「アトラスの牢獄は安普請だわ。あたしを人質にしてもゲリラは応じないわ。だって毎年くじに応募してたんだもの。連中はあたしの念願が叶《かな》ってアトラスに行ったたって喜んでるわよ」

「残念だけど、私はゲリラに興味がないの。その口の達者さはモルモットに相応しいわ」

これでモモコはここが第五層ではないと確信した。「ゲリラに興味がない」と言い切ったこの白衣の女は軍や警察の人間ではない。さっきの看守の脇の甘さといい、犯罪者を扱うのには慣れていない。自分は逮捕権のない組織に拘束されている。第六層以上で、非合法な活動をする組織はどこだろう？　モモコは地上で闘ったときのことを思い出した。彼らは平安貴族の格好をしていた。この白衣の女も旅装のむしのたれぎぬ姿だった気がする。

モモコはどの組織に拉致《らち》されたのかわかった。

『ここは第六層・新迎賓館だわ』

となると警察よりも厄介だ。裁判なんて民主主義的なルールは通用しない。生かすも殺すも白衣の女の胸先三寸だ。モモコは小夜子を睨《にら》みつけた。

「あたしをどうするつもりなの？」

「さて、どうしましょう？　一応、おまえの容態を説明しとくわね。まだ意識不明で集中治療室にいることになってるの」

「つまり事故死にもなるし、意識が回復することもあるってことでしょう」

「意識が回復したら記憶喪失なんだけど、お名前は言えるかしら？」

モモコは小首を傾げた。

「カレーライス美智子です」

「そう、お利口ね。意識は回復したわ。でも、その調子だと退院したらすぐに心臓発作を起こすから、記憶阻害薬を処方しておきましょうね」

「洗脳するつもり？　あたしからフラメンコを取ったらただの美人よ」

「その減らず口が好みだわ。今夜は久し振りに苛々《いらいら》するの。朝まで私とエンジョイしましょう」

小夜子が電子錠をロックする。手錠の内側から電流が流れてモモコは失神してしまった。

再びモモコが目覚めたとき、拘束帯に縛られた手術台の上だった。無影灯の明かりが目に染みる。手術は一生のうちに性転換のときだけと決めていたのに、今度はサディストの実験動物だ。

カートの音が鳴る。術衣を着た小夜子がにたーっと笑った。モモコはとっとと失神したかったのに、如何《いかん》せん好奇心が強すぎる。自分がどうなるのかちょっとだけ気になった。

「おっぱい大きくしてね。下腹部の脂肪吸引もついでにお願い。ウエストをあと三センチ落としたいの。ほら、あとここが気になるのよ。レーザーで消えるでしょう。ここ、お腹の下」

小夜子がつい視線をモモコの下腹部に落とす。

「妊娠線も消しといて。なーんちゃって」

「本当に呆《あき》れるくらい理想のモルモットね。美邦様に生きて渡す約束だけど、現状維持だとは言われなかったわ」

小夜子はメスをモモコの下腹部に軽く這《は》わせた。鮮血とともに嫌な感覚がした。

「ほら、オカマの理想の妊娠線のできあがり」

「いやだわあ。五人くらい産んだ女みたい」

モモコはちょっと悲しくなった。

再び小夜子がメスを掲げると何かの光が目に飛び込んだ。モモコのアクセサリーがライトを弾《はじ》いたのだ。小夜子はモモコのつけているイヤリングを見てぎょっとした。モモコの耳元には勾玉《まがたま》の形をしたイヤリングがついているではないか。

——これは、美邦様のイヤリングだわ！

どうしてこの場末のニューハーフがそんなものを身につけているのだろうか。見間違いだと思おうとして顔を近づけたが、無影灯の真実の明かりの前では目は誤魔化されない。見間違いなく同じイヤリングだ。小夜子の息はモモコに迫っていた。

「ちょっと、あたしレズっ気はないんですけど。でも頑張ってみるわ」

モモコが唇を尖《とが》らしたら、小夜子がうるさいとメスを喉《のど》に突きつけた。

「このイヤリングをどこで手に入れたの？」

「丸井のバーゲンで買ったのよ。気に入った？」

「ふざけないで。本物のダイヤよ。なんであんたが持ってるの」

「ニューハーフだってダイヤくらい持ってるわよ。ジルコンは嫌なの。だって胸にシリコンが入ってるんだもーん」

小代子はメスを戻した。残念だが趣味は後回しだ。このニューハーフにもしものことがあれば、せっかくの手がかりを失ってしまう。小夜子は不本意ながら自白剤を注射することにした。モモコの意識が混濁して、酔っぱらっているような気分になる。パンティを穿《は》き忘れているような、それでいて気にならないような、なんともいえない無防備感が心地好い。意識の中で髪をほどき、服を脱いだモモコは母親の胎内で丸まっていた頃の純粋な気持ちを思い出していた。性を決定するホルモンシャワーもない小さな胚《はい》の頃、モモコは光も闇も名前も感情も知らなかった。鼓動のリズムだけが時を告げる原始的な自分。そんな飾らない素のままの状態でぼんやりと小夜子の声を聞いた。

「おまえの本名は？」

モモコは問われるままに答えた。

「け、けんざ、剣崎《けんざき》……。り、りょう、龍馬《りょうま》……」

小夜子はぷっと噴きだしてしまった。この魅惑の人工ナイスバディの持ち主の本名は剣崎龍馬だなんて傑作だ。名前だけなら惚《ほ》れていたかもしれない。小夜子は血が出る解剖も面白いが、精神を剝《は》ぎ取る心の解剖は数倍刺激的だと鼻息を荒らげた。興奮のあまりちょっとちびったかもしれない。子宮がいつになくお転婆だ。こうなると小夜子は止まらない。

「すごく男らしい名前ね。じゃあ剣崎龍馬さん、お歳は幾つかしら？」

「に、にじゅう、二十八歳……」

「そんなわけないでしょ！　どう見ても四十はいってるわよ！」

小夜子はもう一本自白剤を注射した。手術台の上でぐでんぐでんになったモモコはロレツも回らない状態だ。

「もう一度、最初からよ。おまえの本名はなに？」

「ら、ら、なつひ……。夏木《なつき》雅士《まさし》……」

小夜子はモモコの顔をビンタした。この女は自白剤をうってもまだ嘘をつく天性の法螺《ほら》ふきだ。三本目の注射では「森蘭丸《もりらんまる》」と名乗り、四本目では「バーブラ・ストライサンド」とのたまった。だんだん嘘の程度が激しくなっていく。しかし何度年齢を尋ねてもそれだけは「二十八歳」のままだった。

「こいつプライドの塊だわ」

ニューハーフは気を抜くと男に戻ってしまう危険と隣り合わせだ。起きているときは意識で制御もできるが、無意識状態でも女でいられなければ真の美貌《びぼう》ではないと日頃から自らを律している。女への執着心は女以上だ。とどのつまりニューハーフという存在は男にしかなれない。裏返せば最も男らしい職業だといえる。プロ意識で生きているモモコは男の中の男である。もっともこの定理をモモコに告げたら殺されてしまうのだけど。

これ以上自白剤をうつと精神が崩壊してしまう。小夜子は直感的に危険量に近づいていると悟り、癇癪《かんしゃく》を起こして手術室を出て行ってしまった。

小夜子は秋葉原での戦闘では、モモコの得意の武術を封印して勝った。しかし今夜、小夜子のホームグラウンドである手術室では負けた。この性格のひん曲がった女同士の闘いは今のところ一勝一敗だ。

千年杉の列柱が雲を突く出雲大社の周辺は厳戒態勢だ。第五層の中を複数の戦闘ヘリが警備に当たっている。アトラスの内と外を自由に飛来する様は、ここが空中にある人工地盤だということを忘れさせる。静寂と平穏が売りの首都層に爆音が降り注ぐ。タルシャンが来日してから一日も国会議事堂の正午の鐘がきちんと聞こえてくることはなくなった。

総裁室に居座ったタルシャンはチェスのボードを見つめながら思索に耽《ふけ》っていた。タルシャンは来日するなり、アトラス公社に二千億ドルを投資した。政府が割り当てる公社への年間予算の三倍の金額だ。資金不足に陥りがちの公社は潤沢な資金を得てさらに建造に拍車をかける。足りない炭素材は輸入してでも投入する。狂気にも似た炭素バブルの足音が着実に迫っていた。

公社の総裁は終始タルシャンの機嫌ばかり伺っている。この皇帝の雰囲気を持つ老人は人を遜《へりくだ》らせることにかけては恐るべき才能を発揮する。十年前から部下であったかのように、次々と総裁に指示を出す。ことタルシャンに関しては総裁も反感を覚えるよりも従う方が気分は楽だった。タルシャンの腹のうちを探ってあらぬ陰謀に巻き込まれては敵《かな》わない。徹底的に恭順することこそ、信頼を得る近道だった。表にこそ出ないが、投資総額ではタルシャンは公社の筆頭株主だ。代々の総裁はタルシャンの言うがままに経営するのが習わしだ。

ルークの駒を動かしたタルシャンが呟《つぶや》いた。

「ゼウスの暗号鍵が二つ揃ったようだな?」

「はい。どちらも正しく照合いたしました。二人とも資格は充分です。五十年ぶりの逸材です」

この五十年の間にアトラスの声を聞いたと公社に申告してきたケースは十六件あった。どれもAランクの子どもたちだ。しかし彼らは充分に声を聞き取ることができなかった。始めは公社も空耳だろうと誤魔化すことにしている。アトラスの声を聞くにはある程度の習熟度が必要で、瞑想《めいそう》に頼ったりと精神的な成長を待たねばならない。その間に智恵をつけてアトラス公社の正体を知ってしまったら、悲劇が起きる。特殊な能力に目覚めた若者は、自分こそ正統な世継ぎだと意気軒昂《けんこう》に公社にやってくる。公社は正体が知れた以上、後戻りのできない選択をさせる。ゼウスの暗号鍵を開けられるかどうか試すのだ。一文字間違えただけで死が待っていることを条件にして。そして十六人全員が暗号鍵の解読に失敗した。中途半端な能力は不幸な結末しか残さない。たとえダブルAの逸材であろうと、暗号鍵を開けられなければその場で処分する。公社の秘密が公にされることを避けるためだ。そんな陰惨な五十年が無為に過ぎていった。水蛭子による予言では今年もまたゼウスの暗号鍵を開ける者が現れることになっていた。案の定、公社が認定した初めてのトリプルAの二人だった。

「ひとりでもすごいのに、一日で二人が開けたんです。奇跡としか言いようがありません」

「ひとりになるまで絞り込め。確かミクニの方には不安材料があったはずだが？」

身を凍らせる碧眼《へきがん》が総裁の体温を下げる。タルシャンを前にすると息を吐くのも許諾を取らねばならない気がしてしまう。総裁は失礼と一言挟んで汗を拭《ふ》いた。そしてもう一言詫《わ》びて息を飲んだ。

「美邦に関しては小夜子の貢献で不安材料が払拭《ふっしょく》されつつあります。新薬開発に成功し、間もなく臨床試験が始まります」

タルシャンが目を逸《そ》らすと金縛りが解けたように総裁は安堵《あんど》の息をついた。

「むしろこちらが心配しているのは太陽の方です。自由に育ちすぎて反政府ゲリラに身を置いています。我々のことを敵視しております」

「クニコの方だな。彼女の極左思想は心配ない。きっと懐柔してみせる」

タルシャンは自信たっぷりにビショップの駒で盤上を斜めに駆け抜けた。タルシャンの弾む手は心なしか嬉《うれ》しそうだ。

「決定が出ないことに小夜子は不服を申し立てております」

「側近が口を挟むことではない。無視しろ」

タルシャンは思索している時間は長いのに、判断は一秒で終わる。それが彼が世界経済で名を馳《は》せた理由のひとつだ。議題はアトラス建設へと移った。

「工事の進捗《しんちょく》状況はどうだ？」

「そ、それが、週末から台風が東京に直撃しそうで、芳しくありません」

「ふむ、では建設に従事している関連企業を含めて作業員を一ヶ月レイオフしよう」

総裁の額から汗が噴き出した。

「ご冗談はよしてください。地上の炭素材メーカーや下請けまで合わせると五十万人が失業するんですよ。そんなことしたら政府が介入してきます」

「これから三十日は台風で作業ができなくなる。無駄な人件費は削減するに限る。一千億円を節約するのは理に適《かな》っている」

総裁は馬鹿げたプランに笑うことで必死に異を唱えた。

「タルシャン様が台風をご存じないのも無理はありません。アメリカのハリケーンとは異なり、日本では二日もあれば過ぎてしまうものなんです。週末にやってくるこの台風十七号は――」

タルシャンは言葉を遮った。

「違う。一号だ」

たとえ間違っていても信じてしまいそうな口調だった。気象庁発表の天気図には台風十七号と表記されているのが読めないのだろうか。タルシャンは総裁がうんというまで睨《にら》み続ける。この老人の気迫は闘いを前にしたレスラー以上だ。どこにこんな気力があるのか不思議だった。ついに総裁が折れた。

「そうです。台風一号です。日本の気象庁はよく間違えるんです」

「五十万人をレイオフしろ。来月再雇用すればいい」

「……わかりました」

総裁は血相を変えて総裁室から出て行った。

出雲大社から望む首都層の顔は、いつになく忙《せわ》しい。まるで戦争でも始まることを予期しているかのような緊張状態だった。もっとも多くの人間はこれから起こる出来事を天変地異や激動の経済としか捉《とら》えられないだろう。

総裁室の電話が鳴った。タルシャンが日本にいると知っているのは彼女だけだろう。タルシャンが笑顔で応じた相手は、地上にいた。

「ハロー、ナギコ。そちらの準備は整ったかい？」

『久し振りだねえセルゲイ。五十年前を思い出すよ』

電話の相手はドゥオモにいる凪子だった。

『暗号鍵は開いたかい？　手塩にかけた孫娘の出来は上々じゃろ』

「ゼウスは正しく認証した。もう一人の候補者もまた上玉だ」

『当然じゃ。あの二人は対じゃ。で、予定通り今度じゃじゃ馬娘をアトラスに上げるよ。ちょっと乱暴者だけど、あんたと同じ金儲《もう》けが得意な気のいい子じゃ。よろしく頼むよ』

タルシャンは椅子の上に脚を組んで靴を弾ませた。きっと凪子も昔のように頬杖《ほおづえ》をつきながら茶を飲んでいるだろうとタルシャンは想像する。お互いに若かった頃、その癖は直せと言い合ったものだ。

「クニコに会えるのを楽しみにしている。公社が全力で彼女を守るから心配しないでくれ」

かつてお互いに語り尽くした仲だ。最小限の会話だけで真意も積もる話も汲《く》み取れる。凪子はよく辛抱した。投資家だった二人は五十年前に新たな時代が到来すると予見した。タルシャンは全財産をはたいてグラファイトを買い、凪子に預けた。それがドゥオモの資産となった。全てはこの日のために練り上げられた完璧《かんぺき》な計画だ。

凪子の声はすっかり嗄《しゃが》れていた。五十年前に「アジアの暴竜」と呼ばれた黒髪の辣腕《らつわん》投資家も、今では白髪頭になってしまっているだろう。

「ナギコ、覚えているかい。今がそのときだ」

『もちろんだよセルゲイ。一緒に笑おうじゃないか』

お互いに歳を顧みずに大声で笑った。笑いの気泡で顎《あご》が吹っ飛ぶほどに。凪子は辛《つら》いことのあった日を笑い、悲しみに暮れた日を笑い、そして怒りに震えた日を笑った。ドゥオモで生きた三十年間の思い出は、たった五分の大笑いで消えてしまったが、タルシャンと笑うこの日がきっとやってくることを信じていたからこそ、辛抱できた日々だ。グラファイトの資産を守り、國子をアトラスへ送る。それが凪子の人生だった。その重みをタルシャンはよくわかっているから、一緒に笑えるのだ。なんという爽快感《そうかい》だろう。五分が五十年に感じるほどの充実した気分だ。凪子はもう思い残すことはなかった。

そして二人は静かに受話器を置いた。それはもう二度と会うことのない旧友との別れを意味していた。

椅子をくるっと回転させたタルシャンは鞄《かばん》から小さな端末を取り出した。机の上に置いた端末に目覚めの言葉を授ける。

WAKE UP MEDUSA.

起動させると無数のホログラムの蛇が現れた。

「さあメデューサ。私の作った蛹《さなぎ》の世界を壊すのだ。そして新しい時代の扉を開けよう。羽ばたくために」

タルシャンは太平洋上の静止衛星軌道に浮かぶ太陽光発電衛星アポロンにアクセスした。数百万枚の太陽電池パネルを浮かべたアポロンは、関西国際空港と同じ面積を持つ。地上で発電する二十倍の効率で生み出された電気はマイクロ波に変換されて地上に送電される。地上の天気に左右されずに五百万キロワットの電気を二十四時間送り続ける究極の発電システムだ。

赤道上空三万六千キロメートルにあるアポロンは、漆黒の宇宙空間を映す艶《つや》やかな鏡だ。規則的に並べられた太陽電池パネルは千個でひとつのユニットを作り、さらにそのユニットが千個集まって人類が作った宇宙空間最大の構造物となる。その寸分違《たが》わぬ平面は宇宙に開いた矩《く》形《けい》の穴に見える。

アポロンが地上から指令を受けた。送電装置が微調整を行い、マイクロ波を南太平洋に向けて発射する。電離層を貫き、大気圏を押し破り、雲を蹴《け》飛《と》ばして五百万キロワットの電流が地球に落ちてくる。急激に温められた海面は上昇気流を生みだし、その風の勢いはやがて渦を作り台風の目となる。操作して十分もしないうちに南太平洋上に台風が発生していた。

「台風二号発生。あとは木星で学んだ通りに自分で頑張るんだ」

手本を示してみせたタルシャンは、メデューサに任せることにした。メデューサはアポロンを巧みに使って次々と台風を生み出した。季節風に押された台風は日本列島を直撃するコースに乗った。気象庁発表の天気図には太平洋上に合計二十個の超大型台風が出現していた。

メデューサは今まで蓄えた世界中の気象データと照らし合わせて、綿密な計算を開始した。アポロンのマイクロ波を北太平洋に照射したり、大西洋上の温度を一度上げたりしながら微調整を繰り返す。タルシャンはその間、コンピュータとチェスをしながら優雅に時間を過ごした。数時間ほど経っただろうか。メデューサの蛇がタルシャンの袖《そで》を引っ張るように合図した。

「お利口だなメデューサは。もう終わったのか」

タルシャンが端末を開くとメデューサは上機嫌でグリーンを点滅していた。メデューサはこうタルシャンに告げた。

防御システム構築完了。私はかつての同胞の死から学び、最強の楯《たて》を生み出した。現代の神話はゴルゴンが楯を持ち、ペルセウスを退けるのだ。タルシャン氏のご協力に感謝する。

タルシャンはメデューサがやっと独り立ちしたことを知った。メデューサの知能を短期間で飛躍的に向上させるためには、自己の客観像を獲得させるのが一番だった。全くうり二つのシステムをモルジブ共和国に設置し、自分の姿を見せ、共存できないことを教えた。そして最強の経済炭素予測システムといえども弱点が存在することさえ認識させた。メデューサが能力の全てを傾けると必ず人間が征伐しにくる。この弱点を克服させるために、一時機能を落として対策に全力を傾けさせた。その成果がこれだ。

「しかしおまえにはパートナーが必要だ。楯を得たら次は槍《やり》を持つのだ。人間の欲望こそ、最強の槍なのだ」

タルシャンがプログラムにアクセスする。今まで優先度一位だった自分を抹消し、香凜の命令を一位とするように変更した。香凜とクラリスとチャンは自らの欲望が最大値になるまでメデューサの機能を使うはずだ。真下の第三層にいる香凜は復讐《ふくしゅう》に燃え、自分が不在のニューヨーク市場を荒らし回ることだろう。そのために二千億ドルの全財産を公社に移動させた。たとえニューヨークが破産しても痛くも痒《かゆ》くもない。

タルシャンがチェックメイトでキングを詰めた。

「さあ、炭素時代の子どもたちよ。私と智恵比べをしよう。炭素世界の根幹を作り上げたのはこの私だ。カーボニストならこのゲームの先が見えるはずだ。私を唸《うな》らせてみろ」

タルシャンはメデューサの端末を完全に停止した。そして机の上で脚を組むと小気味よく靴を弾ませた。

第三層のオフィスに、昂《たかぶ》るメデューサの手綱を引く香凜がいた。メデューサをニューヨーク市場に放つタイミングを今か今かと待っている。東京の香凜、シンガポールのチャン、フランクフルトのクラリスの六つの瞳《ひとみ》が世界最大の市場を睨む。ブロック経済が解除され自由になったクラリスは何度もフライングしそうになった。そのたびにチャンと香凜から叱声が飛ぶ。

『Wohlan, die Zeit ist gekommen. ニューヨークを乗っ取るのよ！』

「まだよ、まだ。ニューヨークは世界中の投資家が集まる街よ。今は市場が起きたばかりで様子を見ている時間よ」

『だって金儲けのカモがいるのよ。飛び込まなきゃ』

『ダメだ。ホワイトハウスの発表があと五分で始まる。連邦準備銀行の動きを知りたい』

「そうよ貧乏なクラリス。ヘッドリースは一瞬のうちに行わなきゃ。タルシャンのお膝元《ひざもと》だもの。こっちは全額を使って丸裸になっちゃったんだよ」

香凛は政府資産の三パーセントを一気にニューヨークに注ぎ込んだ。アメリカ経済に嫌気がさしている今が買い時だ。アメリカの炭素指数を一気に下げれば投資家は殺到する。その後起こるのは、人類が未《いま》だかつてみたことのない炭素バブルの到来だ。

「ブルってないよねチャン？」

『伸るか反るかの一発勝負だもんな。ちょっと恐いかも』

『あたしもおしっこちびりそう。貧乏なクラリス、パンツも買えないから大変』

『本当にタルシャンは日本にいるんだろうな？』

「出国した気配はない。第五層の警備はサミット並みになってる。多分いるよ」

香凛はタルシャンが大慌てで尻尾《しっぽ》を出すものと算段している。屋台骨のニューヨークの資産のほとんどは香凛たちが買い占めた。これがあと数分のうちに十倍の値段になる。震えない方がおかしかった。

チャンが口火を切った。

『よし、ホワイトハウスがゼロ金利政策を発表した』

「いくよメデューサ。アメリカの全工業地帯をヘッドリース開始！」

メデューサが最大稼働でアメリカ経済に襲いかかる。炭素を排出する全ての工場が瞬く間にヘッドリースされていく。それをサポートするのはクラリスだ。

『EU全ての炭素銀行は口座を開いたわ。一兆ユーロまで貸し出すわよ』

ヨーロッパから膨大な資金がアメリカに流れる。マネーの津波は二束三文の価値しかない旧態依然とした工業地帯に襲いかかる。炭素税無税の飴《あめ》に魅入られた企業はヘッドリースを快く受け入れた。メデューサが「ヘッドリース完了」と告げる。続いて特別目的会社とリース契約を結ぶ。これをチャンが確認した。

『リース契約成立。アメリカが特別目的会社にリースバックする』

『カリン、炭素指数は？』

「今調べてるとこ」

一瞬の手品のようなビジネスでコンピュータも麻痺《まひ》していた。メデューサは経済のかまいたちだ。マネーを一瞬のうちに移動させ、どこにも損害を与えない。香凜たちは手数料を取り、投資会社は税金の控除を受け、銀行は資金を回転させる。実際、メデューサのしていることは合法だ。だがあまりにも規模が大きいために、二次的効果が被害になる。炭素指数の下がった後に注がれるマネーこそ、経済を狂わせる毒なのだ。即《すなわ》ち、利息を求める人の欲望が地球型経済をおかしくさせる。

「アメリカは国連から脱退したから、代わりにAPECの炭素指数を使うよ。大体同じなんだけど、誰も使わないからなあ」

ほどなくアメリカの炭素指数が発表された。それは炭素経済に突入して以来、誰も見たことのない数値だった。香凜は半信半疑で告げた。

「〇・〇八七！」

『うっそ。一を切るなんてありえないわ！』

クラリスは本当にちびってしまった。炭素指数一だと無税ということだが、現実的な数値ではない。人間の経済活動には必ず炭素が生まれるからだ。これが一を切るとなると、炭素材よりも鉄鋼の方が競争力を持つことになる。クラリスは直感的にピッツバーグ周辺の工業地帯を調査した。ほんの五分前までこの辺りに課せられた炭素指数は五・二四くらいだ。それでも国連から脱退して半分以下に下げた数値である。この重炭素債務地区が今は〇・〇七まで下がっている。稼働させればさせるほど赤字を生み出していた場所が、絶好の投資対象になっていた。クラリスが昨日底値で買った場所だ。

『やったわ。マネーの神様があたしに微笑んだわ。修道院に入らなくてよかった。ちょっとカリン聞いてる？　ハーロー？　ハーロー？』

香凜はこの値がまだ信じられなくて声が出ない。それは世界中の投資家たちも同じだ。ニューヨーク市場の動きが完全に止まっていた。自分たちが見ているものが一体何なのか、これが何を意味するのか、納得できる説明を聞いてみたい。まるでワールドトレードセンタービルが崩壊したときの衝撃に似ていた。倒壊したビルは瓦礫《がれき》になるが、メデューサは痕跡《こんせき》を残さない。何が起こったのか不明だが、この炭素指数に飛びつかない手はない。

しばらくしてニューヨーク市場が動き始めた。少しずつ投資が起こり、それでも下がらないとわかったら、また少し投資する。やがて本当の津波が市場を襲った。世界中から怒濤《どとう》の資金が流れ込んだ。炭素バブルの始まりだ。

クラリスの高らかな笑いが勝利を宣言する。クラリスが買収した企業は十倍の価値になった。それでもまだ投資は収まる気配がない。

『おーほほほほ。お金持ちのクラリス様の実力を見るがいいわ。タルシャンのいない間にニューヨークを乗っ取ってやる。いいこと？　手出し無用よ』

特別目的会社の電話が鳴って、香凛はやっと正気に戻れた。メデューサにアクセスを求める投資会社と企業で回線はパンク状態だ。

「お金持ちのクラリス、暴走しないでね。メデューサは次に中国を狙うよ。アメリカの資産を売り払って中国市場に注いで。アメリカなんかよりもっと下げられるかもしれない」

『炭素は甘い味がするわ。了解よ香凛。炭素指数の記録を更新しましょう』

「今のやり方だったら〇・五五は出せるはずよ。チャン、中国を買い取って」

『了解した香凛。俺たちは最強のカーボニストだ』

弾《はじ》ける経済炭素はカーボニストを酩酊《めいてい》させる。第三層は狂乱の炭素バブルの司令塔になった。

厳戒態勢が敷かれた新霞ヶ関の首相官邸は緊急閣僚会議が開かれていた。アメリカの急激な炭素指数の下落を受けて、間もなく東京市場も連動することが予想された。投資家がニューヨークに流れるのを抑えるために金利を引き上げることが決定された。しかし財務省はこの案に最後まで抵抗を示した。これはいつかマレーシアやクウェートで起きた金融パニックと似ているからだ。この好景気はまやかしだ。マレーシアが陥った悲劇を繰り返すわけにはいかない。一度狂乱の好景気に沸いたマレーシアは、現在投資家が離れつつある。炭素指数の低さにつられてやってきた投資家たちはマレーシアのジョホール工業地帯の実体を知り、愕然《がくぜん》とした。そこにあったのは旧時代のテクノロジーによる産業だった。煙突から吐き出される煤煙《ばいえん》を見た投資家たちは自分たちが旧態依然とした産業に投資したことを知り、破滅の匂いを感じ取る。投機は一時的なものだ。信用を失った市場はやがて衰亡の途につく。

「アメリカの好景気は一時的なものです。ただ経済規模が大きすぎて日本まで巻き込まれてしまいます。東京市場は荒れますよ」

財務省の官僚たちがシミュレーションの結果を示してみせた。アメリカの好景気を受けて一時的に日本の輸出産業は活発になるが、すぐに未曾有《みぞう》の転落に陥ることが予測された。

「アメリカは怪物と契約したのかもしれない」

と金融相が呟《つぶや》いた。国家を蝕《むしば》むデング熱にアメリカが罹《かか》ったとしたら、最大の隣人の危機である。特効薬はただひとつ、軍事作戦しかなかった。

「メデューサは完全に破壊したのではなかったのか？」

問われた国防大臣も困惑していた。モルジブ共和国のメデューサは完全に破壊したと報告を受けていた。その余波でアメリカの炭素指数を跳ね上げ、国際バランスは著しく変化した。現在メデューサが現れたかどうかは鋭意調査中だ。

同席した環境大臣は神経をピリピリさせていた。

「あれは経済をおかしくする化け物だ。炭素指数を下げたところで何ひとつ変わらないんだぞ。大気中の炭素は依然として高いままだ」

来週に開かれる環境サミットは、経済炭素の暴走を食い止めることが議題になっている。実質炭素と経済炭素を分けて活動するカーボニストはやがて経済テロリストになるだろうと予想されていた。

「この経済は本末転倒だ。地球の温度はどんどん上昇している。台風が二十個も同時に発生するなんてありえないことだ。東京がまた水浸しになるぞ」

「アトラスには関係ない」

と咳払《せきばら》いしたのは官房長官だ。自然災害で首都機能が麻痺したのは、旧時代の逸話だ。地震にも台風にも洪水にも耐えられる強靭《きょうじん》な都市を目指して建造されたのがアトラスだからだ。電気は宇宙空間のアポロンから送電される。エネルギー問題を解決した日本は、世界から孤立しても自活できる体力を備えていた。

閣議室に情報将校が飛び込んできた。

「間違いありません。メデューサです」

その場にいた全員が息を飲んだ。メデューサは資金の経路を残さない特性があるから、市場から逆探知できるのはこちらから仕掛けたときだけだ。しかしメデューサにはもうひとつの特性がある。猛威を振るった後は、なぜか海面水位を下げるのだ。実際の海面の高さとデータで報告される水位との乖離《かいり》が著しい場所に必ずメデューサがいる。情報省はゼウスを使って世界中の海面水位のデータを調べ上げた。そして一時間のうちに五十センチも水位を下げた場所を特定した。

「メデューサはマーシャル諸島にいます」

国防大臣が椅子を立った。

「討伐する。東京港にいるペルセウスを出撃させる」

東京湾には民間企業が保有する備蓄船が何隻も停泊している。エネルギー危機が訪れたときのためにストックされた船である。埠頭《ふとう》の奥に停泊したタンカーは海原を走ることを忘れ、毎日横を通り過ぎる仲間たちを見守っていた。この時代、石油危機は滅多なことでは起こらない。かつての教訓を律儀に守っている無用の習慣だった。備蓄船に回されるのは決まって老朽船である。解体の運命を逃れたものの、錆《さび》ついた船体は波と風に徐々に蝕まれていた。急場しのぎのコンビナートにされた備蓄船の群れは、空を舞うゆりかもめと戯れて人の記憶からも風化を受けていた。

備蓄船の埠頭に、何十台もの大型バスがやってきた。降りてきた男たちは全員軍服姿だ。

「またメデューサが現れるなんて……」

と零《こぼ》したのは草薙だった。モルジブで戦果をあげて浮かれたばかりなのに、また出撃だ。今度の任務は南太平洋にあるマーシャル諸島だ。

「ペルセウスはどれだ？」

と備蓄船の群れを前にした草薙が戸惑う。擬態空母ペルセウスは特定の基地に停泊しない。敵の偵察衛星の目を誤魔化すために、帰港中は東京湾で朽ちた船の真似をしている。しかしあまりにも巧妙な擬態のために乗組員すら自分の艦がわからない。迷っていると目の前の備蓄船がエンジンを始動した。この音はペルセウスのものだ。旧時代の石油タンカーに擬態したペルセウスは、ペンキの剝《は》げ具合や錆つきの程度まで徹底的に擬態していた。舷側《げんそく》の一部が擬態解除されブリッジが下りてきた。本当にペルセウスかどうかは擬態材が施されていない内部に入ってみないことには実感が湧かない。

草薙はブリッジに立った。

「ペルセウス、出撃する」

擬態したペルセウスが横浜ベイブリッジの下を潜り抜け、浦賀水道にかかる。船舶の往来の激しい東京湾を抜けた途端、ペルセウスは武者震いするように、タンカーのパジャマを脱いだ。公海上で一瞬のうちに鎧《よろい》に着替えたペルセウスは一路、南太平洋のマーシャル諸島を目指す。

風の強まるドゥオモでは國子がアトラス攻略作戦を立てていた。今度の闘いは総力戦になる。ここでアトラスを落とせなければ、二度と闘えない。ゲリラの闘いは奇襲しかない。過去に制圧した第四層での闘いで人質をとっても意味がないことを知った。政府は人命よりも体制の維持を優先する。もはや交渉の余地のない相手だ。

「第五層のセキュリティレベルが高いのはなぜ？　サミットが開催されているなんて聞いてないけど」

こちらの作戦を先読みして警戒度を上げたとは思えない。情報課が分析するには、要人が訪れているのではないかということだった。

「モモコが入ったからじゃないのか？」

と誰かの冗談で笑いが起きた。第五層を制圧した後、モモコを救出する。モモコの情報は思わぬところから手に入った。小夜子に捨てられドゥオモに辿《たど》り着いた女官たちが教えてくれたのだ。

単衣《ひとえ》姿の女官長は新迎賓館の内部に詳しかった。

「宮殿の地下に小夜子というサディストが頻繁に出入りしています。恐らく監禁施設があるものと思われます」

「モモコさんは拷問を受けているの？」

「ご安心ください。小夜子は冷酷で残忍ですが、すぐに殺しはしません。壊れるまで遊んでから捨てるのがパターンです」

「どこが安心していいのよ。モモコさんが殺されちゃうじゃない」

女官たちは小夜子に復讐《ふくしゅう》するために、新迎賓館の様子を子細に告げた。表向きの華やかさとは裏腹に聞けば聞くほど、妖怪の巣食う伏魔殿にしか思えなかった。國子は絶対にここだと確信した。モモコは死人と狂気の渦巻く城で拷問を受けている。

「城の主人は誰なの？」

「御歳八歳になられる美邦様でございます」

スクリーンに美邦の姿が映し出された。十二単《じゅうにひとえ》を着て御簾《みす》の奥に座った古風な少女だった。日食の遭遇のときに牛車《ぎっしゃ》の中にいたのがこの少女だと告げられた。國子はなぜか美邦の映像を見て不思議な感覚がした。モモコを連れ去った敵なのに、胸は意志に反して切なくなる。子どもは好きだが、こんな感覚がするのは初めてだ。

「この子は何者なの？」

「美邦様はやんごとなきお方でございます」

「そうじゃない。この子は何者なのかって聞いてるのよ」

女官たちもどう答えていいのかわからない。ドゥオモの女城主だから新迎賓館の美邦が気になるのだろうか。

「美邦様は孤独なお方でございます」

「違う。知りたいのはそんなことじゃない」

女官はいつか小夜子から聞いたことがある美邦の素性について話した。

「公社の話では、美邦様のアトラスランクはトリプルAだとか……」

興味を示したのは國子ではなく武彦だった。

「トリプルAだと！　そんなランクがあるのか？」

情報課が集めた資料に美邦はなかった。ゼウスのデータには二重の封印がなされている。最高ランクの少女は新迎賓館で公社の保護を受けていた。

「新迎賓館を制圧するべきだ。それで戦争は終わる」

「どうしたの武彦？　モモコさんを救出するのが先だなんて」

「こいつモモコに惚《ほ》れていたから」

爆笑の渦に包まれて武彦は大人げなく喚《わめ》き散らした。しかし國子は食い入るようにスクリーンに映る美邦を眺めていた。さっきよりもずっと胸が切ない。血が何かを訴えているように体が熱くなる。

「この子は何者……」

何度も呟《つぶや》いて自分が何を知りたいのかやっとわかった。正しい質問は「この子は私とどんな関係があるの？」ということだ。その問いの馬鹿馬鹿しさに自分自身が呆《あき》れてしまった。

「どうしたのじゃ國子？」

側にいた凪子の声で正気に戻った。振り返ると凪子は温かい眼差《まなざ》しで自分を見つめていた。なぜか、凪子なら答えられる気がした。しかし答えを知りたくない気もする。凪子はその心情を察してか、國子の腕を取ると胸元の勾玉《まがたま》に押し当てた。

「気になるなら行っておいで。答えはそこで見つけるのじゃ」

生きて帰れるかわからない戦場に向かわせるのに、凪子はまるで娘を旅立たせる家族のようだ。アトラスは一番近くて遠い場所だ。筏《いかだ》を組んで太平洋漂流の旅に出る方がずっと安全だ。國子はそのことを理解しているのに、ついて出た言葉は意外にも、

「行ってきます」

だった。國子の奇妙な答えに部下たちが「総統は余裕がある」と声を重ねて笑った。この闘いで死ぬ覚悟はできていたが、帰ってくるかもしれない國子の言葉に希望が宿った。

再び作戦の緊張が走る。第五層の駅は全て封鎖されてアトラス市民でも近づけない状況だ。かつて第四層に入ったときはメガシャフトから侵入した。それが一番確実な方法なのは今も変わらない。

「メガシャフトからは侵入できない。あるのは空路だけね」

「アトラスは要塞《ようさい》です。防空システムに撃墜されてしまいます」

國子が親指の爪を噛《か》んだ。アトラスの防空システムは世界最強レベルだ。最大一万個の目標を同時に攻撃できるシステムは、銃弾さえ撃ち落としてしまう。しかしこちらにも作戦がある。別部隊が既に成田に向かっていた。環境サミットに出席する鴻池《こうのいけ》環境大臣を拉《ら》

致《ち》するためだ。

　武彦が空路はやはり危険だと警告した。

「航空機のコンピュータは自動的にゼウスに同調する。たとえ近づいても中に入ることはできないぞ」

「コンピュータのない飛行機を使えばいいのよ」

「そんな飛行機があるか」

「武彦、一緒に入間に来て」

　ドゥオモを出た武彦と國子は森を潜って入間へと向かう。空軍がかつて使っていた輸送基地がそこにあった。軍の効率化のために民間に払い下げられたが、再開発する資金もなく、そのまま放置された空港だった。

「郊外はホッとする。まだ昔の街が残っている」

　都心は森の息で頭が痺《しび》れそうな匂いがするが、郊外は森林化が遅れている。街は旧時代の非効率的な姿だったが、かつて栄華を極めた文明の生き残りでも人の匂いがする。

「そろそろ着く頃よ」

　暗闇の滑走路に立った國子が時間を気にしている。

「こんな所で何をするつもりだ？」

「この前玩具《おもちゃ》を買ったって言ったでしょう。プレゼントが届くの」

　上空に音が響いた。こんな音は聞いたことがない。武彦が音のする方を探すと航空機のライトが空に見えた。空気を振動させながら舞い降りたのは、年代物の輸送機だ。金属でできた飛行機を見ることなど博物館でしかなかった武彦は目を丸くした。あの不可解な音はプロペラ音だ。

ずんぐりとした見た目の重苦しさをものともせず、輸送機は華麗に滑走路に降り立った。空気を掻《か》き混ぜるプロペラ音は耳よりも目を圧迫する。この輸送機は吠《ほ》えながら飛ぶ。タキシングした輸送機はゆっくりとこちらに近づいてくる。闇夜に浮かび上がる鋼鉄の翼は怪力を誇示するように武彦に迫った。プロペラエンジンが力瘤《ちからこぶ》に見える。雄叫《おたけ》びの振動で武彦は立っていられない。なんてものを買ったのだと武彦は呆れていた。これは輸送機というより恐竜だ。

ライトを浴びた國子が機首の前に立った。

「これがあたしたちをアトラスに運んでくれる、C-130ヘラクレスよ」

下巻へ続く

本書は、二〇〇五年九月、小社刊行の単行本
『シャングリ・ラ』を二分冊し文庫化したものです。

シャングリ・ラ 上

池上永一《いけがみえいいち》

平成20年 10月25日　初版発行
令和6年 12月15日　14版発行

発行者●山下直久

発行●株式会社KADOKAWA
〒102-8177　東京都千代田区富士見2-13-3
電話　0570-002-301（ナビダイヤル）

角川文庫 15366

印刷所●株式会社KADOKAWA
製本所●株式会社KADOKAWA

表紙画●和田三造

◎本書の無断複製（コピー、スキャン、デジタル化等）並びに無断複製物の譲渡および配信は、著作権法上での例外を除き禁じられています。また、本書を代行業者等の第三者に依頼して複製する行為は、たとえ個人や家庭内での利用であっても一切認められておりません。
◎定価はカバーに表示してあります。

●お問い合わせ
https://www.kadokawa.co.jp/（「お問い合わせ」へお進みください）
※内容によっては、お答えできない場合があります。
※サポートは日本国内のみとさせていただきます。
※Japanese text only

©Eiichi Ikegami 2005　Printed in Japan
ISBN978-4-04-364704-0　C0193

角川文庫発刊に際して

角川源義

第二次世界大戦の敗北は、軍事力の敗北であった以上に、私たちの若い文化力の敗退であった。私たちの文化が戦争に対して如何に無力であり、単なるあだ花に過ぎなかったかを、私たちは身を以て体験し痛感した。西洋近代文化の摂取にとって、明治以後八十年の歳月は決して短かすぎたとは言えない。にもかかわらず、近代文化の伝統を確立し、自由な批判と柔軟な良識に富む文化層として自らを形成することに私たちは失敗して来た。そしてこれは、各層への文化の普及滲透を任務とする出版人の責任でもあった。

一九四五年以来、私たちは再び振出しに戻り、第一歩から踏み出すことを余儀なくされた。これは大きな不幸ではあるが、反面、これまでの混沌・未熟・歪曲の中にあった我が国の文化に秩序と確たる基礎を齎らすためには絶好の機会でもある。角川書店は、このような祖国の文化的危機にあたり、微力をも顧みず再建の礎石たるべき抱負と決意とをもって出発したが、ここに創立以来の念願を果すべく角川文庫を発刊する。これまで刊行されたあらゆる全集叢書文庫類の長所と短所とを検討し、古今東西の不朽の典籍を、良心的編集のもとに、廉価に、そして書架にふさわしい美本として、多くのひとびとに提供しようとする。しかし私たちは徒らに百科全書的な知識のジレッタントを作ることを目的とせず、あくまで祖国の文化に秩序と再建への道を示し、この文庫を角川書店の栄ある事業として、今後永久に継続発展せしめ、学芸と教養との殿堂として大成せんことを期したい。多くの読書子の愛情ある忠言と支持とによって、この希望と抱負とを完遂せしめられんことを願う。

一九四九年五月三日

角川文庫ベストセラー

あたしのマブイ見ませんでしたか　池上永一

ここは優しい黒砂糖の森。静かで豊穣な甘い森……沖縄を舞台に繰り広げられる、明るく美しい8つの物語。みずみずしい感性に心震える珠玉の短編集。

レキオス　池上永一

舞台はいまだ返還されていない沖縄。謎の将校が首里城を爆破して伝説の地霊を目覚めさせたとき、過去と現在、夢と現は激しく交錯し、壮大な異世界を出現させる。超大作「シャングリ・ラ」の原点！

やどかりとペットボトル　池上永一

石垣島で生まれ、少年時代を沖縄で過ごした著者。物心つく頃から、奇妙で不思議なことが次々と起きて——。池上マジックのエッセンス満載、ちょっとブラックでディープな面白さ！　著者初のエッセイ集。

風車祭《カジマヤー》　(上)(下)　池上永一

九十七歳の生年祝い＝風車祭を迎えようと長生きに執念を燃やすオバァ、盲目の幽霊、六本足の妖怪豚……沖縄の祭事や伝承の世界と現代のユーモアが交叉するマジックリアリズムの傑作ファンタジー。

バガージマヌパナス　わが島のはなし　池上永一

大親友の86歳のオバァとともに、楽園生活を満喫していた綾乃。しかし突然、神様にユタ(巫女)になれと強制されてしまい——。沖縄の豊かな伝承を舞台に、圧倒的なイメージ喚起力と想像力で描く幻想的な物語。

角川文庫ベストセラー

ぼくのキャノン　池上永一

豊かで美しい村の守り神である、帝国陸軍の九六式カノン砲「キャノン様」。だが、そこには絶対に知られてはならない大きな秘密があった——！　復帰世代の作家が初めて描く沖縄戦。

夏化粧　池上永一

母親の津奈美以外には、誰にも姿が見えなくなってしまった息子・裕司。その姿を取り戻すため〝陰〟の世界に向かった津奈美は「七つの願い」を奪うべく、壮絶な闘いに挑む！

テンペスト　全四巻
春雷／夏雲／秋雨／冬虹　池上永一

十九世紀の琉球王朝。嵐吹きすさび、龍踊り狂う晩に生まれた神童、真鶴は、男として生きることを余儀なくされ、名を孫寧温と改め、宦官になって首里城にあがる——前代未聞のジェットコースター大河小説!!

トロイメライ　池上永一

19世紀、琉球王朝末期の那覇の街。正義に燃える新米岡っ引きの武太は、つぎつぎと巻き起こる事件にまっすぐ向き合いながら、少しずつ大人への階段を上っていく——。琉球版・千夜一夜物語！

統ばる島　池上永一

八重山諸島は古くから自らを象徴する星を愛でてきた。星には神が宿り、石垣島には神々が近況を伝え合う御嶽があった。神々が御嶽に集うとき、物語が誕生する。唄の島、鳩間島を描く文庫版書き下ろし短編も収録。

角川文庫ベストセラー

トロイメライ 唄う都は雨のち晴れ　池上永一

那覇の町で巻き起こる6つの事件に、新米岡っ引きの武太が立ち向かう。失敗を重ねながらも成長してゆく武太と、琉球に暮らす市井の人々を生き生きと描いた心躍る物語。『テンペスト』外伝、捕物帖シリーズ。

黙示録 (上)(下)　池上永一

18世紀の琉球に生きた一人の天才舞踊家の波乱に満ちた生涯。『シャングリ・ラ』『テンペスト』の著者が、琉球舞踊の草創期を圧倒的なスケールと熱量で描き出す超弩級エンターテインメント！

空の中　有川浩

200X年、謎の航空機事故が相次ぎ、メーカーの担当者と生き残ったパイロットは調査のため高空へ飛ぶ。そこで彼らが出逢ったのは……？　全ての本読みが心躍らせる超弩級エンタテインメント。

海の底　有川浩

四月。桜祭りでわく米軍横須賀基地を赤い巨大な甲殻類が襲った！　次々と人が食われる中、潜水艦へ逃げ込んだ自衛官と少年少女の運命は!?　ジャンルの垣根を飛び越えたスーパーエンタテインメント！

塩の街　有川浩

「世界とか、救ってみたくない?」。塩が世界を埋め尽くす塩害の時代。崩壊寸前の東京で暮らす男と少女に、そそのかすように囁く者が運命をもたらす。有川浩デビュー作にして、不朽の名作。

角川文庫ベストセラー

クジラの彼　有川浩

『浮上したら漁火がきれいだったので送ります』。それが2ヶ月ぶりのメールだった。彼女が出会った彼は潜水艦（クジラ）乗り。ふたりの恋の前には、いつも大きな海が横たわる——制服ラブコメ短編集。

図書館戦争シリーズ①　図書館戦争　有川浩

2019年。公序良俗を乱し人権を侵害する表現を取り締まる『メディア良化法』の成立から30年。日本はメディア良化委員会と図書隊が抗争を繰り広げていた。笠原郁は、図書特殊部隊に配属されるが……。

図書館戦争シリーズ②　図書館内乱　有川浩

両親に防衛員勤務と言い出せない笠原郁に、不意の手紙が届く。田舎から両親がやってくる!? 防衛員とバレれば図書隊を辞めさせられる!! かくして図書隊による、必死の両親攪乱作戦が始まった!?

図書館戦争シリーズ③　図書館危機　有川浩

思いもよらぬ形で憧れの〝王子様〟の正体を知ってしまった郁は完全にぎこちない態度。そんな中、ある人気俳優のインタビューが、図書隊そして世間を巻き込む大問題に発展してしまう!?

図書館戦争シリーズ④　図書館革命　有川浩

正化33年12月14日、図書隊を創設した稲嶺が勇退。図書隊は新しい時代に突入する。年始、原子力発電所を襲った国際テロ。それが図書隊史上最大の作戦（ザ・ロンゲスト・デイ）の始まりだった。シリーズ完結巻。

角川文庫ベストセラー

図書館戦争シリーズ⑤
別冊図書館戦争Ⅰ　有川浩

晴れて彼氏彼女の関係となった堂上と郁。しかし、その不器用さと経験値の低さが邪魔をして、キスから先になかなか進めない。純粋培養純情乙女・茨城県産26歳、笠原郁の悩める恋はどこへ行く!?　番外編第1弾。

図書館戦争シリーズ⑥
別冊図書館戦争Ⅱ　有川浩

"タイムマシンがあったらいつに戻りたい?"　図書隊副隊長緒形は、静かに答えた――「大学生の頃かな」。平凡な大学生だった緒形はなぜ、図書隊に入ったのか。取り戻せない過去が明らかになる番外編第2弾。

ラブコメ今昔　有川浩

突っ走り系広報自衛官の女子が鬼上官に迫るのは、「奥様とのナレソメ」。双方一歩もひかない攻防戦の行方は!?　表題作ほか、恋に恋するすべての人に贈る"制服ラブコメ"決定版、ついに文庫で登場!

県庁おもてなし課　有川浩

とある県庁に生まれた新部署「おもてなし課」。若手職員・掛水は地方振興企画の手始めに、人気作家に観光特使を依頼するが、しかし……!?　お役所仕事と民間感覚の狭間で揺れる掛水の奮闘が始まった!

レインツリーの国　有川浩

きっかけは一冊の「忘れられない本」。そこから始まったメールの交換。やりとりを重ねるうち、僕は彼女に会いたいと思うようになっていた。しかし、彼女にはどうしても会えない理由があって――。

角川文庫ベストセラー

キケン
有川　浩

成南電気工科大学の「機械制御研究部」は、犯罪スレスレの実験や破壊的行為から、略称「機研《キケン》」＝危険とおそれられていた。本書は、「キケン」な理系男子たちの、事件だらけ&爆発的熱量の青春物語である！

不思議の扉　時をかける恋
編／大森　望

不思議な味わいの作品を集めたアンソロジー。ひとたび眠るといつ目覚めるかわからない彼女との一瞬の再会を待つ恋……梶尾真治、恩田陸、乙一、貴子潤一郎、太宰治、ジャック・フィニイの傑作短編を収録。

不思議の扉　時間がいっぱい
編／大森　望

同じ時間が何度も繰り返すとしたら？　時間を超えて追いかけてくる女がいたら？　筒井康隆、大槻ケンヂ、牧野修、谷川流、星新一、大井三重子、フィッジェラルド描く、時間にまつわる奇想天外な物語！

不思議の扉　ありえない恋
編／大森　望

庭のサルスベリが恋したり、愛する妻が鳥になったり、腕だけに愛情を寄せたり。梨木香歩、椎名誠、川上弘美、シオドア・スタージョン、三崎亜記、小林泰三、万城目学、川端康成が、究極の愛に挑む！

不思議の扉　午後の教室
編／大森　望

学校には不思議な話がつまっています。湊かなえ、古橋秀之、森見登美彦、有川浩、小松左京、平山夢明、ジョー・ヒル、芥川龍之介……人気作家たちの書籍初収録作や不朽の名作を含む短編小説集！